RECLAM-BIBLIOTHEK

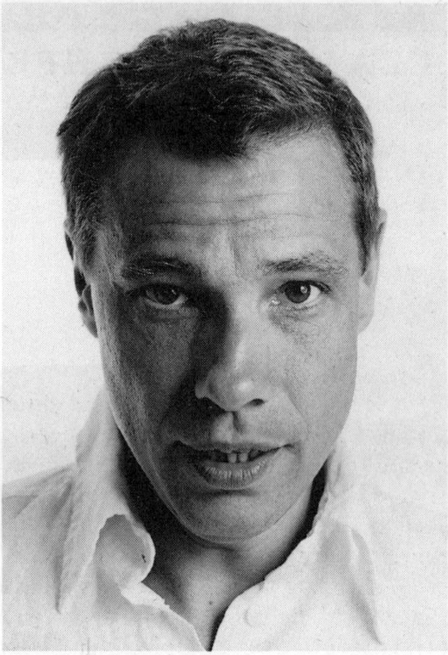

Eigentlich ist Leopold nach New York gekommen, um einen Schauspielkurs zu belegen. Aber nachdem er die Übersetzerin Sabina kennenlernt, wird er in mysteriöse Ereignisse verwickelt. Sabina ist gerade dabei, ein Drehbuch an einen Produzenten zu verkaufen: »Das Zeitalter des Delphins« – die ergreifende Geschichte einer jungen New Yorker Delphindompteurin. Auf der Suche nach einer Hauptdarstellerin treffen Leopold und Sabina auf die junge, verwirrte Schwedin Undine Nielsson – die Vorträge über Delphine hält. Sie ist die perfekte Besetzung. Leopold findet heraus, daß sie schon einmal in einem Film mitgespielt hat. Im Jahre 1921. Demnach müßte sie längst über neunzig sein …
So beginnt dieser Roman, der eine phantastische, atemberaubende Geschichte erzählt, deren dunkle Anfänge bis in die zwanziger Jahre zurückreichen. Verfügt Undine Nielsson über magische Kräfte? Warum altert sie nicht? Wer ist der verrückte Magier Pius Yurgrave? War er es, der die Menschen in Manhattan für eine Nacht in Schmetterlinge verwandelte? Hat das Drehbuch eine versteckte Botschaft? Leopold muß sie entschlüsseln.

Michael Wallner, geb. 1958, Ausbildung für Regie und Schauspiel am Max-Reinhardt-Seminar, Schauspieler am Burgtheater Wien und Schillertheater Berlin, seit 1987 Opern- und Theaterregisseur, inszenierte u.a. in Wien, Düsseldorf, Bochum und Hamburg, lebt in Berlin. »Manhattan fliegt« ist sein erster Roman.

Michael Wallner

Manhattan fliegt

Roman

RECLAM VERLAG LEIPZIG

Dank an Susanne Wolfram
und
Ursula G.

ISBN 3-379-01715-9

Reclam-Bibliothek Band 1715
1. Auflage, 2000
Reihengestaltung: Hans Peter Willberg
Umschlaggestaltung: KOCMOC.NET, Kay Krause und
Alexander Fleischmann, Leipzig
Gesetzt aus Meridien
Satz: abg satz und bild GmbH, Altenburg
Druck und Bindung: Ebner Ulm
Printed in Germany

Bilder wie aus verschiedenen Filmen.
Kein Titel, kein Vorspann.
Eine Sprache, die er kennt,
aber noch nie gehört hat.

1991

Gryhsl

Als ich Gryhsl zum ersten Mal begegne, überquert er die 7th Avenue bei Rot. Der Fahrer des Yellow Cab kommt weder zum Hupen noch zum Fluchen und fährt Gryhsl einfach nieder. Er wird hochgeschleudert, und weil seine Jacke sich verheddert, noch so lange mitgeschleift, bis die Antenne bricht. Das regt in Manhattan keinen auf. Die schwarzen Angestellten glotzen, die weißen Flohmarktbesucher rufen Wow, und beeindruckt sind nur die Touristen. Ich bin nicht beeindruckt, aber Gryhsl rollt mir so ungeschickt vor die Füße, daß ich nicht wie üblich wegschauen und weitergehen kann. Ich helfe ihm auf.
Wenn ich etwas hasse, sind es Zeugenaussagen und Papierkram. Ich will dem Taxifahrer keine Schwierigkeiten machen, aber so über die Straße zu gehen wie Gryhsl imponiert mir. Ich gebe zu Protokoll, daß er sich absolut korrekt verhalten hat, der Wagen ist zu schnell gefahren.
»Großer Himmel, großer Himmel, großer Himmel!« jammert der Mann im Taxi, ein dunkler Kerl mit abstehenden Ohren und einem Schnitt über der Lippe. Worüber regt er sich auf? Zahlt doch alles die Versicherung.
New York habe ich mir immer wie in den Woody-Allen-Filmen vorgestellt, oder wie in *Breakfast at Tiffany's*. Wer will Obdachlose sehen und verschandelte Highschools mit lebensmüden Pubertierenden? Wer will wissen, daß die Puertoricaner und Koreaner, die Vietnamesen, Thais und Haitianer zahlenmäßig das wirkliche New York repräsentieren, daß rund um Manhattan die dritte Welt sitzt? Ich nicht. Soll die Hälfte meines Taschengeldes für Bettler und Junkies draufgehen?

Gryhsl stammt aus Feuerland, erzählt er mir später in einer indischen Snackbar, und reibt sich das Schienbein. Er weiß nicht, wie er dorthin kam, wurde auf einer felsigen Insel von Satellitenkoordinatoren gefunden. Gryhsl ist klein und sehr kräftig. Rotes Flachshaar, das sich nie zu einer Frisur entschließt. Kurze Arme, kurze Beine, kein Hals kompliziert den Übergang vom Kopf zur Brust. Wirklich scheußlich ist seine Neurodermitis. Überall pellt sich die Haut, und wo sie's nicht tut, kratzt er unaufhörlich, gnadenlos, bis er die Haut vom blutenden Fleisch zieht. Wir trinken indisches Bier und erzählen. Gryhsl träumt davon, einen Film zu machen, aber davon träumt in New York jeder Zweite. Arbeitslose Schauspieler, idealistische Taxifahrer, einsame Kunststudenten. Alle schreiben Drehbücher und wollen, daß daraus ein Film wird.
Ich erzähle vom Workshop im *Actor's Studio*. Morgens rollen wir auf dem Boden herum und tun, als wären wir ein Baum, eine Pizza oder eine Hexe im Wind. In meinem Kurs sind zwei Schweden, vier Deutsche und ein ägyptischer Teppichhändlersproß mit Chauffeur und Diätkoch. Soviel zu den Männern. Auch wenn ich nur einssechzig groß bin und zur Korpulenz neige, mit den weiblichen Kursteilnehmerinnen wirst du lieber nicht auf der Straße gesehen. Pickelgesicht aus Gelsenkirchen, eine depressive Münchnerin mit ihrer lesbischen Schwester und die Geliebte eines Aussteigers aus Amsterdam.
Der Rollenunterricht ist die reinste Quälerei, erzähle ich Gryhsl: ›Was fühlst du, wenn du diesen Dosenöffner in Jerrys Westentasche schmuggelst?‹ fragt mich der Schauspielguru im abgewetzten Cashmerepullunder. Keine Ahnung, was ich fühle. Langeweile vielleicht. ›Du mußt alles wissen, jede kleinste Information kann für die Rolle von Bedeutung sein.‹ Er dreht sich gönnerhaft zu den übrigen Schülern. Die sind froh, mit dem blöden Dosenöffner nichts zu tun zu haben. ›Also, Leopold‹, sagt er, und dehnt meinen Namen so unsinnig, daß er klingt wie Liiieeoouuu-poooouult, ›wie riecht der Dosenöffner, wie riecht Jerrys Westentasche, wie riecht Jerry?‹

Ich schnüffle am Dosenöffner und an dem Schweden, der Jerry spielt, erzähle ich Gryhsl. Auf diese Weise vergeht die Hälfte der Stunde. Den Rest der Zeit popeln wir an einem einzigen Satz herum, spüren den Kosmos darin auf, eine Biographie voll Entbehrung und Erbrochenem, bis der Pullunder-Platzhirsch sein knurriges *Not bad* über mich ergießt, und die anderen mich wissen lassen, daß ich *great* war. Zwei Wochen halte ich durch. Dann hole ich mir am Klo eines chinesischen Take Away eine Darmgrippe, bleibe vier Tage im Bett, und gehe danach nicht mehr hin zu den Seelenquälern und arbeitslosen Masochisten. Gryhsl nickt und zieht die Haut von seinem Knöchel ab.
»Aber was jetzt?« sage ich. »Müßiggänger bin ich keiner. Ich muß was tun. Lesen schaffe ich höchstens zwanzig Minuten lang, dann kriege ich Hunger. In Ausstellungen bekomme ich Rückenschmerzen, und nach drei Wochen hast du alle Broadwayshows gesehen. Also was?«
Gryhsl sieht zu Boden und pult nachdenklich einen länglichen Hautfetzen aus seinem Ohr.
»Ich würde dir gern was vorlesen«, sagt er scheu.
Ich bin nicht neugierig auf Gryhsls Geschreibsel. Aber ich habe nicht den Nerv, ihm das zu sagen. Wir verabreden uns für den nächsten Tag. Zum Abschied gebe ich ihm die Hand und kippe fast vom Hocker. Ich habe einen Schlag gekriegt, einen heftigen Schlag. Wie wenn ich in die Steckdose gelangt hätte. Gryhsl grinst.
»Was war das?« frage ich.
»Das kann ich machen«, kichert er. »Ich kann das machen, weiß auch nicht, wie.«
»Kannst was machen?«
»Strom.«
»Klar, kennt doch jeder«, gebe ich zurück. »Man geht über billigen Teppichboden, und wenn du dann jemanden berührst, macht's knacks.«
»Kinkerlitzchen.« Er schüttelt den Kopf. »Ich mache Strom in jeder Stärke.«
»Ja sicher. Und in Afrika feiern sie Muttertag«, lache ich und springe vom Barhocker.

»See you«, sagt Gryhsl und streckt mir noch mal die Hand entgegen. Ohne zu überlegen drücke ich sie und fühle mich, als hätte jemand den Toaster in mein Badewasser geworfen. Ich taumle an den Rand der Theke, Gryhsl läßt wieder los. Millionen aggressiver Würmer jagen durch meine Finger. Als der Schmerz nachläßt, ist Gryhsl gegangen.

Avenue A ist die billigste Gegend von Manhattan. Die Betonplatten der Fahrbahn haben klafterbreite Risse. Dreck und Abfall liegen in stinkenden Haufen um die Hydranten. Die Hunde urinieren daran. Hinter runtergelassenen Rollos sehe ich Latinos vor der Glotze sitzen und dicke schwarze Mammas in überquellenden BHs. Gryhsl bewohnt die mieseste Bude weit und breit. Die Farbe des Hauses muß einmal grün gewesen sein, jetzt sieht es aus, als hätte ein besoffener Riese gegen die Fassade gekotzt. Ich ziehe meinen Jackenärmel über die Hand, anders mag ich den Türknauf nicht berühren. Das Treppenhaus ist so dunkel, daß ich gegen die Briefkästen renne. Als Antwort stöhnt in einer der Wohnungen ein Mann. Drei Stock hoch steige ich, vermeide, die schlierigen Wände zu streifen. Oben reißt Gryhsl die Tür auf und umarmt mich.
»Na, ist das nichts?!« brüllt er und zeigt stolz auf die Luke in der Zimmerdecke, die auf das Flachdach führt. Mit Hilfe der altersschwachen Leiter klettern wir hoch, und schauen über den Fluß. Manhattan ist eine riesige Filmkulisse, denke ich und zähle die Brücken, die man von hier aus sieht. Gryhsl läuft umher, stößt Trompetentöne aus, und gießt die armseligen Pflänzchen, die er selbst ausgesetzt hat. In der Wohnung zeigt er mir die Sache mit dem Strom noch einmal. Er steckt den Fernseher aus und packt die Enden des Kabels mit Daumen und Zeigefinger. Für Sekunden ist Shampoo-Werbung auf dem Bildschirm zu sehen.
Gryhsl liest schlecht und schleppend, er betont falsch, und ich frage mich, ob er überhaupt richtig Lesen gelernt hat. Aber die Geschichte ist toll. Ich habe mich auf einen öden

Nachmittag eingestellt, dachte, ich würde stundenlang ein interessiertes Gesicht aufsetzen müssen und dabei mit dem Schlaf kämpfen. Im Gegenteil. Von der ersten Sekunde an bin ich fasziniert. Es ist witzig, spannend, hat Sex, Poesie, sogar so etwas wie eine tiefere Aussage. Dieses Drehbuch ist einfach gut.
Es spielt in den frühen fünfziger Jahren und handelt von der ersten weiblichen Delphintrainerin New Yorks. Im Delphinarium von Coney Island führt sie ihre Lieblinge den fetten Kids vor, die fettes Popcorn ins Bassin werfen. Sie heißt Henrietta und lebt allein. Die Delphine sind ihre einzigen Freunde. Vor allem Henry, ein weißer Tümmler mit Augen voll Güte und Tapferkeit. Und er kann sprechen. Eines Nachts bringt er Henrietta eine Muschel aus dem Meer, und sie findet darin eine Perle. Sie lernt einen lebensmüden Magier kennen, der aus dem Fenster springen will. Henrietta rettet ihn, gemeinsam machen sie sich auf die Suche nach ...
Das Telefon läutet.
»Läuten lassen«, sage ich. »Ist doch egal, wird wieder anrufen!« Ich will jetzt wissen, wie es weitergeht.
Aber Gryhsl legt das Manuskript beiseite, kratzt sich am Schlüsselbein, und hebt ab. Beim ersten Ton der Stimme am anderen Ende wird das krätzige Gesicht weich und kindlich. Glucksende Laute gibt er von sich, sein Oberkörper verfällt in schlingernde Bewegungen.
»Ja – hmja – hm, hm«, sagt er. »Ja, er ist da.« Pause. »Wir haben schon begonnen. – Wenn du meinst.«
Geräuschlos legt er auf. Freundliche Blitze züngeln aus seinen Handflächen, er vergißt, sich zu kratzen.
»Ich treffe jetzt eine sehr gute Freundin«, sagt er. »Es wäre schön, wenn du sie kennenlernst.«

»Das ist dein Bekannter?«
»Ja, Sabina.«
»Ein Schauspieler?«
»Ja, Sabina.«
»Du besuchst hier einen Workshop?«

»Ja, das heißt …«
»Wie ist dein Name?«
»Leopold. Sie nennen mich Poldi drüben, aber in New York sagen die meisten Leo zu mir.«
»Wieso, Poldi klingt doch viel netter. Setzt euch. Holundersaft?«
»Gerne, danke.«
»Und du, Poldi?«
»Holunder? – Ja, warum nicht.«
»Wächst bei Sabina hinten im Garten.«
»Du hast einen Garten, – in Manhattan?«
»Ein Abrißplatz. Sie werden dort bald wieder ein Haus bauen. Dann verschwindet der Holunderstrauch.«
Sie geht in die Küche, Stille.
Tja, das ist eine Frau, der ich nichts vormachen kann. Ich ziehe den Bauch nicht ein, erzähle keinen Unsinn über nie gehabte Erfolge, fläze nicht breitbeinig auf ihrem Sofa. Ich genieße einfach die Stille der kleinen Wohnung und warte auf den Holundersaft, den Sabina jetzt in einem kristallenen Krug bringt. Sie trägt ein weites weißes Herrenhemd, und natürlich verschlagen mir ihre Beine den Atem, aber ich lasse keine Münze zu Boden fallen, um ihr beim Aufheben unters Hemd zu schielen. Grüne Augen hat sie, ein ganz besonderes Grün, schwarzes Haar, kräftiges Kinn. Das Faszinierendste sind ihre Wangen, diese besondere Linie ihrer Wangenknochen. Sie strahlt Ruhe aus, ohne langweilig zu sein. Gryhsl ist verliebt in sie, so sehr, daß er sich in ihrer Nähe körperlich verändert. Seine stromschnellende Unrast verwandelt sich in mildes Glimmen, das Haar gruppiert sich zum Scheitel, und der Schorf hört zu jucken auf. Man könnte ihn in Sabinas Nähe für einen freundlichen Jungen mit leichten Hautunreinheiten halten.
Die Wohnung ist seltsam. Jede Menge okkulter Gegenstände: Holz- und Kupfermasken an der Wand, Kerzen und Duftlämpchen, ein Tarotspiel offen hingefächert, als ob jemand gerade das Schicksal befragt hätte. Und Delphine aus allen möglichen Materialien. Ich würde mich

amüsieren oder gruseln, wäre da nicht Sabina, die dem Ganzen einen versteckten Sinn gibt.
Wir sprechen über Europa und Amerika, über Filme, den Frühling, nichts Besonderes. Die sinkende Sonne entflammt die Feuermauer gegenüber dem Fenster. Der Holunderstrauch erglüht, und in dieser Stimmung fällt mir das einzige Hölderlingedicht ein, das ich kenne, und der Tag, an dem ich der alten Negerin über die Straße half, ohne mich vor den Passanten zu schämen.
Sabina will wissen, wie mir das Drehbuch gefällt. Ich sage, daß ich begeistert bin. Das scheint sie mehr zu freuen als Gryhsl. Sie kennt sein Buch offenbar auswendig und befragt mich zu den Abenteuern der Heldin.
Es ist schon fast dunkel. Das Rot der Feuermauer ist einem Graublau gewichen. Plötzlich schallt ein gurgelnder Laut aus dem Nebenzimmer. Sabina steht auf.
»Und jetzt müßt ihr gehen.«
Sofort ist Gryhsl auf den Beinen. »Natürlich, Sabina.«
Ich komme scheinbar nicht schnell genug hoch, Sabinas Gesicht verfinstert sich.
»Bitte.«
Sie läuft zur Eingangstür, öffnet, wieder der gurgelnde Laut. Als ich noch meinen Holundersaft austrinken will, hebt Gryhsl mich kurzerhand hoch. Als Paket verlasse ich die Wohnung.

»Was war das?«
»Hooper.«
»Was ist Hooper, ihr Hund?«
»Ihr Sohn.«
»Hat sich aber angehört wie ein kranker Spaniel.«
»Hooper ist anders.«
»Wie alt?«
»Drei. Sabina hat nach seiner Geburt ihren Job aufgegeben, kümmert sich nur um ihn.«
»Den ganzen Tag?«
»Sie arbeitet zu Hause. Als Übersetzerin.«
»Was übersetzt sie?«

»Romane. Ins Schwedische und Ägyptische.«
»Wer liest denn so was?«
»Schweden und Ägypter.«
»Wie sieht der Junge aus?«
»Ungewöhnlich.«
»Ungewöhnlich?«
»Sabina will nicht, daß ich darüber spreche. Ich habe ihn auch nur zweimal gesehen.«
»Wer ist der Vater? Warum kümmert er sich nicht um die beiden?«
»Ich habe einmal nach ihm gefragt, da riß ein Windstoß das Fenster auf, sämtliche Pflanzen fielen um, die Heizungsrohre begannen zu klopfen und der Junge brüllte wie ein Kalb. Ich habe nie wieder gefragt.«
Wir gehen schon eine Weile an den Docks entlang, Sabina wohnt im südlichen Tribeca. Im Battery Park setzen wir uns auf eine Bank. Gryhsl zieht die Haut am Ellbogen ab, ich muß vom Holundersaft rülpsen. Unermüdlich schippern die Fähren quiekende Touristengruppen nach Ellis Island und zur Freiheitsstatue. Pantomimen, Akrobaten und andere Arbeitslose unterhalten die in Viererschlangen angestellten Reisegruppen, bis sie im Bauch des nächsten Schiffes verschwinden. Penner und Alkis hängen in der Nähe der Abfallkörbe herum, um halbvoll weggeschmissene Milchshakebecher auszusüffeln. Manchmal fingern sie auch den Rest eines Cheeseburgers aus dem Müll. Das ist die Realität von Manhattan. Der Nachmittag bei Sabina war anders, wie der Besuch in einer anderen Zeit. Die große Frau im weißen Hemd, die Feuermauer im Abendrot, der brennende Holunderstrauch und dieses Kind. Alles sehr merkwürdig. Merkwürdigkeiten machen mich hungrig, ich lade Gryhsl zum Abendessen ein, und wir verschwinden in der nächsten Subway.

»Poldi?«

»Ja.«

»Sabina.«

»Hallo, wie schön. Wie geht's deinem … äh …«

Fehler. Ich kann von dem Jungen ja gar nichts wissen.

»Wie geht's deinem Holunderstrauch?«

»Hooper hat sich bald wieder beruhigt.«

Durchschaut.

»Ich will mit dir in einen Film gehen. Hast du heute nacht Zeit?«

»Und wer paßt auf Hooper auf?«

»Nicht dein Problem. Willst du?«

»Ja schon, wann?«

»Kurz nach Mitternacht.«

»Warum so spät?«

»Geht nicht früher.«

»Wird Gryhsl dabeisein?«

»Heute nicht.«

»Gut, ich freue mich.«

Sie nennt mir die Adresse des Kinos und hat schon aufgelegt. Sabina will mit mir ins Kino. Diese Statue von einer Frau, schön, gebildet, sensibel, vom Leben geprüft, – was will die mit mir? Was ist das für ein Film, den wir mitten in der Nacht sehen müssen? Intellektuell, elitär? Werde ich ihn verstehen, wird sie mit mir darüber diskutieren wollen? Nimmt sie mich mit, weil ich Europäer bin? Vielleicht eine Faßbinder-Retrospektive. Ich werde nervös. Was ziehe ich an? Soll ich vorher was trinken, um spritziger zu sein? Oder lieber Kaffee? Sucht Sabina einen Mann? Aber mich doch nicht. Mich nimmt man, wenn alle andern Männer den Tripper haben. Weiß Gryhsl davon? Soll ich es ihm erzählen, heute nachmittag, wenn ich ihn zu seinem wichtigen Termin begleite?

Es geht ums Geld für den Film. Gryhsl hat keinen Cent, kann nicht mal seinen Hautarzt bezahlen. Staatliche Förderung gibt es keine, also muß er sich auf die Suche nach

Geldgebern machen. Er kennt jemand, der jemand kennt, der die nötigen Mittel hat, zumindest sagt er das. Gryhsl will mich dabeihaben, ich hätte so ein überzeugendes Auftreten. Also klettere ich in meinen hellgrauen Dreiteiler, in dem man mir zehn Zentimeter mehr und zehn Kilo weniger gibt, und fahre als Produktionsberater mit.
Mr. und Mrs. Spoliansky leben in Brooklyn. Es ist ein Reihenhaus. Eines von vielen inmitten der Kulisse biederer Häuschen, vor denen wohlgenährte jüdische Kinder sich auf die nächste Mahlzeit freuen. Victor Spoliansky war Notar, sehr erfolgreich, mit mahagonigetäfeltem Büro auf der Park Avenue. Jetzt ist er im Ruhestand, und ich hoffe, er hat sein Vermögen auf der Bank, denn in die Hauseinrichtung hat er es nicht gesteckt. Gelber Plüsch springt uns rundherum an, kränklichgelbe Sofas und Sessel, auch der knöcheltiefe Teppichboden ist gelb. Fotografien einer unübersehbaren Verwandtschaft auf dem Kaminsims. Vier Katzen zähle ich. Ein fetter Kater, den Mrs. Spoliansky zärtlich *Benjie* ruft, eine rote und zwei Tigerkatzen. Sie haben dem Haus ihren Geruch aufgeprägt. Die Spolianskys sind ein nettes älteres Ehepaar, sie mit Dauerwelle und fliederfarbenem Hosenanzug, er in dunkelgrünen Cordhosen, Hemd, Krawatte und Wollwestchen.
Gryhsl hat sich auf das Gespräch gut vorbereitet, aber sie wollen über den Film gar nichts wissen. Spoliansky fragt mich, wie es im heutigen Warschau aussieht. Da ich noch nie dort war, erzähle ich, wie's im heutigen Wien aussieht, und das macht ihm ebensolches Vergnügen.
»Ach Europa! Ob wir die alte Heimat noch einmal sehen werden vor unserm Tode? Was meinst du, Bewa?«
»Ich in jedem Fall, Victor. Gleich wenn du tot bist, setz' ich mich ins Flugzeug und schau mir die Welt an.«
»Wenn ich dich nicht zuerst um die Ecke bring', Bewa.«
Sie lachen ausgelassen und führen uns ins Eßzimmer, wo fetttriefende Kuchenberge auf uns warten, dazu Kaffee, Limonade und Likör. Wir essen höflichkeitshalber, trinken den süßen Likör, immer noch keine Erwähnung des Films.

»Victor ist der Meinung, daß der Präsident mehr für die Notare tun sollte«, sagt Mrs. Spoliansky und legt mir das dritte Stück Pistazientorte auf den Teller.
»Aha? Und was zum Beispiel?« fragt Gryhsl.
»Der Präsident ist eine Marionette des Repräsentantenhauses. Sämtliche Wirtschaftsentscheidungen werden ihm aus der Hand genommen. Seit ich im Ruhestand bin, Mr. Gryhsl, ist die Zahl der notariell beglaubigten Wirtschaftsverträge um acht Prozent zurückgegangen. Können Sie sich das vorstellen?«
»Wirklich? Das ist ja interessant.«
»Um acht Prozent! Aber die Zahl der Videorecorder ist im gleichen Zeitraum um hundertsechzehn Prozent gestiegen. Damit ist wohl alles gesagt.«
Gryhsl und ich nicken beeindruckt. Spoliansky hebt den Finger.
»Die Amerikaner sehen immer mehr fern und machen immer weniger Geschäfte. So schaut's aus.«
Jetzt wäre der Moment, um auf den Film zu sprechen zu kommen, aber Bewa macht uns einen Strich durch die Rechnung.
»Wir haben keinen Videorecorder«, sagt sie, »nicht einmal ein Fernsehgerät.«
»Und wie informieren Sie sich über das, was so vorgeht?«
»Wir lesen seit dreißig Jahren den *Brooklyn Observer* und wußten immer, was vorgeht. Wir werden ihn auch die nächsten dreißig Jahre lesen.«
»Ich mag die Leitartikel von Sam Gershwitz nicht«, knurrt Victor.
»Die Leitartikel von Sam Gershwitz sind wunderbar«, kontert Bewa.
»Er glaubt, er ist der Allmächtige.«
»In Brooklyn ist er das auch.«
»Nur weil er dir einmal im Zigarrenladen die Hand gegeben hat, betest du ihn an.«
»Er hat mir nicht die Hand gegeben, er hat mich nach dem Wetter gefragt.«

»Na und? Schreibt er jetzt auch den Wetterbericht, der Pinsel?«
»Ich möchte nicht, daß du in meinem Haus schlecht von Sam Gershwitz sprichst, Victor.«
Bewas Wangen weisen eine hektische Sprenkelung auf. Ich bemerke, daß die Likörflasche leer ist.
»Vielleicht wär's dir lieber, wenn Sam Gershwitz hier wohnen würde, und du mich rausschmeißen könntest, Bewa!«
Spoliansky hält den Tortenheber umklammert. Sein Ehering erzeugt auf dem Silber ein schabendes Geräusch.
»Ich will dich nicht rausschmeißen, Victor, ich würde dich am liebsten ermorden!« Bewas Stimme kippt über.
»Und womit, wenn ich fragen darf?«
»Wie wär's damit?«
Bewa öffnet die Tischschublade und zieht einen riesigen Armeerevolver hervor. Sie zielt auf ihren Mann. Gryhsl und ich haben mit vollem Mund zugesehen, jetzt will er eingreifen.
»Mr. Spoliansky – Mrs. Spoliansky ...«
»Hab' ich dir nicht verboten, mit der Waffe rumzuspielen!«
»Merken Sie sich, was Sie sagen wollten, Mr. Gryhsl«, ruft Bewa und zielt auf Victors Bauch. Der Revolver ist so schwer, daß sie ihn mit beiden Händen umfaßt. Erster Weltkrieg oder noch früher, würde ich sagen.
»Außerdem ist er gar nicht geladen«, lacht Victor.
Der Schuß ist wahnsinnig laut, Gryhsl fällt die Gabel auf den Teller. Mr. Spoliansky greift sich mit der einen Hand an den Bauch, wo bald ein roter Fleck größer wird, in der andern hält er immer noch den Tortenheber.
»Du verdammtes Luder!«
Er springt auf, schleudert den Tortenheber nach Bewa, sie duckt sich, das Silber bohrt sich in den Topf der Bougonvillea. Dann schießt sie noch einmal, diesmal in seinen Oberarm. Er haut ihr quer über den Tisch eine herunter, daß die Waffe im Bogen durch die Luft segelt. Victor hebt sie auf, Bewa versucht, durchs Wohnzimmer zu entkommen.

»Du kriegst mich nicht!« kreischt sie.
Ich weiß, wie Ehehaß aussieht, ich habe meine Eltern beobachtet. Aber von den Spolianskys könnten meine Eltern noch einiges lernen. Benjie saß zusammengekauert unter dem Wohnzimmersofa. Als Victor auf Bewa schießt, schnellt Benjie hoch und durch die Küche ins Freie. Der Schuß trifft Bewa im Oberschenkel, sie bricht zusammen, kriecht weiter. Victor stellt sich über sie und feuert zweimal auf ihre Kniescheiben. »Das ist für Sam Gershwitz«, keucht er, »und das ist für die geschmorten Weinblattröllchen, die du mir seit Jahren nicht mehr kochst.«
Bewa schützt ihre Knie mit den Händen. Blut quillt hervor.
»Der Teppich! Nicht auf den Teppich«, zischt sie.
»Jetzt sollte Sam Gershwitz kommen. Bist ein hübscher Anblick, wie du so daliegst.«
»Sam Gershwitz würde nie einer am Boden Liegenden in die Kniescheiben schießen«, keift sie zurück.
»Stimmt, der hätte dir gleich in die Augen geschossen.«
Victor zielt auf Bewas rechtes Auge.
»Nein!« brüllt Gryhsl und will hinstürzen, da klopft es an der Tür.
»Mr. Spoliansky, Mrs. Spoliansky?«
Es ist ein kleines Mädchen, das zaghaft die Fliegengittertür öffnet.
»Ja, Miriam, was ist denn?« fragt Bewa vom Teppich aus.
»Meine Mamma läßt bitten, jetzt damit aufzuhören, weil Jimmy ist spät nach Hause gekommen und möchte ein bißchen schlafen.«
»Natürlich, Miriam. Sag deiner Mamma, wir sind schon fertig. Willst du ein Stück Kuchen mitnehmen?«
»Gern, danke.«
Die Kleine hopst an den Spolianskys vorbei, greift sich ein Stück Cremetorte und verschwindet durch die Vordertür.
»Wiedersehn.«
»Wiedersehn, Miriam«, rufen die Spolianskys im Chor.

Victor hilft seiner Frau auf, sie scheint keine Schmerzen zu haben. Gryhsl und ich sind paralysiert. Sie helfen einander, mit Haushaltspapier das Blut abzuwischen. Jetzt sehe ich die kleinen Plastikbeutel, die am Boden liegen.
»Mit dem Teppich hättest du aufpassen können«, nörgelt Bewa.
»Ist doch Lebensmittelfarbe, das kriegt man wieder raus.«
»Wollen's hoffen.«
Die beiden drehen sich zu uns, strahlen. »Na, wie hat's Ihnen gefallen?«
»Das war ... nur ein Witz?« stammelt Gryhsl.
»Eine kleine Inszenierung zu Ehren unserer Gäste aus dem Showbusiness.«
Bewa tätschelt mit blutverschmierten Händen Victors Wange. Er läßt den Revolver kreisen wie ein Westernheld.
»Wir denken uns immer was für Besucher aus, diese Kaffeeinladungen sind sonst viel zu langweilig. Letztes Mal, als die Zimmermans da waren, hat Victor mir einen flambierten Bar-BQ-Spieß in den Rücken gerammt. Ich brannte lichterloh. So eine schöne Grillparty war das. Stimmt's Victor?«
»Na und ob. Noch Kaffee?«
Wir bleiben nicht mehr lange. Der Schock sitzt uns noch in den Knochen, und die Hoffnung, der Finanzierung unseres Filmes näherzukommen, haben wir aufgegeben.
»Sie haben uns eine völlig neue Seite von Brooklyn gezeigt.« Das ist alles, was mir beim Abschied einfällt.
»Man muß ein bißl Spaß im Leben haben, auch in unserm Alter«, kichern die Spolianskys und winken uns von der Veranda nach.
»Ach ja! Was den Film betrifft«, ruft Victor, »das Buch gefällt uns, Bewa und mir.«
Wie von einem unsichtbaren Seil werden wir zurückgezogen. »Wirklich? Sie haben es gelesen?«
»Jaja, ist schön blöd und kitschig – das wollen die Leute sehen in diesen meschuggenen Zeiten!«

»Wie seid ihr nur auf diesen sprechenden Delphin gekommen«, quietscht Bewa, »der ist ja goldig!«
»Und heißt das, daß Sie die Finanzierung übernehmen?« fällt Gryhsl mit der Tür ins Haus.
»Bewa versteht absolut nichts von Filmen«, sagt Victor, als ob er die Frage nicht gehört hätte. »Bewa interessiert nur, ob die Frauen schöne Abendkleider tragen und im Mondschein Rumba tanzen. Meldet euch nächste Woche, ich werde ein paar Telefonate führen.«
Er hat den blutigen Oberarm um seine Frau gelegt.
»Ich verstehe sehr wohl was von Filmen!« bockt sie zu ihm hoch.
»So?« Er schüttelt sie sanft, daß ihre Dauerwelle wippt. »Was war denn seit Ben Hur der letzte Film, den du gesehen hast?«
»Ich habe erst vorige Woche einen sehr romantischen Film gesehen.«
»Und was war das?«
»Das Kettensägen-Massaker.«
Sie lachen prustend, fallen sich in die Arme und verschwinden im Haus. Hinter dem Fliegengitter hört man sie kichern.

Zeitreise

Yorkville, Upper Eastside, zwischen 85. und 90. Straße, das ehemalige deutsche Viertel. Nur wenige Geschäftsschilder erinnern daran, daß hier die Gegend der deutschen Einwanderer war. *Kleine Konditorei* lese ich, *Schwarzwälder's Coffee Shop, Rosenkavalier*. Wenig los um Mitternacht. Ich frage einen Kellner auf deutsch nach dem Kino. Er kettet die Tische an und versteht kein Wort. Ich frage auf englisch, er antwortet bulgarisch, daß hier kein Kino ist, nie eins war und jetzt macht er Feierabend. Er huscht ins *Rosenkavalier* zurück.

Sabina steht vor mir. Ganz in Schwarz diesmal, hochgeschlossene Jacke und diese Art Schihosen, in denen ich wie ein Schlumpf aussehen würde. Sabina sieht großartig aus. Auf ihren hohen Absätzen kann sie problemlos über mich drüberschauen, ihr Halsgrübchen ist auf meiner Augenhöhe.

»Ich freue mich, dich zu sehen«, sagt sie zu mir runter.

»Ich auch«, antworte ich nach oben, »aber hier ist kein Kino, du mußt die Adresse falsch verstanden haben.«

»Komm nur, wir sind genau richtig.«

Sie geht voraus auf einen Bretterzaun zu, dem gegenüber die Straßenbeleuchtung ausgefallen ist. Ich folge ihr ins Dunkel. Sie scheint die Bretter zu zählen, das zehnte schiebt sie beiseite, fordert mich auf, durch die Lücke zu steigen. Wir stehen vor einer überladenen Fassade. Zwanziger Jahre, vielleicht noch früher. Protzvilla, denke ich, dann sehe ich die verblaßte Inschrift über dem Portal – *To the Memory of S…und Gla…sch.*

»Was heißt das?«

»To the Memory of Sigmund Glawatsch.«

»Wer ist das?«

»Er war in den Zwanzigern ein berühmter Mann.«

Wilde Sträucher und Gräser wachsen in den Ritzen des Treppenaufgangs. Eine Eiche hat mit ihren verzweigten Wurzeln die Stufen vereinnahmt, kleine Ableger sind bis ins Innere des Gebäudes vorgedrungen. Das Eingangstor liegt modernd auf dem Schutt der abbröckelnden Fassade. Teufelsfratzen grinsen aus Nischen, ein Racheengel, auf seinen Bihänder gestützt, liegt im Staub, Gräser umspielen ihn. Das Glas der Schaukästen ist eingeschlagen, Fetzen von Kinoplakaten bewegen sich in der Nachtluft. *›Das Liebesglück einer Blinden‹* entziffere ich. Ein vergessener Filmheld blitzt blauäugig vom regengedunsenen Papier. Sabina zieht mich weiter. Schimmelpilzige Seidentapeten, Modergeruch. Die geschwungene Freitreppe erscheint mir so baufällig, daß ich Sabina vorgehen lasse. Ihr Feuerzeug ist die einzige Beleuchtung. Was knirscht unter meinen Sohlen? Ich will es gar nicht wissen. Die Schwingtür

zum Kinosaal versperrt uns den Weg. Sie schwingt nicht, klemmt, ist verrammelt oder versperrt.
»Das haben wir gleich.«
Ich ziehe das Jackett aus und werfe mich gegen die Balken. Keinen Millimeter geben sie nach. Den stechenden Schmerz mißachtend, renne ich wieder an, als Sabina zu schreien beginnt.
»Säääääät?! – Säääät Uuuuuhuraaans!«
Was ruft sie da? Beschwörungsformeln?
»Säääääät! Uuuuhuraaans!«
Woodoo? Ich versuche meine Augen an das Dunkel zu gewöhnen, um notfalls den Rückweg allein zu finden. Da ächzt es hinter der Schwingtür, ein Schlüssel wird ins Schloß gesteckt.
Der Kerl, der uns einläßt, ist beruhigende zehn Zentimeter kleiner als ich. Ein uralter Mann in abgewetztem Anzug und Hausschlappen steht da und blinzelt, als hätten wir ihn aus dem Schlaf geholt. Riesiger Schädel, lange graue Haarbüschel wachsen aus Ohren und Nase, dicke Brille, schlechte Zähne.
»Willkommen, jaja.«
Der Saal, auf den er den Blick freigibt, ist schummrig erleuchtet. Wenige intakte Glühbirnen illuminieren die Spinnweben, die von Lämpchen zu Lämpchen wehen. Kalter Rußgestank liegt im Raum, vor Jahren muß es hier gebrannt haben. Der Pomp des Treppenhauses setzt sich im Kino fort. Ich sehe zur Decke hoch, ja, hier hat es gebrannt. Das Gewölbe ist vollkommen schwarz, verkohlt, auch die Logen und Ziersäulen blieben vom Feuer nicht verschont. Die Parkettsitze müssen einmal rot gewesen sein, jetzt bedeckt sie ein graubrauner Film aus Staub und Ruß. Sabina umarmt den Kleinen.
»Pünktlich auf die Minute, gut, gut«, kichert er zwischen ihren Brüsten hervor.
»Darf ich vorstellen – mein Freund Leopold, und das …«, sie legt unsere Hände salbungsvoll ineinander, »das ist Säät Uuhurans, der uns die Möglichkeit gibt, einen außergewöhnlichen Film zu sehen.«

»Seit wann ist das Kino geschlossen?« frage ich.
»Geschlossen, was? Ihr seid da und es ist offen.«
Er geht in den Saal voraus, auf den krummsten Säbelbeinen, die ich je gesehen habe. Sabina ist plötzlich ganz aufgeregt, nimmt meine Hand und zieht mich den Mittelgang entlang. Der Alte hat zwei Klappsessel abgestaubt, der rote Plüsch leuchtet wie Campari pur. Wir setzen uns.
»Anfangen, was?«
»Ja bitte, fangen wir gleich an«, sagt Sabina und nickt mir vielsagend zu. Der Kleine hopst in den Hintergrund.
»Was werden wir sehen? Ein Film, den ich kenne?«
»Das glaube ich nicht. Säät hat ihn aus Stockholm mitgebracht.«
»Ein schwedischer Film?«
»Ein früher amerikanischer Film, der nach Schweden verliehen wurde.«
Die Lampen erlöschen, die Leinwand wird hell. Ein Stummfilm. Nur das gedämpfte Knattern des Projektors ist zu hören und das Rascheln der Tierchen, deren Ruhe wir stören.
HÄMD MARKITTATEN glüht der Titel uns an.
»Was heißt *HÄMD*?« zische ich Sabina ins Ohr.
»Rache.« Sie wendet den Blick nicht von der Leinwand.
»Die Rache Markittas.«
Aha, denke ich, ich sitze im deutschen Viertel von Manhattan, in einer Kinoruine, und sehe mir einen amerikanischen Stummfilm an. Mit schwedischem Vorspann und schwedischen Zwischentiteln. Die Schmonzette beginnt in einem düsteren mittelalterlichen Schloß. Eine traurige Blondine kommt weinend die Treppe herunter. Warum weint sie? Die Kamera zeigt einen aufgebahrten Leichnam. Ein hoher Würdenträger. Ihr Mann? Ihr Vater? Die langen schwedischen Erklärungen sagen mir nichts.
»Was ist passiert?« raune ich.
»Ihr Vater ist tot«, flüstert Sabina. »Sie ist die einzige Tochter des Königs.«

Ich sehe, wie die Blondine das Schwert des Verstorbenen schwingt. Ein sehr großes Schwert. Erstaunlich, daß sie es überhaupt heben kann. Sabina beugt sich zu mir.
»Zwei Parteien streiten um den Thron«, sagt sie. »Das ist Prinz Bräcke.«
Ein finsterer Fettwanst mit gezwirbelten Brauen wirft begehrliche Blicke auf die Blonde. Ein dunkelhaariger Schönling kommt ins Bild und lächelt in die Kamera.
»Graf Almsjö, der Anführer der anderen.«
Der Dunkle macht einen Kratzfuß vor der Schwertdame und labert tonlos vor sich hin, was eine Salve schwedischer Zwischentitel zur Folge hat.
»Aber wo bleibt Markitta?« frage ich. »Wann tritt er auf?«
»Er? – *Sie* ist Markitta, die Prinzessin dort.«
Sabina zeigt auf die Blonde.
»Und wofür muß sie sich rächen?«
»Wart's doch ab.«
Jetzt kommt Leben in den Film. Der fette Bräcke entführt Markitta. Alle Beteiligten laufen verschreckt durchs Bild, daß die Blechhelme auf ihren Köpfen wackeln. Markitta sieht reizend aus, wie sie leidet, grollt und unter den mächtigen Stirnfransen schmachtet. Die Haare können nicht echt sein, überlege ich, das blonde Gewalle ist eine Perücke. Darunter ein seltsam modernes Gesicht mit Stupsnase und Schmollippen.
»Von wann ist der Film?« frage ich.
»1922«, gibt Sabina zurück.
Das ist der Jammer mit alten Filmen. Was dort oben so jung und verführerisch aussieht, vergammelt heute längst unter der Erde. Ob die schöne Markitta geheiratet hat und Kinder bekam, ob sie zu trinken begann, als ihre Jugend verflogen war, ob sie sich das Leben genommen hat, als der Tonfilm kam, werde ich nie erfahren. Nur dort in der düsteren Filmkulisse lebt sie in jugendlicher Schönheit weiter und kämpft gegen Schurken und Thronräuber.
»Wie heißt die Schauspielerin?«

»Undine Nielsson«, flüstert Sabina mit einem eigenartigen Unterton.
Schlagende Geräusche, ein Poltern, von Gröhlen begleitet. Glas bricht, jemand muß im unteren Foyer sein. Die Lichter erlöschen, Säät hält den Film an.
»Polizei?« flüstere ich.
»Ich weiß nicht ... nein.«
»Was willst'n jetzt schon schlafen gehen!« krakeelt eine hohe Stimme, die Antwort ist tiefes Gröhlen. Wieder klirrt Glas.
»Deutsch, da, alles Deutsch!« schreit der Hohe. Die Geräusche kommen näher, die Treppe herauf.
»He, ihr Nazis! Seid ihr da drin?!«
Er trampelt gegen die Kinotür. Sie gibt auch diesmal nicht nach.
»Komm«, grunzt der Tiefe.
»Ich geh' da jetzt rein!« trompetet der Hohe.
»Quatsch, wir müssen zu Nelly, hast' es vergessen?«
»Ach Nelly, jaja, scharfe Nudel. Wenn sie bloß nicht so 'ne schwache Blase hätte«, gackert der Hohe und trampelt gegen die Tür. Sie hält auch diesem Angriff stand, die Schritte entfernen sich.
»Sind sie weg?« ruft Sabina in die Dunkelheit.
Der Saal wird hell, Säät kommt aus der Vorführkabine zu uns.
»Jaja, weg, kommen nicht mehr, nein, wahrscheinlich nicht.«
Zu dritt lauschen wir, alles bleibt still. Über Sääts Gesicht breitet sich ein triumphierendes Glitzern aus.
»Na?« sagt er und zwirbelt die Haare an seinen Ohren.
»Wunderbar, Säät, wunderbar«, haucht Sabina und legt ihre schmale Hand an seine Wange. Er kichert und schmiegt sich in die Berührung.
»Na und? Sie ist doch ... ist sie nicht ...«, haspelt er.
»Umwerfend«, nickt Sabina. »Sie ist es, ist es haargenau. In hundert Jahren finden wir keine Bessere.«
Ich kann nicht ganz folgen.
»Von wem sprecht ihr?«

»Von der Hauptrolle für unseren Film!« Sabina strahlt mich an.
»Henrietta, die Delphintrainerin?« frage ich, beide nicken. »Ach, da habt ihr schon eine Schauspielerin im Auge?«
»Du hast sie doch gerade gesehen.«
»Habe ich?«
»Undine Nielsson.«
»Verstehe, diesen Typ stellt ihr euch vor. Ja, das ist interessant.«
»Nicht der Typ«, antwortet Sabina. »Sie selbst, sie wird Henrietta spielen.«
Ich schalte offenbar nicht schnell genug. Mehrere Sekunden lang ist nur das Summen der alten Glühbirnen zu hören.
»Äh … von wann ist der Film?« frage ich noch einmal.
»1922«, kichert der Kleine.
»1922, aha.«
Sabina und Säät schmunzeln, stellen offenbar nicht jene kleine Rechnung an, die mir zu schaffen macht.
»Dann müßte die gute Undine heute also über 90 sein«, rücke ich mit dem Ergebnis heraus.
»Na und?«
Ich hasse es, herablassend zu wirken, aber Sabina provoziert es.
»Da hätte der Maskenbildner aber eine Menge zu tun, um sie aufzumöbeln.«
»Undine sieht um keinen Tag älter aus als 20.«
»Habt ihr sie eingefroren seit den goldenen Tagen des Stummfilms?«
»Du wirst sie bald kennenlernen«, sagt Sabina und setzt diesen geduldigen Blick auf, mit dem man Hunde zur Ordnung ruft.
Kurz darauf stehen wir auf der menschenleeren Straße. Säät ist im Kino geblieben. Von den randalierenden Alkis keine Spur. Es muß nach zwei sein und es regnet.
»Ich bringe dich nach Hause«, sage ich und weiß, daß ein Taxi schwer zu finden sein wird.

»Nicht nötig.«
Sabina haucht einen Kuß auf meine Wange und ist um die nächste Ecke verschwunden. Ich will nicht gleich nach Hause und gehe noch in eine Bar. Ich trinke zwei Tequilas, der Bauch wird warm, der Kopf wird licht, und als ich die Lexington südlich trotte, denke ich an den Schmollmund von Undine Nielsson.

Strom

Gryhsl tritt die Tür ein. Es ist fünf Uhr früh und schon hell draußen.
»Die Klingel ist kaputt«, sagt er.
»Wie bist du raufgekommen?«
»Der Doorkeeper führt seinen Hund Gassi.«
Er springt mir auf die Brust und nagelt mich ans Bett.
»Hast du von Sabina gehört? Ich mache mir Sorgen.«
»Sorgen, wieso?«
»Sie hebt ihr Telefon nicht ab.«
Gryhsls Knie quetschen das Blut in meinen Oberarmen ab.
»Wir haben uns getroffen, Sabina und ich, gestern abend …«
Warum stocke ich? Ich habe nichts Verbotenes getan. Wenn sie Gryhsl nicht erzählt, wo sie hingeht, ist das ihre Sache.
»Was habt ihr?!«
Er springt auf, steht lodernd im Raum.
»Wir waren im Kino … in so einer Art Kino.«
»Niemals!«
Er kratzt seinen Hals auf, als hätten ihn dort hundert Wespen gestochen.
»Aber ja, wir waren in einem schwedischen Stummfilm.«
»Sabina hat ihre Wohnung seit Hoopers Geburt nicht verlassen!« überbrüllt Gryhsl mich. »Du lügst, wenn du sagst, du hättest sie außerhalb ihres Apartments getroffen!«

»Hab' ich aber, ehrlich, ich kann dir die Straße sagen, das Kino ...«
»Lüg mich nicht an!«
Rot stehen ihm die Haare zu Berge, Lichtblitze zucken, er reißt mich aus dem Bett und packt mich unter den Achseln.
»Verdammter Lügner!«
Und dann spüre ich diese Welle durch meinen Körper zucken. Ein Wüstensturm, ich kann nicht denken, mich nicht im mindesten wehren. Und ich höre ein Geräusch, das ich nicht kenne – haltlos, tierisch; und der da brüllt, das bin ich. Gryhsl gibt mir Strom. Aber nicht die Schreckschußdosis, nicht den Partyspaß. Das müssen 360 Volt oder mehr sein. Sein Gesicht wird zur Fratze, die Augen quellende Blutorangen. Blitze knistern von seinen Zähnen über die Schleimspur des Speichels auf seine Zunge. Auch er schreit, ein Schrei, der Energie gibt, noch mehr Energie, während mein Schrei immer schwächer wird.
Das Ende der Qual kommt plötzlich. Gryhsl schleudert mich in eine Ecke, wo ich minutenlang zucke. Meine Organe, meine Finger, meine Haare, alles fühlt sich verbrannt an. Meine Haut ist an manchen Stellen violett. Schweiß rinnt wie Wasser aus den Achseln und meine Zehen haben sich so verkrampft, daß sie Büschel aus dem Teppich gerissen haben.
»Ich kann das so lange machen, daß du nicht wieder aufstehst. Ich kann das so lange machen, daß du danach nicht mehr bis drei zählen kannst. Also lüg mich nicht an!«
Ich antworte nicht, weil ich kein Wort herausbringe, und weil man einen elektrischen Liebhaber nicht reizen soll.
Das Telefon läutet. Gryhsl hält mir den Hörer hin.
»Hallo?« sage ich zittrig.
»Ist es Sabina?«
Er setzt wieder zum Sprung an.
»Spoliansky hier. Ich hoffe, Sie liegen nicht schon im Bett.«
»Nicht mehr.« Ich bin um eine ruhige Stimme bemüht.
»Wer ist es?« knurrt Gryhsl.

Meine Lippen formen ›Spo-li-an-sky‹. Seine Muskeln entspannen sich.
»Also Bewa und ich, wir sind zu folgendem Entschluß gekommen ...«
»Was will er?« Gryhsl versucht, sein Ohr dazuzuquetschen, ich schubse ihn weg. Es dauert einige Zeit, bis Spoliansky mir seinen Vorschlag klargemacht hat, denn Bewa steht hinter ihm und versucht dauernd mitzureden. Außerdem rauschen die 360 Volt noch in meinen Ohren. Als ich auflege, hat die Neugier Gryhsls Eifersucht überlagert.
»Tja, also die Spolianskys haben uns folgenden Vorschlag zu machen.«

Die Botschaft

»Kommt nicht in Frage!«
Sabina schließt die Tür zum Kinderzimmer. Es ist sieben Uhr morgens, ich sehne mich nach einer Dusche und Kaffee. Sie tritt in die Mitte des Raumes, hebt die Arme und breitet die Hände wie Schalen über sich aus. Stille, sekundenlang. Dann beginnt sie mit leiser Stimme zu sprechen.
»Wer wird die Botschaft in die Welt tragen?«
Gryhsl hält trotzig die Lippen aufeinandergepreßt.
»Sag es.«
»Undine«, quetscht er leise hervor.
»Undine ... und weiter?«
»Undine Nielsson.«
»So ist es. Undine Nielsson wird die Botschaft in die Welt tragen. Niemand sonst kann es tun.«
Gryhsl setzt sich aufs Sofa, sein Widerstand ist gebrochen.
»Aber«, mische ich mich vorsichtig ein, »wenn Spoliansky bei der Besetzung ein Mitspracherecht will, soll-

test du dich nicht unbedingt auf die Nielsson versteifen.«
»Er hat es noch nicht begriffen«, sagt Sabina zu Gryhsl.
»Was begriffen?« rufe ich. »Du willst eine Neunzigjährige einen Teenager spielen lassen.«
Sie kommt auf mich zu. Hoch steht sie über mir, ihre Wangen sind ein Tempel, aus dem ich jetzt wohl verstoßen werde.
»Was glaubst du, Leopold, warum du auserwählt wurdest?«
»Auserwählt? Ich wurde auserwählt?«
»Du bist uns gesandt worden.«
»Also immer langsam. Ich bin ein mittelmäßiger Schauspieler aus Mitteleuropa, der hier das Geld seiner Eltern durchbringt. Ich bin von niemandem nirgendwohin gesandt worden.«
»Es stand in den Zeichen.«
»Welche Zeichen meinst du?«
»Jener, der Mars aus dem Staube erhebt, ist der Erwählte.«
»Mars? Ich bin Zwilling mit Aszendent Schütze.«
Mein Blick fällt auf Gryhsl.
Sein Haar lodert rot im Morgenlicht. Er hat die Stirn aufgekratzt, Blut rinnt, er verschmiert es übers ganze Gesicht. Sein Hemd steht offen, überall roter Schorf. Als er die Hände in den Schoß legt, springen Elektroden von einer zur anderen.
»Aber, aber ...«, stammle ich, »nur weil einer sich häutet, Stromschläge verteilt, rotes Haar hat und aus Feuerland kommt, ist er noch lange nicht Mars.«
»Du hast Mars aus dem Staube erhoben.«
Sabina hebt die Schalenhände über den Kopf und drängt mich in Richtung Fenster.
»Weil ich Gryhsl geholfen habe bei dem Unfall?« japse ich und spüre das kalte Glas in meinem Rücken. »Ich kam da ganz zufällig vorbei. Wollte auch eigentlich weitergehen.«
»Aber du bist nicht weitergegangen.«
Die ersten Sonnenstrahlen streifen Sabinas Ohr und bilden eine rotschimmernde Corona.

»Du solltest jemanden kennenlernen«, sagt sie und bemerkt nicht, wie hinter ihr die Tür langsam aufgeht und eine Hand sich um den Türrahmen schiebt.
Er sitzt einfach da, gibt keinen Laut von sich. Der Anblick ist immerhin ein Schock. Die Beine sind irgendwie falsch eingehängt, seine Füße verklumpt und zu groß. Wie wenn jemand beim Zusammenbau einer Puppe die Teile nicht richtig in die Scharniere gekriegt hat. Der Oberkörper ist normal, weiße Haut, kräftige Arme. Er trägt nur Windelhosen. Mit den Händen stützt er sich am Boden ab, um nicht zu kippen. Dichte schwarze Haare umrahmen das Gesicht. Die Augen rollen haltlos in den Höhlen wie Quecksilber aus einem zerbrochenen Thermometer.
»Skirrf!« macht er, und die Stimme ist ein Röhren, feindselig und tief.
»Skirrf!«
Sabina fährt herum.
»Hooper! Was machst du denn!«
Sie stürzt hin, hebt ihn hoch und drückt ihn schützend an ihre Brust.
»Mein Kind, mein liebes Horuskind!«
Beschwörend dreht sie sich mit ihm im Kreis. Gryhsl schaut betreten zu Boden.
»Laß doch mal sehen«, sage ich und gehe auf die beiden zu.
»Weg! Niemand, niemand, niemand!«
Sabina legt die Flammenwand ihres Blickes zwischen mich und das Kind.
»Das mit den Beinen, ist das der Geburtsfehler?«
»Es ist kein Fehler, es ist seine Bestimmung!«
Sabina glüht vor Zorn. Ich verkneife mir jede weitere Bemerkung.
»Wir treffen uns morgen nachmittag um drei auf dem Universitätsgelände.« Es ist keine Bitte, sondern ein Befehl. »Abteilung für Altertumsforschung, Professor Oswald Cron.«
Damit bin ich entlassen.

»Skirrf!« macht der Junge noch einmal.
»Ich will ihm bloß guten Tag sagen«, gebe ich noch nicht auf, umgehe Gryhsl, und trete mit ausgebreiteten Armen auf Hooper zu.
»Skirrfff!« knurrt er und schlägt nach mir.
»Warum tust du nicht, was sie verlangt.«
Gryhsl hat wieder das gefährliche Glimmen in den Augen. Meine Haarspitzen sind noch von seiner letzten Behandlung versengt. Brav trabe ich zur Wohnung hinaus.

Drei Uhr Nachmittag, leise Musik. Sabina klopft nicht, geht einfach hinein und wir stehen in einem Raum, der von den Kulturen aller Zeiten und Weltgegenden so erfüllt ist, daß ich ein warmes Lächeln in mir aufsteigen spüre. Hier regieren Geist, Wissen, die Suche nach Wahrheit.
Ich kenne die Musik – Haydn, *Die Schöpfung*. Als sie noch jünger war, legte sich meine Mutter jeden dritten Nachmittag in die Badewanne, rasierte ihre Beine und hörte *Die Schöpfung*. Gerade stimmt Adam sein ›Die Welt, so schööön, sohooo wunderbaar‹ an, Eva antwortet.
Der Raum scheint aus Büchern gebaut zu sein. Kein Fleckchen Wand ist zu sehen. Ägyptische, mesopotamische und mir völlig unbekannte Statuetten stehen herum wie bei andern Leuten Aschenbecher. Der Grundrißplan einer aztekischen Grabanlage ist als Sonnenschutz ins Fenster gehängt.
Es gibt Menschen, denen die Vorsehung bei der Verteilung von Tugenden alles mitgegeben hat, einfach alles. Er ist groß, aber nicht riesig, schön wie der junge Gregory Peck, ohne dessen Eitelkeit. Er ist entspannt, aber nicht locker, offenherzig, ohne zu vereinnahmen, autoritär, aber freundschaftlich. Er ist modern gekleidet, aber nicht affig, elegant und doch salopp. Seine Stimme klingt warm und voll, ohne daß er das dauernd unter Beweis stellt. Sabina strahlt, als hätte sie die Ehre, mir den Messias persönlich vorzustellen.

»Professor Oswald Cron, mein Lehrer und Mentor – und das ist Leopold, von dem ich Ihnen erzählt habe.«
Sensibel baut er ein Gespräch auf, in dem er mir das Gefühl gibt, als Europäer Repräsentant einer vornehmen Kultur zu sein, die vom jungen Amerika respektiert werden muß. Bald kommen wir auf den Film zu sprechen.
»Sie glauben wahrscheinlich, daß Sie nur irgendein Filmprojekt unterstützen. Einfach mal ins Filmgeschäft reinriechen, nicht wahr, Leopold?«
»Neinein, ich habe schon in Filmen mitgewirkt, die künstlerisch anspruchsvoll waren, Kunstfilme, äh ...«
»*Das Zeitalter des Delphins* ist nicht bloß ein Film.«
»Dessen bin ich mir bewußt.«
»Wirklich?«
Er setzt sich hinter den Schreibtisch und lächelt. Aber ich spüre: was jetzt kommt, ist von Bedeutung.
»Leopold, Sie haben die einmalige Chance, an etwas teilzuhaben, das größer ist als Sie. Größer als die Interessen einzelner, etwas, das der ganzen Welt eine Botschaft vermitteln wird.«
Die Sonne wirft Strahlenbündel durch die Jalousien hinter ihm, das Licht umschmeichelt seine Schultern.
»Die Delphine hatten in vielen Kulturen eine besondere Stellung. Die Ägypter verehrten sie als Fische des Sonnengotts und Abkömmlinge der Sternenkinder Hot und Nerit. In Mesopotamien wurden Höhlenzeichnungen gefunden, auf denen springende Delphine Ertrinkenden den Weg ans Licht zeigen. In den indischen Veden gar ist Hansri, der rote Delphin, Heerführer der notitischen Flotte, die den Kampf gegen die Tibeter gewinnt. Ovid widmet ihnen ein ganzes Kapitel in den Metamorphoses. Plinius der Ältere beschreibt die Freundschaft eines Jungen mit dem Delphin Simo. Auf der Insel Mornington im Golf von Carpentaria in Nordaustralien lebt ein Aboriginesstamm, der als Delphinvolk bekannt ist und man sagt, daß diese Menschen seit Tausenden von Jahren mit Delphinen kommunizieren. Bei ihren Zeremonien stößt

der Stammesschamane komplizierte Pfeiftöne aus, die Delphine kommen in die Nähe, und er beginnt, mittels Telepathie mit ihnen zu sprechen.«

Oswald Cron erhebt sich und beginnt charismatisch auf und ab zu gehen. Seine Absätze klacken über das Parkett.

»Heute versucht die seelenlose Wissenschaft, diesen Tieren das Geheimnis ihrer außerordentlichen Intelligenz abzutrotzen. Delphine werden für militärische Zwecke eingesetzt, in den unterirdischen Safes des Pentagon lagern Dokumente, die ihre telepathischen Fähigkeiten wissenschaftlich beweisen. Hunderte Tiere wurden bei Experimenten getötet. Sie werden zu Zirkusclowns degradiert, vorgeführt in läppischen Shows, geopfert dem Gott des Entertainments.«

Er tritt neben mich.

»Und deshalb, Leopold«, seine Hand schwebt wie ein Schmetterling auf meine Schulter nieder, »deshalb muß dieser Film produziert werden. Die Botschaft, die *Das Zeitalter des Delphins* den Menschen der Welt bringt, ist eine feurige Aufforderung zum Umdenken.«

»Und Sie meinen, daß ein Film«, setze ich vorsichtig an, »also nur so ein kleiner Kinofilm wirklich eine Botschaft, äh ...«

Der Bannstrahl eines tadelnden Blickes trifft mich.

»Ja, Leopold, nur ein einfacher Film. Denn worauf hören die Menschen heute? Auf die Mahnungen ihrer Priester? Auf die Worte der Politiker? Auf ihre Eltern oder ihre Lehrer? Nein. Sie orientieren sich an dem, was die Traumfabriken ihnen vorsetzen. Musikindustrie, Filmindustrie, Fernsehindustrie, – das sind die Sprachrohre der Botschaften unserer Zeit.«

Unvermittelt geht er vor mir in die Hocke und nimmt mein Gesicht in beide Hände.

»Leopold, sind Sie zur richtigen Zeit am richtigen Ort. Wir haben uns zu einem Kreuzzug aufgemacht. Schließen Sie sich an, werden Sie ein Kreuzritter, Leopold!«

Ich schweige. Wie heiße Bandagen glühen seine Handflächen auf meinen Wangen.

»Und jetzt gebe ich Ihnen Zeit, darüber nachzudenken. Ich habe eine Vorlesung«, sagt er und schnellt in die Höhe. »Aber kommen Sie jederzeit, wenn Sie meinen Rat brauchen. Von Kreuzritter zu Kreuzritter.«

Schweigend schlendern wir durch den urwaldähnlichen Norden des Central Parks. Die Sonne flackert durch das dichte Laub und malt Inseln aus Gold auf den Boden.
»Woher kennst du ihn?« frage ich. Wir stehen an einem Tümpel.
»Ich war seine Schülerin, später seine Assistentin. Wir haben zusammen Forschungsreisen gemacht. In die ganze Welt.« Ein sehnsüchtiger Glanz tritt in ihre Augen.
»Warum hast du aufgehört?«
Hooper mit den verkorksten Beinen fällt mir ein.
»Ja, Hooper«, errät sie meine Gedanken.
Ein Windstoß verwandelt das Wasser in eine Landschaft aus glänzenden Rippen.
»Aber ohne Hooper hätte ich nicht die Ruhe gehabt, um zu schreiben.«
»Schreiben? Ich dachte, du übersetzt, Schwedisch und so.«
»Leopold?« Ihre hohen Wangen leuchten.
»Ja?«
»Ich habe *Das Zeitalter des Delphins* geschrieben. – Dieses Drehbuch stammt von mir.«
»Und Gryhsl?«
»Gryhsl hilft mir. Und du hoffentlich auch.«
Bevor ich noch eine Frage stellen kann, durchschauert mich ein Kuß Sabinas, sie verschwindet zwischen den Sträuchern und läuft Richtung Subway.
So stehe ich also im Central Park, kein Mensch ist zu sehen, über mir nur Himmel, Blattwerk und kreisende Vögel, und muß eine Entscheidung treffen. Halte ich das alles für Humbug, *Das Zeitalter des Delphins* mit seiner Botschaft für die Welt, die schmollippige Undine, Säät in der Kinoruine, Oswald Cron und die schrägen Spolianskys, – dann hole ich jetzt ein paar Cheeseburger, setze

mich in der Dämmerung an den Teich und vergesse die ganze Sache. Das ist die eine Möglichkeit.
Aber habe ich was Besseres vor?
Ich entschließe mich, mitzumachen. Immerhin bin ich ja der Erwählte, der Mars aus dem Staube gehoben hat. Und das gibt einem doch irgendwie ein bedeutendes Gefühl.

In der kleinen Wohnung war es dunkel
geworden.
Die alte Frau stand am Fenster und dachte nach.
1952, dachte sie, Winter.
Ein ungewöhnlicher Mann war am Ende
eines Weges angelangt.

1952

Das Mißverständnis Matubas

Matuba schloß die Tür des Apartments 7b, Astor Place No. 9 auf. Der Geruch nahm ihr den Atem. Alt, streng und abweisend. Als erstes öffnete sie die Fenster. Früher Nachmittag, aber die Sonne stand schon tief. Wintersonnwende, der kürzeste Tag des Jahres. Graue Häuserfronten gegenüber, eine Blutbuche, kahl. Matuba war eine füllige Kreolin, sonst sang sie während der Arbeit, in diesen Räumen verstummte sie wie ein Vogel, den dichter Nebel umhüllte.

Es war die Wohnung von Mr. Pius Yurgrave, in der sie mittwochs zwischen zwei und sechs saubermachte. Ihr Aufgabenbereich beschränkte sich auf Küche, Bad und Schlafzimmer. Manchmal wischte sie trotzdem über die Bilderrahmen im Salon. *Die Pest* hieß das große, hatte Mr. Yurgrave ihr einmal erklärt. An der andern Wand hing *Die Tragödie des Menschen*, ein scheußlicher Schinken mit zerquälten entstellten Menschenköpfen. Matuba huschte mit dem Tuch darüber, ohne hinzusehen. Daneben stand der Plattenspieler. Sie liebte Musik. Was lag heute auf dem Teller? *Die Winterreise, F. Schubert.* Wie konnte man im Winter Songs über den Winter hören? Daneben *Madrigale von Gesualdo, 1601*. Sie schüttelte sich. Alles strömte Ende, Tod, Abschied aus.

›You're nobody til somebody loves you‹, summte sie, lief in die Küche und begann zu spülen. Als die Teller auf dem Gitter abtropften, fiel ihr ein, nachzusehen, wieviel Schmutzwäsche sich angesammelt hatte. Ohne anzuklopfen betrat sie das Schlafzimmer und fuhr zusammen. Mr. Yurgrave lag angezogen auf seinem Bett und schlief. Schlief so fest, daß Matubas Schrei ihn nicht weckte.

Pius Yurgrave hatte einen mächtigen Schädel, dichtes stahlgraues Haar und grüne Augen. Er kleidete sich stets dunkel. Bewegte er sich unter Menschen, umgab ihn eine unsichtbare Wand, er bezeichnete sich selbst als Eremit im Eispalast. Ihm gehörten Erfahrungen von Jahrtausenden, sie hatten sich wie Ringe um seine Brust gelegt und seine Seele erfroren. Darum hatte er beschlossen, Schluß zu machen.

Als die Frau ihn verließ, mit der ihn eine außergewöhnliche Beziehung verband, vernichtete er jedes Indiz ihrer Existenz und plante, aus dem Fenster zu gehen. *›Bin aus dem Fenster gegangen‹*, schrieb er auf einen Zettel, den er im Schreibtisch verwahrte. Seine Sorge galt der Erhaltung des Wissens, das in seinem Kopf und nur dort aufbewahrt war. Eines Morgens im Oktober 1952 setzte er sich an den kleinen Tisch unweit seines eigentlichen Arbeitsplatzes, legte einen Stapel Papier bereit und begann zu schreiben. Er bevorzugte den höheren Tisch, gebücktes Sitzen verursachte ihm Rückenschmerzen. Bevor er anfing, fiel ihm der Jahreskatalog des *Intervista-Verlages* auf. Yurgrave hatte ihn überflogen. Sie publizierten nichts, was er nicht schon wußte. Er wollte den Katalog retournieren, zog einen Umschlag aus der Schublade und adressierte ihn.

Gemäß alter Überlieferung mußte die Aufzeichnung in sechsundsechzig Nächten und siebenundsiebzig Tagen bewerkstelligt werden. Jeden sechsten Tag legte er eine sechsstündige Pause ein, saß am Fenster, schaute über das East Village, trank gotischen Tee und hörte Bach.

Selbst er staunte über die Außergewöhnlichkeit der Prozeduren und Veredelungen, die er niederschrieb. Rezepte zur Veränderung der menschlichen Hautoberfläche, der Austausch innerer Organe ohne operativen Eingriff, Unverletzlichkeit gegen Feuer. Die Kunst des Fliegens war ihm bekannt, Verkleinerungs- und Vergrößerungstechniken, Versteinerungen. Mehr als siebenhundert Seiten füllten die Handgriffe und Rezepte, Formeln und Rituale. Am achtundsiebzigsten Tag, kaum mehr bei klarem Verstand, ließ Yurgrave sich auf sein Bett fallen. Vor dem Sprung aus dem Fenster wollte er noch einmal schlafen.

Die Küche war sauber, im Bad mußte Matuba violette Schleimspuren von den Fliesen kratzen. Was immer er dort verspritzt hatte, es war verdammt schwer abzukriegen. Auf Zehenspitzen hob sie die Kleidungsstücke im Schlafzimmer auf, wischte über die Walnußkommode und betrachtete das Gesicht des Schlafenden. Wie ein uralter Berg sah es aus, über dem eine Gewitterwolke hing. Der Schlaf schien keine Entspannung zu bringen, keine Hoffnung sah Matuba. Der Anblick machte sie traurig. Leise schloß sie die Tür hinter sich.
Sein Schreibtisch. Matuba durfte dort nichts berühren, die Bleistifte nicht, nicht die Wasserspinnen in ihren Glasschalen, sie durfte die Zigarrenasche nicht wegkehren, auch die leeren Teetassen nicht entfernen. Der Schreibtisch war verbotene Zone. Matuba wagte sich nicht einmal in die Nähe, seit eine violette Feder sich zwischen ihren Fingern in einen Pelikan verwandelt hatte und zum Fenster hinausgeflogen war. Auf einem zweiten Tisch legte Yurgrave ab, was zur Post gebracht werden sollte. Ein Haufen loser Blätter lag heute dort. Sie erkannte seine Schrift. Daneben ein Briefumschlag – An den Intervista-Verlag. Matuba zwängte die Papiere in den Umschlag, bündelte die Schmutzwäsche und verließ das Haus.

Er suchte fünf Tage und Nächte ohne zu essen oder zu schlafen. Yurgrave verwüstete seine Wohnung bei der Suche, stöberte in vereisten Abfallkübeln und schneebedeckten Müllbergen. Er fragte Passanten des East Village, die befremdet den Kopf schüttelten. An die Putzfrau dachte er nicht. Weinend saß er im Lehnstuhl am Fenster. Ein zweites Mal konnte er das nicht schreiben, nie im Leben.

Der Meister! Er sprang auf – natürlich, er würde den Meister befragen. Wie dumm, es nicht gleich zu tun. Er warf Muskateller und Wermut in die Onyxschale unter dem Runenbild. Schwarzer Rauch stieg auf. Er beschwor den Alten in Grönland und wartete. Der Rauch löste sich auf. Keine Antwort aus Grönland.
Der Zusammenbruch passierte auf dem Fundbüro, wo er zum x-ten Mal nachfragte, ob das Manuskript abgegeben worden sei. Der Beamte war übelgelaunt, niemand hatte ihn zu Weihnachten eingeladen, er sah sich schon allein bei aufgetautem Truthahn den geschmückten Baum anstarren. Der Kerl mit den stechenden Augen ging ihm auf die Nerven. Ein Spinner, das sah er sofort.
»Wenn Sie ein Buch wollen, kaufen Sie sich doch eins«, sagte er. Yurgrave riß das Eisenhower-Bild von der Wand, zertrümmerte es auf dem Kopf des Beamten, warf dem Flüchtenden den Rahmen hinterher. Er sprang auf die Wartebank und schrie. Plötzlich rollten seine Pupillen nach oben, ein Gurgeln entrang sich ihm, ohne Besinnung stürzte er zu Boden und wälzte sich zuckend, Schaum und Speichel absondernd. Der Beamte hatte Angst, die Sache könnte ihm in die Schuhe geschoben werden, schüttelte die Glassplitter aus dem Haar und verständigte die Ambulanz. Er gab der Telefonistin an, der alte Mann sei nicht ganz richtig im Kopf.
Pius Yurgrave wurde am selben Tag in die Steinway-Nervenheilanstalt Queens eingeliefert. Er kam in die Abteilung für mindergefährlich geistig Verwirrte. Aber bei allem Unglück: Er war nicht aus dem Fenster gegangen.

Der Herausgeber des Intervista-Verlages riß das dicke Kuvert mißmutig auf. Wenn die Geschäfte nicht bald besser gingen, mußten sie Speisekarten drucken. Er las den Titel: *›MAGIE von Pius Yurgrave‹* und warf gewohnheitsmäßig einen Blick hinein.
Um fünf Uhr früh legte er die letzte Manuskriptseite zitternd zu den übrigen und telefonierte nach einer Schreibkraft. In achtundvierzig Stunden war der Text abgetippt.

Er ließ Satz und Cover vorbereiten, beauftragte die Urheberrechtsabteilung, mit dem Autor einen Vertrag auszuhandeln. Die Urheberrechtsabteilung war gerade von ihrem Freund verlassen worden und heulte den ganzen Tag. Der Vertrag mit Yurgrave kam nie zustande. Das Buch aber wurde, rechtzeitig vor Weihnachten, in die New Yorker Läden ausgeliefert. Auf dem roten Schutzumschlag stand in schwarzen Lettern:
›MAGIE von Pius Yurgrave‹
Der Rezensent der *New York Times* schrieb, der Text sei die Ausgeburt eines kranken Gehirns. Auch zwei weitere Kritiker verrissen *MAGIE* in Grund und Boden. Ein paar Leute kauften das Buch, weil sie dachten, es seien Zaubergeschichten für Kinder darin und warfen es ärgerlich in die Ecke, als sie feststellten, daß man den Kleinen daraus nichts vorlesen konnte. *MAGIE* verschwand aus den Auslagen und kam ins Regal, wo niemand es mehr beachtete.

Smiley

Smiley saß im Keller, sortierte Nadelhölzer und verfluchte den Frühling. Er konnte nichts anderes tun, hinauszugehen war ihm nicht möglich. Warum ließ ihn der Frühling nicht in Ruhe? Wenn die Tage im Winter milchiggrau dahinschlichen, trieb die Kälte Menschen in Gruppen zusammen, man gehörte zu einer Familie, in ein Haus, ein Viertel. Diesen Zustand mochte Smiley. Der Frühling änderte das schlagartig. Dann hatte jeder einzeln vorzutreten, sich auf die Brust zu trommeln und zu schreien: ›Ich bin da! Kommt und bestaunt mich, kommt und befühlt mich, laßt uns stürmisch aufeinanderprallen!‹ Smiley mochte das Geräusch des Aufdiebrusttrommelns nicht, und die Gefühle, die damit verbunden waren. Er verabscheute, wenn Knospen und Triebe üppig geil aus der Wintererstarrung brachen, ihre Blütenstempel steil in die

Höhe reckten und schamlos mit Farben und Formen protzten, bis Bienen und Schmetterlinge ihr Vermehrungswerk taten. Smiley versuchte sich gegen den Frühling zu panzern, bunkerte sich in seinem Keller gefühlssicher ein. Jedes Jahr hoffte er, der Frühling würde ihn vergessen. Er dachte, jetzt ist es vorbei, endlich verschont mich das Leben, läßt mich ein Stein werden oder ein Pappbecher. Und jedes Jahr verpaßte ihm der Frühling einen Tritt in den Hintern und bewies ihm höhnisch, daß die Säfte nur eingefroren gewesen waren. Aber es gab sie noch, sie mußten an die Oberfläche, wollten erhitzt und vergoren werden, und die Verwirrung nahm erneut ihren Lauf.

Er seufzte und schlug seine Mappe auf.

Taxodium distichum, die Sumpfzypresse.
Zweige waagrecht, Nadeln gestreckt, typisch zart blaßgrün.

Hübsch sah das aus, der längliche Zweig auf dem weißen Papier, die Nadeln, der kleine Zapfen. Er öffnete die Leimdose und betupfte mit einem Pinsel die Rückseite des Zweiges. Diese Beschäftigung machte ihm immer Freude. Heute nicht. Heute schrie der Frühling durch jede Ritze in seinen Keller. Die Sehnsucht quoll aus den Wänden, umwölkte seinen Kopf, ringelte sich um seine Beine, und lähmte die Hand, mit der er über die Sumpfzypresse schreiben wollte.

Wachstumszone: südöstliche Vereinigte Staaten,
westwärts bis Illinois und Arizona

Er warf den Füller hin, ein großer schwarzer Klecks breitete sich langsam aus. Schmerzliche Laute drangen aus Smileys Kehle, gröhlend rempelte er durch den engen Bunker. Abgewetzte Matratze, schmuddeliges Bettzeug, seit Wochen nicht gewechselt. Campingkocher, verkrustete Schlieren von Tomatensauce und Joghurt. Leere Heringsbüchsen. Berge von Sammelmappen. Das klapprige Orangenkistenregal, darüber die Fotografien. Smiley bemühte sich, nicht hinzusehen, aber das war gar nicht nötig. Er hatte das Bild der Frau ständig vor Augen. Die Frau in Pepita. Graues Kostüm, weiße Bluse mit Damenkrawatte, weiße durchbrochene Handschuhe, hochhackige Schuhe. Das linke Bein ein wenig vor das rechte gestellt. Schmaler Hals, sanftes Gesicht. Das blonde Haar fiel in Wellen bis auf die Schultern. Er lief zur Mappe, griff den Füller.

Kegelförmige, später runde Krone. Nadeln spiralförmig gestellt, aber an der Basis gewinkelt. 8 bis 18 mm lang, Färbung im Herbst rötlichbraun.

Du bist ein Penner, dachte er. Ein sprachloser Penner, röchelnd, übelriechend, säbelbeinig. Verdammter Frühling! Smiley klappte die Mappe zu und zog sein blaues Jackett an. Beide Ärmel hatten am Ellbogen ein Loch. Er besaß kein besseres. Er küßte das Foto, öffnete die Metalltür und verließ sein Zuhause. Smiley bewohnte den Heizungskeller des Kinos in der 86. Straße. Der neue Gary-Cooper-Film lief dort seit Wochen – *High Noon*. Im Foyer nickte Smiley dem dicken Hausmeister zu, ohne dessen Freundlichkeit er auf der Straße gesessen hätte. Keine Besuche, kein offenes Feuer, kein Alkohol, hatte der Hausmeister damals zur Bedingung für das Kellerquartier gemacht. Smiley hatte sich immer daran gehalten.
Er lief zur Subway und fuhr Richtung Downtown. In der Bleecker Street stieg er aus, nicht weil ihn dort etwas Bestimmtes erwartete, bloß weil er die Bleecker Street mochte. Als er ans Tageslicht kam, sprang ihn der Frühling an wie ein Straßenräuber. Die Akazien blühten, aus dem kleinen Park neben *St. Steven's* wehten Gerüche von Flieder, Hot dogs und gemähtem Gras herüber. Ein dunkelhaariges Mädchen in hautengem Pulli kam Smiley entgegen, ihre Brüste schienen ihn vom Gehweg schubsen zu wollen. Zuckermelonen, dachte er und drehte sich weg, um nicht hinzulangen und die Früchte zu pflücken. Von der anderen Seite näherten sich drei lachende Frauen. Sekretärinnen in der Mittagspause, dachte Smiley. Er wußte, daß er dem Angriff von wippenden Locken,

stöckelnden Schenkeln und bleckenden Mündern nicht standhalten würde, wirbelte herum und floh in den nächstbesten Laden. Es war ein Buchgeschäft.
Unschlüssig stand er neben der Tür. Er war schon einmal hier gewesen, erinnerte er sich. Ein großer alter Laden, wo man stundenlang zwischen den Regalen schmökern konnte, ohne etwas kaufen zu müssen. Smiley griff sich ein Bändchen über das Beschneiden von Buchsbaumhecken, blätterte darin, stellte es zurück. *Leben und Wirken von George Washington* beschäftigte ihn einige Minuten. Danach genoß er, eine ledergebundene Ausgabe von *Gone With The Wind* unaufgeschlagen in Händen zu halten. Er stellte sie zurück, sein dürrer Finger glitt die Buchrücken entlang. Plötzlich stieß er einen Schrei aus. Direkt vor ihm stand ein Band mit rotem Schutzumschlag. In fetten Lettern verkündete der Rücken den Namen des Autors. Smiley stand stocksteif, ließ fast eine Minute verstreichen, ehe er sich getraute, *MAGIE* aus dem Regal zu nehmen. Dann schlug er die Schrift so vorsichtig auf, als könnten die Seiten im nächsten Moment zu Staub zerfallen.
›Materia prima. Ignis naturalis‹ lautete die Überschrift des ersten Kapitels. Vorsichtig schloß Smiley das Buch und sah nach dem Preis. Nicht daß es einen Unterschied machte, ob es zwei oder zweitausend Dollar kostete. An Kaufen war nicht zu denken. Smiley vergewisserte sich, daß der Mann hinter der Kasse in seine Zeitung vertieft war. Außer ihnen beiden befand sich niemand im Laden. Langsam, den Verkäufer nicht aus den Augen lassend, schob Smiley *MAGIE* unter das blaue Jackett. Mit dem Oberarm hielt er es an die Rippen gepreßt und verließ die Buchhandlung.
»Moment! Was haben Sie da …«
Smiley begann zu laufen. Er schlug einen Haken in die Prince Street, erreichte den Abgang zur Subway, sprang die Stufen hinunter und blieb stehen. Niemand folgte ihm.

Er öffnete die Metalltür zum Keller, betrat sein Zuhause, zog den Mantel aus und legte *MAGIE* auf der Matratze bereit. Unter dem Foto der Pepitadame hing ein zweites

Bild. Die vergilbte Abbildung einer Frau in weißem Kleid, sie hielt ein Schwert drohend erhoben. Smiley trat vor die beiden Fotografien und betrachtete sie eine Weile. Seine Brauen zogen sich zusammen, er hob den Kopf, der Mund bildete eine O-förmige Öffnung. Gurgeln kam aus seinem Rachen, dann ein Knurren. Mit äußerster Anstrengung begann er Worte zu formen. Seine Hände verkrallten sich in die Oberschenkel, er schloß die Augen.
»Bald – ist es – soweit – meine – Liebe«, knurrte er. »Nach – dreißig Jahren.« Beide Fotos zeigten dieselbe Frau. Smiley küßte die Bilder, legte sich mit *MAGIE* auf die Matratze und begann zu lesen.

Perlen

Das Delphinarium von Coney Island glich einer Muschel. An der gerundeten Seite erhoben sich die Zuschauertribünen, hinter dem Bassin sah man das Meer. Henrietta hatte zuletzt im *Seaquarium Miami* gearbeitet. Sechs Delphine, fünf Große Tümmler und ein Jacobitadelphin gehörten zu ihrer Truppe. Als der Manager der *Sea World* in Coney Island ihr das Angebot machte, nach New York zu kommen, sagte sie zu. Ein Tanker wurde gemietet, von Ölrückständen gesäubert, man füllte ihn mit frischem Salzwasser und setzte die Delphine darin aus. Henrietta unterbrach das Training auch während der Reise nicht. Die Eröffnung von *Sea World* war ein Triumph für Henrietta und ihre Delphine. Ganz New York riß sich um die Karten. Anfang Mai 1953 feierte die Show ihr einjähriges Jubiläum. Das war die Vorstellung, die Smiley besuchte. Er konnte sich kein Ticket leisten, aber Yurgraves Buch bot die Lösung. Smiley bildete mit Daumen, Ring- und Mittelfinger ein Dreieck und griff dem Kartenabreißer unvermittelt ans Ohr. Die Augen des Mannes wurden glasig, bevor er protestieren konnte. Ein heftiger Schluckauf schüttelte ihn.

»Genießen Sie die Show«, sagte er noch, und Smiley war drinnen. Er setzte sich in die achte Reihe. Fünfhundert Kinder klatschten im Takt.

Henrietta legte ihre grüne Unterwäsche auf die grünen Strümpfe, stellte die hochhackigen grünen Schuhe in die Ecke, und während sie in den grünen Badeanzug schlüpfte, mußte sie an Miami denken. Mit sechzehn war sie von New York weggezogen, nachdem die Zieheltern ihr eröffnet hatten, sie sei als Säugling zur Adoption freigegeben worden. Sie ging nach Florida, weil es dort warm war. Mehr Gründe brauchte Henrietta nicht. Nach einigen Verhältnissen mit älteren Männern wollte sie etwas Nützliches tun und versuchte es mit Krankenpflege. Sie hielt nicht lange durch. Die Wirklichkeit von Krankheit und Tod hatte nichts mit der romantischen Helferrolle zu tun, in der sie sich sah. Sie studierte modernen Tanz, das Geld ging ihr aus, als Stripteasetänzerin wollte sie nicht arbeiten und landete in einem Automatenbuffet. Dort schüttete sie einem Mann kochend heißen Kaffee in den Schoß. Er verliebte sich in sie, entpuppte sich als reicher Texaner, und nahm Henrietta auf seinem Zweimaster über den Atlantik mit. Eines Nachts ging er betrunken über Bord. Sie hörten seine Schreie, konnten ihn aber in der Dunkelheit nicht ausmachen. Die Stimme entfernte sich. Im Morgengrauen hatten sie ihn aufgegeben. Da hörten sie Geschnatter am Bug, stürzten hin und glaubten nicht, was sie sahen. Der Texaner, mehr tot als lebendig, wurde von zwei Delphinen über Wasser gehalten. Sie hatten ihre Köpfe unter seine Achseln geschoben und hielten ihn so lange, bis er an Bord gehievt worden war. Die Tiere begleiteten das Schiff noch mehrere Stunden. Seit diesem Tag ließen die Delphine Henrietta nicht wieder los. Aber je intensiver sie sich mit ihnen beschäftigte, desto stärker wurde der Wunsch, mit ihnen zu sprechen. Ihre brennendste Frage war: Gab es eine Delphinsprache, und konnte ein Mensch sie erlernen?

Sie hatte sich neben der Dusche zu Boden gleiten lassen, ihre Zehen spielten mit dem Plastikvorhang. Ein rhythmisches Geräusch drang von draußen herein. Da wurde geklatscht. Die Show! Sie hatte die Show völlig vergessen. Durch das Fenster sah sie den dicken Manager heranprusten. Er klopfte.
»Wo bleibst du, Hen! Die Kinder fangen an, Popcorn ins Becken zu werfen!«
»Sekunde! Ich bin gleich soweit.«
Er ging. Sie schob ihr rotbraunes Haar unter die Badekappe. Als sie die Umkleidekabine verließ, fiel ihr der Traum ein, den sie seit Tagen träumte. Im Traum lief sie nachts weinend ans Bassin. Die Delphine kamen, als letzter der weiße Henry. Er schwamm nahe an Henrietta heran, legte den Kopf in ihren Schoß und sagte: ›Laß mich hinaus ins offene Meer.‹ Sie öffnete die Schleuse, Henry schlüpfte durch. Die andern machten nicht den Versuch, ihm zu folgen. Er kehrte vor Tagesanbruch zurück und trug eine blauschimmernde Muschel im Maul. – ›Öffne sie.‹ – Henrietta brach die Muschel auf. Vor ihr lag eine Perle, farbenprächtiger als sie je eine gesehen hatte. Damit erwachte sie, jedesmal. Nie ging der Traum weiter.
Sie sah zu den Tribünen. Einige Kinder hatten sie entdeckt, sprangen auf und schrien begeistert. Henrietta winkte ihnen zu. Sie streichelte Henry, der mit fröhlichem *Jagagag* antwortete, legte sich auf die Rücken der Tümmler, pfiff, und die Tiere schwammen geordnet in die Arena. Die Show begann. Henrietta ließ sich ins Wasser gleiten und gab Henry ein Zeichen. Er sprang, drehte sich in der Luft, verharrte einen Augenblick, das Licht brach sich in der Wasserfontäne, dann tauchte er wieder ein. Die Kinder klatschten.
The World Is Your Oister, las Smiley auf dem Plakat am Rande des Bassins. Werbung für ein Reisebüro. Ich brauche eine Perle, dachte er. Soll ich der Alten dort die Perlenkette klauen? Sie kaufte gerade Hot dogs für ihre Enkel. Als er sich hinter sie in die Schlange stellte, rückte die Frau ab. Smiley roch ziemlich streng. Er sah sich um, – der

Kaugummiautomat. Seine letzten zehn Cents verschwanden im Schlitz. Bunte Kugeln kullerten in seine Hand und das Überraschungsgeschenk, ein Plastikring mit Plastikperle. Smiley brach die Perle aus der Fassung. Schlußapplaus von der Tribüne, er mußte sich beeilen. Henriettas Umkleidekabine lag am andern Ende des Beckens. Als sie nach drei Zugaben hereinkam, die Kappe abglitschte, den Träger des Badeanzugs herunterzog, trat Smiley aus der Dusche und hielt ihr eine Papptafel hin.
›KENNEN SIE PIUS YURGRAVE?‹ hatte er in großen Buchstaben daraufgeschrieben.
Henrietta hatte keine Angst vor dem spindeligen Mann, aber ihre Garderobe war schließlich ihre Garderobe. Sie blieb höflich.
»Nach der Show gebe ich keine Autogramme. Delphinpostkarten bekommen Sie im Souvenirshop.«
Smiley zog einen zweiten Karton hervor, klappte ihn vor den ersten.
›DER GRÖSSTE MAGIER WESTLICH GRÖNLANDS – ER IST VERSCHWUNDEN.‹
Ein verrückter Fan, dachte Henrietta. Nerven bewahren, ruhig bleiben.
»Ich würde mich gerne umziehen.«
›DAS BUCH DER MAGIE – ICH HABE ES.‹
»Ich will nicht unhöflich sein, aber ...«
Sie machte einen Sprung zur Tür, Smiley hatte das vorausgesehen und zog den Schlüssel ab. Die Kartons waren zu Boden gefallen, er suchte den nächsten in der Reihe.
›GROSSE MYSTERIEN – DIE LÖSUNG KENNT NUR DER MEISTER SELBST.‹
Geh auf ihn ein, dachte sie, der Manager wird jeden Moment hier sein.
»Ein Buch der Magie? Interessant. So für Kinder oder was meinen Sie?«
Ein Speichelfaden hing an seinem Kinn, tropfte zu Boden. Seine Hände waren feucht geworden, er wischte sie am Jackett ab. Die Perle; er fühlte sie in der Tasche und griff danach. Henrietta erschrak. Hatte er eine Waffe? Die Boh-

len des Steges ächzten, endlich, der Manager trampelte heran.
»Schnell!« schrie sie und sprang zur Tür. Im selben Moment hielt Smiley ihr die Perle vors Gesicht.
›DIE PERLE DES WEISSEN DELPHINS – HIER IST SIE.‹
Sekundenlang blieb alles stehen. Der pochende Manager draußen, der Mann mit Perle, sie selbst im tropfenden Badeanzug. Smiley steckte den Schlüssel wieder ins Schloß. Seine schwarzen Augen lächelten. Henrietta ließ den Manager herein.
»Alles in Ordnung?«
»Natürlich.«
»Du hast ›schnell‹ gerufen.«
»Du mußt dich verhört haben. Darf ich dir einen Freund vorstellen?«
»Freund?«
Der Manager begutachtete Smiley argwöhnisch, der schüttelte ihm die Hand.
»Dann komm' ich später wieder. Tolle Show, Hen. Laß uns die Vertragsverlängerung besprechen.«
Er ging. Jetzt erst betrachtete Henrietta Smiley genauer. Er war sechzig oder darüber. Klein, säbelbeinig, die Haarbüschel, die auf seinen Ohren wuchsen, gaben ihm das Aussehen eines Luchses. Speckiges Sakko, ausgebeulte Cordhose. Die unterschiedlichen Socken hatte er wohl nicht bemerkt.
»Was wissen Sie von dem sprechenden Delphin?«
Er fummelte an seinen Kartons.
›DER GRÖSSTE MAGIER WESTLICH GRÖNLANDS – ER IST VERSCHWUNDEN.‹
Als Henrietta geduscht und sich angezogen hatte, verließen sie gemeinsam das Delphinarium. Henry schnatterte ihnen von weitem zu.
»Kann er wirklich sprechen?« fragte sie Smiley.
›GROSSE MYSTERIEN – DIE LÖSUNG KENNT NUR DER MEISTER SELBST.‹
Sie bestiegen die Subway und fuhren nach Manhattan.

Vom Lehnstuhl aus sah sie die Eberesche. Sie war dagewesen, solange die alte Frau sich erinnern konnte. Jetzt streckte sie die obersten Zweige schon fast zum Fenster herein.

1991

Rockefeller Center

Spoliansky lädt Gryhsl und mich zum Lunch ein. Er diesmal im dunkelblauen Nadelstreif, frisch rasiert, Krawattennadel, Siegelring. Bewa im fliederfarbenen Kostüm, das Haar in duftige Wellen gelegt. Die sechs Kilo Schmuck, die sie trägt, könnten echt sein.

»Achthunderttausend Dollar«, sagt Spoliansky und beißt in sein Avocado Sandwich. Bewa nippt an ihrem Whisky Sour.

»Ich habe mit zwei früheren Partnern gesprochen, achthunderttausend ist das Äußerste.«

Stille. Achthunderttausend sind zu wenig. Spoliansky fängt die Enttäuschung auf.

»Wenn's nach mir ginge, ich möcht' Ihnen alles Geld der Welt geben. Aber man kennt Sie und Ihre Arbeit noch nicht.«

»Wißt ihr, woran mich das Buch erinnert?« tirilliert Bewa. »An *Mary Poppins*! Stimmt's, Victor, das fandst du doch auch. Mary Poppins, nur mit Delphinen.«

Spoliansky tätschelt Bewas Arm und sieht Gryhsl an.

»Was sagen Sie dazu?«

Gryhsl ist verwirrt. »Jaaa, das ist natürlich eine wunderbare Neuigkeit«, sagt er, »aber mit Achthunderttausend ist der Film nicht zu machen.«

»Natürlich nicht. Aber mit Achthunderttausend können Sie losziehen und Coproduzenten suchen.«

»Mary Poppins!« Bewa ist bei ihrem zweiten Drink.

Ich hatte noch nie mit Filmfinanzierung zu tun, aber ich bin der Sohn meines Vaters. Und mein Vater machte Geschäfte, wo er ging und stand. Er hat Leute über den Tisch

gezogen, die großspurig in unsere Villa kamen und sie als geprügelte Hunde wieder verließen.
»Mr. Spoliansky«, beginne ich und blase gelassen in meine Suppe, als hätten wir noch jede Menge anderer Geldgeber in der Hinterhand. »Achthunderttausend Dollar sind ein faires Angebot.« Ich lege Gryhsl den Arm um die Schulter. »Aber mein Freund Gryhsl will nicht bloß einen Film machen, er hat eine Vision. Und Sie, Mr. Spoliansky, haben die Möglichkeit, an dieser Vision teilzuhaben.«
Victor nippt an seinem Pellegrino und lächelt auf eine Art, die herablassend wirken soll. Aber ich habe seine Aufmerksamkeit. Ich fische das Minzeblättchen aus der Suppe und hoffe bloß, daß Gryhsl jetzt nichts Unpassendes sagt. Ich lehne mich so weit zurück, daß die Sonne von hinten auf meine Schultern scheint und wiederhole, was Professor Cron mir vor wenigen Tagen erzählte, nur süffiger. Ich knalle die Delphinphilosophie als bunten Werbespot auf den Tisch, bedenke Gryhsl mit hochachtungsvollen Blicken, als wäre es sein Credo, das ich verkünde. Im Rausch der Worte stehe ich auf, stelle einen Fuß auf das Marmorgesimse und blicke über die Terrasse. Mir gegenüber die goldene Statue des Prometheus, der das Feuer vom Olymp stiehlt. Kein schlechter Schutzpatron.
»Nur ein einfacher Film, Mr. Spoliansky, aber er kann die Welt verändern! Denn worauf hören die Menschen heute? Auf ihre Eltern, ihre Lehrer oder Priester? Nein! Sie gehen ins Kino und lassen sich verführen! Verführen wir sie mit dem *Zeitalter des Delphins*! Machen wir uns auf zu einem Kreuzzug, öffnen wir den Menschen die Augen!«
Stille. Die Gäste rundum haben ihre Crevetten in die Sauce Grougignolle fallen lassen und starren mich an. Bewa strahlt. Wenn es nach ihr ginge, könnte der Film jetzt 800 Millionen kosten. Aber Victor hat in seinem Leben zu viele Visionen auf dem Schreibtisch gehabt, die er als Scheidungsverträge und Firmenauflösungen exekutieren mußte, um sich so leicht einseifen zu lassen. An-

dererseits ist Victor Spoliansky ein Clown, ein Spieler. In seiner Brust schlägt das Herz eines Mannes, der hofft, daß es Ziele gibt, die größer sind, als sich durch Stempel und Verträge ausdrücken läßt. Er wäre verteufelt gern ein Kreuzfahrer, der für eine große Sache ins Heilige Land pilgert. Ich bestelle ein Glas Prosecco und warte.
»Wir machen Folgendes.« Er blinzelt in die Sonne. »Ich schicke jemanden, der das Drehbuch mit Ihnen kalkuliert. Dann erfahren wir eine Summe und erst dann sprechen wir weiter.«
Er bricht ein Stück Baguette und schaut harmlos drein, aber an der Wucht der Bewegung erkenne ich, hier bricht ein Kreuzritter sein Brot.

Die Knochenarbeit beginnt. Ich schlage vor, die Besprechungen in meinem Apartment abzuhalten, Gryhsls Bude ist zu runtergekommen. Ich bewohne das leerstehende Penthouse der Freunde meines Vaters auf der Fifth Avenue, Ecke 70. Straße. Von der Terrasse kann man den Joggerinnen im Central Park zusehen, wie sie ihre Prachtkörper in Schuß halten.
Ein schmaler Finanzknabe wird uns geschickt. Der Bursche heißt Ink, arbeitet fürs Fernsehen und tut Spoliansky diesen Gefallen, weil der ihm vor Jahren bei seiner Scheidung half. Wir gehen systematisch vor, fassen Bilder zusammen, die am gleichen Drehort spielen, Ink berechnet Anreisen, Verpflegung, Leihgebühren, tagelang. Schwer kalkulierbar sind die Delphine. Was kostet ein Delphin pro Tag? Bekommt er eine Gage, wem überweist man die? Wieviel verlangt der Trainer? Was sagt der Tierschutzverein?
Nach drei Tagen, an denen die Zahlenkette immer länger wird, beginnen wir die Posten zu addieren. Die Summe beläuft sich auf sechs Millionen dreihundertsiebenundachtzigtausend Dollar. Ink nimmt die Aktentasche und kehrt in sein Singleapartment zurück. Gryhsl und ich sitzen vernichtet auf dem Boden meiner Terrasse und glotzen auf den Park.

»Sechs Millionen sind Utopie«, murmle ich.
»Was soll ich Sabina sagen?«
Gryhsl umklammert das Geländer, die Haare stehen ihm zu Berge. Einen Augenblick lang glaube ich, er springt, aber er röhrt bloß wie ein kranker Elch und setzt sich wieder.
»Das wichtigste ist, Spoliansky jetzt entgegenzukommen. Tun wir ihm doch den Gefallen und machen Probeaufnahmen.«
»Darauf wird sich Sabina nie einlassen.«
Ich reibe die Nase zwischen zwei Fingern und fixiere Gryhsl. Mal sehen, wie weit er mir vertraut.
»Wir erzählen's ihr einfach nicht.«
Sein Blick verfinstert sich, krumme Touren sind nichts für Gryhsl.
»Probeaufnahmen sind kein Vertrauensbruch«, setze ich nach. »Und Spoliansky spürt, daß er ernstgenommen wird.«
Im Park beginnt eine Militärkapelle *Stars And Stripes Forever* zu spielen. Ich stehe auf, gehe zum Telefon, hebe ab. Gryhsl rührt sich nicht. Ich wähle Spolianskys Nummer.
»Was wirst du ihm sagen?« fragt er leise.
»Daß unser Kreuzzug erst am Anfang steht.«

Undine

Spoliansky kennt den Manager eines Freibads in Brooklyn. Auch er schuldet ihm einen Gefallen und sperrt einen Nachmittag lang das Becken für die Öffentlichkeit. Vierhundert Schauspielerinnen haben sich beworben, fünfzig wurden ausgesucht und nach Brooklyn bestellt. Ich setze Gryhsl eine Sonnenbrille und meine rote Baseballkappe auf, jetzt ist er von einem Regisseur nicht mehr zu unterscheiden. Die Spolianskys erwarten uns. Bewa aufgetakelt wie für einen Strandurlaub, mit Sonnenhut und wallendem Tuch um den Badeanzug geschlungen.

»Das ist meine Nichte Doróthа.«
Victor führt uns ein dunkelhaariges Mädchen in rotem Bademantel vor. Er hat seinen Arm um ihre Schulter gelegt.
»Sie soll nicht bevorzugt werden, Mr. Gryhsl, aber ich möchte, daß Dorótha eine Chance kriegt.«
So läuft das also. Fünfzig Frauen warten aufs Vorsprechen und sind bloß Statistinnen für den Auftritt von Spolianskys Nichte. Gryhsls Handflächen beginnen zu knistern.
»Schön, ich werde mit ihr arbeiten«, sagt er. »Sie läßt sich am besten von Ink die Textseiten geben und eine Nummer.«
Mutige Antwort. Spoliansky starrt Gryhsl an und sieht dabei aus, als bekäme er gleich eine Nierenkolik. Aber er schweigt und schickt die Nichte mit einem Klaps auf den Hintern zu den anderen.
Bevor es um die Rolle geht, wird geschwommen. Die ersten zehn machen sich bereit. Manche cool, ungeschminkt, setzen auf ihre Natürlichkeit. Die andern offensiv und temperamentvoll, in Bikinis, kleiner als eine Briefmarke. Nachdem sie im Wasser gezeigt haben, was sie draufhaben, kommt der Sprung vom Fünfmeterturm. Hier scheidet manche aus, Höhenangst. Ink sortiert vor, verabschiedet die einen, notiert die Nummern derer, die in die engere Wahl kommen. Beim letzten Durchgang ist Dorótha dabei. Sie durchpflügt das Bassin im Schmetterlingsstil, taucht zu einem Unterwasserballett ab, springt die doppelte Schraube vom Trampolin, und schwingt sich auf den Rand des Beckens. Ihr Atem geht so ruhig, als hätte sie gerade mal die Beine übereinandergeschlagen.
»Na? Na?! Na?!« ruft Victor stolz, Gryhsl läßt Ink Doróthas Nummer notieren. Bewa nippt an einem Bourbon.
Die Kamera steht in Position, elf Frauen sind noch im Rennen.
»Wir brauchen jemand, der Henry spielt«, sagt Gryhsl, sein Blick fällt auf mich. »Poldi, du machst das.«
»Henry? Wie soll ich denn einen Delphin spielen?«
»Im Wasser.«

Er ist der Regisseur, also lege ich meine Kleider ab, ziehe den Bauch ein und steige ins Bassin. Anfang Mai, mir bleibt fast das Herz stehen. Eine Brünette aus Kalifornien macht den Anfang. Sie kniet sich zu mir an den Beckenrand, Gryhsl gibt das Zeichen, die Kamera läuft. Ich schnattere wie ein Delphin, die Brünette weint, streichelt meinen Kopf und klagt Henry ihr Leid. Ich schiele aufs Textblatt und verspreche ihr eine Perle, wenn sie mich freiläßt. Es wird eine packende Szene. Die nächste ist Puertoricanerin, hat den Text nicht verstanden und verdreht ständig die Sätze. Gryhsl bleibt geduldig. Ich spüre meine Zehen nicht mehr. Eine Blondine flennt mich rührselig an. Vom Zittern fällt mir der Text ins Wasser, das Delphingeklappere kommt jetzt schon ganz automatisch. Eine Rothaarige ist die nächste, zu alt für die Rolle. Eine Kleine mit Pagenfrisur, die ständig ihre Brüste ins Wasser hängt, zwei Schwestern mit Südstaatenakzent, eine Magersüchtige mit riesigen Augen. Ich habe kein Gefühl mehr in den Beinen, nur noch stoßweise bringe ich meine Sätze hervor. Visionen von den letzten Minuten der *Titanic* stehen mir vor Augen.
Schließlich Dorótha. Sie ist sehr gut und so liebevoll bei ihrem Auftritt, daß ich beinahe vergesse, mich wie ein Stück Treibeis zu fühlen. Sie umarmt mich, spricht im sanften Ton Henriettas zu mir, Gryhsl läßt verschiedene Varianten ausprobieren, – und dann ist es vorüber.
Die Kamera wird verstaut, Gryhsl gratuliert Dorótha, Spoliansky tätschelt unauffällig ihren Po und keiner denkt an mich. Als ich mit letzter Kraft aus dem Becken steige, reicht eine goldberingte Hand einen Flachmann in mein vereistes Blickfeld. Bewa teilt ihren Bourbon mit mir. So müssen Lawinenopfer sich fühlen, wenn der Bernhardiner sie ausbuddelt. Ich trinke in hastigen Schlucken, betrachte meine blauen Zehen, während der Whisky zu wirken beginnt. Bewa rubbelt mich trocken.
»Ach, ihr habt schon angefangen!«
Sabina steht auf der andern Seite des Beckens. Neben ihr der Gnom aus der Kinoruine. Wie hat sie uns bloß gefun-

den? Der Regisseur Gryhsl fällt in sich zusammen wie ein Soufflé, zurück bleibt ein hautschuppendes Nervenbündel mit roter Kappe.

»Schade. Säät und ich hätten gerne zugesehen.« Sabina umkreist den Sprungturm und steht vor Spoliansky. »Guten Tag, ich bin Sabina.«

Victor reagiert wie jedermann, der Sabina zum ersten Mal sieht. Er nimmt die Hand von Doróthas Hintern, gleitet mit den Augen Sabinas Wangenknochen entlang und kommt nicht auf die Idee zu fragen, was sie eigentlich hier will.

»Ihr habt eine Kandidatin noch gar nicht gesehen«, sagt sie.

»Wen?« fragt Victor.

»Hat Gryhsl euch nichts gesagt?« Sie dreht sich erstaunt zu ihm um, ihre Wangen sind gerötet. Er senkt den Blick.

»Poldi, du hast auch nichts von Undine Nielsson erzählt?«

»Nein, Sabina.«

Ich halte mir das Handtuch vor, Sabina braucht meine Speckringe nicht zu sehen.

»Undine Nielsson, wer ist das?« fragt Spoliansky. Eine nervöse Falte bildet sich auf Doróthas Stirn.

»Sie war leider verhindert, zu kommen«, sagt Sabina mit Seitenblick zu Gryhsl, »aber wir könnten heute abend ihre Vorstellung besuchen.«

»Ach, sie spielt Theater? Interessant, wo denn?«

Ich bin noch gar nicht fertig angezogen, als schon zwei Taxis vor dem Freibad halten. Spoliansky lädt alle zum Essen ein. Er schubst Bewa auf den Vordersitz und setzt sich nach hinten zu Sabina. Ich quetsche mich mit Gryhsl, Dorótha und Säät in den anderen Wagen. Schweigen.

»Säät Uuhurans, interessanter Name«, beginne ich das Gespräch. »Klingt, wie soll ich sagen, fast wie ein erfundener Name.«

»Erfunden, hähä, tja so ähnlich.« Er tippt mit dem Finger an mein Schlüsselbein. »Säät Uuhurans heißt soviel wie – Bewahre dein Recht, zu erzählen.«
»In welcher Sprache?«
»Hm, tjaja, bewahre dein Recht, dein Recht, mhm.«
Er schaut aus dem Fenster. Wir fahren über die Brooklyn Bridge. Es ist noch hell, aber hinter der Skyline ist der Himmel schon rot, die Sonne steht zwischen den beiden Türmen des World Trade Center. New York ist eine riesige Filmkulisse, denke ich.
»Stimmt, alles ein einziger Film«, kichert Säät. »Ein Film, der viele Filme verknotet.«

Beim Abendessen in einem Lokal Ecke Madison, 34. Straße würdigt Sabina Gryhsl keines Blickes, flirtet dafür um so mehr mit Spoliansky. Bewa und Säät wispern miteinander. Sie trinken Champagnercocktails und haben etwas unter dem Tischtuch versteckt. Papiergeraschel, farbiger Rauch steigt auf. Jetzt holt Säät eine rosa Perle aus Bewas Ohr. Das Alter des Kleinen kann ich einfach nicht schätzen. Er hat das Temperament eines Kobolds, die Neugier eines Teenagers und das Aussehen eines verwitterten Baumstamms. Ich esse grüne Nudeln und unterhalte mich mit Doróthа, die kaum zuhört, weil sie aufschnappen will, was Sabina Spoliansky einflüstert.
Kurz nach neun, Victor bezahlt, wir brechen auf. Bewa torkelt und läßt sich von Säät mit einem roten Wollfaden umwickeln. Nur Sabina weiß, wo es hingeht. Alles trabt hinter ihr her.
›*Standup Comedian Competition*‹ verkündet das Plakat am Eingang des Clubs ein paar Häuserblocks weiter. Ich habe so etwas schon gesehen. Amateurkomiker stellen sich auf Amateurbühnen und machen ausgeflippte Sachen, um die Leute zum Lachen zu bringen. Jeder kann mitmachen und meistens ist es peinlich.
Die neunzigjährige Nielsson als Standup Comedian? Was hat Sabina bloß vor? Sie witzelt mit Spoliansky, und scheint sich ihrer Sache völlig sicher zu sein. Wir werden

an zwei kleine Tische gesetzt. Rund um uns Leute, die ihre Lachmuskeln erwartungsvoll ausgerollt haben.
Es geht los. Der Besitzer des Clubs kündigt die erste Nummer an. Ein italienisches Bürschchen springt in das Lichtviereck auf der winzigen Bühne.
»Ciao. Wisse Sie, warume die Spaghetti iste keine ricktige Nuudel? Meine Mama hat es mir erklärte …«
In dem Stil geht das zehn Minuten. Die Leute glucksen, wiehern, johlen. Viele Italiener entdecke ich, der Junge scheint seine ganze Verwandtschaft mitgebracht zu haben. Als nächstes eine Travestie. Ein breitschultriger Kerl stöckelt als Blondine verkleidet herein und beginnt mit tiefer Stimme Blondinenwitze zu reißen. Quiekende Reaktionen, am Nebentisch fällt einer vor Lachen vom Stuhl. Auch das hat irgendwann ein Ende, und plötzlich wird es dunkel.
Niemand sagt sie an. Kein Wort wird gesprochen. Vorsichtig kommt sie mit einer Taschenlampe auf die Bühne. Sie leuchtet zuerst ins Publikum und dann sich selbst an. Sie beginnt zu sprechen.
Es ist Undine Nielsson.
Die Frau, die wenige Meter vor mir steht, ist zwanzig Jahre alt. Keinen Tag älter, eher jünger. Sie ist blond wie die Nielsson im Film, hat eine Stupsnase wie die Nielsson im Film, Schmollippen und eine süße Figur wie die Nielsson im Film, und nichts ist auch nur eine Spur anders.
Aber selbst wenn sie bei den Dreharbeiten zu *Die Rache Markittas* erst zwanzig war, hat sie ihren neunzigsten Geburtstag bereits gefeiert. Die Urenkelin der Nielsson vielleicht? So was soll vorkommen, Ähnlichkeiten in der dritten Generation. Aber es geht hier nicht um Ähnlichkeiten, dort steht ein und dieselbe Frau. Ich habe den Film erst vor wenigen Tagen gesehen; es ist, als wäre sie direkt von der Leinwand auf die Bühne gestiegen.
Sie erzählt, wie sie vorhin von zu Hause in den Club gekommen ist. Welche U-Bahn sie genommen hat, wen sie auf dem Bahnsteig sah, was die Leute in der Subway gesprochen haben. Kleine einfache Geschichten. Aber es ist

so komisch und rührend, wie sie das macht, solch ein Vergnügen, ihr zuzuhören, daß die schrillen kreischenden Typen rund um uns ganz still werden und mit verzaubertem Gesichtsausdruck lauschen.
Ich sehe zu Sabina, sie schenkt mir bloß ein herablassendes Lächeln. Natürlich, ich war der kleingläubige Zweifler, der Gryhsl dazu brachte, die Sphären der Kreuzritter zu verlassen und in den Niederungen des Arbeitsmarktes Schauspielerinnen zu suchen. Sabinas Triumph ist endgültig. Sie wollte Undine Nielsson für die Hauptrolle, und sie wird sie bekommen. Niemandem ist das so klar wie Dorótha. Kurze Zeit schaut sie der Nielsson zu, dann zündet sie sich eine Zigarette an und beobachtet Onkel Victor. Seine Reaktionen reichen von stürmischem Gelächter zu andächtigem Schweigen. Bewa ist an ihn herangerutscht und kuschelt sich unter seine Achsel. Er breitet die Hände über ihren Busen.
Säät Uuhurans sitzt hoch aufgerichtet da, wie eine Flamme sieht er aus. Plötzlich beginnt er zu weinen. Die Tränen rinnen seine Wangen hinunter, über den Kragen aufs Hemd. Er weint mit offenem Mund, gurgelnde Laute gehen im allgemeinen Gelächter unter. Er schlägt sich mit der Faust auf den Kopf. Was bewegt ihn so? Wen sieht er da oben? Was passiert überhaupt um mich herum? Gerade waren wir dabei, eine Filmbesetzung zu machen, jetzt beobachten wir eine Neunzigjährige, die das Geheimnis ewiger Jugend kennt. Säät schluchzt, Spoliansky fühlt sich wie Amundsen, der den Südpol entdeckt, und ich bin verwirrt, aufgewühlt, aus der Bahn geworfen. Denn die Frau mit den neunzig Jahren auf dem Buckel gefällt mir. Besser als mir jemals jemand gefallen hat. Besser als die Frauen, an die ich sonst in verwegenen Träumen denke.
Ihr Auftritt ist kurz. Die Taschenlampe verlöscht, Undine ist verschwunden. Das Publikum fordert Dacapo, aber sie zeigt sich nicht mehr. Nach zehn Minuten geben die Leute auf. Dorótha ist gegangen. Verständlich, für sie ist an diesem Abend nichts mehr zu gewinnen. Wir lassen uns vom

Geschäftsführer bei Undine anmelden und werden zu der winzigen Garderobe geführt.
Sie hat sich nicht umgezogen und sitzt einfach da. Nachdem wir unsere Glückwünsche losgeworden sind, bietet Spoliansky ihr Probeaufnahmen an. Sie verzieht keine Miene.
»Undine, das ist *die* Chance für Sie!« lockt Victor.
»Ich heiße Undine«, sagt sie und blickt nachdenklich in den Spiegel. »Ich heiße Undine?«
Alles lacht, der Auftritt scheint für sie noch nicht vorüber zu sein. Spoliansky lädt sie ein, mit uns was trinken zu gehen. So wie sie ist, kommt sie mit.
In einer ruhigen Bar genießt Victor die Rolle des Film-Tycoons und bestellt Champagner. Undine freut sich, daß wir ihren Auftritt gut fanden, aber wenn die Sprache auf Dinge kommt, die in der Zukunft liegen, reagiert sie zurückhaltend. Spoliansky läßt sich den Rausch des Augenblicks nicht nehmen und stößt lautstark auf die neue Hauptdarstellerin an. Ich beteilige mich kaum. Das Gespräch verläuft alles in allem enttäuschend. Trotzdem werden Telefonnummern ausgetauscht, Adressen notiert, Termine vereinbart. Undine bleibt die ganze Zeit über teilnahmslos und verabschiedet sich bald. Ich beobachte sie durch die Glasscheibe der Bar. Unschlüssig geht sie über die Straße, grüßt einen Passanten, der nicht antwortet. Sie betrachtet das Schild der Subwaystation und steigt schließlich langsam die Treppe hinunter.

Die Mittagshitze flimmerte über der Straße.
Sie schloß die Fensterläden, einen nach dem anderen.
Künstliches Dämmerlicht, selbstgeschaffene Höhle.
Nur manchmal erinnerte Hupen oder Kindergeschrei daran, daß sie in Manhattan war.

1919

Lakritze

1919 kam die schwedische Schauspielerin Undine Nielsson nach New York. Das Geld für die Überfahrt hatte sie von ihrem letzten Engagement in Göteborg gespart. Sie bezog ein billiges Hotel am Sheridan Square und machte sich noch am selben Tag auf Arbeitssuche. Sie sprach ein Dutzend Worte Englisch, zu wenig, um ein Bühnenengagement zu bekommen. Aber seit kurzem gab es den Film. Nach dem Ersten Weltkrieg überschwemmten amerikanische Streifen den Markt. Undine wollte dabeisein, wo diese Filme entstanden. Die Firmen begannen um diese Zeit schon nach Hollywood abzuwandern, aber in New York wurde noch gedreht. In *Fort Lee*, am linken Ufer des Hudson River. Sigmund Glawatsch arbeitete dort seit drei Jahren.

»Nimm ihn runter, den Hut, runternehmen, Herrgott! Teck him daun, du sollst ihn … meine Herren! Please, let mi ekschplein it wance agein to you Mr. Lebedeff. I want you to kamm into sät room, you see sät biutifull wumann, se moonlait sparkls in her hair, you take off sät zylinder and say … Warum tanzen Sie denn nicht wie die andern? Gell, so heißt das doch, jaja, genau, – why dont you com and danz wis se osers?! Aber zuerst, Niki, mußt du den blöden Zylinder absetzen.«
Nikolai Lebedeff war einer der beliebtesten Schauspieler des Stummfilms. Den Ton dieses Regisseurs fand er unmöglich, aber der Mann hatte Erfolg. Alles rannte in seine Filme. Er hatte in Wien mit Slapstick-Klamotten begonnen, durch frühe Erfolge kam er bald an größere Filme.

›*Der Lebemann*‹ entstand, dann ›*Napoleon und Sidonie*‹, die erfundene Liebesgeschichte zwischen Bonaparte und einer Weißnäherin. ›*Salome*‹ war Glawatschs erster Streifen, der in Amerika gezeigt wurde. Ein Jahr später expandierte die RUGA-Film nach New York, Glawatsch wurde mit dreißig Jahren ihr Chefregisseur. Die Amerikaner staunten über die verruchten Geschichten um Ehre und Tugend, verbotene Liebe und ewige Treue an Fürstenhöfen. Seine Filme waren kitschig, aber sie hatten das besondere Glawatsch-Flair. Schnaubende Kammerdiener, gerissene Stubenmädchen, triefäugige Grafen, geile Ehefrauen, Halbweltdamen mit Herz.
Lebedeff lächelte verbindlich. »As you think, Mr. Glawatsch«, sagte er und drehte den Zylinder zwischen den Händen.
»So lets do it wance again. Kamera ready – okay – please Niki – and Action!«
Lebedeff, Darsteller des charmanten Grafen Greiffenstein, kam bei der Kulissentür herein. Im Haar der Frau auf dem Balkon schimmerte das Mondlicht einer 50-Ampere-Bogenlampe. Lebedeff nahm den Zylinder ab und lachte.
Glawatsch stöhnte, spuckte die Lakritze aus. »Nicht lachen!« knurrte er.
Lebedeff stellte sich in Positur. »Why don't you come and dance with the others?«
»Yes, not bad«, zischte Glawatsch, »nau Eva törns araund, schi schmailes ...«
Die Schauspielerin drehte sich um und lächelte. Lebedeff wollte der Kamera nun auch sein berühmtes Lächeln schenken, aber Glawatsch fuhr dazwischen.
»You dont schmail, Niki!«
Lebedeff verbiß es sich und fummelte am Zylinder. Wenn er nicht lächeln durfte, wußte er eigentlich nie so recht, was er spielen sollte.
»Jeees, guuud, Eva törns raund, exaktly, she walks into se ruuum, the light rietsches her face, baff! – You see her! Baffbaff! – you rialize: Oh my God, schi is mai Stubenmädl!«

Lebedeff spielte, was er unter baff und baffbaff verstand: Überraschung, Schock, Bestürzung. Er trat einen Schritt zurück, hielt die Rechte abwehrend vor die Stirn, riß den Mund auf und lächelte direkt in die Kamera.
»Oh God, this is my Stubenmädl«, sagte er.
»Cut!« Glawatsch raste in die Dekoration.
»So you sink, sis is ›sörprise‹ wat you are plaing, hä? You sink, sät is how a man riacts, if he is discovering his Stubenmädl on a big ball where schi dasnt belong, hä?« Er schlug seine Hand in den Unterarm des Russen.
»Well, Sigmund«, antwortete Lebedeff. »I'm a little confused with the word ›Stubenmädl‹ you know. Couldn't we take an English expression instead, like ›maid‹?«
»No, no, no! Stubenmädl sounds perfect, Niki. But I need mor fiiielings from you, Niki, mor päschn, molto apassionato! You give mi not ewrising, Niki! – I scho you!«
Er riß ihm den Zylinder aus der Hand und drängte Lebedeff aus der Szene.
»Eva, plies, wan mor taim.«
Sie drehte sich ins Mondlicht. Glawatsch sprang um die Kulissenwand herum und kam bei der Tür wieder herein. Er blieb stehen, sah die Frau im Mondenschein, seine Augen blitzten. Er nahm den Zylinder ab und vergewisserte sich, daß sonst niemand im Zimmer war.
»Warum tanzen Sie nicht drüben bei den andern?« sagte er. Sie drehte sich um, das Licht traf ihr Gesicht, und Glawatsch faßte so namenloses Staunen, so existentielle Verwirrung und wilde Panik, daß er nach Luft schnappte, sich mit der Hand an die Augenbrauen griff und hauchte: »Mein Gott, das ist ja mein Stubenmädl!«
Wie ein Kreisel drehte er sich um die eigene Achse und fuhr Lebedeff an: »Is sät klirr nau?!«
Das Studio explodierte, Gelächter überall. Kameramann, Beleuchter, Ankleider und Maskenbildner, Requisiteure und Statisten, alles lachte. Glawatsch war perfekt. Niemand hätte das so spielen können wie er. Aber Sigmund Glawatsch war bloß einen Meter achtundfünfzig groß, hatte Glubschaugen und Säbelbeine. Elegante

Liebhaber und dekadente Grafen waren nicht sein Fach.
Also mußte Nikolai Lebedeff wieder in die Kulisse steigen. Glawatsch peinigte ihn bis aufs Blut, verbot ihm, auch nur ein einziges Mal zu lächeln, wiederholte die Szene fünfundzwanzigmal, und nach drei Stunden hatte er ein Ergebnis, mit dem er halbwegs zufrieden war. Er gab den Schauspielern eine Viertelstunde Pause, ließ die Dekoration umbauen, ging ins Freie und setzte sich auf eine winzige Wiese, die versehentlich zwischen den Studios stehengelassen worden war. Er schlug das Drehbuch auf, kaute Lakritze, sein Assistent brachte Kaffee, Glawatsch bedankte sich auf deutsch.
In diesem Moment trat Undine auf ihn zu. Sie war mit der Fähre über den Hudson gekommen, hatte sich zu den Studios durchgefragt und sprach den Erstbesten an. Der kleine Mann im Gras wirkte nett, nicht so hektisch wie die Typen rundum. Er kaute etwas und machte Geräusche dabei.
»Guuud däääi, haaau duuu juuu duuuu, aiii äämään ääktriss, luucking fohr ä tschoob.«
Zwei Stunden hatte sie den Satz vor dem Spiegel geübt, der Hotelportier korrigierte die Betonung. Aber ihr schwedischer Akzent klang völlig anders als Glawatschs Wienerisch-Englisch. Er verstand kein Wort.
»Wott?« fragte er unwirsch. Auf der Wiese durfte ihn niemand stören, das war bekannt.
»Guuud däääi, haaau duuu juuu duuuu, aiii äämään ääktriss, luucking fohr ä tschoob.« Sie lächelte breit.
»Schon wieder eine die grinst! Herrgott noch mal, den Leuten hier ist das Grinsen nicht abzugewöhnen!«
Glawatsch sprang auf. Der Assistent bemerkte die Störung, kam eilig herbei.
»Something wrong, Mr. Glawatsch?«
»Allwais schmailing, evrybody hier is schmailing!« Er spuckte die Lakritze vor Undine ins Gras.
»Animals never schmail, hav you ever sien a dog schmail? No! Becohs animals hav ... Würde, Sie haben Würde! Nur beim Film hat keiner Würde! Wüühüürde, verstanden?!«

Kein Wort hatte sie verstanden und lächelte zur Sicherheit noch einmal. Er quäkte wie eine Hyäne, ließ sie stehen und hopste ins Studio zurück. Der Assistent nahm Undine sanft bei den Schultern und brachte sie zum Studiotor.
So geht's nicht, dachte sie im Hotel. Englisch lernen, das war das wichtigste. Und eine Stelle. Alles Weitere würde sich finden.
Der Hotelportier brachte sie als Kellnerin im *Fluffy's* unter, einer Kneipe in der Bleecker Street. Der schwedische Spielwarenhändler von gegenüber gab ihr Englischunterricht. Er begann mit den Vokabeln, die ihm am wichtigsten schienen: »leksak – Spielzeug, docka – Puppe, gröndoglagen – Hampelmann.«

Zwei Jahre später. Glawatsch drehte einen Film nach dem anderen, Undine hatte Englisch gelernt. Nach jedem Kinobesuch stellte sie sich vor den Spiegel und imitierte Gesten und Mimik berühmter Schauspielerinnen. ›Färb' dir die Haare. Du mußt schwedischer aussehen‹, rieten ihr Freunde. Undine war brünett. Zu Hause mochte sie es, nicht auszusehen wie die anderen Mädchen, in New York ging das nicht. Eine Schwedin hatte blond, kühl und blauäugig zu sein.
Vom Tag ihrer Blondierung an klapperte sie auf schmalen Stöckeln die Studios ab und suchte Arbeit. Sie hatte Glück. In einem Western spielte sie das verkommene Liebchen des Schurken, die intrigante Hofdame war ihr Part in einer Rokoko-Schmonzette. Dann kamen die halbseidenen Rollen. Sie spielte blonde Schlangen, gerissene Gangsterbräute, desillusionierte Sexbomben. Es hing ihr bald zum Hals heraus. Wollte sie nicht als schwedische Filmmatratze enden, mußte etwas geschehen. Undine nahm die Sache in die Hand.
Was würde Glawatsch, der große Glawatsch, als nächstes drehen? Einen Historienfilm, hörte man. Einen richtigen Kostümschinken. Die Geschichte spielte irgendwo im eisi-

gen Norden Europas. Nebelig mittelalterlich, Burgen, Zinnen, Hochmoor, mystisch-romantisch. Wer war die Hauptfigur? Eine nordische Prinzessin, *Markitta*. Jung verwaist, allein auf sturmumtoster Burg.
Es gab damals nur eine Schauspielerin, die nordische Prinzessinnen spielte – *Eva Soerensen*. Sie stammte aus Prag, sprach kein Wort Schwedisch, aber wer fragte danach? Jedem war klar, Glawatsch würde die Soerensen mit der Rolle besetzen. Die männliche Hauptpartie spielte, wie immer bei Glawatsch, Nikolai Lebedeff. Und die Nebenrollen? Interessierten Undine nicht.
Sie flirtete ein paarmal mit dem Assistenten der RUGA, ließ sich zum Essen ausführen und überraschte ihn eines Nachts auf dem Studiogelände. Er überprüfte Requisitenlisten für den nächsten Tag.
Die Drehbücher von Sigmund Glawatsch waren geheim und wurden unter Verschluß gehalten. Der Assistent hatte eins der Heiligtümer vor sich auf dem Tisch liegen. Undine war klar, selbst ihre Faszination war nicht stark genug, daß er es aus der Hand geben würde.
Undine nahm unbemerkt das Stanley-Messer, das neben einem Dekorationsmodell lag und schnitt sich damit in die Hand. Es blutete sagenhaft. Sie sank auf die Couch, der Assistent rannte um Verbandszeug. Undine sprang auf, beugte sich über das Buch und überflog die Seiten. Sie fand, was sie suchte. Als er die Treppe wieder hochgelaufen kam, prägte sie sich gerade noch die letzten Worte ein. Er verband sie zärtlich, sie täuschte starke Schmerzen vor und ging. Undine war froh, den netten Kerl nicht weiter belügen zu müssen. Kaum war sie draußen, schrieb sie den Text Wort für Wort auf. Sie hatte eine Original-Glawatsch-Szene in Händen, das war der Anfang für alles.

»Ihr seht mich auf den Knien vor Euch, Prinz Bräcke. Ich, eine Prinzessin, knie, denn Ihr habt mich in Eurer Gewalt. Ich bin Eure Gefangene, doch bedenkt, das Blatt kann sich bald wenden. Wenn meine tapfere Garde Euer Schloß erstürmt, Prinz Bräcke, dann gnade Euch Gott. Wißt Ihr denn nicht, mein stolzer Prinz, daß ich mit andern Mitteln nur gewonnen werden kann? Habt Ihr noch nie die Frau in mir gesehen? Nein, Ihr saht bloß die Erbin dieses Throns. Verdammter Thron, der mich zur Kön'gin stempelt!«

Undine kannte Glawatsch nur von Zeitungsbildern. An den kleinen Mann auf der Wiese dachte sie keinen Augenblick, als sie ihren Plan entwarf. Berühmte Regisseure saßen auf Stühlen, die ihre Namen trugen. Sie hatten Reitstiefel an wie Cecil B. de Mille oder Schlapphüte wie Sternheim. Kein großer Regisseur hockte allein auf matschiger Wiese und kaute Lakritze.

Glawatsch nahm den Lunch manchmal in der Studiokantine ein. Umringt von Assistenten, Ausstattern und Script-Girls beugte er sich über Skizzen und Drehpläne, und schaufelte achtlos in sich hinein, was ihm vorgesetzt wurde. Schauspieler waren an dem Tisch nicht zugelassen. Mit jedem Kabelträger unterhielt er sich gerne übers Wetter, die Familie oder Football. Gespräche mit Schauspielern waren ihm verhaßt. Sie hatten nichts zu sagen.

Undine hatte sich Kunstblut besorgt und Schuhe mit extrem hohen Absätzen. Zwei Tage wartete sie umsonst. Einmal arbeitete er ohne Mittagspause durch, das nächste Mal ließ er sich den Lunch ins Studio bringen. Am dritten Tag sondierte ein Assistent die Kantine, gab dem Wirt Bescheid, fünf Minuten später kam Glawatsch. Undine nahm an, daß er es war, sehen konnte sie nur eine Menschentraube, aus deren Mitte lautes Geschimpfe zu hören war. Sie stand auf, strich das enganliegende Kleid glatt und nahm ihr Tablett mit Gläsern und Tellern. Sie befeuchtete die Lippen und ging los.

»Ihr seht mich auf den Knien vor Euch, Prinz Bräcke«, flüsterte sie. Noch zehn Meter bis zum Tisch, noch acht, ihr Herz schlug lauter als ihre Absätze auf den Kantinenboden knallten. Sie war auf seiner Höhe, sah das Gesicht im Profil. Eine Frau legte ihm Kostümentwürfe vor, er schaute finster drein und schimpfte ohne Unterbrechung.
Undine schwang das Tablett hoch, rutschte mit dem Absatz weg und ließ sich nach hinten fallen. Gleichzeitig stand Glawatsch auf und brüllte: »No! Sis is not se kostüm I wanted! Mr. Lebedeff will not wear a Feder on his helmet! Wir sind doch nicht im alten Rom!«
Gewaltiger Lärm beendete das Gespräch. Glawatsch fuhr herum, sah, wie eine Blondine ihr Tablett verlor. Geschirr flog durch die Luft und zerschellte am Boden.
»Sis is not se place to diskass sis.«
Er angelte seinen Teller mit Hackbraten und Kartoffelbrei, nahm die Kostümbildnerin am Arm und verließ die Kantine. Der Assistenten-Stab folgte wie ein Vogelschwarm. Am Boden schmierte Undine sich rote Farbe ins Gesicht und begann mit bebender Stimme –
»Ihr seht mich auf den Knien vor Euch, Prinz Bräcke. Ich, eine Prinzessin, knie, denn Ihr habt mich in Eurer Gewalt.«
Als keiner mehr da war, rezitierte sie immer noch. Sie rutschte zwischen den Scherben umher, das Kunstblut lief ihr in die Augen. Sie konnte nichts sehen. Der Kantinenwirt stand schon einige Zeit über sie gebeugt. Alle Verrückten von New York essen bei mir zu Mittag, dachte er nicht zum ersten Mal.
Als ihr Monolog beendet war, ließ Undine sich nach hinten gleiten und wartete – vielleicht auf die warme Stimme des Regisseurs, der sie bat, in sein Büro zu kommen.
»So eine Schweinerei, wer wird das Geschirr bezahlen?«
Sie öffnete die Augen. Der Wirt glotzte sie aus wäßrigen Augen an, gab ihr die fettige Hand und half ihr hoch. Sonst war kein Mensch mehr im Raum.

Sie weinte zwei Tage durch und unterbrach nur, um Futter für die Katze zu kaufen. So dumm zu sein, so romantisch, naiv und dumm. Das kam alles von den dummen Filmen, die sie sich ständig ansah. Dort bekamen Blondinen immer, was sie wollten. Nie, niemals wieder werde ich dieses Studio betreten, schluchzte sie, ich gehe überhaupt nicht mehr aus dem Zimmer.
Als die Buttermilch aufgebraucht war, brach sie ihr Gelübde. Der Mai war sonnig und warm. Freundlich winkte der Portier ihr aus seiner Loge zu, der Spielwarenhändler plauderte schwedisch mit ihr. Sie kaufte Buttermilch und die neueste Ausgabe der *Variety*, ging nach oben, schenkte sich ein Glas ein und begann die Zeitung nach Rollenangeboten durchzublättern.
Drei Wochen später spielte sie in *Die Särge des Urwaldgottes* eine Gefangene des gräßlichen *Kunga Khan*. Er hatte die Marotte, Jungfrauen in seinem Urwaldpalast zu Tode zu foltern. Kunga riß ihnen die weißen Kleider vom Leib, fletschte die Zähne und blähte die Nüstern. Im Hintergrund schlug ein halbnackter Wilder auf Buschtrommeln ein. Undine schrie in namenloser Panik, wehrte sich, es half nichts. Kunga war stärker, das Kleid ging in Fetzen. Dreimal hatten sie die Szene schon gedreht, Undine stieg gerade ins vierte Kleid, als der Aufnahmeleiter den Drehschluß bekanntgab.
Schon nach elf. Ihre Garderobe lag am andern Ende des Studiogeländes. Wollte sie die letzte Fähre nach Manhattan noch schaffen, mußte sie die Abkürzung nehmen. Es war verboten, durch andere Studios zu laufen, aber wer sah sie denn schon. Alles war still und dunkel. Ein verhangener Mond schien durch das Glasdach der riesigen Halle. Schritt für Schritt tastete sie sich voran, sie hatte keine Lust, über irgendwelche Kabel zu stolpern.
Eine 500-Ampere-Jupiter-Lampe ging an. Grellweiß, Undine war vollkommen geblendet.
»Weißes Mädchen in schwarzer Nacht. Ein Schwan auf dem Todessee, hä?« sagte eine Stimme hinter dem Licht.

»Wer ist da?«
»Eurydike auf dem Rückweg aus der Unterwelt, stimmt's?«
Sie wollte dem Lichtkegel entkommen, aber er bewegte sich mit ihr. Ohne Erlaubnis in einem fremden Studio, das konnte üble Folgen für sie haben. Sie war Ausländerin und in Angelegenheiten der Studiosicherheit waren die Bestimmungen streng.
»Na, Eurydike, was machen wir jetzt?« sagte die Stimme.
Mit der Hand deckte sie die Augen ab.
»Ich möchte die letzte Fähre erreichen.«
»Du willst schon gehen?«
»Es ist spät.«
»Kann Eurydike singen?«
»Wer sind Sie?«
Ein Vergewaltiger, ging es ihr durch den Kopf.
»Was singt man bei euch, – dort, wo du herkommst?«
»Lieder. Man singt Lieder. Bitte lassen Sie mich gehen.«
»Von wo kommst du, hm?«
»Aus Schweden. Und Sie?«
»Wie heißen denn die Lieder, die man bei euch singt?«
Wenn ich schreie, hört mich kein Mensch, dachte sie. Also lasse ich es besser.
»Ein Lied, das ich mag, heißt *Der leuchtende Nordstern*, oder *Das Schiff ohne Rettung*.«
»Was ist dein Lieblingslied?«
»Sjöjungfru.« Sie hatte geantwortet, ohne nachzudenken. Es gab kein Lied, das sie mehr liebte. »Und jetzt lassen Sie mich bitte gehen.«
»Das Lied vom Meerweibchen, nicht wahr?«
»Sie kennen es?«
»Kannst du das Lied auswendig?«
»Gleich ist meine Fähre weg.«
»Die schaffst du noch spielend.«
Solange ich singe, läßt er mich in Ruhe, dachte sie.
Undine hatte eine kleine Stimme, kam nicht hoch hinauf, und auch nicht tief hinunter. Aber in der Mittellage klang es ganz annehmbar. Sie sang die Geschichte von der Nixe,

die den schiffbrüchigen Prinzen liebt. Entsetzliche Qualen nimmt sie auf sich, um ein Mensch zu werden.

»Undine, die Nixe, sie stand in der Flut
Die Welle ihr Füßchen umspült
Doch ist's ihr, als ob durch ihr Herz kalter Stahl
Ein Dolch ihre Brust aufgewühlt«

Bevor die letzte Strophe begann, riß sie plötzlich ihr Kleid hoch und rannte. Kabel hingen von der Decke, klatschten ihr ins Gesicht, sie schlug sie beiseite. Die Tür ging nicht auf, sie zerrte daran, und endlich stand sie im Freien. Ohne sich umzuziehen lief sie auf die Fähre und erreichte Manhattan kurz vor Mitternacht. In der U-Bahn machten Fahrgäste blöde Bemerkungen über ihr bodenlanges weißes Kleid. Sie achtete nicht darauf. Erst als sie die Wohnungstür hinter sich zuschlug, fühlte sie sich sicher.
Am nächsten Morgen meldete sie sich krank. Sollte Kunga Khan andere Mädchen foltern, sie hatte genug von dem Unsinn. Am dritten Tag brachte der Postbote ein Telegramm.

›Wüßte gern, wie die Sache mit der Sjöjungfru ausgeht.
Erwarte Sie heute um sechs an der Mole in Coney
Island. Erkennungszeichen: Weißes Kleid
Sigmund Glawatsch‹

Coney Island

Glawatsch suchte eine Notiz. Die Idee mit dem Schwert, wo war sie? Er schob Papiere hin und her, – da lag ja der Zettel:
Markitta schlägt eindringendem Soldaten Kopf ab – Kopf kollert durch Burghalle – Großaufnahme, Markitta lächelt.
Das ist gut, dachte er. Die Soerensen hat keine Ahnung. Zu brutal, sagt sie. Quatsch. Sie hat bloß Angst, ihr Publi-

kum zu vergraulen. Tschechisches Luder, temperamentloses. Interessiert mich nicht mehr, diese Frau.
Ein Stapel alter Drehbücher fiel zu Boden. Glawatsch fluchte. Dann sah er die Schachtel. Ein Etui aus rötlichem Leder, er klappte es auf. Blauer Samt, in der Mitte die kleine Medaille, ein blaues Bändchen hing daran: Wettbewerb für Vortragskunst. Das Gedicht fiel ihm ein, zwanzig Jahre war das her.

War net Wien, wann net durt,
wo ka Gfrett is, ans wurdt.
Denn das Gfrett ohne Grund
gibt uns Kern, halt uns gsund.

Breitbeinig stand er in seinem Büro und rief –
»Denn das Gfrett ohne Grund gibt uns Kern, halt' uns g'sund! Ich werde sie rausschmeißen, die sinkende Schaluppe!«
Er grinste und klappte den Deckel des Etuis wieder zu. Es war Mai, draußen knallte die Sonne aufs Studiodach. Im Hintergrund lag der Fluß. Glawatsch sah auf die Uhr. Herrgott, schon nach vier. Er telefonierte nach dem Wagen. Fünf Minuten später stand der *Franklin* vor der Tür. Glawatsch sprang hinein und fuhr Richtung Brooklyn.

Hübsch war die Schwedin, auch bei Tag. Flotter Haarschnitt, niedliche Figur. Schmale Hüften, großer Busen, gut fürs Kostüm. Die Beine waren etwas zu kurz. Lange Kleider also, dachte er.
»Hallo, wie schön. Jetzt lernen wir uns in aller Form kennen. Mein Name ist Sigmund Glawatsch und Sie müssen die junge Dame sein, die sich in mein Studio verlaufen hat.«
»Angenehm.«
Ziemlich piepsig, das Stimmchen. Aber das war im Stummfilm egal.
»Dort drüben kenne ich ein russisches Restaurant, da können wir draußen sitzen. Waren Sie schon einmal auf dem *Boardwalk*?«

»Boardwalk?«
»Die alte Holzpromenade, auf der wir stehen.«
»Nein, ich war überhaupt noch nie hier unten am Strand.«
»Vor zwanzig Jahren hätten wir herkommen müssen. Da konnte man auf Coney Island wahre Wunder erleben. Ein hundert Meter hoher Turm, Achterbahnen, die durchs Wasser fuhren, Karussells, in denen die Leute kopfüber saßen. Eisenbahnzüge wurden überfallen, das Erdbeben von San Francisco nachgestellt und der Brand von Rom. Dreihundert Liliputaner lebten und arbeiteten hier.«
»Warum gibt es das alles nicht mehr?«
»In Flammen aufgegangen. Ein gespenstisches Feuer muß das gewesen sein. Affen, die gewohnt waren, nur auf Befehl des Dresseurs zu parieren, verbrannten, obwohl sie fliehen hätten können. Löwen rannten davon und machten die Straßen unsicher. Mein alter Chefbeleuchter hat einen Löwen auf der Surf Avenue gesehen. Die Augen blutunterlaufen, seine Schenkel waren blutig, die Mähne brannte.«
Sie betraten die Veranda des Lokals. Die Sonne versank gerade im Meer. Glawatsch bestellte Borschtsch, danach *Boeuff Chrogatschnoi* mit geröstetem Buchweizen und roten Beeten.
Undine erzählte von zu Hause. Von den Föhrenwäldern rund um den Fjord von Söderhamm. Morgens hatte sie dort immer geschwommen. Das Wasser war so kalt, daß man noch eine Stunde später mit den Zähnen klapperte. Von dem Lehrer, den ihre Mutter nach dem Tod des Vaters geheiratet hatte. Als er zu ihrer ersten Premiere nach Göteborg kam, kriegte er in der Loge keine Luft und ging, bevor Undine aufgetreten war.
Glawatsch ordnete Pfefferkörner als Perlenreihe am Tellerrand und beugte sich zu Undine.
»Singen Sie die letzte Strophe der *Sjöjungfru* für mich.«
»Hier?«
»Warum nicht?«
»Ich geniere mich vor den Gästen.«

»Flüstern Sie's doch.«
Muskulöse Arme hat er, dachte Undine, aber zarte Hände. Er muß jünger sein, als er aussieht, nicht viel über Dreißig. Beim Lachen zog er die rechte Backe hoch. Riesige Zähne kamen zum Vorschein, ein richtiges Pferdegebiß. Er hielt den Kopf nahe an ihren Mund. Sie bemerkte die schwarzen Haarbüschel an seinem Ohr. Wie ein Luchs, dachte sie und begann hauchend zu singen. – Das Meerweibchen sieht durch das Palastfenster die Hochzeit des treulosen Prinzen. Sie läßt sich in die Wellen zurückgleiten. Ein Mensch kann sie nicht sein, als Nixe will sie nicht mehr leben. Sie verwandelt sich in eine Schaumkrone und tanzt auf dem Wasser. Weit draußen hören die Seeleute ihr trauriges Lied. –
»Danke«, sagte Glawatsch. Seine schwarzen Augen glänzten.
Er winkte dem Kellner. Wodka, und als Nachtisch *Pirogi* mit Heidelbeeren.
Als sie aus dem Restaurant traten, war Undine betrunken. Sie lachte grundlos, zog Schuhe und Strümpfe aus, und lief ins Meer. Von dort rief sie Glawatsch, er solle auch kommen. Er hatte keine Lust. Sie patschte mit triefenden Kleidern an Land, griff seine Hand und wollte ihn ins Wasser ziehen. Da gestand er ihr, daß er nicht schwimmen konnte. Er ließ sich in den Sand fallen, sie tanzte noch einige Zeit um ihn herum, dann sackte sie neben ihm zusammen und schlief sofort ein. Im Morgengrauen wurden beide vom Fahrer eines Milchwagens geweckt, der glaubte, sie seien ausgeraubt worden. In den Werften von Brighton begann gerade die Frühschicht.
Glawatsch setzte Undine am Sheridan Square ab. Über den Film hatten sie kein Wort gesprochen. Er brachte sie zur Tür, schob ein Stück Lakritze in den Mund und bot ihr die andere Hälfte an. Sie wollte nichts abhaben. Ein flüchtiger Kuß, sie ging hinein, er stieg wieder in den Wagen.
Ich muß die Soerensen loswerden, dachte er auf dem Heimweg. Sie ist eine vernünftige Frau, wir werden eine Lösung finden.

»Und wenn nicht, dann schmeiß' ich sie raus!« schrie er in den Morgennebel und stieg aufs Gas. Zwei einsame Passanten auf der Waverly Street drehten sich um.
Undine zog die feuchten Kleider aus und legte sich ins Bett. Langsam kletterten die Sonnenstrahlen die Wand hinter ihrem Bett hoch.

Das Bild im Fenster

Eva Soerensen fuhr Richtung Downtown. Auf den Straßen waren fast nur noch Automobile zu sehen, aber Eva Soerensen fuhr wie eh und je mit der Pferdedroschke. Am Schnittpunkt von Broadway und Fifth Avenue zogen einige Herren die Hüte, die Soerensen nickte gelassen. Tulpen, Lavendel und Orchideen wurden am Straßenrand angeboten, die Soerensen sog pathetisch den Duft ein. Der Wagen bog bei der Grace Church ab und erreichte Astor Place. Die Soerensen senkte erst einen Fuß auf das Trittbrett, dann den andern. Sie ließ die Hand mit dem Fahrgeld wie einen Schmetterling auf den Kutschbock niederschweben. Dann wandte sie sich langsam der Vorgartentreppe eines dreistöckigen Hauses zu. ›Verschlafener Schlampen‹ hatte ihr Vater sie immer genannt. Das war in Prag gewesen und viele Jahre her. Seitdem hatte Eva die Langsamkeit zum Kult erhoben.
Eva Zmekova, Prager Vorstadtpflanze, mit vierzehn im Schilf der Moldau-Auen entjungfert, seitdem im Bett mit jedem, der die Bänder ihres Korsetts überwand. Als Prag für ihre Genußsucht zu eng wurde, reiste sie nach Amerika. Sie begleitete einen lungenkranken Schuhfabrikanten, verließ ihn noch auf der Überfahrt und setzte schließlich ihre trägen Füße auf New Yorker Boden.
Im zweiten Stock betrat Eva die Räume eines Mannes, der sie schon erwartete. Er war jung, hatte einen mächtigen Schädel, kräftige Züge und grüne Augen. Er empfing sie ohne Jackett, mit gelockerter Krawatte. Niemandem

hätte die Soerensen gestattet, sie so formlos zu begrüßen, er durfte. Sie ließ sich Hut, Schleier und Cape abnehmen und in den Raum führen, der ›das Konsultationszimmer‹ genannt wurde. Er war kein Arzt, aber es gab Situationen, wo nur er noch helfen konnte.
Eva ließ die rechte Schulter nach unten sinken, der restliche Körper folgte, gleich würde sie stürzen. Nein, sie stürzte nicht. Im letzten Moment drehte sie sich in der Hüfte und glitt elegant auf das Canapé. Er reichte ihr Limonade. Zwischen Daumen und Ringfinger hielt sie das Glas, es sah aus, als würde es kippen. Aber es kippte nicht. Sie trank mit fischig geöffnetem Mund, die Limonade hätte bei den Lefzen wieder herauslaufen müssen. Sie lief nicht. All das war Ergebnis jahrelangen Trainings. Aus der tschechischen Kellerassel war *›die Soerensen‹* geworden, eine nordische Ikone, die Göttin der Langsamkeit.
»Es ist etwas kühl für die Jahreszeit. Im Juni hatten wir sonst schon wärmere Tage«, sagte Eva tschechisch. Es gab sonst niemanden in New York, mit dem sie Tschechisch sprechen konnte. Ihre Stimme klang unentschieden, sackte mitten im Satz nach unten, als könnte sie sich nicht entschließen, ihn zu beenden oder fortzuführen.
»Ja, aber der Juli verspricht dieses Jahr prächtig zu werden«, antwortete er und setzte sich ihr gegenüber an den Schreibtisch. Sein Gesicht verschwand im Halbdunkel, die Fensterläden waren geschlossen. Dieser Teil des Zimmers lag immer im Schatten.
»Ich spüre, daß mit dem Glawatsch-Film etwas nicht stimmt«, fuhr Eva fort. »Niemand bestellt mich zu Kostümproben, dabei sollen die Dreharbeiten in vier Wochen beginnen. Niemand ruft an, um meine Änderungswünsche des Drehbuchs zu besprechen. Wissen Sie, was der kleine Jude verlangt? Ich soll einem Statisten mit dem Schwert den Kopf abschlagen!«
»Ungewöhnlich.« Er bewegte sich nicht, nur seine Stimme kam hinter dem Schreibtisch hervor.
»Und ich werde auch keinen Nackttanz aufführen, in dem mein Kostüm kleiner ist als mein Taschentuch.«

Sie hob drohend zwei Finger, der Rest von ihr lag regungslos in die Biegung des Canapés geschmiegt.
»Sie haben doch einen Vertrag.«
»Natürlich. Sonst käme ich gar nicht auf die Idee, daß ich die Rolle spielen werde.«
»Was wollen Sie konkret erfragen?« Sein Kopf zeichnete sich dunkler vor der dunklen Wand ab.
»Na, ob's da eine andere gibt natürlich! Ob Glawatsch mich einseift. Ob mein Anwalt dem jüdischen Bengel in den Hintern treten soll und die Filmgesellschaft verklagen!«
Das Limonadenglas schwankte heftiger.
Für Pius Yurgrave war dies ein Routinefall. Viele Frauen kamen, um Antwort auf ihre brennendsten Fragen zu erhalten. Begehrt mich mein Mann noch? Warum kommt er dann so spät heim? Hat er entdeckt, daß ich mich mit dem jungen Pianisten treffe? Soll ich das Lokal meiden, in dem unser Steuerberater zu Abend ißt? – Wer sich leisten konnte, am Ende der Konsultation zehn Dollar in die Onyxschale unter dem Runenbild zu legen, konnte Antwort auf seine Fragen bekommen.
Yurgrave war in Mode, es war schick, zu ihm zu gehen. Ein Blick in die Zukunft, ein Duftextrakt, der die Leidenschaft des Gatten auf Trab brachte, und die aphrodisierende Präsenz von Yurgrave selbst hatten seine Praxis zu einer beliebten Adresse gemacht. Den *Löwen vom Astor Place* nannte man ihn. Eva war keine gewöhnliche Kundin, ihr verdankte er viel.
Vor zwei Jahren hatten sie sich zum ersten Mal getroffen. Nach siebenjährigem Studium beim Meister in Grönland war er auf einem dänischen Eisbrecher nach New York gekommen. Der Gestank nach Lebertran hielt sich noch wochenlang in den Kleidern. Wäre Eva nicht praktizierende Katholikin gewesen, hätte er sie vielleicht nie kennengelernt. Pius aß manchmal in der Ausspeisung der *Trinity Church* zu Mittag. Eines Nachmittags, er saß in der kühlen Kirche und dachte über seine Pläne nach, begann neben ihm eine Frau hinter schwarzem Spitzenschleier zu

weinen. Ob er helfen könne, fragte er. Sie antwortete mit teigiger Stimme, sie bete darum, daß ein Mr. Soundso zur Besinnung käme. Ihr Mann, dachte Yurgrave, aber sie erzählte, der betreffende sei Regisseur und wollte nicht einsehen, daß ihr Kleid einen tieferen Rückenausschnitt bräuchte. Sie wolle Gott bitten, den Mann zur Einsicht zu bringen. Gott sei vielleicht nicht die richtige Instanz, meinte Pius, es gäbe wirksamere Methoden. Schlagartig hörte sie zu weinen auf und musterte ihn durch den Schleier hindurch. Yurgrave begleitete sie ins Studio nach Fort Lee. Eva zog sich um und kam mit traurigem Gesicht in einem hochgeschlossenen Kleid wieder. Ein kleiner Mann mit Säbelbeinen sagte, sie sähe fabelhaft aus und ließ sie stehen. Seufzend sah sie zu Yurgrave. Pius wählte die gälische Methode. Er legte drei Finger der linken und den Daumen der rechten Hand auf ein Stück Holz, berührte mit der Zunge jeden einzelnen Zahn des Unterkiefers und sagte ›Manaahz Tsuii Pentateus‹. Ein tiefer Ton erklang, wie das Röcheln eines Seeungeheuers. Alle blickten sich um. Ein Lichtstrahl fiel auf Eva, ihr Kleid öffnete sich hinten und vorne. Wie beim Anschnitt einer Torte glitten die Hälften auseinander und legten Evas weißen Rücken frei, jeden einzelnen Wirbel hinunter bis zum Po. Vorne teilte sich das Kleid bis zum Nabel, der Energiefluß stützte gleichzeitig den Busen von unten. Das Ergebnis sah atemberaubend aus. Dem kleinen Mann fiel die Lakritze aus dem Mund. Er hopste um Eva herum, die selbst kaum glaubte, was sie sah, und krächzte: »Gut, genau so bleibt es. Du hast mich überzeugt.« Das war der Beginn von Yurgraves Karriere.

Yurgrave öffnete das Fenster. Das Glas spiegelte die Häuser, eine Blutbuche, vorbeifliegende Vögel, Wolken. Aber in einem bestimmten Winkel konnte Pius auch andere Bilder sichtbar machen. Zwischen fünf und sechs Uhr abends beschien die Sonne auf ihrer untergehenden Bahn die Blutbuche auf eine Weise, daß der Abglanz der Blätter im Fensterglas zu zittern begann.

»Sind Sie bereit?« fragte er Eva.
»Soll ich zu Ihnen kommen?«
»Nicht nötig, Sie sehen es am besten von Ihrem Platz aus. Schließen Sie für einen Moment die Augen.«
Sie stellte das Limonadenglas auf den Beistelltisch und ließ sich mit geschlossenen Lidern zurücksinken. Yurgrave drehte den Fensterflügel, korrigierte den Winkel mit winzigen Bewegungen, bis ein verschwommenes Bild erschien.
»Sehen Sie jetzt direkt ins Glas.«
Das Gesicht einer Frau nahm Kontur an. Blondes Haar, strahlende Augen, feine Nase, sinnlich geschwungener Mund. Die Imagination wurde klarer: man sah eine zierliche Figur mit schmalen Hüften und schönem Busen. Eva begann sich der Magen umzudrehen. Ihre Hand knüllte das Zierkissen, sie starrte zum Fenster. Langsam plumpste ihr Bein zu Boden.
»Jüdischer Rumpelstilz! Levantinische Schmeißfliege!« keuchte sie. Ihr hellblaues Chiffonkleid verrutschte, legte schwammige Oberschenkel frei. Sie steckte einen Daumen in den Mund und kaute darauf herum.
Yurgrave betrachtete das Bild im Fenster. Den Hals der Blonden, ihre kleinen Ohren, um die sich Haarkringel schmiegten. Die Linie vom Hals zum Kinn, den Schwung der Unterlippe, das Grübchen, ihre Nase mit den Sommersprossen, die glatte hohe Stirn …
»Wir haben genug gesehen!« Evas Stimme überschlug sich. Yurgrave zuckte zusammen. Abrupt kippte er den Fensterflügel, das Bild verschwand. Die Sonne verwandelte das Glas in eine gleißende Fläche. Eva hielt die Hand vor die Augen.
»Verzeihen Sie.« Er schloß das Fenster ganz.
»Glawatsch lügt! Es gibt eine andere«, schrie sie und wuchtete sich hoch. Eva wußte, was jetzt zu tun war. Sie hatte den besten Anwalt, alle Register seines Könnens mußte er ziehen. Der RUGA-Film standen harte Zeiten bevor, wenn sie auch nur im entferntesten daran dachten, vertragsbrüchig zu werden.

Yurgrave reichte ihr Hut und Cape, sie warf zehn Dollar in die Onyxschale. In der Droschke senkte Eva den Schleier vors Gesicht und fluchte dahinter auf tschechisch.

Pius sammelte sich kurz, bevor er das Fenster zum zweiten Mal öffnete. Es dauerte einige Zeit, bis er das Bild wiedergefunden hatte. Er war nervös und nicht so unbeteiligt wie zuvor. Verirrte Sonnenstrahlen störten ihn bei der Suche. Da war es wieder, das Abbild der blonden Frau. Nackt war sie diesmal und schwamm im Meer. Eine Stunde verging. Die Sonne setzte die Blutbuche in Brand, um schließlich hinter den gegenüberliegenden Häusern zu verschwinden. Pius schloß das Fenster, ging in die Küche, setzte Wasser auf und tat zwei Löffel gotischen Tee in die Kanne. Im aufsteigenden Dampf sah er die Blonde schon wieder. Die Tasse fiel zu Boden und zerbrach. Er ließ die Scherben liegen und lief in den *schwarzen Raum,* eine lichtlose Kammer, wo er häufig die Bilder des Tages in die Dunkelheit abfließen ließ. Absolute Finsternis umgab ihn. Kein äußeres Bild traf auf die Netzhaut. Doch gelang es ihm nicht, die Blonde abzuschütteln. Zum Greifen klar stand sie nackt vor ihm im Raum. Er wollte tanzen mit ihr, ihre Taille umfassen, ihre Brüste berühren. Hektisch riß er die Tür wieder auf und lief ins Konsultationszimmer. Er suchte ein Buch. Innere Reinigung brauchte er, eine Formel zur Meditation. Es klingelte an der Tür.
Schon so spät? Pius zog die Krawatte gerade und warf im Hinauseilen das Jackett über. Es klingelte heftiger. Draußen trat der Senator von einem Fuß auf den anderen.
»Wie stehen die Chancen für die Präsidentschaftswahlen?« war seine Frage. Konnte nach dem unschlagbaren Demokraten wieder ein Republikaner Präsident werden?
Yurgrave bemühte das Fenster zum dritten Mal, diesmal im Schein der Straßenlaterne. Das Bild eines beleibten Herrn mit Zwicker erschien, aber nur für Sekunden. Wie-

der tauchte die Blonde auf, Pius war machtlos dagegen. Er tat, als sei ihm der Fensterflügel verrutscht und versuchte es erneut. Neugierig trat der Senator näher. Der Dicke mit Zwicker wurde deutlicher, gleich würde man wissen, wen man vor sich hatte. Da flackerte die nackte Blonde über die Scheibe, bückte sich und lachte. Der Senator suchte nach seiner Brille.

»Entschuldigen Sie, eine ... Störung im seismomagnetischen Feld«, stammelte Yurgrave und schlug das Fenster zu. Die Scheibe zerbrach und fiel auf die Straße. Wütendes Schimpfen von unten.

»Haben Sie die Möglichkeit, morgen wiederzukommen?« fragte Pius und spürte, wie Schweißperlen auf seine Oberlippe traten. Sie vereinbarten einen neuen Termin.

1953

Besuchszeit

Immer wenn Schwester Stilewsky zu lange auf ihrem Stuhl gesessen hatte, blieben rote Streifen an der Rückseite der Schenkel zurück. Pius Yurgrave kniete jeden Vormittag auf seinem Platz zwischen dem Fenster und dem gußeisernen Pfeiler des Aufenthaltsraums der Steinway-Nervenheilanstalt. Im weißen Kittel kniete er da und starrte auf Schwester Stilewskys rote Striemen. Mehr von Schwester Stilewskys Fleisch wollte er gar nicht sehen. Wie gut, daß alles übrige vom mitleidigen Weiß des Schwesternkittels bedeckt wurde.

Es war Frühling geworden. Die Knospen platzten aus Zweigen und Stengeln, saftiges Grün stand auf den Rasenflächen und der Himmel trug Aquamarin. All das machte Yurgrave fröhlich. Vielleicht waren es auch die Medikamente, die er zweimal täglich bekam. Er schlief besser als je zuvor, freute sich auf die Mahlzeiten und hatte längst vergessen, warum er eigentlich hier war.

Er hatte Lust, sie mit dem Hintern auf eine heiße Herdplatte zu setzen. Schwester Stilewsky ließ sich auf ihren Stuhl sinken, fuhr aber sofort wieder hoch. Die Sitzfläche war ihr glühend heiß vorgekommen.

»Funktioniert«, murmelte Yurgrave und rieb sich die Hände. Wenige Meter entfernt stapfte der hünenhafte Butts auf den schmächtigen Mr. Geroleitis zu.

»Na, Geroleitis, wie wär's mit Fliegen?« grunzte Butts.

»Prima«, antwortete Geroleitis mit feiner Stimme.

Butts grinste und hob den Kleinen hoch. Die Wärter bemerkten, was Butts vorhatte, aber sie kamen zu spät. Mit krähendem Lachen segelte Geroleitis quer durch den

Aufenthaltsraum und riß bei seiner Landung zwei Stühle und den ewig nickenden Lord um. Jah jah jahh jahha! machte der Lord und rappelte sich auf. Yurgrave grinste. Seine Strategie war aufgegangen. Seit er kniete, hatte ihn keine von Butts' menschlichen Wurfbomben mehr getroffen. Er beobachtete, wie die Wärter den zufriedenen Riesen hinausschafften.

In die Waden beißen, aber saftig, bis Schwester Stilewsky weinen muß, dachte Yurgrave und spitzte die Zunge. Sie hatte sich einen Stapel Krankenblätter zurechtgelegt und griff nach dem Bleistift. Da fuhr sie quietschend wieder hoch. Etwas hatte sie in den Schenkel gebissen. Hektisch kratzte sie an der Stelle und wischte eine Träne ab. Ich bekomme meine Tage, dachte sie. Yurgrave rollte grinsend die Zunge ein, ließ sich auf den Hintern plumpsen und sah zum Fenster hinaus. Die Dahlien standen in voller Blüte. Auf dem Kompostierplatz arbeiteten die Gärtner. Durch das Gittertor sah er eine Frau auf den Eingang zukommen. Sie machte kurz beim Pförtnerhaus halt und wurde eingelassen. Ganz in Grün, murmelte Yurgrave und folgte ihr mit den Augen.

Besuchszeit donnerstags, von zwei bis vier.

Henrietta saß auf der Bank vor der Abteilung für minder-gefährlich Verwirrte. Sie hatte noch etwas Zeit. Wochenlang hatten sie und Smiley gebraucht, um auf Yurgraves Spur zu kommen. Seine Wohnung war weitervermietet, die Möbel verkauft worden. Bei der Versteigerung seiner Bücher wurde Henrietta auf eine dunkelhäutige Frau aufmerksam, die leise schluchzte. Aber auch Matuba konnte ihnen nicht weiterhelfen. Yurgrave blieb unauffindbar. Der Intervista-Verlag war pleite gegangen. Sein verzweifelter Herausgeber hatte das Lager und die Druckerei angezündet, um die Versicherung zu prellen. Doch die Flammen griffen so rasant um sich, daß er mitsamt seinen Büchern verbrannt war. Schließlich fanden Henrietta und Smiley den unfreundlichen Beamten des Fundbüros, der sich an nichts erinnern wollte, bloß vage von einem Spinner erzählte, der nach einem Veitstanz abtransportiert

worden war. Sie klapperten die Nervenheilanstalten ab und waren überrascht, Matubas Name auf der Patientenliste der Steinway-Klinik in Queens zu finden.
Als Schwester Stilewsky erfuhr, wen die junge Frau im grünen Kleid besuchen wollte, ließ sie sie zuerst ins Sprechzimmer bringen. Der Wärter mußte Henrietta suchen, fand sie bei den Dahlienbeeten, sie pustete Löwenzahn gegen den Wind. Schwester Stilewsky hielt es für ihre Pflicht, Informationen über Mr. Matuba zu erfragen.
»›Matuba‹ – ist das sein richtiger Name?«
Henrietta saß ihr gegenüber. Durch die Glaswand hatte man Sicht auf die Patienten im Aufenthaltsraum.
»Ja, er heißt Matuba.«
Ganz in Grün, dachte Schwester Stilewsky. Grüne Strümpfe hatte sie noch nie gesehen. Rothaarige konnten Grün tragen, bei ihr würde das billig wirken.
»Wir nahmen bloß an, daß Matuba sein Name ist. Ausweispapiere hat man bei ihm nicht gefunden. Aber ständig murmelte er dieses eine Wort – Matuba.«
»Mir ist auch kein anderer Name bekannt«, sagte Henrietta und suchte Yurgrave mit den Augen. In den weißen Kitteln sahen alle Patienten ähnlich aus.
»Sind Sie mit ihm verwandt?«
»Nein. Wir kennen uns nur flüchtig.«
»Dann wissen Sie auch nichts über seinen Beruf, oder ob er Familie hat?«
»Tut mir leid, nein.«
»Als wir ihn das erste Mal mit ›Mr. Matuba‹ ansprachen, rollte er die Augen und erbrach sich.«
»Wann wird er entlassen? Kann man das schon sagen?«
»Auf absehbare Zeit gar nicht. Er kapselt sich von der Realität völlig ab. Die meiste Zeit verbringt er dort beim Fenster. Sie haben ihn sicher schon entdeckt.«
Mehrere Patienten hielten sich in der Nähe des Fensters auf. Henrietta blickte von einem zum andern. Der Kleine in der Ecke hatte so ein irres Flackern im Blick.
»Natürlich sehe ich ihn«, sagte sie. »Er scheint abgenommen zu haben.«

»Das ist Mr. Geroleitis«, antwortete Schwester Stilewsky. »Dort drüben ist Mr. Matuba. Der auf den Knien.«
Henrietta folgte dem Finger der Schwester. Ein älterer Mann mit strubbelig grauem Haar streckte gerade die Zunge heraus.
»In den weißen Hemden sind sie leicht zu verwechseln«, sagte Henrietta.
»Wollen Sie jetzt zu ihm? Ich bringe Sie hinein.«
»Ach, lassen Sie nur. Er erkennt mich bestimmt.«
»Er erkennt nicht einmal den Anstaltspsychiater. Er ist harmlos, aber rufen Sie mich, wenn ... iarrghh!«
Schwester Stilewsky fuhr quietschend hoch. Diesmal saß der Stich im Po.
Als Henrietta in den Aufenthaltsraum kam, saß der Alte züngelnd da und wiegte den Oberkörper. Langsam ging sie in seine Richtung, vorbei an Butts, der sie mit ›Rußlandkeks‹ begrüßte. Drei Patienten saßen an einem Tisch und spielten Dame. Mr. Geroleitis stellte die Spielsteine nach wenigen Sekunden wieder auf Anfang zurück. Den andern schien es nicht aufzufallen. Zwei Wärter lümmelten in der gegenüberliegenden Ecke. Henrietta trat vor den knienden Mann.
»Hallo, Mr. Matuba!« sagte sie laut. Die Wärter blickten auf und glotzten auf ihre Beine. Sie bückte sich, als ob sie Yurgrave einen Kuß geben wollte und sprach ihn leise an.
»Guten Tag, Mr. Yurgrave. Ich bin Henrietta, sehr erfreut, Ihre Bekanntschaft zu machen. Ich komme, um Ihnen zu sagen, daß Ihr Buch in besten Händen ist.«
Unvermittelt sah der Alte sie aus sagenhaft grünen Augen an.
Neue Schenkel, dachte er, andere Schenkel. Keine roten Streifen, alles grün. Henrietta spürte, wie ein warmer Wind ihre Beine streichelte. Seine Augen hefteten sich auf den Delphin-Anhänger an ihrem Hals.
»Henry reitet auf sanften Wogen«, sagte er. »Glücklicher Delphin.«
Yurgrave lockerte die Zunge.

»Sie kennen Henry, Mr. Yurgrave? Sie wissen von meinem weißen Delphin?«
Der Wind glitt ihr in den Ausschnitt, hob das Amulett hoch und ließ es sanft wieder auf die Haut sinken. Yurgraves Zunge wurde spitz.
»Mr. Yurgrave, Sie haben dieses unglaubliche Buch geschrieben. Als ich es zum ersten Mal las, war ich ... ergriffen. Ich habe immer geahnt, daß Delphine sprechen können, aber Sie haben mir bestätigt, daß ... haaraaahaach!«
Prickelnde Nadeln liefen zu Tausenden ihre Waden hoch wie die Vorboten eines Schneesturms. Henrietta konnte nicht anders, als, wohlige Laute ausstoßend, um den Alten zu hopsen. Schwester Stilewsky hinter der Glasscheibe wurde aufmerksam.
»Alles in Ordnung?« rief sie ins Mikrofon.
»Ja, alles bestens, kein Problem!«
Die Nadelstiche wurden schwächer. Henrietta blieb vor dem Fenster stehen und strich ihr Kleid glatt. Dritter Stock, hier oben waren die Fenster nicht mehr vergittert.
»Auf bald, Mr. Matuba«, sagte sie und beugte sich zum Abschiedskuß über ihn. Seine Augen waren hellwach. Ein winziger violetter Punkt glomm darin. Henrietta spürte, wie das Prickeln der Nadeln erneut begann und kehrte rasch zu Schwester Stilewsky zurück.
»Sie hatten recht. Er erinnert sich an gar nichts mehr. Es ist zu traurig.«
»Werden Sie wiederkommen? Er hat sonst niemanden, der ihn besucht.«
»Ich komme wieder, verläßlich.« Henrietta zog die grünen Netzhandschuhe an. »Herrlich, Ihre Dahlien«, sagte sie beim Hinausgehen.
»Danke. Farben sind wichtig für die Patienten.«
Henrietta gab den Besucherausweis zurück und verließ die Anstalt durch das Haupttor. Der Pförtner starrte auf ihre Beine, so lange er konnte.

Salz

Smiley stand vor dem Haus, dessen Eingang nur durch einen schmalen Park vom East River getrennt war. Dahinter fiel die Böschung zum Fluß ab.
Einen herrlichen Blick muß sie haben, dachte er und setzte sich auf die gekippte Öltonne, die schon häufig sein Rastplatz gewesen war. Wenn die Abende im Heizungskeller ihm zu trübe wurden, warf er sein blaues Sakko über und machte sich auf den Weg nach Süden, wo sie zu Hause war. Die Frau in Pepita.
Es hatte geregnet. Die Straße war in Minuten wieder getrocknet, aber zwischen Ritzen und Dreck hatte sich eine Pfütze gebildet. Das Licht der Straßenbeleuchtung schimmerte darin. Er beugte sich vor. Sein Spiegelbild sprang ihn an.
»Allterr Sssack«, murmelte er mühsam in die brackige Lache. Er betrachtete seine kräftige Nase, den fleischigen Mund, der immer ein wenig offenstand. Wie Mittsommernachtsfäden flirrten graue Haarsträhnen um seinen Schädel, versponnen mit den Büscheln, die auf seinen Ohren sprießten. Riesig erschienen ihm die Augen in diesem Licht, schwarz und ängstlich. Er wickelte den weißlichen Brocken aus dem Küchentuch, den er den ganzen Weg von der 86. Straße hierhergeschleppt hatte. Smiley wiegte den Kopf. Es wäre besser, zu warten, das war ihm klar. Aber die Wochen verstrichen, und ob Yurgrave je wieder aus der Anstalt entlassen werden würde, konnte niemand sagen. Der größte Magier westlich Grönlands. Smiley schlug das Buch auf.

Warum setzt sich ein Mann mitten in der Nacht ins Auto und fährt stundenlang, nur um die Frau in dem gelben Haus zu besuchen? Warum laufen Kinder aus einem Internat davon und kämpfen sich durch die Wildnis, um ihren Hund Rusty wiederzusehen? – Weil Sehnsucht eine Kraft ist.
Nimm den Stein von Salz und lege ihn im Dreiviertel zum Pfeil des Winkels deiner Begierde auf flachen Grund, da du selbst lagerst, als wäre er zu deinen Häupten.

Smiley war verwirrt. *Nimm den Stein von Salz,* las er nochmals. Das war leicht. Er hatte den gewaltigen Brocken einem Tierpfleger im Zoo abgebettelt. Ein prächtiges graubraunes Stück Lecksalz, an dem Rehe und Hirsche ihre Freude gehabt hätten.
Lege ihn im Dreiviertel zum Pfeil des Winkels deiner Begierde. Welchen Winkel konnte die Begierde beschreiben, wenn nicht den allergrößten? Dort, hinter jenem Fenster war die Frau in Pepita, Smileys Begierde hätte unmöglich größer sein können. Der größte Winkel ist 360°, dachte er. Aber ist ein geschlossener Kreis ein Winkel? Waren nicht vielmehr 180° gemeint, jener Winkel, der dem Betrachter genau gegenüberlag? *Der Pfeil,* hierin war der Hinweis enthalten. Ein Pfeil konnte unmöglich im Winkel von 360° abgeschossen werden, da schösse man ja auf sich selbst. Auch gab es keinen Pfeil, der im Kreis flog. Nein, dachte Smiley, mit dem Winkel der Begierde war der gerade Flug des Pfeiles gemeint, also 180°. Dreiviertel davon waren 135°. Die Aufgabe bestand also darin, den Brocken aus Salz im Winkel von 135° auf flachen Grund zu legen. Der Asphalt zu seinen Füßen hatte zwar Sprünge und Risse, im Ganzen betrachtet war er aber zweifellos flach.
… da du selbst lagerst, als wäre er zu deinen Häupten.
Begleitet vom gewohnten Knacken seiner sechzigjährigen Knochen ging er auf die Knie, warf einen Blick ins Buch – *als wäre er zu deinen Häupten* – und ließ sich so auf den Rücken plumpsen, daß er den Salzstein mit verdrehten Augen hinter seinem Schädel ausmachen konnte. Er hob *MAGIE* vor die Nase, drehte das Buch ins Licht der Laterne und las:

> *Sprich mit dem letzten Teil deiner Zunge die Namen aller vier Richtungen aus, nimm den hellen zuerst, dann folge der heiße, dem eisigen gibst du nun den Namen, zuletzt sei der dämmrige von dir gesprochen.*

Smileys Problem lag darin, daß er mit keinem Teil seiner Zunge sprechen konnte. Was mochte Yurgrave gemeint haben? Sollte man leise sprechen, kehlig, lispelnd über

die Zungenspitze, flüsternd wie der Wind? Die *vier Richtungen* dagegen waren leicht. Der Helle, Heiße, Eisige und Dämmrige, – Osten, Süden, Norden, Westen. Smiley schob das Buch beiseite, achtete darauf, daß es der Pfütze nicht zu nahe kam und sammelte sich. Er roch das Salz zu seinen Häupten, sah über sich die Laterne, und im Augenwinkel das Haus, in dem die Pepitadame gleich seinen Ruf spüren würde.
»Oooo-ssten«, grunzte er und wartete einen Augenblick. Alles blieb ruhig.
»Ssüü-sühhüüdden!« Das war schwierig gewesen.
»Norrrrtten – Weeeee-westen!«
Das war's. So stand es in Yurgraves Buch, so hatte er es gemacht. Jetzt mußten sich andere Mächte einschalten, und Smiley war mehr als gespannt, welche es sein würden.
Die Wirkung ließ so lange auf sich warten, daß er bereits seine Bandscheiben zu spüren begann. Regloses Liegen auf kaltem Asphalt war nichts für einen Mann seines Alters.
»Ich liebe dich«, hauchte die kleine einbeinige Frau und ließ sich mit zitternder Krücke auf ihr einziges Knie nieder.
»Wo warst du – warst du nur?!« rief der dicke Herr im Nadelstreif, der in höchster Eile von Norden gelaufen kam. Als wäre er siebzehn sprang er leichtfüßig über Pfützen und Müllberge, ließ dabei die Arme kreisen wie Windmühlenflügel.
»Dein Glück, dein, dein, ich bin dein Glück, ich bin dein!« Die Hausfrau stöckelte, so schnell ihre Beine sie trugen, über die Straße. Sie hatte die Lockenwickler nicht aus dem Haar entfernt; zu dringend war ihr Wunsch, ans Ziel zu gelangen.
»Gibt es einen glücklicheren Kerl als mich?!« schrie der dreifache Vater gellend in unausgesetzten Wiederholungen. »Ich habe dich gefunden!«
Einige Sekunden lang wunderte sich Smiley, was in all die Leute gefahren war und welches ihr Ziel sein mochte.

Dann begriff er, daß sie ihn meinten. Von überallher liefen, sprangen, tanzten, stolperten Gestalten auf ihn zu. Gewöhnliche Leute, wie er sie täglich zu sehen bekam. Aber sie benahmen sich nicht gewöhnlich. Zwanzig mußten es mindestens sein, vielleicht fünfzig, und es wurden ständig mehr.
»Komm!«
»Ich bin allein!«
»Ich habe ein Häuschen in Staten Island!«
»Laß uns zusammen alt werden!«
»So viel Liebe hab' ich zu verschenken, nimm sie dir!«
Sie rollten die Augen, rissen Hemden und Blusen auf, streichelten und schlugen sich selbst, wippten mit den Becken, kreisten die Hintern und versuchten in jeder erdenklichen Weise auf sich aufmerksam zu machen. Frauen packten ihre Brüste aus, Männer ließen die Muskeln an Armen und Schultern spielen und fletschten mit den Zähnen.
Smiley hatte sich aufgerappelt, unschlüssig stand er mitten auf der Straße. Jeder Weg schien ihm versperrt zu sein, sie kamen von allen Seiten. In den gegenüberliegenden Wohnungen zuckten Lichter auf, aber *ihr* Fenster blieb dunkel. Sie allein schien von dem Liebestumult keine Notiz zu nehmen.
Aufs Geratewohl lief er südwärts, dorthin wo der Zaun zur Böschung des Flusses auslief. Schon während der ersten hektischen Schritte gestand Smiley sich ein, daß dies keine gute Idee war. Was sollte er beim Fluß? Er konnte nicht schwimmen, hatte es nie gelernt. Wie ein Kaninchen schlug er einen Haken und lief zurück. Nach Hause wollte er, in seinen Keller, wo die Liebeswütigen seiner nicht habhaft werden konnten. Sein Lauf erstarb wie der eines Sprinters bei Fehlstart. Er blieb stehen und glotzte auf das Schauspiel, dem er soeben entflohen war.
»Gib dich mir hin!«
»Laß uns eins werden!«
»Ich gehöre nur dir!«
»Für dich könnte ich die verrücktesten Dinge anstellen!«

Sie quiekten, lallten, girrten, aber sie verfolgten ihn gar nicht. All diese Menschen, es mußten mittlerweile hundert sein, schrien auf den Brocken aus Salz ein, der noch an der Stelle lag, wo Smiley ihn plaziert hatte. Die Liebestollen bildeten einen Halbkreis um das Ding. Keiner von ihnen traute sich näher als drei Meter heran. Aber sie brüllten und gestikulierten in einer Tollheit, als würden sie jeden Augenblick über den Klumpen herfallen und ihn zu Körnchen pulverisieren.
Erst sah Smiley dem Geschehen fassungslos zu, dann breitete sich ein schadenfrohes Grinsen über sein Gesicht. Schließlich erbarmte er sich. Er erreichte das Getümmel, bückte sich, und ergriff den Brocken. Weit holte er aus, und schleuderte ihn über den Zaun. Man konnte das salzige Geschoß durch die Luft segeln sehen, dann verschwand es im Dunkeln und klatschte im Wasser des East River auf.
Als hätte eine unsichtbare Hand den Irrsinn von ihnen genommen, fiel alle Raserei von den Verliebten ab. Ohne sich zu besinnen oder innezuhalten, wandte jeder einzelne sich um und ging geradewegs nach Hause zurück. Wo sich die Wege von mehreren kreuzten, grüßten sie höflich und machten einander Platz. Nach weniger als einer Minute war auf der East Avenue dieselbe Ruhe eingekehrt, die Smiley mit seinem Salzstein so gründlich gestört hatte. Er setzte sich auf die Öltonne, und obwohl er vor Aufregung noch zitterte, brach er in meckerndes Lachen aus.
Das beste wird sein, dachte er, du läßt die Finger von dem Buch. Spiel nicht mit Kräften, die du nicht beherrschst. Er blickte zu ihrem Fenster hoch. Es ist möglich. Du kannst sie erreichen. Aber du brauchst den Meister dazu. Ohne Yurgraves Hilfe fliegt dir deine Leidenschaft um die Ohren. Smiley hob einen Damenhut auf, der auf der Straße zurückgeblieben war, rot mit gelben Federn, schob *MAGIE* unter seine Jacke und trabte los. Er war müde und hatte nur den einen Wunsch, sich auf die Matratze fallen zu lassen und zu schlafen. Morgen würde er Henrietta aufsuchen und sie nach dem Befinden des Größten westlich Grönlands befragen.

Im schwindenden Nachmittagslicht betrachtete die alte Frau die goldenen Gegenstände. Den Spiegelrahmen, die Frauenhand, die als Aschenbecher diente, und den goldenen Pfau. Die Augen auf seinem Federrad waren lapislazuliblau.

1991

Nicht aus dem Kopf

Undine geht mir nicht aus dem Kopf.
»Was willst du von ihr?« fragt Sabina.
»Bloß mal reden. Über ihren Auftritt und so ... sie hat mich sehr beeindruckt.« Ich werde rot, Sabina bemerkt es.
»Undine ist keine gewöhnliche Frau«, sagt sie gönnerhaft, wie zu einem Jungen, der Schokolade essen will, ohne hungrig zu sein.
»Ich will doch nur ...«
»Ich finde es gut, wenn du sie anrufst. Sie wohnt in der Gegend am East River.« Sabina überreicht mir Undines Telefonnummer wie eine Hostie.

Zwei Stunden zögere ich, esse drei Cheeseburger, dann nehme ich den Hörer ab.
»Hier ist Leopold.«
»Wer?«
»Leopold. Wir kennen uns aus deiner Show.«
»Show?«
»Und aus der Bar hinterher. Die Filmleute, du erinnerst dich?«
»Film?«
Wenn sie weiterhin jedes Wort wiederholt, wird das kein ergiebiges Gespräch.
»Ich dachte, wir könnten uns vielleicht treffen und über den Film reden, das Drehbuch lesen oder ...«
Stille am anderen Ende.
»Du weißt doch – der Film über die Delphintrainerin.«
Lange Pause. Dann legt sie auf.

Ich bekämpfe meine Enttäuschung mit heißer Schokolade und Rosinenschnecken, überlege hundert mögliche Erklärungen und gehe niedergeschlagen schlafen.
Am nächsten Morgen probiere ich es wieder.
»Ja?«
»Leopold noch einmal.«
»Wer?«
»Ach ja richtig, am Abend, als wir uns kennenlernten, haben alle mich Poldi genannt.«
»Wo war das?«
»Eine Bar in Downtown. Sie heißt *Bubby's.*«
»Aha.«
»Warum treffen wir uns nicht noch einmal im *Bubby's*?«
»Ich kenne diese Bar nicht.«
»Doch. Du wußtest bloß den Namen nicht. Es ist das Lokal, wo wir ...«
Ich erzähle ihr den ganzen Abend, beschreibe das Lokal, die Leute, die Champagnermarke.
»Das ist das *Bubby's*?« fragt sie.
»Genau. Treffen wir uns dort, – sagen wir morgen zu Mittag?«
»Wo?«
»Im *Bubby's.*«
»Und wie war dein Name?«
Es dauert noch einige Zeit, aber als ich auflege, bin ich sicher, eine Verabredung mit Undine zu haben.
Sie kommt nicht.
Aus Frust verdrücke ich vier Pancakes mit Schinken und verlasse das *Bubby's* in der Absicht, die Sache für beendet zu halten. Kann sein, daß Undine keine gewöhnliche Frau ist, aber ich habe auch meinen Stolz.
Zwei Tage später ist sie am Telefon.
»Ich habe hier eine Nummer«, sagt sie zögernd. »Sind Sie das?«
»Schön, daß du dich meldest. Ich dachte ...«
»Sind Sie *Bubby's*?«
»Was?«
»Hier auf dem Zettel steht *Bubby's* und eine Nummer.«

»*Bubby's* ist das Lokal, in dem du mich versetzt hast.«
»Was bedeutet *versetzt*?«
Was soll man darauf sagen?
»Entschuldigen Sie bitte.« Ihre Stimme klingt plötzlich traurig.
»Nicht auflegen! Ich bin's, Leopold. Du wolltest mich treffen, im *Bubby's*. Ich habe zwei Stunden gewartet.«
»Ach, Sie sind gar nicht *Bubby's*?«
»Natürlich nicht.«
»Verzeihen Sie, dann habe ich mich verwählt.«
Sie legt auf. Legt schon wieder auf! Sofort rufe ich zurück. Besetzt. Jetzt versucht sie, einen Mann namens *Bubby's* zu erreichen. Ist sie debil, durchgeknallt, raffiniert? Ist das ein Spiel? Was soll ich denn jetzt machen? Sabinas Satz fällt mir ein: *Undine ist keine gewöhnliche Frau.*

Am nächsten Abend fahre ich zu dem *Standup Comedian Club* in der 31. Straße. Die Frau an der Kasse kann mir nicht sagen, ob eine Undine Nielsson auftreten wird. Ich frage mich zum Manager durch.
»Wenn man das wüßte«, sagt er mit erhobenen Händen. »Manchmal erscheint sie, meistens nicht.«
Ich setze mich an einen der kleinen Tische und lasse all die komischen Auftritte noch einmal über mich ergehen. Undine kommt nicht.
Die Abende darauf erlebe ich in einem Zustand wachsenden Unglücks. Ich sitze im Club und warte auf Undine. Die Komiker kennen mich schon, manche Pointe bringen sie nur für mich.
»Wieso tun Sie nichts dagegen?« frage ich den Manager nach einer weiteren Show ohne Undine.
»Weil das Ganze hier freiwillig ist. Sie kann auftreten, muß aber nicht. Wir haben keinen Vertrag, verstehen Sie? Das sind hier alles Amateure.«
Er sieht mein betrübtes Gesicht.
»Vielleicht klappt's beim nächsten Mal. Sie bekommen die Karte ab jetzt zum halben Preis. Ich habe noch nie

jemanden erlebt, der sich jeden Tag die gleichen Witze anhört.«
Ich sitze zu Hause und beschließe, Schluß mit dem Unsinn zu machen. Manhattan ist groß und das Leben ist kurz. Gegen Zehn werde ich nervös, jetzt beginnt die Show. Zur Beruhigung vertilge ich zwei Schokoriegel und einen Liter Milch. Es hilft nichts. Ich nehme ein Taxi und fahre zum Club. Ich werde zu meinem Tisch geführt, man bringt mir den Longdrink, den ich immer bestelle. Gerade witzelt der kleine Italiener wie jede Nacht über Linguini, die seine Mamma so dünn macht, daß sie einen Pulli draus stricken kann. Hahaha, die Leute klatschen. Er geht ab und die falsche Blondine tuntet auf die Bühne. Alles ist wie immer. Mißmutig zerquetsche ich das Strohschirmchen, das mein Glas ziert, und nehme den ersten Schluck.
»Sie sind aus dem Wasser gekommen und wieder ins Wasser zurückgekehrt«, sagt jemand hinter mir. Der Blondinenimitator zieht unwillig die Luft ein.
»Oh, wir haben hier jemanden, der sich mitteilen möchte«, versucht er die Kurve zu kriegen.
»Sie waren Landbewohner. Aber vor 45 Millionen Jahren sind die Delphine ins Wasser gegangen.«
Alles dreht sich um. Undine steht unter den Zuschauern. Sie trägt ein bodenlanges grünes Kleid aus Plastik. Könnte auch ein Duschvorhang sein.
»Es ist die Zeit, in der die Alpen entstehen und das Himalaya-Gebirge«, sagt sie.
»Schätzchen, das wirst du uns alles in Ruhe erzählen«, quengelt der Blonde von der Bühne. »Aber erst wenn ich hier fertig bin.« Ein Dicker mit karierter Weste glaubt, das gehört zum Programm und lacht zahnfleischbleckend.
»Die Saurier sterben aus, die Säugetiere treten die Herrschaft an. Und es sind immer noch 44 Millionen Jahre bis zum ersten Auftritt des Menschen.«
Die meisten haben sich Undine zugewandt. Der Typ am Scheinwerfer schwenkt zu ihr rüber. Wie eine grünleuchtende Säule steht sie da.
Die Tunte im Dunkel erkennt, daß sie abgestunken ist.

»Sam!« ruft er. »Sam, warum tust du nichts?!« und stöckelt beleidigt von der Bühne, wo ihn der Manager erwartet.
»Warum sind sie wieder ins Wasser gegangen?« fragt Undine und blickt in die Runde. Der Dicke vor ihr glaubt, daß gleich eine Pointe explodiert und lacht im voraus. Undine sieht ihn an.
»Sie waren gezwungen. Das Land, auf dem sie lebten, wurde überschwemmt, vielleicht ein ganzer Kontinent.«
Sein Lachen erstickt knirschend, wie wenn man beim Auto den falschen Gang einlegt.
»Kein fester Boden mehr, rundherum Wasser.«
Undine breitet die langen Plastikbahnen ihres Kleides über den Tisch des Dicken.
»Alles Wasser. Nur die Wipfel der Bäume ragen heraus, ein paar Felsen und klumpiges Erdreich. Nichts als Schlamm und Fäulnis.«
Kein Laut ist zu hören. Niemand glaubt noch, einer komischen Nummer beizuwohnen.
»Ihnen bleibt nichts anderes übrig, als im Sumpf zu leben. Jahre, Jahrtausende, Jahrmillionen. Ihr Erbgut verändert sich. Nach Millionen von Jahren verbreitert sich ihr Schwanz und wird zur Flosse. Die Beine verschwinden oder werden zu Rudern umgebildet. Das Haarkleid geht zurück und fällt schließlich aus. Aus einer Hautfalte hinter dem Kopf bildet sich die Rückenflosse.«
Einer Frau kommen die Tränen. Der Mann beugt sich mit einem Taschentuch zu ihr.
»Ist doch schon so lange her«, sagt er.
»Zu Beginn, kurz nach der Sintflut, gehen sie noch manchmal an Land und führen ein Leben wie der Fischotter. Aber eines Tages – und wir müssen uns einen Tag aus mehreren Millionen Jahren vorstellen – eines Tages haben sie sich so stark verändert, daß eine Rückkehr an Land nicht mehr möglich ist.«
Schweigen. Der Dicke hat sorgenvolle Falten auf der Stirn, als wollte er sagen, er habe es immer gewußt.
Undine streift ihr Kleid vom Tisch.

»Sie sind unsere Freunde«, sagt sie und geht so überraschend wie sie gekommen ist. Den Applaus hört sie nicht mehr. Ich springe auf, quetsche mich zwischen den Tischen durch und folge ihr auf die Straße.
Als ich draußen bin, hat Undine schon die Kreuzung erreicht, und biegt in die 8th Avenue ein. Sie läuft nach Süden. Ich habe nicht den Nerv, sie anzusprechen, also gehe ich hinterher. Vielleicht will sie nach Hause, denke ich, dann kriege ich ihre Adresse heraus.
Undine läuft schnell. Die Schöße ihres Kleides wirbeln wie Bugwellen hinter ihr her, ich habe Mühe, mitzuhalten. Sie bleibt stehen und betrachtet einen Abfallkübel, voll mit grünen Styroporbechern. Die 23., 22., 21. Straße überquert sie, immer weiter nach Süden. Eine Auslage nimmt sie gefangen. Bierflaschen stehen dort zur Pyramide gestapelt. Sie streicht über das Schaufensterglas. Die Ampel über die 16. Straße springt auf Grün. Undine bleibt stehen und sieht hoch. Als es rot wird, geht sie los. Hupen, Bremsen. Sie läuft weiter. Ich muß an der Kreuzung warten. Als ich endlich drüben bin, ist sie verschwunden, der Duschvorhang nirgends zu sehen. Die Gegend ist viel belebter als die Straßen in Chelsea. Greenwich Village beginnt hier. Ich glotze einem Pizzabäcker in die Auslage, suche Undine beim Obstmann, im Drugstore, sogar beim Diamantenhändler. Der Besitzer macht eine aufmunternde Geste, ich soll mir doch ein paar schöne Stücke ansehen. Mit Blick in jedes Geschäft und jede Bar arbeite ich mich nach Süden vor und stehe schließlich auf dem Jackson Square. Hier ist wirklich was los. Touristen quellen über den Platz und in die angrenzenden Straßen. Gutgelaunt und teilweise betrunken lassen sie sich in Cafés locken und kaufen in den kleinen Stores ein, die bis lange nach Mitternacht offen haben. Kurz beschleicht mich das stolze Gefühl, kein Tourist mehr zu sein. Ich lebe hier, habe hier zu tun, ich bin ein Teil von New York, und nicht bloß zahlender Gast.
Green Bosniac schreit die Neonschrift mich an. Hammergewummse dringt an mein Ohr. Ich bin selten in Discos,

aber ins *Green Bosniac* will ich hinein. Der Lederfetischist beim Eingang stuft mich als zahlenden Kunden ein und winkt mich durch die Metalltür, die aussieht, als würden sämtliche Hunde des *Village* dort ihre Notdurft verrichten. Über eine violett beleuchtete Treppe geht es in die Gruft. Die Baßfrequenzen rauben mir fast den Atem. Grellgrüne Blitze schießen in unvorhersehbaren Intervallen auf mich zu und legen die Augen sekundenlang lahm. Dazwischen Grabesdunkel, in dem unzählige Leiber zucken. Nur in den Millisekunden, wenn der Blitz das unterirdische Treiben aufreißt, kann man sich orientieren. Zuerst glaube ich, dem Tresen mit jedem Mal näher zu kommen. Aber wie ich auch stoße und schiebe, die Hopsenden, Knutschenden und die, die nach draußen wollen, werfen mich immer wieder auf die Tanzfläche zurück. Jetzt beginnen meterhohe Videowände, Bilder zu spucken. Unterbrochen von Sequenzen der Dunkelheit werden Tötungsrituale gezeigt. Ein frisch abgeschnittener Schafskopf grinst mich an, abgelöst von den quellenden Gedärmen einer Schwangeren und einigen Killerstilleben aus Vietnam. Um nicht zu Boden gerissen zu werden, schließe ich mich dem rhythmischen Gewabere an. Ich kann nicht davon sprechen, irgend etwas zu *hören*, bin bloß Teil einer rummsenden Kugel, die irgendwohin rollt. Und trotzdem höre ich Undine lachen. Als wäre ihr Lachen das einzige Geräusch, das neben der Kugel besteht. Dort springt sie, wippt mit dem Kopf, daß die blonden Haare in alle Richtungen fliegen, und lacht. Ein grüner Blitz spaltet den Raum, Undine schreit vor Vergnügen. Jetzt hat mein Gewackle endlich ein Ziel. Ich bin bloß ein kleiner Mann, und wenn einer wie ich ekstatisch zu so einer Musik zuckt, ist das eher lächerlich. Trotzdem drehe, winde und schlängle ich mich vorbei an naßgeschwitzten Seidenhemden, springenden Brüsten und ledernen Rückenteilen, die Barrieren sind auf meinem Weg zu Undine. Endlich habe ich sie erreicht. Das Video hinter uns spuckt Schweinsköpfe, aufgereiht wie Schuhe.

»Hallo!« brülle ich. »So trifft man sich wieder!«

Undine lacht. Ich verrenke mich, kreise mit dem Becken und lächle aus verführerisch schmalen Schlitzen.
»Geiler Schuppen!« sage ich und drehe ihr den Rücken zu, wackle mit den Armen und hopse wie ein jungfräulicher Indianer. Undine geht in die Hocke und schleift mit ihren Plastikschößen über den Boden. Ein stahlgrau vernieteter Ritter macht einen Ausfallschritt und tritt drauf. Undine taumelt und wird zu Boden gerissen.
»Hey!«
Ich schiebe den gedankenlosen Trampler beiseite. Er knurrt zwar, läßt sich aber nicht stören und verschwindet im Gewühl. Undine kommt hoch, der Duschvorhang hat einen Riß. Sie lacht.
»Ich bin der gute Engel, der jeden Nietenmann in seine Schranken weist«, sage ich und schaue schalkhaft drein. Sie tanzt nahe an mich heran.
»Wasser – naß – Dusche«, sagt sie in einem Ton, der andeutet, daß sie das für einen schönen Gesprächsanfang hält.
»Also doch ein Duschvorhang«, rufe ich zurück und zeige auf ihren Mantel. »Ich dachte es mir gleich.«
»Grün«, sagt sie. Ich nicke.
»Selbstgemacht?« frage ich, sie scheint mich nicht verstanden zu haben und freut sich über den Blitz, der mich fast um mein Augenlicht bringt. »Ich wußte, daß du dich erinnerst.«
»Was?!«
»Daß ich Leopold bin.«
»Leopold bin?«
»Am Telefon hat's ja nicht geklappt mit uns.«
»Pold pold pold leopold bin«, sagt sie im Hammerrhythmus. »Was ist ein Pold?«
»Tja, es gibt Kobolde und Leopolde, haha.«
»Pold«, sagt sie abschließend und tanzt einfach weg. Sie ist schnell wie eine Viper, und bevor ich meine fetten Beine auf Trab bringe, verschwindet sie im Blitzlichtgetümmel. Kurz taucht sie an der Bar auf, aber bis ich die Fleischmassen beiseitegetanzt habe, ist sie schon in einem der Nebenräume verschwunden.

»Gunpower!« stöhnt eine Schwarzgeschminkte in mein Ohr.
»Klar, Gunpower.« Ich schiebe weiter.
Die Gruft, die ich betrete, ist genauso vom unerbittlichen Wammsa erfüllt wie der Rest der Katakombe, aber hier drin ist Ruhe angesagt. Hingeworfen wie volle Müllsäcke lungern sie auf schmalen Bänken aus Lochblech, grünes Neon beleuchtet die Szene von unten. Nackter Beton. Undine lagert auf ihrem Duschvorhang. Darunter hat sie nichts an als eine Männerbadehose, eine Jacke aus Kunstpelz und hohe Stiefel. Sie zittert. Muß etwas genommen haben, denke ich, gehe näher und setze mich zu ihr.
»Spät geworden.«
»Was?« fragt sie erschrocken.
»Mußt du früh raus morgen?«
»Morgen?« Ihre Augen füllen sich mit Tränen.
»Ich kann ausschlafen, da bin ich froh.«
Sie weint nicht richtig, läßt bloß einen hohen zitternden Ton hören und wiegt den Kopf.
»Alles in Ordnung?«
Sie antwortet nicht.
»Soll ich dich nach Hause bringen?«
Langsam kommt sie hoch, ich nehme das als Aufforderung und lege ihr den Duschvorhang um die Schultern.
»Es ist Zeit, oder?«
Wie ein braves Mädchen geht sie mit. Wir nehmen eine Seitentreppe und quetschen uns zur Stahltür hinaus. Der Typ begreift nicht, wie man so früh schon aufbrechen kann.
»Zu viel erwischt?« fragt er rüde.
»Wo hat man hier Chancen auf ein Taxi?« Ich lege Undine schützend den Arm um die Hüfte.
»Schau selber.« Er spuckt auf den Hydranten.
»Wohnst du in der Nähe?« frage ich, nachdem wir ein paar Schritte gegangen sind.
»Morgen«, sagt sie und sieht ganz hilflos aus.

Ein Taxi schleicht auf der Suche nach Kundschaft über den Jackson Square. Ich setze mich in Trab. »Hey!« schreie ich und pfeife durch die Finger. Das Cab wendet.
»Glück gehabt!« rufe ich Undine zu. Sie sinkt zwischen gestapelten Kisten zu Boden.
»Warte mal.«
Ich laufe zurück. Das Taxi folgt wie ein Hündchen.
Undine liegt im Dreck und hat die Augen geschlossen.
»Was denn was denn?« murmle ich. »Was hast'n du genommen?« Ich kann sie schütteln wie ein Säckchen mit Marshmellows. Sie kommt nicht zu sich.
»Ich nehm' keine Drogenleichen mit«, ruft mir der Fahrer zu, ein Älterer mit Kappe und Augenbrauen wie Felszacken.
»Unsinn, sie ist bloß ein bißchen müde.«
»Das kenn' ich, und im Wagen blutet sie dann aus der Nase, und ich schrubbe stundenlang die Sitze sauber.«
»Na, na«, versuche ich ihn zu besänftigen und überlege, Undine zu mir zu bringen, falls ich die Adresse nicht aus ihr rauskriege.
»Kommt bestimmt gleich ein anderer vorbei«, knurrt der Fahrer und gibt Gas.
»Arschloch!«
Sie ist sehr weiß. Und so leicht, als hätte sie in Sekunden die Hälfte ihres Gewichts verloren. Aber der Atem geht ruhig, und die Pupillen kreisen unter den Lidern wie bei Leuten, die träumen.
»Hier kannst du nicht ... hier ... wir ...« Ich kriege sie nicht wach. Bevor mir klar ist, was passiert, sitze ich neben ihr auf dem grünen Plastik und bette sie auf eine Tüte mit Lumpen. Ich lege meinen Arm unter ihren Kopf und lehne mich an die Mauer. Die Touristen sind verschwunden, die meisten Fenster dunkel, der Discoeingang liegt unsichtbar hinter der nächsten Straßenecke. Ich kann mir einbilden, mutterseelenallein in einer warmen sternklaren Sommernacht in Greenwich Village zu sitzen, mit Undine im Arm. Vorsichtig streichle ich ihr festes blondes Haar, mit dem ein schwacher Luftzug spielt. Das Blut läßt

die große Ader an ihrem Hals an- und abschwellen, aber die Stöße kommen so langsam, daß ich denke, ihr Herz hört auf zu schlagen. Dann huscht die Blutschlange wieder über den Hals, und ein leiser Atemzug hebt Undines Brust.

Sie ist oben, ohne daß ich irgendeine Bewegung bemerkt hätte. Wortlos steht sie über mir, der Plastikmantel verdeckt mir die Sicht. Ob ich eine Sekunde geschlafen habe oder eine Stunde, weiß ich nicht. Undine dreht mir den Rücken zu und geht. Ich rapple mich auf. Der untere Teil meiner Beine braucht länger zum Wachwerden als der obere, ich sacke auf die Knie zurück, suche Undine mit den Augen. Wie die Figur aus einem Trickfilm gleitet sie vor der nächtlichen Häuserfront vorbei. Schnell, unglaublich schnell. Ein Laster fährt die Greenwich Avenue hoch. Obendrauf schwankt ein riesiger Aufblasmann, Werbung für Eukalyptusbonbons. Undine ist imstande, mit dem Wagen Schritt zu halten und beschleunigt noch. Schlaftrunken stolpere ich hinterher, beginne zu rennen, aber sie entfernt sich immer weiter.
»Du! Hey!« rufe ich, da biegt der Laster um die Ecke und ist verschwunden. Als hätte jemand ihre Batterie herausgenommen, bleibt sie stehen, starrt ins Dunkel und umfaßt ihre Schultern. Die Ampel über ihr springt auf Grün. Sie hebt den Kopf, und jetzt begreife ich. Sehnsüchtig streckt sie die Hand nach dem grünen Ampelmond aus und erhebt sich auf die Zehenspitzen. Als ich sie erreiche, schaltet die Ampel auf Rot. Undine läßt den Kopf sinken.
An der Ecke liegen Müllsäcke, schwarze, rote, manche aufgeplatzt. Ein einziger grüner ist dabei. Ich will Klarheit und greife mir den grünen Sack, halte ihn hoch und schwenke ihn vor Undine. Als würde sie sich an etwas lang Vergangenes erinnern, zieht ein feines Lächeln über ihr ernstes Gesicht. Der Kopf pendelt mit dem Beutel hin und her. Ich halte ihn weit von mir weggespreizt, denn ekligbraune Flüssigkeit läuft heraus. Ich mache einen Schritt nach links, sie dreht sich. Nach rechts wende ich

mich, sie läßt den grünverpackten Abfall nicht aus den Augen, als hielte ich das Gold der Inkas in Händen. Ich gehe los. Langsam zuerst, dann zügiger locke ich sie mit dem sabbernden Beutel. Nach Norden geht es, Undine folgt mir auf dem Fuß.
Wenn ich befürchtet habe, daß sie müde wird, bevor wir das Ziel erreichen, ist das ein Irrtum. Wie ein Hund der Wurst folgt sie dem grünen Sack, der in meiner Hand von Häuserblock zu Häuserblock schwerer wird. Auch bemerke ich erst jetzt, wie sehr das Zeug stinkt. Ich denke an Berge alter Kippen, die seit Tagen in einer Sauce aus Joghurt und Mayonnaise schwimmen, wie all das verwest, während ich es den Broadway hochschleppe. Ich zähle die Straßen in Zehnerblöcken, die Dreißiger, Vierziger, Fünfziger, der Park taucht auf und mit ihm die Dämmerung. Rechts, wo die Straßen zum East River abfallen, ist der schwache Schimmer zu spüren, dem bald der Tag folgen wird. Wir lassen die Fifth hinter uns, kreuzen die Park Avenue und marschieren die Lexington hoch. Meine Füße fühlen sich an wie brennende Plateaus.
Wie vor Wochen schiebe ich das Brett des Baustellenzaunes beiseite, wir stehen vor dem verfallenden Kino. In der Dämmerung scheint das Gebäude noch unwirklicher als beim ersten Mal. Der steinerne Engel liegt auf dem Schutt, sein Schwert weist nach oben. *›To the Memory of Sigmund Glawatsch‹* entziffere ich diesmal deutlich.
»Sigmund Glawatsch«, murmelt Undine.
»Kennst du ihn?« frage ich und lasse den Müllsack langsam hinter meinem Rücken verschwinden.
»Die Sumpfzypresse«, sagt sie und blickt die bröckelnde Fassade hoch. Ich führe sie weiter, der grüne Begleiter liegt auf dem Schutt, Undine hat ihn vergessen. Wir steigen über Eichenwurzeln, Mörtel und Ungeziefer die geschwungene Treppe hoch.
Die Tür zum Kinosaal schwingt in dem Moment auf, als ich klopfen will. Der kleine Mann hat uns erwartet.
»Willkommen«, sagt Säät und sieht Undine mit glänzenden Augen an.

»Es ist vielleicht ein bißchen früh, Säät …«, beginne ich.
»Der Film ist eingelegt, kann sofort losgehen«, krächzt er und macht den Weg frei in das dunkle ausgebrannte Gewölbe. Die Lämpchen an der Balustrade beleuchten wie beim ersten Mal Spinnweben und halbverkohlte Säulen.
»Feuerdorn«, sagt Undine zu Säät.
»Ich weiß, hähä.«
Sie läuft ohne Aufforderung zu den beiden abgestaubten Sitzen, läßt sich fallen und zieht die Knie hoch. Ich folge ihr verwundert. Nachdem er den Projektor gestartet hat, kommt Säät wieder in den Zuschauerraum und setzt sich mehrere Reihen vor uns hin. Undine hebt meinen Arm über ihre Schulter und kuschelt sich ein.
Der Saal ist dunkel, die Leinwand strahlt jungfräulich. Sie weiß noch nicht, welche Geister gleich über sie weghuschen werden. Und dann beginnt *Die Rache Markittas* von neuem.

Mitternacht. Sie öffnete die Läden.
Die Nachtluft hatte sich kaum abgekühlt.
Sie pflückte ein Blatt vom Baum
vor dem Fenster, hielt es gegen das Licht.
Dünne, milchigweiße Adern verzweigten sich
vom Stiel bis zu den Rändern.

1921

Köttgrotta

»Hat das tschechische Luder doch was spitzgekriegt. Man möcht's nicht glauben!«
Glawatsch hielt den Brief des Anwalts über das Lenkrad gebreitet. Mit der anderen Hand zwirbelte er die Haare an seinem Ohr. Der Broadway war nicht auf voller Länge geteert. Über Makattam und Sand holperte das *Franklin-Coupé* Richtung Süden, nach Greenwich Village.
Verfluchter Vertrag! Wie kam er da bloß heraus? Einen Prozeß mit der Soerensen konnte sich die RUGA nicht leisten.
»Lahmarschig wie eingeschlafene Füß' ist sie!« schrie Glawatsch und trommelte auf das Armaturenbrett.
An der Südecke des Central Parks wechselte er auf die 8th Avenue, bog nach zwei Meilen in die Greenwich Avenue und hielt vor dem Haus am Sheridan Square, wo Undine eine Zweizimmerwohnung bezogen hatte.
Sie kochte für ihn.
»Was gibt es?«
»Köttgrotta!« rief sie aus der Küche.
»Kött – was?«
»So was Ähnliches wie falscher Hase!«
»Es riecht aber nach Fisch!«
»Laß dich überraschen!«
Glawatsch trank ein Glas Wein vor dem Essen.
»Lowfield gibt ein Fest!« rief er in die Küche. Töpfeklappern, sonst keine Reaktion. Er zog die Schuhe aus, und als ein strenger Geruch ihn erreichte, auch die Socken.
»Du wirst mich dorthin begleiten. Im weißen Kleid. Langes weißes Kleid, das ist am besten.«

Er summte die Melodie der Sjöjungfru, verschluckte sich am Wein, hustete und versuchte hustend zu fluchen. Röchelnd ließ er sich aufs Sofa fallen. Undine kam aus der Küche.
»Hast du was gesagt?«
»Ich wär' um ein Haar erstickt.«
»Der Reis ist noch nicht fertig.«
»In einer Stunde muß ich wieder los.«
»Das geht schon.«
Blubbern aus der Küche, sie lief zurück.
»Und warum wirst du ein weißes Kleid tragen, was glaubst du?«
»Was werde ich tragen?«
Er atmete tief durch.
»Weil die Soerensen immer Schwarz trägt. Schwarz steht ihr am besten, der Wasserleiche, hähä! Deshalb wirst du Weiß tragen. Kontraste, verstehst du? Kontraste sind das wichtigste.«
Er trank sein Glas in einem Zug leer.
Undine stellte die Flamme klein, ließ den Reis weiterköcheln. Sie schnitt Sardellenfilets in Streifen, die gaben Köttgrotta den typischen Geschmack.
»Und es riecht doch nach Fisch!« kläffte er von draußen. Sigmund versteht nichts von gesunder Ernährung, dachte Undine. Er schlang einfach hinunter, was ihm vorgesetzt wurde. Schwedisches Essen war nahrhaft und förderte die Verdauung. Der Speckring um Sigmunds Hüften würde bald verschwunden sein. Zum Friseur mußte er auch. Wie ein streunender Hund sah er aus mit den dunklen Strähnen, die ihm in die Stirn fielen. Und die Haare an den Ohren sollte er abrasieren.
Das Fleisch war gar. Ihr Blick fiel auf das Drehbuch neben dem Brotkasten. Sie war unzufrieden. Undine spürte genau, was das Besondere der Prinzessin Markitta war, aber sie wußte nicht, wie sie es spielen sollte. Die Probeaufnahmen waren schlecht gewesen. Nein, miserabel. Warum hatte Sigmund sie danach gelobt? Es konnte ihm nicht gefallen haben.

Vor ein paar Tagen hatte sie Eva Soerensen in ihrem neuesten Film gesehen. Was war das Geheimnis ihrer Ausstrahlung? War sie verrucht? Nein, das lag bloß an der Oberfläche. Ihr Spiel war schwerblütig, verhalten, aber das traf nicht den Punkt. Es gab noch etwas anderes. Undine drehte die Pfeffermühle. Langsam! Das war es, Eva Soerensen spielte einfach alles langsam. Undine mischte die Sardellen unter das Fleisch und hackte Petersilie fein. Glawatsch trat ans Fenster. Sie pflanzten eine Eberesche vor dem Haus. Seine Eltern hatten in Wien neben einer Baumschule gewohnt. Schon als kleiner Junge kannte er die Namen der meisten Bäume auswendig. Eine Eberesche, genau. Undine muß die Rolle spielen, dachte er. Sie wird es können, nur Geduld. Die Probeaufnahmen waren schrecklich gewesen, im Grunde ein Witz. Er hatte sie gleich danach wieder vernichten lassen. Aber wenn die Zeit reif war, würde er aus ihr eine grandiose Markitta machen. Satz für Satz, Bewegung für Bewegung. Nur Geduld. Zuerst mußte er die Soerensen loswerden.
»Himmelherrgott, ich muß sie loswerden!« rief er zum Fenster hinaus. »Eberesche, Eberesche!« Die Gärtner glotzten hoch.
Der Reis brannte am Boden des Topfes an, sie kratzte ihn los. Wenn man Butterflocken drauftat, war das Angebrannte nicht zu schmecken.
»Auf dem Ball stelle ich dich der Presse vor! Was hältst du davon?«
Undine kam mit der Weinflasche aus der Küche.
»Noch ein Glas?«
»Was hältst du davon?«
»Wovon? Wir essen gleich, wasch dir die Hände.«
Sie ging hinaus. Er hatte keine Lust, sich die Hände zu waschen, und sah sich in der Wohnung um. Kitsch und Gold. Sie mochte Gold. Billiges Zeug, Spiegelrahmen mit Goldputten, Kringelchen und Ochsenaugen. Goldener Aschenbecher in Form einer Frauenhand. Sogar das Regal mit dem goldenen Nippes hatte sie golden gestrichen. Hauptsache, es glänzte, dachte Glawatsch.

»Essen!« kam es aus der Küche. Er ging zum Tisch. Sollte er die Schuhe zum Essen anziehen? Wozu, nachher machte er sein Nickerchen, da mußte er sie wieder ausziehen.
Er schnüffelte in den Topf. Es sah aus wie Hase und roch wie Fisch. Er mochte solche Experimente nicht, aber er wollte sie nicht verletzen. Sie hatte sich Mühe gegeben.
»Für mich nur eine Kleinigkeit«, sagte er vorsichtshalber. Nach dem ersten Bissen begann er zu knurren und lustvoll zu stöhnen.
Der Topf war leer, wunderbar hatte es geschmeckt. Er erinnerte sich nicht, wann er sich zuletzt so wohl gefühlt hatte. Alle Säfte in ihm waren auf Genuß eingestellt. Glawatsch stand auf und hob Undine mitsamt dem Stuhl hoch. Im Schlafzimmer glitt sie lachend aufs Bett, er riß sein Hemd auf und ließ einen Brunftschrei hören. Sie gab ihm schwedische Kosenamen und zwirbelte die Haare an seinen Ohren so fest, daß er schrie.

Spiegel

Alle waren zu Howard Lowfields Party gekommen. Die Geldmacher, die Kritiker, die Lemuren und die Künstler. Kommende Größen waren darunter und solche, deren Stern am Verglühen war. Und Pius Yurgrave.
Lowfield veranstaltete sein Fest in der alten Lennox Hall, inmitten des Theaterviertels. Er hatte den Zuschauerraum ausräumen und als Tanzsaal umgestalten lassen. Auf der Bühne spielte das Woody-Rogers-Orchestra. Die Logen waren an die New Yorker Prominenz vergeben worden. Wer keine bekommen hatte, wußte, daß er nicht dazugehörte.
Lowfield hatte für sich und seine Mutter die Präsidentenloge reserviert, in der schon Lincoln einmal gesessen hatte. Von dort erklärte er das Fest für eröffnet. Während alle anderen applaudierten, sah Yurgrave gespannt zur

Loge hoch. In ihrem Zentrum stand ein Piedestal und darauf ein verzierter Silberstab. An seiner Spitze glühte ein prismatischer roter Stein. Der Lowfield-Stab war das Wahrzeichen der Familie. Jedermann kannte ihn. Er wurde von zwei Bluthunden bewacht. Wer in der Gunst der Lowfields stand, durfte den Stab aus der Nähe betrachten. Häufig wurden Fragen nach dem Material des Steines gestellt. Man wüßte es nicht genau, sagte Lowfield immer. Die Spekulationen reichten von Feuriger Hyazinth über Orangefarbener Zirkon bis zu einer Rubin-Abart aus Neuguinea.
Pius wandte sich den Vergnügungen zu. Klänge von Gershwin, Miller, Carmichael und Oscar Straus erfüllten den Saal. Modekreationen von Coco Chanel, Desionante und Francis Druxton konkurrierten. Juwelenbehangene ältere Damen traten gegen freizügig dekolletierte jüngere an. Yurgrave sah Fettmöpse im Frack, elegante Triefaugen, schmalzlockige Tenöre, emigrierten europäischen Hochadel, darunter den Erzherzog Salvator von Österreich. Und auch das Geschmeiß derer, die bei solchen Anlässen den nötigen vulgären Rahmen bilden, fehlte nicht. Das Buffet bot von Riesengarnelen im Teigmantel über Selleriescheibchen mit Viande Poupoucrouille bis zu Mangospießchen alles, was zu Champagner paßte. Denn nichts anderes trank man an diesem Abend. Die Paare tanzten Shimmy, Onestep, Wiener Walzer und Slipslap, den Modetanz des Jahres '21. Pius sah zu den Logen hoch, deren Besucher wiederum die Tänzer auf dem Parkett beobachteten. Dort bekleckerte sich ein demokratischer Senator mit Hummernsauce und zwinkerte seiner Geliebten zwei Logen weiter zu. Seine Gattin bemerkte es nicht. Ihre Hand ruhte zwischen den Beinen des polnischen Geigenvirtuosen, der in aller Munde war. Eine Loge höher scharte die bucklige Miss Sonastero, graue Eminenz der Filmkritiker, junge Filmhelden um sich, die ihre Namen häufiger in Miss Sonasteros Filmnotizen lesen wollten. In den Antichambres wurden Verträge geschlossen, Intrigen gesponnen, Liebschaften beendet und gevögelt.

Pius' Aufmerksamkeit wurde wieder auf die Präsidentenloge gelenkt, wo Eva Soerensen zu Besuch war. Howard Lowfield begrüßte sie überglücklich. Sie begannen eine lockere, von den übrigen Gästen gespannt verfolgte Konversation, in deren Verlauf Eva scheinbar unabsichtlich den Lowfield-Stab berührte. Genußvoll strich sie seine silbernen Rillen auf und nieder. Der Schlitz ihres schwarzen Organza-Kleides klaffte bis zur Hüfte auf, weiße Schenkel blitzten. Howard Lowfield begann auf der Oberlippe zu schwitzen.
Pius setzte seinen Rundgang fort. Durch seidentapezierte Gänge, über teppichgedämpfte Treppen gelangte er in den blauen Salon, dessen Zentrum ein dreifach verkanteter Spiegel war. Undine trat davor und zog die Linien ihrer Brauen nach. Sie trug ein bodenlanges weißes Kleid, das frisch blondierte Haar war zum Zopf geflochten.
Zwei Eingänge hatte der blaue Salon, jeder mit einem anderen Blick auf die Spiegel. Beim linken Ausgang verschwand Sigmund Glawatsch gerade, um nachzusehen, ob nicht doch irgendwo Bier zu bekommen war. Im rechten Eingang stand Pius Yurgrave. Undine bemerkte ihn nicht. Yurgrave sah nicht Undine selbst, sondern nur ihr Spiegelbild. Er lehnte sich bequem in die Nische des französischen Fensters und beobachtete sie. Er dachte an Grönland. Ohne den Meister stünde er heute nicht hier. Vielleicht wäre er immer noch Angestellter bei Palacky & Co., der großen Parfumerie am Karlovo Námesti in Prag. Drei Jahre lang hatte er als Lehrling dort Crèmes in Porzellandosen gespachtelt, Haaröl in geschliffene Flakons gefüllt und morgens wie abends den Laden gefegt. Palacky senior brachte ihm bei, wieviel Gramm Knoblauch in wieviel Zentiliter reinem Alkohol aufgelöst werden mußten, um Palackys Jugendbalsam zu erhalten. Ein erstaunliches Mittel. Man konnte es einreiben, inhalieren und trinken. Täglich umgeben von Tinkturen, Parfums und Ölen – Cistrosenbalsam, Extrakt der Mimose, Zirbelkiefernöl, Schafgarben, Tonka und Petitgrain – entdeckte Pius seine Leidenschaft, die Mixtur. Er probierte und stu-

dierte ihre Wirkungsweisen gegen Lymphstau, Hämorrhoiden, Ulcus Cruris, Blähungen, Gürtelrose, Übelkeit während der Schwangerschaft, Herpes, Ängste und Warzen. Kein Wunder, daß ihm bald ein Buch über Alchimie in die Hände fiel. Prag war die Stadt, wo Kabbala und Golem zu Hause waren. Slawische und jüdische Mythen trafen dort aufeinander. Er besorgte sich jede Abhandlung, die er kriegen konnte und fraß alles in sich hinein. Ammenmärchen, Wissenschaft und Aberglauben.
Dann las er zum ersten Mal vom Grönländer. In Grönland gab es überdurchschnittlich viele geomantische Punkte, wo starke Kraftlinien der Erde sich kreuzten. Ein Mann hatte beschlossen, im Bereich dieser Kräfte zu arbeiten und zu leben, der Grönländer. Aber es gelang Pius nicht, mehr über ihn zu erfahren. Also suchte er nicht weiter nach dem Mann, sondern nach dem Kraftort selbst. Auf einer Karte Grönlands fand er an der Westküste einen Punkt, wo sich sechs solcher Energiestränge überschnitten. Pius lernte Kompaß und Sextant zu benützen, kratzte seine Ersparnisse zusammen, verabschiedete sich bei Palacky senior und nahm im April 1913 den Zug nach Leipzig. Über Bremen ging es nach Cuxhaven, auf einem Frachtdampfer Richtung Färöer-Inseln, dort bestieg er den dänischen Walfänger, der ihn an der Südspitze Grönlands absetzte. In Narsaq schloß er sich einem Robbenjäger an, und als der hinter Sukkertoppen eine andere Richtung nahm, zog Pius auf Skiern allein weiter. Zwei Wochen später erreichte er die Stelle, von der seine Instrumente sagten, dies sei der geomantische Ort. Er stand allein in der Schneewüste, Hunderte Kilometer von der nächsten Siedlung entfernt. Seine Lebensmittel waren fast aufgebraucht. Fünf Tage und Nächte hielt er in der Kälte durch. Dann gab es keinen Proviant mehr und nichts zum Feuermachen. Er wehrte sich gegen den Schlaf. Bei 30 Grad unter Null wäre er nicht wieder erwacht.
Es war bloß ein winziger schwarzer Punkt, der am Horizont auftauchte. Pius hatte nicht mehr die Kraft, aufzustehen.

Er schwenkte nur den roten Pullover, den Frau Palacky ihm zum Abschied geschenkt hatte. Der Robbenjäger, von dem er sich drei Wochen zuvor getrennt hatte, hielt mit seinem Hundeschlitten vor dem halb Erfrorenen und sagte in fließendem Tschechisch: »Du hast den Punkt nur um zehn Kilometer verfehlt.« Es war der Grönländer.
Sieben Jahre lang blieb er bei ihm. Magie war eine mühevolle, zeitraubende Beschäftigung. Konzentration, Ausdauer, Askese und Einsamkeit waren die Grundelemente. Der Meister meinte, daß eine Ausbildung niemals ganz abgeschlossen sei. Dennoch gab er Pius die Erlaubnis, nach New York zu gehen. Auf Evas Rat änderte der junge Magier seinen Namen. ›Pius Novak‹ klang zu gewöhnlich. Er spazierte über einen Friedhof und las alte Grabinschriften. Eine lautete: *›Always look beyond your grave‹*. Über den Rand des eigenen Grabes zu schauen, was für ein faszinierender Gedanke. Beim Abschreiben vergaß er das ›o‹ in ›Your Grave‹. Aus Pius Novak wurde Pius Yurgrave. Eva empfahl ihn allen Freundinnen. Sein Ruf verbreitete sich, der Kundenkreis wuchs ständig. Der Löwe vom Astor Place wurde in die Gesellschaft aufgenommen. Der Meister hatte ihn immer vor dem Löwen gewarnt. In Grönland war das einfach. Aber in New York gab es die Frauen. So viele faszinierende erfahrene und neugierige Frauen. Sie verwirrten ihn. Ein junger Löwe in New York, mit prallen Eiern und leuchtendgrünen Augen. Die Frauen stürzten sich auf ihn. Wie sollte der Parfumeriegehilfe aus Prag sich dagegen wehren? Mit Askese und Einsamkeit? Er fletschte die Zähne, schlug mit dem Schwanz aufs spiegelnde Parkett, und verführte die Frauen, weil sie es wollten.

Ein wohliges Kitzeln stieg aus der Spitze seiner Nase auf. Yurgrave schaute ins Licht eines Kandelabers, schloß die Augen und nieste brüllend. Er schneuzte sich in das Stecktuch seines Frackes. Undine drehte sich um. Der Löwe reckte sich und zeigte die mächtige Brust. Undine lächelte.

Glawatsch kam zur linken Tür herein. Bierschaum hing an seiner Nase. Auch er erblickte Undine in den Spiegeln. Im selben Moment hatte er die Idee. So verrückt und genial, so gänsehauttreibend, daß er im Türrahmen stehenblieb, rülpste und die Haare an seinen Ohren zu zwirbeln begann. Der Bierschaum verflüssigte sich und lief seine Mundwinkel hinunter.
Undine beendete ihr Augen-Make-up und warf einen letzten prüfenden Blick in alle drei Spiegel. Hinter ihr stand immer noch der dunkelhaarige Mann. Von links hörte sie ein wohlbekanntes Kichern. Sigmund war zurückgekommen.
»Wie lange noch, bis du die Presse versammelst?« fragte Undine.
»Hää, was? Presse?«
»Die ersten gehen schon wieder, glaube ich.«
»Ach ja, die Presse, äh ... jetzt kann ich aber nicht.« Er trat von einem Fuß auf den andern.
»Wieso?«
»Weil ich – äh ... weg muß, jetzt sofort.«
»Wozu habe ich mir den albernen Zopf geflochten und dieses schreckliche Heiligenkostüm angezogen, Sigmund, wenn du jetzt verschwindest?!«
»Stimmt, jaja, stimmt natürlich, aber wenn ich jetzt nicht am Drehbuch arbeiten kann, dann ... dann kann ich nicht am Drehbuch arbeiten, und ich muß jetzt sofort am Drehbuch arbeiten.«
Er sah sich um. Im Hintergrund stand ein Mann mit mächtigem Schädel. Er hielt ein Spitzentuch in der Hand.
»Pardon, entschuldigen Sie, mein Herr. Eine dringende Angelegenheit verlangt meinen Aufbruch.«
Glawatsch ging auf Yurgrave zu.
»Wären Sie so freundlich, mich bei Miss Nielsson für den Rest des Abends zu vertreten?«
Beide Männer standen hinter Undine. Alle drei spiegelten sich in den drei Spiegeln des blauen Salons. Der Löwe, der Luchs und die Sjöjungfru.

Yurgrave blieb keine Zeit zum Nachdenken. Aus dem Hauptsaal erklang ein Tusch. Der Gastgeber hatte eine Ankündigung zu machen.
»Wenn ich Ihnen damit dienen kann«, sagte Pius.
Glawatsch kicherte erleichtert, küßte Undine flüchtig auf die Wange und spindelte zur Tür hinaus.
»Bitte rufen Sie mir einen Wagen, ich möchte nach Hause.«
Es war peinlich und demütigend. Sie hatte keine Lust, sich von dem Wildfremden bemitleiden zu lassen, und griff nach ihrem Schal.
Yurgrave nahm sie beim Arm. Für einen Moment sah Undine eine Pranke, die sich auf ihre Hand legte. Der Löwe stand auf den Hinterläufen, und beugte sich zu ihr. Unglaublich grün waren seine Augen. Er fletschte die Zähne. Und auch wenn sie wußte, daß es nur Einbildung war, roch sein Atem nach den blutigen Schinken einer frisch gerissenen Antilope.
Yurgrave führte sie nach unten in den Saal. Howard Lowfield stand in der Präsidentenloge, hinter ihm seine Mutter, zwischen ihnen die Soerensen. Alle Anwesenden blickten zu den dreien hoch. In seiner trockenen neuenglischen Art gab Lowfield bekannt, daß Eva Soerensen soeben seinen Heiratsantrag angenommen hatte. Im allgemeinen Applaus stimmte das Orchester einen Walzer an. Yurgrave umfaßte Undines Taille, und sie begannen zu schweben. Zwölf Zentimeter über dem Boden, um genau zu sein. Die Walzer-Levitation hatte Pius immer schon ausprobieren wollen. Kein erdschweres Getrampel störte die beiden, sie schwebten durch den Saal, und Undine vergaß ihren Ärger mit Glawatsch vollständig. Ein großartiger Tänzer, dachte sie und schmiegte sich in Yurgraves Arm.
Oben in der Präsidentenloge schaffte Eva Soerensen es, den überrumpelten Howard zu küssen, ohne ihren Lippenstift dabei zu verschmieren. Auf der Stirn seiner Mutter bildete sich eine sorgenvolle Falte.
Zur gleichen Zeit saß Sigmund Glawatsch mit dem schlaftrunkenen Drehbuchautor in einem Büro auf der ande-

ren Seite des Hudson River. Sie qualmten die Bude voll, Glawatsch fraß Lakritze kiloweise, und langsam nahm seine Idee Gestalt an.
»Ein schwarzer Sack«, rief er dem anderen zu, der notierte es. »Ja, das Geheimnis muß in einem schwarzen Sack stecken. Damit rechnet keiner, das wird der Knaller!« Der Drehbuchautor nickte, Glawatsch sprang aufgeregt durch das Büro. »Ein Sack, ein schwarzer Sack! Das ist es!«

1953

Dahlien

Was denn, nachts Beine? Die festen, die grünen waren's, aber heute nacht trugen sie schwarz. Trugen Beine nachts immer schwarz, fragte sich Yurgrave, das müßte man wissen. Leise Beine, die an sein Bett schlichen. Schwester Stilewskys Beine kamen immer stampfend. Wo sie stand, stand sie und sonst niemand. Die nächtlichen Beine ließen Platz, wichen aus, geschmeidig auf dem Sprung, zarte Fesseln, o ja! Man müßte reinbeißen in solche Beine!

»Nein, Mr. Yurgrave, Sie werden nicht in meine Beine beißen«, flüsterte Henrietta und drückte seinen Kopf beiseite, der aus dem Anstaltsbett hing. Yurgrave schnappte nach ihr. »Ich bin hier, um Sie zu befreien. Bleiben Sie bitte ruhig und tun Sie, was ich Ihnen sage.«

Bis auf die grünen Turnschuhe trug Henrietta Schwarz. Schwarze Jeans, schwarzes Sweatshirt mit Kapuze, schwarze Ohrringe. Einige Zeit hatte sie ratlos vor dem großen Schaltpult gestanden – jedes Zimmer konnte Yurgraves sein. Dann entschloß sie sich einfach, den Generalschalter umzulegen und alle Verriegelungen zu öffnen. Metallisches Schaben auf dem Korridor, die Türen waren offen. Lautlos machte sie sich auf die Suche. Überall prächtige Schlafgeräusche im Trakt für mindergefährlich geistig Verwirrte. Der fette Butts wälzte seinen Walroßkörper herum, als Henrietta in sein Zimmer spähte. Mr. Geroleitis fiepte im Schlaf. Im vorletzten Zimmer lag Yurgrave.

Jetzt schon aufstehen? Ganz dunkel, Suppe im Kopf, wunderte er sich, als Henrietta ihm aus dem Bett half.

Suppe auch in den Knien, stellte er fest. Die Schwarze packte ihn unter den Achseln.
»Nein, Mr. Yurgrave, nicht wieder einschlafen. Kommen Sie hoch, Sie sind zu schwer, ich kann Sie nicht tragen. – Pst, war da nicht …«
Während sie auf den Flur schlich, glitt Yurgrave wieder zu Boden. Der Beruhigungs-Cocktail hatte ihn voll im Griff.
»Alles in Ordnung.« Henrietta kam zurück, Pius schnarchte.
»Bitte, Mr. Yurgrave, Sie müssen sich schon ein bißchen anstrengen!« Sie richtete ihn auf, er grinste und sackte wieder weg. »Verdammt, Yurgrave, reißen Sie sich zusammen!« rief sie und schlug ihm ins Gesicht. Henrietta hatte den größten Magier westlich Grönlands geschlagen. Er starrte sie an. Das hatte nicht einmal Schwester Stilewsky gewagt.
»Verzeihen Sie, Mr. Yurgrave, aber Sie sehen, jetzt geht's Ihnen besser. Danke für Ihr Verständnis. Und jetzt los – wir schaffen das!«
Zarte Hand ist harte Hand, dachte er. Nicht wie Schwester Stilewsky, schon eher wie Butts. Er hatte keine Lust, mitten in der Nacht spazierenzugehen und spitzte die Zunge. Henrietta öffnete eine Schwingtür, wollte Yurgrave nachziehen, da fuhr sie plötzlich hoch. Etwas hatte sie in den Schenkel gestochen. In seinem Zimmer erwachte Mr. Geroleitis.
Kurzentschlossen zog Henrietta Yurgraves Arm über ihre Schulter und schleifte den benommen Züngelnden über den Flur. Der Aufenthaltsraum kam in Sicht, ein Fenster war eingeschlagen.
»Butts, he Butts, spielen wir Fliegen, he, he Butts!«
Mr. Geroleitis stand am Bett des Riesen. Irgend jemand hatte die Türen aufgesperrt, wie schön, da konnte man Freunde besuchen. Er rüttelte Butts aus dem Schlaf.
»Fliegen?«
Butts öffnete die Äuglein und grinste.
Noch ein, noch ein, noch ein Schrittchen – uuuund pieks!

Diese stechenden Schmerzen, dachte Henrietta, woher kamen die bloß? Die Aufregung natürlich, sagte sie sich, die Nerven. Wenn ich ihn beim Fenster habe, ist das Schwerste geschafft. Schritt für Schritt. Seine Füße schlurften über das Linoleum, vorbei an der gußeisernen Säule, noch drei Meter bis zum Fenster, noch zwei …
Ein Blitz in ihrem Kopf, Henrietta wurde schlagartig übel. Sie ging zu Boden, Yurgrave mit ihr. Begraben vom kreischenden Mr. Geroleitis, Butts hatte ihn zehn Meter weit nach den Flüchtenden geworfen.
»Volltreffer!« brüllte er und sprang glücklich auf und nieder, daß die Deckenleuchten schwankten.
Am Fuße der Leiter stand Smiley und vollführte ein Panik-Ballett. Seine Finger tippten auf die hölzernen Holme wie ein hysterischer Funker. Er hatte ein langes Nasenhaar mit der Zunge in den Mund gezogen und knabberte darauf herum. Die Zehen vollführten Kontraktionen in den Schuhen. Es kann nicht gutgehen, dachte er unausgesetzt, die Sache mußte übel enden, mhm, übel, jaja, was denn sonst.
Henrietta rappelte sich unter den windenden Gliedmaßen der beiden Männer hervor, sortierte Yurgrave von Geroleitis und erkannte, daß ein Elefant sich näherte. Geroleitis umarmte Yurgrave begeistert, der Abend war nach seinem Geschmack. Pius starrte ihn erschrocken an.
»Kommen Sie, wir müssen raus hier.«
Sie zog Yurgrave zum Fenster, sprang auf den Vorsprung, zog ihn nach und setzte den Fuß auf die oberste Sprosse. Der Elefant packte sie von hinten, umklammerte beide Körper, als wären es Puppen aus Stroh. Er grunzte erregt und hob die beiden langsam hoch.
Fliegen konnte man nicht lernen, Henrietta wußte das. Es war Geschöpfen vorbehalten, die dafür ausgerüstet waren. Versuchten Säugetiere zu fliegen, mußte man von *Stürzen* sprechen. Sie verharrten für den Bruchteil einer Sekunde in der Luft, dann erfaßte sie die Schwerkraft, die alles in ihrem Bannkreis zum Erdmittelpunkt zog. Butts hatte die beiden über seinem Kopf zu einem Paket zu-

sammengequetscht. Jetzt hielt er einen Augenblick inne. Was für eine Versuchung! Wenn sich Geroleitis schon so prächtig werfen hatte lassen, überlegte Butts, um wieviel besser mußte das mit zwei Körpern gehen, die zwölf Meter in die Tiefe fliegen würden. Butts konnte nicht widerstehen. Er ging in die Knie, winkelte die Arme an, schnellte hoch und schleuderte Henrietta und Pius aus dem dritten Obergeschoß in Richtung der Dahlienbeete.

Henrietta hatte in ihrem Leben erst einmal Todesnähe erfahren, als ein Hai sie in der Bucht von Miami angriff. Bilder von halbaufgefressenen Haiopfern hatten sie kurz bedrängt, dann bezwang sie die Furcht und handelte, wie sie es gelernt hatte. Sie ließ den Hai herankommen, schaute ihm direkt in die Augen und brüllte ihn unter Wasser an. Der Hai stoppte, verharrte und drehte ab. Bevor er einen zweiten Angriff schwimmen konnte, hatte sich Henry dazwischengeschoben und vertrieb ihn mit harten Stößen seines Schnabels.

Diesmal konnte sie nichts tun, gar nichts. Kein Schrei, keine Bewegung würde sie retten, niemand überlebte einen Sturz aus zwölf Metern Höhe. Die klare Voraussicht auf das nahe Ende nahm ihm nichts von seinem Schrecken, Henrietta schrie in Todesangst, während sie mit Yurgrave am zweiten Obergeschoß vorbeifiel.

Es gibt noch etwas zu tun, dachte der Meister in Grönland, legte das Beil beiseite, mit dem er eben ein Loch ins Eis schlagen wollte, und sandte seinem Schüler energetische Unterstützung. Pius spürte die Kraft, hob im Fallen den Kopf, preßte Henrietta an seine Brust, und konzentrierte sich. Als sie am ersten Obergeschoß vorbeifielen, sagte er ›Manahhz Tsuii Pentateus‹ und glitt mit der Zunge über seine Unterlippe. Er schlug der Schwerkraft ein Schnippchen.

Am Fuße der Leiter wartete Smiley mit geschlossenen Augen. Er hatte die beiden Körper auf sich zufallen sehen, auf dem betonierten Vorplatz würden sie zerschmettert werden. Smiley preßte die Lider aufeinander und erwartete das sackige Geräusch, das Knacken, das Platzen, den letzten Schrei. Als er nach zehn Sekunden noch nichts gehört hatte, öffnete er die Augen vorsichtig wieder. Fasziniert starrte er nach oben. Ein breites Grinsen überzog sein Gesicht, als Pius Yurgrave im weißen Kittel der Steinway-Nervenheilanstalt durch den Nachthimmel schwebte. In seinen Armen Henrietta, zwei Flieger in Weiß und Schwarz. Das Paar flog einen Halbkreis über dem Anstaltsgarten, verharrte neben dem blühenden Magnolienbaum, Yurgrave pflückte eine Blüte und steckte sie Henrietta hinters Ohr. Dann sanken sie nieder und landeten sanft zwischen den roten und gelben Dahlien. Smiley lachte glucksend. Da war er also, der größte Magier westlich Grönlands. Smiley zwirbelte die Haare beiderseits seiner Ohren und lief auf das Paar zu. Im dritten Stock grunzte Butts triumphierend, so ein Wurf war ihm noch nie gelungen. Er umarmte Geroleitis, der vor Glück weinte. Jetzt erst erreichten sie die Wärter und zerrten Butts und Geroleitis in die Zellen zurück, wo die Beruhigungsspritzen schon warteten.

Es wurde Alarm ausgelöst. Pfleger wimmelten über das Gelände, Flutlichter flammten auf, Suchhunde bellten, im Schlafzimmer von Schwester Stilewsky läutete das Telefon. Sie hob ab, lauschte, legte auf und schwang ihre Schenkel aus dem Bett. Binnen kurzem glich die Steinway-Nervenheilanstalt einem Gefängnis. Die Polizei rückte aus, Blaulichter und Sirenen jagten durch friedliche Straßen und schreckten die Nachbarschaft aus dem Schlaf.

Zu diesem Zeitpunkt saßen Smiley, Yurgrave und Henrietta bereits im Wohnzimmer ihres Apartments. Sie kochte Hagebuttentee, schnitt den grünen Zitronenkuchen an, den sie am Nachmittag gebacken hatte, brachte Yurgrave ein kariertes Hemd und eine Latzhose. Wie ein biederer Familienvater sah er wenig später aus, der vorhatte, im Garten zu arbeiten. Sie aßen und tranken, und als kein Polizeiauto vor ihrem Haus hielt, ließ die Spannung nach.

Jetzt erst wurde Henrietta bewußt, daß sie einem völlig Fremden gegenübersaß. Sie kannte den Mann in der Latzhose nicht. Nichts von seinem Charakter, seinem Vorleben, womöglich hatte sie den Falschen befreit. Einen Geisteskranken mit spitzer Zunge namens Matuba, der das magische Buch gar nicht geschrieben hatte. Aber dann fielen ihr die Augenblicke ein, in denen er und sie geschwebt waren, schwerelos über den Dahlien. Sie nahm die Magnolienblüte aus dem Haar und roch daran.

Smiley erkannte Yurgrave sofort wieder. Dreißig Jahre hatten ihn verändert, er war grau geworden und befand sich augenblicklich im Zustand kindischer Entrücktheit. Aber es war Pius Yurgrave, der Löwe, ohne Zweifel. Smiley kostete das Vergnügen aus, ihn unerkannt zu beobachten, bis der größte Magier westlich Grönlands ein Glas Milch bekam und von Henrietta zu Bett gebracht wurde.

Der Platz entvölkerte sich.
Pius Yurgrave, sagte sie, rief den Namen in die Nacht.
Eine Frau sah zu ihrem Fenster hoch.

1921

Der Löwe

Der Löwe war zuversichtlich. Er saß im Konsultationszimmer, ließ den blauen Morgenkimono aufklaffen und betrachtete sein Geschlecht. Was für ein Abend. Nach dem Walzer hatte Undine ihre behandschuhte Hand auf seiner Brust ruhen lassen. Schweißperlen glänzten im Grübchen über dem Kinn. Um drei Uhr früh bot er an, sie nach Hause zu bringen. Gemeinsam verließen sie den Ball.

Yurgrave fuhr einen importierten *Delage Grand Luxe* mit Sechszylinder-Reihenmotor und Königswelle. Er selbst chauffierte, Undine saß mit geschlossenen Augen auf dem Beifahrersitz. Er nahm die Route über die 9th Avenue. Kurz nach *Chelsea Park* öffnete sie die Augen und griff mit der Linken in sein Haar. Pius bremste, fuhr an den Gehweg und hielt vor einem Brownstone-Building. Die Scheinwerfer gingen aus. Undine zog ihn zu sich herüber, er glitt mit der Zunge über ihr Gesicht. Sie drückte seinen Kopf tiefer und raffte das weiße Kleid. Pius war ihr behilflich. Sie hob den Hintern, er wuchtete ihr linkes Bein über das Lenkrad, bevor sein Kopf zwischen ihren Schenkeln verschwand. Undine sah die Straßenlaterne, den Eingang des Hauses, einen Abfallkorb. Wind in den Baumkronen.

Yurgrave packte ihre Arschbacken und warf sie quer über den Sitz. Ihre Nase wurde ans Fenster gedrückt, sie tastete nach der Kurbel und versenkte die Glasscheibe so weit, daß ihr Kopf in die 26. Straße hinausragte. Der Saum des Kleides klatschte auf ihren Hinterkopf, sie hörte den Stoff zerreißen. Seine Hand packte sie an der Schulter. Die Straße kippte nach oben, diagonale Bäume. Ihre Finger suchten

die Schlaufe über der Wagentür, drehten sich darin ein. Jetzt hing sie über dem Außenspiegel, suchte Halt, er klappte hoch, sie schaute sich selbst ins Gesicht. Tadellos geschminkt war sie, blauer Lidschatten über schwarz getuschten Wimpern, stierblutroter Lippenstift, eine hübsch bemalte Fassade. Ihre linke Hand schmerzte, das Blut wurde in der Schlinge abgeschnitten. Sie keuchte. Er gab ihr Gelegenheit, sich zu drehen. Mit Blick zu den Sternen hing sie nun aus dem Auto. Im Brownstonehaus ging ein Licht an. Silhouette hinter Gardinen, der Vorhang wurde sachte zurückgeschoben. Das Licht erlosch, aber die Figur blieb stehen. Die Handbremse stach in Undines Rücken. Mit gespreizten Schenkeln lag sie auf dem Lenkrad, ihre Stöckel rammten die Seidenauskleidung der Decke. Das schabende Geräusch ihres Kleides erinnerte sie an Sigmunds Lachen. Er hat es so gewollt, dachte sie. Handbremse, Nachthimmel, Spanner am Fenster, eine sich windende Röhre, die kreisend alles verschlang.
Yurgrave setzte sie vor ihrer Wohnung ab. Sie bedankte sich fürs Nachhausebringen. Er begleitete sie zur Tür, Frackhemd und Hose durchzog ein langer Riß. Er küßte ihr die Hand und während die Haustür hinter ihr zuschwang, entschloß er sich, noch nicht gleich heimzufahren, sondern die 9th Avenue entlangzuschlendern. Der Polizist musterte seinen zerrissenen Anzug, er schüttelte lächelnd den Kopf. Ihm war nichts zugestoßen, was die Polizei zu beunruhigen brauchte.
Drei Tage ließ er verstreichen, dann gab er der Vermittlung Undines Nummer und wartete. Er schaltete die tiefklingende Membran seiner Morgenstimme ein und begann das Telefonat mit einem Scherz über den Mann mit den Säbelbeinen. Undine wußte sofort, wer dran war, aber sie gab sich schlaftrunken und legte wieder auf. Sigmund lag neben ihr, er war nicht erwacht. Undine wußte, was die Membrane am andern Ende zu bedeuten hatte, aber das durfte nicht sein. Sie hatte keine Zeit für so etwas. Glawatsch furzte im Schlaf, diese Membrane war für sie derzeit wohlklingender. Sie stand auf und machte Frühstück.

Konsterniert bedeckte Yurgrave seine geschrumpfte Blöße. Gut, sie ist kein Morgenmensch, dachte er, das ist normal, daß Frauen nicht sie selbst sind, wenn man sie aus dem Schlaf holt. Er ging in die Küche, trank ein Glas Kirschsaft und pendelte sein Selbstvertrauen wieder ein.
Zwei Tage später erreichte er Sheridan Square in der Dämmerung. Ihrem Haus gegenüber war eine Spielwarenhandlung, von dort behielt Pius das Haustor im Auge. Nach einer halben Stunde kam ein *Franklin* um die Ecke, hielt, Glawatsch stieg aus. Ach, der Säbelbeinige, dachte Yurgrave, interessant. Kurz darauf erschienen Undine und Glawatsch eingehängt, Kuß. Er strich über ihren Po, sie fuhren davon. Yurgrave war in den Laden getreten, um nicht erkannt zu werden. Er zog an der Schnur eines Hampelmannes. Konkurrenz also, dachte er, das machte alles nur noch reizvoller.
»Gefällt er Ihnen?« Der Mann im karierten Hemd hatte den gleichen Akzent wie Undine. Yurgrave ließ den Hampelmann baumeln, trat auf die Straße, zündete sich eine Zigarre an und überlegte seine Strategie.
Erste Angriffswelle: zweiundsiebzig rote Rosen. Nach Tagen immer noch keine Reaktion von Undine. Pius erkundigte sich barsch in der Blumenhandlung, ob der Strauß zugestellt worden sei. Pünktlich und prompt, war die Antwort. Wahrscheinlich mochte sie Rosen nicht, überlegte er, oder sie fand sein Geschenk für den Anfang zu pompös. Am nächsten Morgen ließ er einen bescheidenen Veilchenstrauß mit Grußkarte vor ihre Tür legen, abends teilte der Blumenhändler ihm mit, das Bukett sei zurückgeschickt worden. Ungewohnte Kapriolen, dachte Pius, was sollte das? Veilchen waren die zartesten Sendboten, jede Frau spürte das Verletzliche, Scheue, das Keusche in solch einer Werbung. Er war schließlich kein hemmungsloser Verführer, kein tierischer Triebtäter. Undine sollte von dem Vorfall im Auto keine Rückschlüsse auf seinen Charakter ziehen.
Zweite Angriffswelle: ein Gedicht. Nachts rückte er einen

Stuhl ans offene Fenster, betrachtete den Mond und schrieb, poetisch und sehnsuchtsvoll. Es war ein gutes Gedicht, nicht zu kitschig, nicht zu fordernd. Bloß das ungeduldige Knurren eines Löwen, der nicht begriff, warum die Antilope nicht stehenblieb und sich ergab, warum sie sich nicht einmal umdrehte.

Undine stand in einem leeren Büro auf dem Studiogelände der RUGA-Film. Die Jalousien waren heruntergelassen, niemand durfte sie sehen. Sie spürte den Brief in der Innentasche ihrer Jacke, während Sigmund eine Szene mit ihr probte. Die Dreharbeiten hatten begonnen, Eva Soerensen spielte *Prinzessin Markitta,* und das war wie ein eitriger Dorn in Sigmunds Fleisch. Heimlich arbeitete er mit Undine an der Rolle, falls doch noch ein Wunder geschah. Er hatte schreckliche Laune, fluchte und stöhnte in einem fort und sie mußte es sich anhören.
»Den Helm will sie nicht aufsetzen, die Schneegans, weil er ihr Striemen auf der Stirn macht! Das Schwert will sie nicht heben, weil's ihr zu schwer ist! Die aufgeschwemmte Viper! Ich hab' ihr einen ganz leichten Bihänder aus Pappmaché machen lassen, knallt sie den so brutal auf den Schminktisch, daß er in drei Teile zerbricht!«
Warum arbeiteten sie noch an der Rolle, fragte Undine sich. Wozu die Quälerei? Verkleidet kam sie morgens ins Studio, wurde von einem Assistenten in den Probenraum geschleust, hielt sich den ganzen Tag versteckt, bis Sigmund Zeit fand für eine kurze Probe. Er war unkonzentriert, lief ständig in sein Büro und telefonierte. Jetzt eilte er gerade wieder hinaus, die Tür schlug hinter ihm zu. Undine zog den Brief aus der Tasche, riß ihn auf und las.

Und könnte ich dir jetzt anders erscheinen
Ich wäre dir gerne ein Lied
Will singen für dich
Will jauchzen und weinen
Und du sängest leise mich mit.

Er gab sich wirklich Mühe, dachte Undine, aber konnte sie auf zwei Hochzeiten tanzen? Die Sache mit Sigmund war schon kompliziert genug. Mit hochrotem Kopf kam er hereingehechelt.

»Zu groß!« quiekte er und schlug mit den Fäusten gegen die dünnen Holzwände.

»Sie liefern fünfhundert Helme und alle sind um zwei Nummern zu groß! Zwanzig Requisiteure müssen über Nacht Zeitungspapier reinkleben, sonst wackeln auf fünfhundert Köpfen morgen die Helme! Kannst du dir so was vorstellen?!«

Sie faltete den Brief ohne Hast zusammen. Dinge, die nicht mit der Arbeit zusammenhingen, bemerkte Sigmund ohnehin nie.

Pius erhielt ihre Antwort am folgenden Tag. Er möge seine Poesie nicht an eine Frau verschwenden, die keine Zeit für Romantik hätte. Aha, dachte der Löwe, sie kommt in Bewegung. Jetzt konnte er einhaken. Er brauchte aus ihrem Nein nur ein Ja zu machen. Am Erfolg zweifelte er keine Sekunde. Wenn der Löwe brüllte, zitterte die Savanne.

›Romantik ist wie ein Schaumbad, nicht lebensnotwendig, aber es entspannt‹, begann sein nächster Brief. ›Geben Sie mir kommenden Sonntag die Chance zu einem Schaumbad im Meer.‹ Nachdem er unterschrieben hatte, trat er vor den Spiegel und überlegte, was er Sonntag anziehen sollte. Helle Leinenhosen mit dazu passender Weste, vielleicht das blaue Seidenjackett. Keine komplizierten Knöpfelschuhe, eher Stiefeletten, die man mit einem Griff ausziehen konnte.

Undine wußte, daß sie zwei Möglichkeiten hatte. Sie konnte seine Anstrengungen ignorieren. Irgendwann würde ihm die Sache dann langweilig werden. Oder sie fuhr an den Strand und machte ihm klar, daß er mit Kanonen auf ein desinteressiertes Spatzenweibchen schoß. Ich ziehe meinen ältesten Lappen an, malte sie sich aus, bin herablassend und unausstehlich. Dann wird er klein beigeben. Diese Variante gefiel ihr. Gleich überlegte sie, welchen ihrer alten Lappen sie tragen sollte und daß ein wenig Lippenrot nicht auffallen würde.

Tiffany

L. C. Tiffany, Vase aus farblosem Glas, New York 1910, Blumenmuster in die Oberfläche geätzt, der Stengel verlor sich im schräggeschnittenen Ornament. *Geschenk von Tante Mildred,* las Eva Soerensen und hatte keine Ahnung, wer Tante Mildred war.
Silberner Gebäckkorb, London 1783, Blumengirlande auf ovalem Fuß. Scheußlich, daraus würde sie ihre Brötchen niemals essen. Aber sie würde sich bei Vetter Ethelread bedanken. Das restliche Silberzeug stammte auch von ihm – Salzschale, Kaffeekanne, Teedose, Löffelsieb, Streudose, Senftopf. Alles hatte den weiten Weg über den Atlantik gemacht. Er selbst konnte zur Hochzeit nicht kommen.
Die Rolle ist ein Unglück, dachte Eva und ging langsam die endlose Tafel entlang, auf der die Hochzeitsgeschenke ausgebreitet lagen. Sie rauchte eine Zigarette. Ich werde niemals Prinzessin Markitta sein, dachte sie. Das Mittelalter ist nicht meine Zeit. Eiskalte Schlösser und Burgen, monatelange Winter ohne vernünftige Heizung, kratzende Kleider. Keine seidene Unterwäsche, kein Schoßhündchen, kein Kleiderschrank mit Platz für meine hundert Hüte. Prinzessin Markitta ist das reinste Unglück. Sigmund wußte immer, wann eine Rolle für mich stimmte. Er hat es vor mir gespürt, daß ich so eine Frau nicht spielen kann. Warum hat er nicht mit mir darüber gesprochen? Wir hätten uns sicher geeinigt. Ein Vertrag ist bloß ein Fetzen Papier. Aber wie immer wollte er sich windig aus der Affäre ziehen.
Eva blieb stehen und betrachtete die Schreibtischgarnitur aus geätztem Metall, verziert mit einem Weinlaubmuster.

›Mr. Trevor Patzer gratuliert zur Vermählung‹, stand da. Sie sah aus dem Fenster, englischer Rasen, dahinter das Meer. Howard hatte sich solche Mühe gegeben, ihr Newport, das künftige Zuhause an der Küste Neuenglands, schmackhaft zu machen. Jeden Tag kamen Verwandte und Freunde und gaben Hochzeitsgeschenke ab. Alle wollten ihr das Gefühl vermitteln, willkommen zu sein.
Ziergläser, London 1901, schmale hohe Stiele mit rautenförmigen Ornamenten, dreimal geschwungener Kelch. Die Sache mit dem Schwert war eine Gemeinheit von mir, dachte Eva. Natürlich hätte ich das Ding heben können, aber ich wollte nicht. Frauen sollten keine Schwerter tragen. Wie Jeanne d'Arc geendet hat, weiß man ja. Ich will Sonnenschirme tragen und breitkrempige Hüte, keinen Blechtopf, der Striemen auf der Stirn hinterläßt. Ich will dieses Rauchglas von Howards Schwester Ethel elegant zwischen zwei Fingern bewegen, und keine Armbrust, keine Hellebarde, keinen Morgenstern!
›Entwurf Alois Metalák aus Prag‹, las sie; wie aufmerksam von Ethel. Natürlich hatte Howard der Familie gegenüber zugeben müssen, daß Eva nicht aus Schweden stammte. Besonders seine Mutter schien das zu freuen. Prag bedeutete in Neuengland Monarchie, Eleganz, Tradition. Hier ist Vergangenheit alles, dachte Eva und hielt eine Deckeldose aus farblosem Glas gegen das Licht. Was sollte sie da hineintun? Puderquaste, Pralinen, Ohrringe? – Pralinen.
Sigmund sieht fürchterlich aus, überlegte sie kopfschüttelnd. So habe ich ihn noch nie gesehen. Er kämpft wie ein Berserker um etwas, das ihm nicht liegt. Er soll keine Filme in nebeligen Burgen drehen. Seine Stärke liegt im Salon, wo getuschelt, geplänkelt, intrigiert wird.
Butterschaufel, Fischheber, Kronenlöffel mit Akanthusornament, was es nicht alles gibt! Eine ganze Garnitur Puppensilber lag vor ihr ausgebreitet. Von wem kam das? Von Mrs. Gwendoline Oelrichs mit ihren neun Kindern. Sie denkt schon an unsere Nachkommenschaft, dachte Eva. Wieso auch nicht? Ich bin einunddreißig, Howard

über vierzig, wir sollten bald mit der Kinderproduktion beginnen.
Und warum nicht gleich? Der genußsüchtige Teig in Evas Kopf begann sich in eine bestimmte Richtung zu wälzen. Howard hatte, rücksichtsvoll wie immer, den Hochzeitstermin verschoben, damit er sich nicht mit Evas Filmpremiere überschnitt. Das Ereignis, das ihr ganzes künftiges Leben bestimmte, sollte sich nach einem dummen Film richten? Wieso mutete sie Howard das zu?
Lotusblumenlampe aus verkupfertem Glas, Tiffany. War sie so selbstsüchtig? Hatte sie seine Bedürfnisse nicht auch zu respektieren? Sie beide könnten gleich im Sommer Hochzeit halten, die Feier fände im Freien statt. Danach Howards Segel-Regatta, schließlich Schwangerschaft und Evas Abschied vom Film.
Pfauenfedervase mit Pfauenaugendekor, Nancy 1902. Niemand wäre darüber glücklicher als Sigmund, dachte Eva und lachte. Er glaubt, ich habe die kleine Schwedin in der Abstellkammer nicht bemerkt, jede freie Minute läuft er zu ihr. Das ist in Wahrheit *seine* Markitta, mir braucht er nichts vorzumachen mit ›Eva, Goldstück, du warst großartig, nur laß den Blechhelm auf, der steht dir‹. Soll doch sein Schätzchen die Rolle spielen, dachte Eva, sie brennt dafür, sie will nach oben. Ich bin schon dort. Und hier oben steige ich um. Nach Newport, auf die Segeljacht, ins Herrenhaus. Jetzt. Nicht erst, wenn der Film baden gegangen ist.
Kerzenleuchter, Kandelaber, Girandolen. Wir werden einen eigenen Raum für Kerzenleuchter brauchen, überlegte sie. Keiner schenkte so etwas Praktisches wie einen Aschenbecher. Gleich den Tentakeln eines Octopus stippten ihre Finger die Zigarettenasche in die silberne Suppenterrine mit den getriebenen Silesiasterspiralen. Der Knauf hatte die Form einer Kelchknospe. Deckel zu, die Kippe brauchte Howard nicht zu sehen. Eva wogte aus dem rosa Westflügel ins Freie. Sie suchte Howard draußen bei seinen Bluthunden und gab ihm fröhlich ihren Entschluß bekannt.

Pius holte Undine diesmal mit der Droschke ab. Die Fahrt zum Meer dauerte eine Stunde, sie war schweigsam und nachdenklich.

Alles war über Nacht gekommen. Um drei Uhr morgens hörte sie lautes Hupen vom Platz hoch, in vielen Fenstern ging das Licht an. Sigmund stand sturzbetrunken auf dem Autodach, gab dem Fahrer Fußtritte von oben, damit er weiterhupte, und quäkte zu Undines Stockwerk hoch.

»Ich hab' sie abgehängt, die tschechische Schaluppe! Klein beigegeben hat sie, ist abgezogen ins Pensionistenparadies Newport, hähä!«

Als sie im Nachthemd ans Fenster lief, rief schon der ganze Platz nach Ruhe. Sigmund verbeugte sich vor den aufgebrachten Anwohnern, zeigte mit dem Finger auf Undine und schrie mit sich überschlagender Stimme: »Sie sehen hier die einzige und wahre, die wirkliche und unvergeßliche Prinzessin Markitta! Sie werden nie eine größere Ehre erfahren, als mit ihr in einer Häuserzeile zu wohnen!«

Er bezahlte die Strafe, die Polizei zog ab, die Fenster schlossen sich. Während die Downtown-New-Yorker wieder einzuschlafen versuchten, fuhr Sigmund Champagner auf. Sie feierten bis zum Morgengrauen. In der Dämmerung hängte er sich ans Telefon und zitierte die Kostümbildnerin und den Pressefotografen in Undines Wohnung. Endlich durfte er loslegen. Endlich konnte er es so machen, wie er wollte, keiner redete ihm mehr drein. Undine würde Schwerter schwingen und Helme tragen, eine junge Rachegöttin würde sie sein, verwegen, liebend und herrschsüchtig. O ja, jetzt war das *sein* Film, Schluß mit den tschechischen Sonderwünschen! Er würde Undine biegen und meißeln und vorwärts peitschen, bis es keinen Unterschied mehr gab zwischen Prinzessin Markitta und der Anfängerin Undine Nielsson. Seine ganze Kraft, Erfindungsgabe und Originalität würde er ihr einpflanzen. Sie sollte der Höhepunkt dieses Films werden, der Höhepunkt all seiner Filme überhaupt. Er war so glücklich an diesem Morgen, so sagenhaft aufgedreht, daß er nur eines zu fragen vergaß – wie Undine darüber dachte.

Bunte Strandkörbe die Promenade entlang, Kellner in weißen Livrees brachten Getränke und erkundigten sich nach weiteren Wünschen. Yurgrave mietete einen Strandkorb, ließ Limonade kommen, sie setzten sich. Long Island, Jones Beach, exklusiv und abgeschirmt, nicht so vulgär wie Coney Island. Er ergriff ihre Hand, sie schaute ihn lange an. Das ist der Blick, auf den ich gewartet habe, dachte der Löwe und schnurrte.
In wenigen Sätzen eröffnete sie ihm, daß ihr seine Aufmerksamkeiten gut täten, daß sie ihn anziehend und inspirierend finde. Der Löwe räkelte sich in der Sonne ihrer Beschreibung. Aber über Nacht sei ihr eine wichtige Aufgabe zugefallen, vielleicht die wichtigste Aufgabe ihres Lebens. Und deshalb dürfe sie jetzt an nichts anderes mehr denken. Gefühle, wie er sie von ihr erwartete, seien ihr nicht möglich. Daher gebe es keine andere Lösung, als die Sache zu beenden. Was bliebe, sei die Erinnerung an jene Walzerklänge und die besondere Ausstattung seines Automobils.
Yurgrave stand auf und ging ein paar Schritte. Planlos zog er mit dem Schuh eine Linie in den Sand. Er wollte sich eine Zigarre anzünden, die Streichholzschachtel war leer. Er warf sie fort. Sein Fuß zog eine zweite Linie.
»Das ist doch keine ernste Angelegenheit für Sie gewesen«, sagte Undine. »Es ist ja praktisch nichts passiert.«
Sie bereute, so weit mit ihm hinausgefahren zu sein, die Rückfahrt würde quälend werden. Er schwieg hartnäckig, scharrte mit dem Schuh im Sand, eine Art Fünfeck entstand. Er blickte übers Meer. Wie aus Eisen war sein Gesicht, die Kinnpartie vorgestreckt. Endlich sagte er etwas, es klang wie *Manaahz Tsuii Pentateus*.
Eine plötzliche Windbö wirbelte den Sand hoch und fuhr in das Fünfeck am Boden.

»Manaahz Tsuii Pentateus«, wiederholte er, und Undine begann sich kleiner zu fühlen. Sehr viel kleiner. Die umgebenden Dinge wuchsen und Undine schrumpfte. Bevor sie ein Wort des Erstaunens hervorbrachte, hatte Yurgrave ihren Arm genommen und sie ans Wasser geführt. Ihr war schwindelig, sie mußte sich setzen. Unaufhaltsam wurde sie kleiner, so winzig, daß die Wellen, die an den Strand schwappten, zu gefährlichen Brechern wurden. Ein Einsiedlerkrebs kam neben ihrem rechten Bein aus dem Sand. Noch wenige Augenblicke, und sie würde so klein sein, daß er sie packen und in sein Loch ziehen konnte. Undine schrie, klammerte sich an Yurgrave. Er lächelte bloß. Unweit von ihnen war die Streichholzschachtel zu gigantischer Größe angewachsen. Yurgrave hob Undine hoch und setzte sie in der Schachtel ab, deren oberen Rand sie gerade noch überblickte. Er sprang zu ihr. Schon erfaßte sie eine Welle und riß das Ding aufs Meer hinaus. Undine bemühte sich, ruhig zu liegen, damit das Boot nicht kenterte. Er zog sich aus. Wollte er über Bord springen und schwimmend Hilfe holen? Dazu hätte genügt, Jacke und Schuhe auszuziehen. Aber er machte weiter. Hemd, Hose, Socken, Unterhemd, jetzt glitt die lange Unterhose zu Boden. Er beugte sich über Undine, öffnete die Ösen ihres Kleides, die Bänder des Hemdes, ihre Stiefeletten. Mit den Strümpfen hielt er sich nicht auf und zog an dem Schnürchen, das die knielangen Unterhosen zusammenhielt. Die Flut schwoll an, die Schachtel schlingerte auf den Wellen. Ein Löwe knurrte.

»Möchten Sie Eis für Ihre Limonade? Sir, soll ich Ihnen nachgießen?«

Der aufmerksame Kellner hatte den Herrn und die Dame am Strand sitzen sehen. Ihre Gläser waren fast leer. Man hatte ihm eingeschärft, Gästen mit leeren Gläsern sofort den nächsten Drink anzubieten. Er konnte nicht wissen, daß seine Frage die Streichholzschachtel zum Schrumpfen brachte, während Undine wieder wuchs, so groß wurde, daß sie den ganzen Schwindel durchschaute.

Die Ohrfeige klatschte laut, neugierige Köpfe schossen aus den Strandkörben hervor. Sie beobachteten, wie Undine den Limonadenkrug nahm und Yurgrave ins Gesicht kippte. Dann stapfte sie durch den Sand zur Promenade hoch, winkte der Droschke, und verließ Long Island im Trab. Yurgrave knuffte den Kellner beiseite, der ihm Zitronenstücke von der Weste klaubte, stolperte über den Sandkübel eines Jungen, riß den Liegestuhl einer schlafenden Matrone um und erreichte mehr robbend als laufend den Steg.

Auf der Heimfahrt bemühte er sich vergeblich, das Bild des Meisters zu verscheuchen, der, umringt von klatschenden Seelöwen, lachend seine Harpune schwang. Yurgrave gab dem Kutscher kein Trinkgeld, lief in die Wohnung und legte sich zur Beruhigung in ein duftendes Bad, angereichert mit Bergamotte und Sandelholz. Es senkte den Blutdruck, konnte die Demütigung aber nicht auslöschen. Was für eine Demütigung!

Während das Wasser sich von den Zornesdünsten, die aus seinem Körper strömten, langsam violett färbte, bat Pius Kräfte zu sich an die Wanne, die er noch nie gerufen hatte. Welche Scheußlichkeiten konnte er Undine antun? Er stellte sie sich nackt in einem glühenden Verlies vor. Fleischfressende Pflanzen saugten an ihr, vergiftete Speere bohrten sich unendlich langsam in jede ihrer Körperöffnungen. Bluthunde hetzten sie über eine stürmische Anhöhe. Das Leittier erreichte sie schon fast. Undine rannte, daß ihr das Herz im Leibe zersprang, Steine schnitten ihr die Füße wund. Die Hunde kamen näher, packten und zerfleischten sie. Teile von Armen und Brüsten flogen durch die Luft, der Leithund riß ihr die Gurgel aus dem Hals.

Als das Badewasser abkühlte, stieg er heraus und wunderte sich über die violette Brühe, die im Abfluß verschwand. Er kratzte einige Dämonen von den Fliesen, ging zum Telefon und rief Eva Soerensen in Newport an. Obwohl sie in den letzten Hochzeitsvorbereitungen steckte, spazierte sie ohne Hast in den Wintergarten,

winkte dem Personal, daß sie selbst drangehe, und hob ab.
»Es ist erforderlich, daß Undine Nielsson meine Praxis aufsucht«, sagte Pius auf tschechisch. Bei den modernen Telefonanschlüssen wußte man nie, ob die Dame der Vermittlung mithörte.
Evas Mund zog sich zu einem Grinsen auseinander. Wie wunderbar, Pius hatte Glawatschs Berufsblondine aufs Korn genommen. »Eine neue Leidenschaft in Ihrem Leben, Pius?« fragte sie teilnahmsvoll.
Er überließ alles Weitere der Soerensen.

Astor Place

Undine saß im weißen perlenbesetzten Kleid vor dem Spiegel. Der Maskenbildner stülpte ihr die hellblonde Perücke über. Wie jeden Tag sah sie ihr Gesicht darunter verschwinden. Die Brennschere begann, die Haarmassen in Form zu bringen. Ihre Finger umklammerten das Drehbuch auf dem Schoß. Am Spiegelrahmen steckte ein kleiner grüner Zettel. Er hing schon mehrere Tage dort, nur eine Adresse stand darauf.
Alle Kostüme für Prinzessin Markitta waren neu genäht worden, weiß statt schwarz. Alle Räume des Schlosses wurden neu gestrichen, schwarz statt weiß. Seit drei Wochen drehten sie die neue Version. Undine haßte die Perücke auf ihrem Kopf. Auch im Mittelalter trug niemand solche Haartürme. Sigmund will mich zur mächtigen Frau stilisieren, dachte sie. Ob ein paar Kilo Kunsthaar da ausreichen? Er behandelt mich schlecht, dachte Undine. Ich spiele die Hauptrolle, aber er gibt mir das Gefühl, eine Anfängerin zu sein. Schlimmer, er behandelt mich gütig. Als wollte er den Anwesenden sagen: Bitte Geduld, wir haben es hier mit keinem Profi zu tun. Gleichzeitig forderte er Präzision und Ausdauer wie von keinem sonst im Studio. Seit Tagen hatte sie ohne Pause

durchgearbeitet, die verlorenen Wochen mit der Soerensen mußten aufgeholt werden. Gestern hatte sie mitten in einer Szene geweint. Sigmund hatte sie eiskalt vor allen bloßgestellt.
»Schau mal, wenn Almsjö auf den Kronleuchter springt, nimmst du das Schwert mit beiden Händen. Nicht rumwackeln, du bist eine Königstochter. Und bleib genau auf der Markierung stehen, sonst bist du nicht im Bild.«
»Das Schwert ist mir zu schwer«, hatte sie gesagt. Nicht einmal der muskulöse Requisiteur konnte es ohne Mühe heben.
»Reine Gewöhnungssache«, hatte Glawatsch geantwortet.
Die ruhigen Bewegungen des Maskenbildners taten ihr gut. Seine warme Hand schminkte ihren Hals. Er erzählte immer irgendwelche Geschichten, nicht um etwas mitzuteilen, sondern um ihr ein Gefühl der Geborgenheit zu geben. Sigmund wurde von Tag zu Tag manischer. Er tobte und fluchte in einem Wiener Kauderwelsch, das niemand verstand. Alle hatten Angst vor ihm, die Schauspieler, der Stab, der Produzent. Tagelang ließ er neunhundert Statisten in glühender Sonne warten. Sie trauten sich nicht offen zu rebellieren, aber die Stimmung war grauenhaft. Außerhalb der Dreharbeiten sprachen Sigmund und sie kaum noch miteinander. Früher war er mit jedem Ärgernis zu ihr gerannt. »Er will die neunhundert Blechhelme nicht kaufen, die Krämerseele! Fünfhundert höchstens, sagt er. Fehlen vierhundert, sag' ich. Zu teuer, sagt er. Ich krieg' noch a Magengeschwür, wegen vierhundert Helmen!«
Als er noch bei ihr geschlafen hatte, war sie eines Nachts aufgewacht und hatte ihn weinend im Nebenzimmer gefunden. Er hatte Angst. Angst, daß alles nicht so wurde, wie er es sich vorgestellt hatte. Der Film entglitt ihm. Die Ausstattung war zu pompös, die Kostüme zu kitschig, und Undine entsprach nicht dem Bild, das er von Markitta hatte.
»Hab' ich dir zuviel zugemutet?« hatte er manchmal gefragt und sie damit in noch größere Zweifel gestürzt. Er

verbot ihr, sich Muster der abgedrehten Szenen anzusehen, es könnte sie verwirren. »Die Muster sind nicht schlecht, du siehst süß aus, aber du bist nicht kompromißlos genug. Wo bleibt die Heldin, die Rachegöttin, das muß alles noch viel leidender werden!«
Sie hatte noch härter an ihrer Rolle gearbeitet, aber das machte sie verkrampft. Er hatte seine verbalen Bombardements unvermindert fortgesetzt, bis sie mitten in einer Aufnahme abbrach und davonlief. Sie hatte sich bei ihrem Freund, dem schwedischen Spielwarenhändler versteckt. Nach wenigen Stunden war es Sigmund gelungen, sie aufzuspüren. Er hatte kein Wort der Entschuldigung gefunden, und die Quälerei ging weiter. Die folgende Nacht hatte sie ihn schweißgebadet vor dem Fenster stehen gesehen. ›Eberesche Eberesche‹, hatte er gemurmelt. Danach war er nicht mehr zu ihr gekommen. Sie hatten sich nur bei der Arbeit gesehen. Im Studio war er ihr mit brutaler Glätte begegnet und nach Drehschluß immer sofort verschwunden. Wenn der Firmenwagen Undine nach siebzehnstündigem Arbeitstag zu Hause abgesetzt hatte, fiel sie halb ohnmächtig ins Bett, stand um fünf Uhr morgens wieder auf und tauchte ihr Gesicht in Eiswasser. Unten wartete täglich der Wagen, mit dem ein ausgeschlafener Fahrer sie zurück ins Studio brachte.
Die Tür ging auf, der Assistent steckte den Kopf herein. »Noch zehn Minuten, Miss Nielsson.«
»Wir werden bereit sein«, sagte der Maskenbildner, ohne sich aus der Ruhe bringen zu lassen. Der Luftzug bewegte den grünen Zettel am Spiegelrand. *Astor Place* stand darauf. ›Wenn Sie einmal einen guten Rat brauchen oder echte Hilfe, gehen Sie zu dieser Adresse‹, hatte der Maskenbildner gesagt. Sie drehte den Zettel zwischen den Fingern. Er griff zur Puderquaste und nickte vertrauensvoll. Aus dem Spiegel blickte ihr Prinzessin Markitta entgegen, ein blonder Racheengel mit Stupsnase. Sie stand auf, packte das Schwert und verließ die Garderobe. Der Maskenbildner griff zum Telefon und wählte die Nummer der Soerensen.

Undine erreichte Astor Place nach Drehschluß. Sie blickte zum Himmel hoch. Er hatte das tiefe Blau, das auf die Dämmerung folgte, bevor es ganz dunkel wurde.
Yurgrave wußte, daß sie kam. Im Glas des Fensters sah er sie die Treppe hochsteigen. Jetzt stand sie vor seiner Tür. Er ging in den Flur und öffnete.
Undine mußte an Schnee denken. An den Schnee in Schweden, wenn er frisch gefallen war. An die große Kälte, wenn aus Pulverschnee jener dicke weiße Panzer wurde, der die Erde sechs Monate lang bedeckte. Als Undine Yurgrave lächelnd im Türrahmen stehen sah und bemerkte, wie sehr er ihre Überraschung genoß, fühlte sie sich kalt und rein wie Schnee. Sie sagte nur wenige Sätze, ohne Eile, ohne Zorn. Dann drehte sie sich um und ging zum Treppenabsatz.
Mit jeder möglichen Reaktion hatte der Löwe gerechnet, nicht mit der schwedischen Eisprinzessin. Er war erstaunt, verletzt, und das machte ihn zornig. Seine Zärtlichkeit verwandelte sich in Wollust. Er war der König, und der König konnte haben, was er wollte. Er fletschte die Zähne, aus den Pranken schossen Krallen, die Mähne sträubte sich, und er sprang. Bevor sie den Fuß auf die erste Stufe gesetzt hatte, zerfetzte er ihr Kleid, riß sie in den Wohnungsflur und warf sie zu Boden. Seine Zähne gruben sich in ihren Hals, die Klauen zerwühlten ihre Schenkel, sein Gewicht begrub sie unter sich. Undine hatte eine solche Kraft noch nie erlebt. Sie wehrte sich, obwohl sie erkannte, wie sinnlos es war. Als der Löwe über ihr zusammenbrach und sein Speichel auf ihre Brust troff, wälzte sie den schweren Körper von sich, kroch darunter hervor, schwankte zum Ausgang, zog seinen Regenmantel über, und lief zu Fuß zum Sheridan Square. Dort warf sie den Mantel in eine Mülltonne, stolperte in ihre Wohnung und schloß die Tür hinter sich.
Eine Stunde später rief sie Sigmund an.
Er saß im dunklen Schneideraum und sah tausende Bilder von Undine. In einem Anfall von Verzweiflung riß er

die Filmstreifen, die nebeneinander aufgehängt waren, ab, und warf sie zu Boden. Tausendmal lag Undines Bild unter ihm. Er trampelte ihr mit den Schuhen ins Gesicht und spuckte darauf. Sie war nicht so, wie er sie haben wollte. Seine Idee war in diesen Streifen nicht wiederzufinden. Alles Undines Schuld.
Das Telefon läutete. Er hörte ihre Stimme und starrte gleichzeitig auf die Bilder zu seinen Füßen.
»Nicht wohl?« schnarrte er, als er sie verstanden hatte. »Soll ich die Schauspieler und hundert Statisten heimschicken, weil du dich nicht wohlfühlst? Nimm eine Tablette, geh schlafen, dann fühlst du dich morgen wieder wohl.« Stille. »Oder ist was passiert?«
»Ich brauche nur einen Tag Ruhe, Sigmund. Nicht ausgerechnet diese Szene morgen. Ich bitte dich.«
»So kurzfristig kann ich den Drehplan nicht ändern. Geh schlafen. Morgen bringen wir's hinter uns. Wird alles halb so schlimm.«
Er hatte aufgelegt. Undine ging ins Bad und betrachtete sich nackt vor dem Spiegel. Dort, wo ihr Knie immer wieder gegen die Wand gerammt worden war, klaffte eine wäßrige Wunde. Sein Daumen hatte ihren Kopf zu Boden gedrückt. Am Kiefer war ein violetter Kreis mit gelblichem Rand zu sehen. Blaue Flecken an Schultern und Schenkeln, ein Riß unter dem rechten Auge. Ein scharfes Brennen schnitt sie mittendurch. Alles war geschwollen. Sie behandelte die Wunden die halbe Nacht über mit kalten Kompressen und legte sich in ein Kamillenbad, das die Schwellungen zum Abklingen brachte. Sie bemühte sich, an nichts zu denken. Ein Spaziergang ans Meer. Die Luft am Fjord von Söderhamm, Boote weit draußen, Föhrenwälder, die bis ans Wasser reichten. Undine folgte einem sandigen Weg, den die Wurzeln der Bäume in grotesken Windungen kreuzten. Sand mischte sich mit braunen Föhrennadeln, Ameisen liefen kreuz und quer. Grellweiße Wolken trieben über dem Meer, wo die Seejungfrau auf einem Felsen lag und traurige Lieder sang.

Undine erwachte kurz nach fünf durch das Schrillen der Türglocke. Der Fahrer war da, um sie nach Fort Lee zu bringen.
Sie erklärte dem Maskenbildner, sie wolle sich heute von Hattie schminken lassen, und schloß sich mit ihr in der Garderobe ein.
»Schau dir das an«, sagte sie und zog sich aus. »Kriegen wir das irgendwie weg?«
Hattie war eine kräftige Frau, Mutter von drei Kindern. Nur einen Moment lang erschrak sie beim Anblick der Quetschungen und Wunden.
»Ich denke, wir können es überschminken.«
Die Dekoration stand, die Beleuchtung war eingerichtet. Glawatsch winkte dem Assistenten. Jeder, der nicht unmittelbar mit der Szene zu tun hatte, mußte das Studio verlassen. Außer dem Kameramann blieben nur ein Beleuchter, Prinz Bräcke und die Statisten zurück. Glawatsch ging durch den Korridor zu den Garderoben, klopfte, Hattie öffnete.
»Noch ein paar Minuten«, sagte sie und pflanzte sich unmißverständlich in die Türöffnung. Glawatsch hatte ein flaues Gefühl im Magen. Es tat ihm leid wegen gestern. Es war nicht klug gewesen, sie am Tag vor dieser Szene so anzupöbeln. Er wollte, daß sie umwerfend war, gerade heute. Widerspruchslos nahm er Hatties Abfuhr entgegen.
»Gut. Wir sind soweit«, sagte er. »Wann immer sie fertig ist, fangen wir an.«
Hattie schloß die Tür.
»Kommt gleich«, murmelte er in die Runde im Studio, setzte sich in seinen Stuhl und tat, als studierte er das Drehbuch.
Hattie kam und sondierte das Terrain wie ein Leibwächter. Gleich darauf erschien Undine. Glawatsch sprang auf, begrüßte sie mit einer Höflichkeit, die niemand von ihm kannte, und führte sie in die Dekoration.
»Wir beginnen neben dem Thron, siehst du? Dann tanzst du wie besprochen quer durch den Saal, bis vor die Bauernführer. Das sind die Herren dort mit den Helmen.«

Er legte den Arm um Undines Schulter und erhob die Stimme: »Und hier ist Prinzessin Markitta!« rief er und hoffte, die Atmosphäre damit zu entkrampfen. Die Statisten klatschten. Undine nahm keine Notiz davon.
»Kann ich hier eine Markierung kriegen?« sagte sie und zeigte auf den Boden.
»Markierung für Miß Nielsson!« sagte Glawatsch und vergaß, daß er alle hinausgeschickt hatte. Der Assistent nahm sich der Sache an. Er malte ein gelbes Kreidekreuz auf die Stelle.
»Hier bleibst du stehen. Dann läufst du ans Turmfenster, wo Bräcke dich in Empfang nimmt und dann … ach, am besten wir probieren's einmal.«
Der Ausdruck in ihrem Gesicht war so unmißverständlich, daß Glawatsch den Plan fallenließ.
»Keine Probe!« rief er. »Wir drehen sofort.« Er mußte plötzlich an frisch gefallenen Schnee denken.
Der Assistent gab das Zeichen für die Musik. Der Pianist kam herein und setzte sich im Halbdunkel ans Klavier.
»Sind wir soweit?« Glawatsch drehte sich um die eigene Achse und hob die Arme wie ein Dirigent vor Symphoniebeginn. Der Kameramann kontrollierte ein letztes Mal den Bildausschnitt. Die Statisten strichen über ihre Bärte und setzten die Helme zurecht. Hattie strich mit gepudertem Pinsel über Undines Wangen. Der Pianist wischte sich die Finger an der Hose trocken. Glawatsch sah zu Undine. Sie nickte Hattie zu, die nahm ihr den Schminkmantel ab.
Die Figur einer doppelköpfigen Schlange. Sie wand sich von Undines Knöcheln hoch zu den Hüften, umschlang diese, glitt über den Rücken, dort teilte sie sich. Sie züngelte nach vorn, und ihre geöffneten Mäuler umschlossen je eine Brust Undines. Die durchsichtigen Träger, die das Kostüm zusammenhielten, waren kaum zu sehen.
Bräckes Kinnlade klappte nach unten, er schnaubte wie ein Pferd. Langsam sackte seine Zunge aus dem Mund. Die Statisten schoben die schiefen Helme aus der Stirn und bekamen Glanz in den Augen. Glawatsch kicherte.

»Wunderbar, wunderbar«, flüsterte er und lief hinter die Kamera. »Der Schleier.«
Ein durchsichtiges Tuch wurde vor der Linse drapiert.
»Bereit«, sagte der Kameramann.
Der Assistent sah sich um. »Bereit.«
»Kamera«, zischte Glawatsch.
»Läuft.«
»Klappe.«
»Markittas Tanz, die Erste.«
»Musik. – Und bitte los, Undine.«
Sie hob langsam den Arm. Die Schlange an ihrem Körper erwachte zum Leben. Der Pianist spielte Sibelius – *Der Schwan von Tuonela*.

1991

Grün

Prinz Bräcke, der fette Bösewicht, zerrt Markitta die Treppen des Schlosses hoch. Beim Anblick der Bewußtlosen leckt er sich die Lippen. Er wirft sie auf den Bettvorleger. Markitta erwacht und erschrickt, denn Bräcke ist wirklich ein Widerling mit bedrohlich gezwirbelten Augenbrauen und ekelhaft fleischigen Lippen. Nichts scheint die Schändung noch verhindern zu können. Abgeschirmt von den meterdicken Mauern seiner Burg wird Bräcke mit der Prinzessin machen, was er will. Seine rollenden Augen verheißen nichts Gutes.
Immer wenn der Bösewicht zu lange die Augen rollt, kommt der Held ihm zuvor. Ohne Vorwarnung kracht Almsjö mit gezücktem Schwert und entwaffnendem Lächeln durchs Turmfenster. Bräcke greift sich wutschnaubend einen Morgenstern und drischt auf Almsjö ein. Markitta liegt zu Füßen der Streitenden. Schwertspitzen und Stiefelabsätze kommen ihrem Körper gefährlich nahe. Bräcke rast auf Almsjö los wie ein Rammbock. Der ficht fintenreich, und während er den Fettwanst in Bedrängnis bringt, lächelt er der Prinzessin aufmunternd zu. Das Fechtglück wechselt. Mal landet Almsjö auf den Fliesen und entgeht in allerletzter Sekunde dem tödlichen Hieb des Morgensterns. Dann wieder hetzt der Eindringling den Hausherrn über die Balustrade. Auf die Dauer ist Bräcke dem eleganten Almsjö nicht gewachsen. Er verheddert sich im Teppichsaum, taumelt, stürzt. Almsjö ist mit blitzender Klinge über ihm. Aber im Moment, da er den Fettwanst sauber aufspießen könnte, dreht Almsjö den Knauf seines Schwertes um und haut es Bräcke auf

den Schädel. Sein faßdicker Arm plumpst auf Markittas Busen, sie schiebt ihn angewidert weg. Almsjö zieht die Geschwächte hoch, sie fällt ihm dankbar um den Hals. Mein Blick wandert zu Undine. Zehn mal sechs Meter groß ist ihr Kopf dort oben im Bild, doch das scheint sie nicht zu verwundern. Von den Stummfilmhelden, die vor siebzig Jahren um Markitta kämpften, ist heute wahrscheinlich nicht mehr übrig als ein paar Knochen und Zähne. Aber Undine Nielsson sitzt in unwandelbarer Frische neben mir. Der Film amüsiert sie. Säät, der die ganze Zeit vor uns saß, dreht sich um.
»Meine Lieblingsstelle!« krächzt er und zwinkert.
Almsjö zerrt einen großen schwarzen Sack ins Bild. Er löst Öse für Öse die Schnur, macht es richtig spannend. Langsam öffnet sich der Sack und heraus steigt eine zweite Markitta. Markitta mal zwei, Markitta noch einmal. Das Ebenbild räkelt sich und betrachtet die fassungslose echte Prinzessin.
»Den här klänningen klär er mycket bra!« ruft Undine zum Film hoch. Weiß der Teufel, was das heißt, aber genau diese Worte leuchten jetzt in strahlender Schrift von der Leinwand: *›Den här klänningen klär er mycket bra.‹*
»Du kannst Schwedisch?«
»Nein, kann ich gar nicht«, sagt sie und wird grün.
Ich meine nicht die fahle Hautfarbe, die man bekommt, wenn man schlechte Muscheln ißt oder im fahrenden Auto zu lesen versucht. Die Frau neben mir samt ihren Kleidern beginnt grün zu leuchten. Sie erhellt den Saal wie eine Wunderkerze.
»Ist dir nicht gut?« frage ich.
»Den här klänningen klär er mycket bra«, lautet die Antwort. Aus grünen Augen lächelt sie mich an. Ich will Säät rufen, er soll den Film unterbrechen. Bevor ich ein Wort herausbringe, ist Undine über mir und beginnt zu schwimmen. Vor einer Sekunde saß sie noch auf dem roten Klappsessel. Plötzlich macht sie mit der Rechten eine Schwimmbewegung und schwebt einen halben Meter über mir in der Luft. Ihre Füße schlagen wie Flossen,

sie steigt immer höher. Unbeteiligt blickt sie nach unten, als wäre es selbstverständlich, über den Sitzreihen des Parketts eine kreisförmige Bahn zu ziehen. Das Kino steht unter Wasser! schießt es mir durch den Kopf. Bis zum Kronleuchter nichts als Wasser. Ich werde ertrinken. Vielleicht ein Vakuum, beruhige ich mich und mache einen Luftsprung. Jeder kann in diesem Kino fliegen, jeder ist schwerelos. Wie ein nasser Sack plumpse ich zurück, knalle gegen die Lehne, rutsche zu Boden. Säät lacht schadenfroh und beobachtet die luftige Schwimmerin wie ein Forscher, der das Verhalten von Goldfischen studiert. Sie gibt die Kreisbahn auf und paddelt zu ihren Doppelgängerinnen hin. Neugierig tänzelt sie vor den großen Gesichtern, die der Projektor auf die Leinwand wirft. Schatten und Lichter, dreimal Undine, und alles in vollkommener Stille. Die Markitta im Film läuft zu Almsjö auf die linke Leinwandseite. Wie eine alte Freundin begleitet Undine sie schwimmend. Almsjö stellt die beiden Prinzessinnen einander vor. Undine, die leuchtend Grüne, wird zur Dritten im Bunde.

Was ist, wenn sie nicht wieder herunterkommt? Ich steige über die Sitzreihen, klemme mir schmerzhaft den Schritt ein und stehe schließlich hinter Säät.

»Was tun wir?«

»Wasserspiele«, kichert er.

»Wasserspiele?!«

»Den här klänningen klär er mycket bra.« Er zeigt auf die Leinwand.

Ratlos drücke ich die staubige Sitzfläche nieder und lasse mich fallen. Bräcke hat mittlerweile rausgekriegt, daß Almsjö ihm ein Double untergejubelt hat, und sinnt auf Rache. Er bestellt die Bauernführer in sein Schloß und läßt die falsche Markitta tanzen. Ihr Kostüm, eine Schlange soll das wohl darstellen, windet sich um ihre schmalen Hüften. Die Schlangenköpfe scheinen in ihre Brüste zu beißen. Mit aufreizenden Verrenkungen bewegt sie sich auf die Bauern zu, deren bärtige Mäuler weit offenstehen. Ihre Helme sind in den Nacken gerutscht. Aber die Kerle geben nicht zu, daß der Auftritt sie scharf macht. Mit drohenden Fäusten entrüsten sie sich über die Lasterhaftigkeit der Prinzessin. Undine über uns rollt auf den Rücken und folgt dem Geschehen paddelnd mit nach unten hängendem Kopf. Jetzt wälzen sich Horden von Statisten fackelschwingend auf das königliche Schloß zu. Der Mob ist kurz davor, den Palast zu stürmen, da tritt die echte Markitta auf den Balkon. Haßtiraden branden zu ihr hoch. Bräcke brüllt eine stumme schwedisch untertitelte Gemeinheit. Die Massen sind zum Äußersten bereit. Das mächtige Tor droht nachzugeben, da erscheint Almsjö mit seinem schwarzen Sack. Er reißt ihn auf und gibt den Blick frei auf die Doppelgängerin. Die Bauern stutzen, ein stummes ›Ohhh!‹ flimmert über die Leinwand. Almsjö stemmt Markittas Double über den Kopf und wirft es dem Pöbel zum Fraß vor. Sie verschwindet im Gewirr der haßerfüllten Bauern, die das arme Kind zerfetzen und zertrampeln.

Es folgt der finale Zweikampf zwischen Bräcke und Almsjö. Aber weder Säät noch ich gehören zu den Zusehern. Denn als die Doppelgängerin vom Balkon geworfen wird, stürzt auch Undine. Das Grün erlischt, aus fünf Metern Höhe fällt sie knapp vor der ersten Reihe zu Boden. Sie hat das Bewußtsein verloren. Säät flüstert ihr etwas ins Ohr. Da schlägt sie die Augen auf, sieht mich an und lächelt. Sie hat keine Ahnung mehr, wer ich bin. Über ihr toben die Prinzen durchs Bild, es interessiert sie nicht mehr. Ich helfe ihr hoch, ein Schmerz verzerrt ihr Gesicht. Mit dem rechten Fuß kann sie nicht auftreten. Auch das Atemholen tut weh, sie faßt sich an die Seite. Eine Hand streckt sie zitternd von sich.

»Wo ist das nächste Krankenhaus?« rufe ich.

Säät hat das Licht im Saal angedreht. *»Mount Sinai«*, antwortet er.

»Auf der 100. Straße?«

Der Alte nickt und öffnet die Schwingtür. Vorsichtig führe ich Undine über die verfallene Treppe.

»Den här klänningen klär er mycket bra!« ruft er uns nach. Undine dreht sich um.
»Mycket bra«, murmelt sie.
Das Taxi setzt uns vor dem Ambulatorium ab. Wir brauchen nicht lange zu warten.
Dr. Menoza ist Mexikaner. Sein dichtes schwarzes Haar beginnt knapp über den Augenbrauen. Ich muß an einen Schimpansen denken. Er biegt an Undines Knöchel herum. Sie rührt sich nicht, aber ihre Augen werden naß.
»Verstaucht, nicht gebrochen, Sehne leicht gedehnt«, sagt Menoza ohne den Akzent, den ich bei seinem Äußeren erwartet hätte. Er befühlt Undines Hand, dann ihre Seite.
»Zwei Rippen geprellt. Die Hand muß ich röntgen. Am besten, sie bleibt gleich hier.«
»Wie lange?«
»Zwei drei Tage.« Er verschränkt die muskulösen Arme.
»Was ist passiert?«
»Von der Leiter gefallen, beim … wir renovieren gerade meine Wohnung.«
»Muß eine hohe Leiter sein.« Der Doktor legt den Kopf schief. Ich beuge mich über das Anmeldeformular, das die Schwester mir hinschiebt.
»Sie ist meine Verlobte«, sage ich und schreibe meine eigene Versicherungsnummer auf. »Kann sie ein Einzelzimmer kriegen? Ich übernehme die Kosten.«
»Wenn eins frei ist.«
Die Schwester geht ihre Liste durch, während Menoza Undines Knöchel mit einem Spray vereist. Sie bekommt ein Zimmer im achten Stock. Ich helfe ihr, das Krankenhausnachthemd anzuziehen, und sitze an ihrem Bett, bis sie eingeschlafen ist. Während ich das kleine Gesicht betrachte und die salzige Spur, die eine Träne auf ihre Wange zeichnet, während das Nachmittagslicht langsam einem Graublau weicht und die Schatten im Zimmer zu regieren beginnen, werde ich stinksauer. Eine solche Wut packt mich, daß ich den Pudding auf Undines Nachttisch mit drei Bissen hinunterschlinge. Ich habe endgültig die

Nase voll von Ereignissen, die ich nicht verstehe. Antworten will ich. Und ich weiß, von wem ich sie bekomme. Ich küsse die Schlafende, pfeife mir vor dem Ambulatorium ein Taxi heran und gebe dem Fahrer die Adresse in Tribeca.

Hooper

Die Tür steht offen. Das ist sonderbar. Sabina muß jemanden erwarten. Gryhsl? Ich klopfe, ich klingle, ich rufe. Keine Reaktion. Ein schwacher Stoß, die Tür schwingt auf. Ich sehe den Flur, einen Teil des Wohnzimmers, die Feuermauer gegenüber. Wie vor Wochen reflektiert sie das Licht der untergehenden Sonne. Kein Mensch da. Wahrscheinlich ist sie einkaufen gegangen, denke ich, und hat den Jungen mitgenommen. Ich werde warten. Ein kleiner Teufel reitet mich, in Hoopers Kinderzimmer zu sehen. Ich schleiche zu seiner Tür.
»Sabina?« rufe ich zur Sicherheit nochmals. Alles bleibt still. Soll ich klopfen? Unsinn. Es ist völlig unmöglich, daß sie ihn allein in der Wohnung zurückläßt. Ich öffne die Tür einen Spaltbreit.
»Skirr!«
Hooper sitzt im Gitterbett und patscht in die Hände. Die Rollos sind heruntergelassen, nur zwei Kerzen brennen. Sein Bett ruht auf einem schwarzen Kasten, der mit dem Gitterbett darauf einem Altar seltsam ähnlich sieht. Unangenehm riecht es hier drinnen. Räucherstäbchen verströmen penetrante Geruchsschwaden.
»Skirr skirr!«
Hooper versucht aufzustehen. Keine Chance, er plumpst auf den Po zurück. Langsam gehe ich auf ihn zu, vergewissere mich, daß Sabina nicht doch in einer dunklen Ecke des Zimmers eingeschlafen ist, und beuge mich zu ihm. Er knurrt, scheint aber keine Angst zu haben. Seine geschlitzten Augen lachen. Ein Rest Karottenbrei hängt

im Mundwinkel. Jetzt streckt er die Ärmchen nach mir aus, ich nehme ihn einfach hoch. So weich seine Haut, riecht nach Vanille. Die schwarzen Locken kitzeln mich. Überraschend schnell geht der Atem. Er trägt nichts als Windelhosen. Wir haben Sommer, aber im Zimmer ist es kühl. Ich betrachte seine Zehen. Zwei sind jeweils zusammengewachsen, der fünfte steht ein wenig ab. Während ich mit seinen Füßen spiele, bemüht er sich, mich anzuschauen. Das klappt nicht so recht. Wenn er mich ein paar Sekunden im Blick hatte, fängt er an zu schielen und sein Kopf sackt zur Seite.
»Skirr skirr skirr«, erzählt er eine Geschichte. Ich antworte, aber er babbelt weiter, als würde er mich gar nicht hören. Das Bild an der gegenüberliegenden Wand fängt meine Aufmerksamkeit. Wenn mich nicht alles täuscht, sind das *Die apokalyptischen Reiter von Dürer*. Wieso hängt es im Kinderzimmer? Und warum ist es so zappenduster hier? Draußen glüht die prächtigste Abendsonne, und der Kleine hockt in dieser Gruft mit Räucherstäbchen und apokalyptischen Reitern. Ich werde ihn ins Wohnzimmer bringen. Dagegen kann Sabina nichts haben. Als ich den Raum verlassen will, höre ich Schritte. Klackend kommen sie den Hausflur entlang. Was jetzt? Ich habe nichts Unrechtes getan, wenn man davon absieht, daß niemand mich hierher eingeladen hat. Mein Herz galoppiert. Der Mund ist schlagartig trocken. Immer wenn ich in Panik gerate, entscheide ich falsch. Auch diesmal. Ich hechte zum Gitterbett, lege Hooper ab und verstecke mich hinter einem Tuch, das von der Decke hängt. Ich Vollidiot! Was hätte mir passieren können? ›Hallo Sabina‹, hätte ich gesagt, ›deine Tür stand offen. Hooper war allein, da wollte ich ihm Gesellschaft leisten.‹ Das einfachste von der Welt. *Sie* hätte sich schuldig fühlen müssen, nicht ich. Aber das einfachste von der Welt fällt mir nicht ein. Ich stehe hinter diesem Seidentuch, das einen Kleiderschrank verdeckt. Findet sie mich jetzt, bin ich wirklich in einer blöden Lage. ›Was machst du in meinem Kleiderschrank‹? – ›Ich wollte deine Pullover nach Farben sortieren.‹

Wenn nur der Kleine nicht schreit oder sonstwie auf mich aufmerksam macht. Ich atme ganz flach und schließe die Augen.
Das ist nicht Sabina. Das sind Männerschritte. Laute harte Männerschuhe, die auf dem Linoleum im Flur abgehackt klacken. Metallecken. Wallstreet-Yuppie, denke ich. Wer trägt solche Schuhe? Ein Einbrecher würde nie so einen Lärm machen.
»Skirrr.«
Hooper rollt fröhlich auf dem Rücken herum. Die Schritte klacken ins Wohnzimmer. Stille. Das Rascheln von Zellophan, dann Staniolpapier. Ein Streichholz wird entflammt. Der Metallsohlenträger raucht.
»Skirr!«
Jeder Mensch würde jetzt nach dem Kleinen sehen. Nicht der Raucher da draußen. Schwerer Tabakgeruch verbreitet sich in der Wohnung. Räucherstäbchen genügen wohl nicht, denke ich. Die Schuhe klacken mal hin, dann wieder her, zum Fenster, wieder zurück. Bloß dem Kinderzimmer schenkt er keine Beachtung. Ich höre das Einsinken des Sofas. Er hat sich gesetzt. Wie lange werde ich hier stehen müssen? Zwischen dem Tuch und den Pullovern in meinem Rücken ist es eng. Und warum ist Sabina nicht da?
»Skirrrrffff!« Energisch und laut ruft er diesmal. Das Sofa entläßt den Sitzenden grunzend, die Metallplättchen kommen auf uns zu. Jetzt wird sich's zeigen. Ein Einbrecher? Ein Yuppie als Babysitter? Ein Obdachloser mit gestohlenen Schuhen?
Es ist Professor Oswald Cron. Gott sei Dank. Ich hätte eigentlich darauf kommen müssen. Klackende Schuhe, guter Bekannter von Sabina, natürlich, er paßt auf Hooper auf. Was für ein netter Zug von ihm, denke ich erleichtert. Er hat doch sicher viel zu tun, aber trotzdem setzt er sich in die Wohnung seiner Studentin und macht den Babysitter. Das gefällt mir. Von Anfang an war der Mann mir sympathisch. Warum erwarte ich immer das Schlimmste? Warum denke ich an Einbrecher, Kindesmißhandlung, wenn die Lösung so einfach ist? Ich bin im

Begriff, hinter meinem Tuch hervorzutreten und das Mißverständnis aufzuklären. Ein Mann wie Professor Cron hat gewiß Verständnis für mein pubertäres Verhalten. Ich ziehe das Tuch beiseite. Er beugt sich über das Gitterbett.

»Mha-khoor-nhet-karachtne«, sagt der Professor. »Schweige, Kind Horus, schweige. Mho-koor karachtethir.«

Was war das? Karachte-was?

Hooper antwortet mit einem glasklaren »Skirr«.

Rasch lasse ich das Tuch zurückgleiten. Ich will mit der Demaskierung noch etwas warten. Wieso spricht er mesopotamisch mit dem Kind, oder was immer das für eine Sprache ist. Der Professor bläst eine Rauchwolke ins Zimmer und geht. Mir gefällt das nicht. Wieso liest er ihm nichts vor, über Zwerge und lustige Wasserflöhe, spielt mit Bauklötzen oder legt ein Disneyvideo ein? Aus dem Wohnzimmer höre ich das Sofa seufzen. Rascheln von Hochglanzpapier, er liest. Wieder bin ich kurz davor, aus meinem Versteck zu treten, als ein Schlüssel in die Wohnungstür geschoben wird. Das sind Sabinas lange Schritte. Jetzt wird sich alles klären. Das Sofa knatscht, Cron ist aufgestanden. Stille. Kein Wort wird gesprochen. Jetzt rascheln Kleider. Raschelraschelraschel. Der Zigarillo wird in etwas Feuchtem ausgetötet. Zisch. Und wieder raschelraschel.

»Mochooohhhnnnjaaa.«

Das war Sabina.

»Mochochochochooohhnnjaaa!«

Sie stöhnt. Sabina stöhnt und das Rascheln wird lauter. Irgend etwas fällt – Pulli, Rock? Einer der Klackschuhe folgt. Unkoordiniertes Hopsen, offenbar kommt Cron aus dem zweiten Schuh nicht heraus, zerrt stolpernd am Schnürsenkel.

»Perdita«, keucht er.

»Pongo. Pongo!« antwortet Sabina.

»Perdita – Perdita!«

»Pongo.«

Hooper hat die Geräusche lokalisiert und will mitreden.
»Skirr, skiiiirfff, skiiirrffff!«
Sabina steht im Zimmer. Sie trägt ein weißes Herrenhemd, und nach all dem Geraschel muß ich annehmen, sonst nichts. Sie kommt ans Gitterbett, will Hooper gerade hochnehmen, da erscheint der Professor hinter ihr. Mein Seidenschalversteck liegt gottlob im Dunkeln des ohnehin dunklen Zimmers. Cron hat auch nur mehr sein Hemd an, schwarze Socken, und unter dem Slip spannt ein prächtiger Ständer. Er nähert sich dem Gitterbett und kniet an der Stirnseite nieder. Kniet ehrfurchtsvoll nieder, senkt das Haupt – und betet zu Hooper!
»Suntram«, sagt er nach einer Weile.
Sabina versteht das als Aufforderung und nimmt ein verziertes Mützchen von der Wand. Erinnert mich an montenegrinische Folklore mit einem Tick Lamahirte. Sie setzt dem knienden Professor die Mütze auf. Ich beiße in meinen Handrücken, um nicht loszulachen. Er beginnt rhythmisch zu wippen und fiepende Geräusche zu machen. Sabina zögert, ihr ist wohl mehr nach Raschelraschel. Aber sie hebt die Hände wie Opferschalen empor und stimmt in das fiepende Singen ein.
»Skoon-mehrt-hekelmetsch«, singen die beiden in anschwellenden Variationen.
Ich mache mich nicht lustig über Rituale, die irgendwo, weit weg einen tiefen Sinn erfüllen, Wunden heilen, Tote beschwören, Regen herbeizaubern. Ich bin kein Zyniker, sehe gerne Berichte über Wunderheilungen und zukunftsweisende Meteore. Ich habe mir mal die Tarotkarten legen lassen, und meine Mutter möchte, daß ich endlich die astrologische Persönlichkeitsanalyse lese, die sie für mich erstellen ließ. Ich mag gregorianische Choräle, verehre Messen von Mozart und Bruckner, und bin fasziniert, wie der Papst jedes Jahr Millionen Menschen im Geiste vereint, wenn er ein simples Sprüchlein aufsagt. Ich glaube an Kräfte, die wenigen gegeben sind, und bin sicher, daß es mehr zwischen Himmel und Erde gibt als Zahnpasta, Hautkrebs und Talkshows.

Aber was hier vor meinen Augen geschieht, ist Nonsens. Ein halbnackter Intellektueller mit erigiertem Glied wippt auf den Knien, trägt ein Mützchen, das aus einer Aufführung der *Lustigen Witwe* stammen könnte und betet wirres Zeug. Die Mutter eines behinderten Dreijährigen hopst mit erhobenen Armen, als wollte sie Basketball spielen. Das Kind rollt im Gitterbett und stößt immer denselben Laut hervor.
Die beiden beenden die Anbetung. Der Professor erhebt sich und läßt die Unterhose zu Boden gleiten, bis sie um seine Knöchel schlackert. Er tappelt zu Sabina und schiebt ihr das Hemd hoch. Sie beugt sich über Hoopers Bett, der Professor entblößt sein Glied und nimmt Sabina von hinten. Ich schaue nicht genau hin, aber ich schaue auch nicht weg. Es passiert drei Meter von mir entfernt, und die Sache an sich ist nichts Außergewöhnliches. Das Gitterbett quietscht rhythmisch, der Professor auch. Schweiß rinnt unter seinem Käppi hervor. Er gibt sich alle Mühe, und irgendwann ist es ausgestanden. Er knickt in den Knien ein und bricht über Sabinas Rücken zusammen. Das Gitterbett kracht beängstigend, gemeinsam gleiten sie zu Boden. Sabina löst sich von ihm und streichelt den schwer Atmenden. Die Mütze ist zur Seite gerutscht.
Ich muß hier raus. Sabinas Bett steht auch in diesem Zimmer. Wenn die beiden auf die Idee kommen, sich dort zu erholen, stehe ich die ganze Nacht hier. Millimeterweise drehe ich mich um und beginne die Wäsche zu inspizieren. Pullover, Hosen, Blusen, weiße Herrenhemden und Bodys. Mit dem Bewegungsrepertoire einer Python stülpe ich mir einen Body über den Kopf, und zwar so, daß die Stelle mit den Druckknöpfen über meiner Nase sitzt. Ich greife einen schwarzen Schal und hänge ihn über meine Schultern. So muß Spiderman sich vor seinem ersten Auftritt gefühlt haben. Ich hole tief Luft, reiße die Seidenabdeckung zurück, stoße einen Urschrei aus und stürme ins Zimmer. An den beiden vorbeisausend rutsche ich auf der Mütze aus, schlage mit dem Ellbogen ans Git-

terbett. Aber ich falle nicht; erreiche das angrenzende Zimmer, den Flur, stürze aus der Wohnung, rase zum Hauseingang und biege um die Ecke. Von der Feuermauer sind es nur fünf Schritte zum Holunderstrauch. Ich hechte dahinter und bleibe dort hocken.

Cron setzt sich offenbar auf die Fährte des Einbrechers. Es dauert kostbare Sekunden, bis er in seine Klapperschuhe geschlüpft ist, aber schließlich verläßt er türenschlagend die Wohnung. Sabina setzt sich aufs Fensterbrett. Ich muß an den Nachmittag denken, als wir uns kennenlernten. Ich denke an den Vortrag des Professors, seine flammende Rede über die Delphine, an seine Aufforderung, ein Kreuzritter zu werden. Und jetzt?

Sabina ist verschwunden, die Lichter gehen aus. Ich robbe unter den Zweigen des Holunderstrauches hervor, lege Body und Schal auf das Fenstersims und trabe in die schwüle New Yorker Nacht. Den ganzen Weg zum Mount Sinai Hospital gehe ich zu Fuß, durchquere Manhattan von Süden nach Norden. Kurz vor Mitternacht erreiche ich den leuchtenden Gebäudekomplex. Ich darf Undine nicht mehr besuchen, aber die Nachtschwester sagt, sie schläft. Zu Hause setze ich mich auf die Terrasse und schaue über den trügerisch ruhigen Park. Von hier oben ist Manhattan das reinste Idyll. Um vier Uhr morgens erwache ich frierend und gehe zu Bett.

1953

Ratten

Henriettas Apartment lag an der Südküste von Brooklyn, nahe Brighton Beach. Vom Badezimmer aus konnte man das Meer sehen, allerdings nur von dort. Yurgrave bekam das Schlafzimmer zugewiesen, Henrietta richtete sich im Wohnzimmer ein. In den ersten Nächten schlief er kaum. Ohne Medikamente war er nachts aufgedreht und tagsüber trübsinnig. Er vermißte seine Pillen, den Aufenthaltsraum, Geroleitis und Butts, aber vor allem Schwester Stilewsky und ihre Schenkel. Stundenlang kniete er einfach da, schaute zum Fenster hinaus und erwartete pünktlich zu den gewohnten Zeiten sein Essen. Er hatte Zitteranfälle, halluzinierte, und weinte häufig. Das Zungenspiel war seine einzige Freude. Henrietta brauchte eine Weile, bis sie durchschaute, daß Yurgrave für die stechenden Schmerzen in ihren Beinen verantwortlich war. Zuerst bat sie ihn, damit aufzuhören, später gab sie ihm jedesmal eins auf die Finger. Als auch das nichts half, lernte sie, sich mit geistiger Abwehr zu schützen. Wann immer er die Zunge ausfuhr, konzentrierte Henrietta sich auf weiche runde Dinge – Luftballons, Pizzabrot, große Busen. Und tatsächlich, die Schmerzen ließen nach. Yurgrave hatte Mühe, durch Pizzabrot und große Busen zu stechen. Wenn er es ohne Pillen nicht aushielt, gab sie ihm rote und gelbe Smarties zum Einnehmen mit Wasser, und manchmal Aspirin. Jeden Abend, wenn Henrietta sich auf der viel zu kurzen Couch zusammenrollte, fragte sie sich, ob der Aufwand die Mühe rechtfertigte. Der Alte war anstrengend, griesgrämig, schlecht erzogen, und wenn sie ihn nicht einmal die Woche badete, fing er an, übel zu riechen. Alles für die Delphine, dachte Henrietta in solchen Momenten und löschte seufzend das Licht. So ging das einige Wochen.

Zwischendurch, wenn ihr die Launen Yurgraves aufs Gemüt schlugen, wurde Smiley als Krankenschwester zu Hilfe geholt. Sie flüchtete zu den Delphinen. Smiley saß grinsend bei Yurgrave und fütterte ihn mit Donuts und Cola. Der Alte war hilflos und hatte keine Ahnung, wo er war. Er aß und trank, was ihm vorgesetzt wurde. Manchmal juckte es Smiley, die Hilflosigkeit des Größten westlich Grönlands auszunützen. Er zog ihm Henriettas grünen Bademantel an, pflanzte ihre Pantoffeln auf seine Zehen und brachte ihn dazu, mit Bocksprüngen durchs Zimmer zu jagen.

Einmal stellte Smiley dem Alten eine Schüssel voller Kirschen hin und gab ihm literweise Wasser zu trinken. Minuten später wälzte Pius sich auf dem Boden, schrie, spuckte und würgte. Smiley wußte nichts Besseres, als ihm auf den Rücken zu klopfen. Da brach das Gemisch aus Kirschen und Wasser wieder hervor. Pius fiel auf die Knie und übergab sich auf den Teppich. Smiley, dem es nun doch leid tat, legte ihn aufs Sofa und kochte Kamillentee. Als Pius nicht aufhörte zu wimmern, zog Smiley die Medaille hervor, die er um den Hals trug. Er bewegte sie kreisend vor Yurgraves Augen, schwenkte das Amulett hierhin und dahin, der Alte grabschte danach. Sie spielten, bis Pius müde wurde. Smiley saß vor dem Schlafenden, Bilder von früher bedrängten ihn. Eine lange gewundene Treppe, festlich erleuchtet. Die Frau neben ihm stieg Stufe für Stufe empor. Das Gesicht eines dunklen Mannes in der Menge. Die Frau drehte sich um. Sie taumelte. Ein Schuh polterte langsam die Treppe hinunter.

Nichts als ein alter trauriger Mann, dachte Smiley, als die Bilder sich aufgelöst hatten. Er nahm die Wolldecke und hüllte Pius ein. Dann ging er daran, die Schweinerei auf dem Teppich sauberzumachen.

»Raus«, sagte Yurgrave eines Morgens Anfang Juni. Henrietta kam gerade aus der Dusche. Sie trug einen

hellgrünen Bademantel und trocknete ihr Haar. Sie blieb stehen, und sah ihn an. Etwas hatte sich verändert.
»Wie meinen Sie, Mr. Yurgrave?«
»Ich denke, es ist Zeit, wieder mal auszugehen.«
Seine Augen waren klar, nicht verquollen und verweint wie häufig morgens. Er hatte darauf geachtet, daß seine Schlafanzughose nicht offenstand, und wollte eine Antwort.
»Natürlich, wenn Sie das möchten.«
Henrietta war elektrisiert. Er sprach in ganzen Sätzen, verlangte den Kontakt zur Außenwelt.
»Aber vielleicht frühstücken wir zuerst, was meinen Sie?« fragte sie.
»Gut. Haben Sie gotischen Tee?«
»Ich fürchte, nein. Wie wär's mit Hagebutten? Und was wollen Sie essen?«
»Zwei Eier im Glas und Toast. Und um Gottes willen kein Käseomelett. Nie wieder eins von Ihren Käseomeletts, versprechen Sie mir das.«
Henrietta lachte, lief in die Küche, setzte Wasser auf und überhörte seine Nörgeleien.
»Sie sind eine fürchterliche Köchin!« rief er ihr nach. »Diese Omeletts waren das Schlimmste, was ich je vorgesetzt bekam.«
Er ging ins Schlafzimmer und holte seinen einzigen Anzug aus dem Schrank. »Den muß man aufbügeln.« Er stand damit in der Tür. »Lassen Sie jemand von der Reinigung kommen.«
»Reinigung? Ach wo, das mache ich selbst. Ist in fünf Minuten erledigt.«
Sie stellte Orangensaft und Konfitüre auf den Tisch. Heute hatte er jeden Wunsch frei. Wiedergeburtstag.
»Hoffentlich machen Sie das besser als die Omeletts«, brummte er und verschwand im Badezimmer. Er schaute in den Spiegel und ärgerte sich.
»Warum haben Sie mir nicht gesagt, daß ich mich rasieren soll?«

»Ich war schon froh, wenn Sie nicht ins Bett gepinkelt haben!«
»Wenn ich ins Bett pinkle, pinkle ich ins Bett, aber dann wenigstens sauber rasiert.«
»Jetzt wo Sie Äußerlichkeiten wieder wahrnehmen, möchte ich Sie bitten, die Klobrille herunterzuklappen, wenn Sie fertig sind. Und zielen Sie morgens etwas besser, ich mag diese Spritzer nicht rund um die Muschel.«
»Ich brauche eine Nagelfeile«, sagte er und klappte die Klobrille herunter.
Sie frühstückten wie ein alteingesessenes Brooklyner Ehepaar. Eier im Glas, Toast, Kaffee, Orangensaft. Frische Blumen standen auf dem Tisch, und zum Abschluß aß Yurgrave eine weiche Aprikose.
»So, jetzt wollen wir aber los.«
Er stand auf, griff nach seinem Jackett und half Henrietta in ihr grünes Bolerojäckchen. Gemeinsam verließen sie die Wohnung. Die Sonne tat ihm in den ersten Minuten weh. Sie gingen die ruhigen Geschäftsstraßen von Brighton zur Strandpromenade hinunter. An den Buden mit Hot dogs, Blumen und Ansichtskarten trödelte er herum, ohne etwas zu kaufen. Obwohl ein Wochentag war, saßen viele Leute am Strand, spielten Ball und schwammen im Meer. Yurgrave konnte sich nicht erinnern, wann er das zuletzt gesehen hatte. Die Sonne war so heiß, daß er nach den ersten Metern das Jackett wieder auszog, nach einer Viertelmeile die Krawatte abnahm und die Ärmel aufkrempelte. Sie sprachen wenig, die Sonnenstrahlen, die seinen alten Körper wärmten, genügten ihm.
Nach zwei Meilen kehrten sie um, setzten sich in ein russisches Lokal und aßen Borschtsch mit Sahnehäubchen. Er bestellte Sekt, Henrietta trank auch ein Glas. Auf dem Rückweg fiel ihm eine Frau im Pepitakostüm auf. Sie hatte die Schuhe ausgezogen und sonnte sich, an die Brüstung gelehnt.
Henrietta brachte ihn nach Hause. Sie schlug vor, er solle ein Nickerchen machen, während sie zu den Delphinen

fuhr. Er legte sich folgsam aufs Bett, zog sich aber nicht mehr aus. Die Pyjamazeit war vorbei. Er verschränkte die Arme unter dem Kopf und dachte nach.

In den Wochen vor dem Zusammenbruch war er kaum noch aus dem Haus gegangen. An einen nieseligen, viel zu kalten Oktober erinnerte er sich, alles schien abgestorben gewesen zu sein. Grimmig war er durch die Straßen gestapft, nur den einen Gedanken im Kopf, aus dem Fenster zu gehen. Jedes Ding, das ihn an sie erinnert hatte, jedes Kleidungsstück der Frau in Pepita war auf dem Müll gelandet oder verbrannt worden. Viele Stunden saß er vor dem schwarzen Kanonenofen und beobachtete, wie Briefe, Fotografien, sogar Straßenkarten, die ihn an gemeinsame Reisen erinnerten, sich lodernd krümmten und zu schwarzen Schmetterlingen zerfielen. Kein Gefühl, keine Sonne hatten die eisigen Ringe um seine Brust zum Schmelzen bringen können. Seine innere Tiefe, sein Lebensernst waren einer Erstarrung, Entfremdung vor dem Leben gewichen. Immun gegen Liebe und Freude war er in einem Panzer gesteckt, festgefroren im unerschütterlichen ›Nein‹.

Und jetzt?

Er dachte an die Zeit, als er weißbekittelt unter Weißbekittelten gelebt hatte, bis die Frau in Grün gekommen war und der Kerl mit den Haaren an den Ohren. Seitdem sorgten sie für ihn. Er bekam drei Mahlzeiten am Tag, saubere Wäsche, und seine Hemden wurden gebügelt. Keine Gegenleistung war verlangt worden. Bis jetzt nicht. Er hatte keine Wohnung mehr, kein Geld, die Bücher waren weg, seine Aufzeichnungen vernichtet worden. Es kümmerte ihn nicht.

Die Zeit der Spaziergänge begann. Er zog nach dem Frühstück los und kehrte oft erst zurück, wenn die Sonne zu sinken drohte. Vor der Dunkelheit fürchtete er sich noch. Wenn der Tag starb, wollte er bei Henrietta sein. Hatte sie zu arbeiten, teilte er sich seine Wanderung so ein, daß er bei Einfall der Dämmerung Coney Island erreichte und Henrietta vom Delphinarium abholte. Sie war berühmt in

der Gegend. Oft wurden sie auf dem Nachhauseweg angesprochen. Man hielt ihn für ihren Vater, was Yurgrave schmunzelnd zur Kenntnis nahm.
Meistens ging er am Meer entlang. Er brauchte die Nähe des Wassers. Die unaufhörliche Veränderung der Wellen beruhigte ihn. An seinen früheren Beruf erinnerte er sich ungern. Wozu sollte man die Zusammenhänge des Kosmos begreifen, dachte er, wenn das Meer schon warm genug war, um darin zu baden? Er krempelte die Hosen hoch und ging bis zu den Knien hinein. Er planschte mit ein paar Kindern und bog ihren abgestürzten Drachen zurecht. Wozu sollte man Mächtige stürzen und neue Mächte errichten? Vier Kugeln Eiscreme, das hieß Macht über die Materie besitzen, und die Spannung, ob Erdbeersoda im Sortiment war. Er schlenderte weiter, und begann eine Melodie zu pfeifen. Wie angewurzelt blieb er stehen. Er kannte dieses Lied. Aber es gehörte nicht ihm, es gehörte der Frau in Pepita. Sie, die ihn zurückgelassen hatte, die seinen Trübsinn nicht länger ertrug, die Schwere seiner Jahre, und die Tatsache, daß er sie brauchte. Yurgrave verstummte und bemühte sich, die Melodie zu verscheuchen. Sie klang laut und respektlos in ihm weiter.
Dann begann er auch in der Dunkelheit umherzustreifen. Die Einsamkeit war wieder seine Freundin geworden, und wahre Einsamkeit fand man am besten nachts.
An einem Frühsommerabend durchquerte er Brooklyn zu Fuß. Nach Stunden erreichte er die Brücke. Dahinter schimmerte Manhattan. Er ging über den Fluß und von dort immer weiter das Ufer des East River entlang. Er wußte, wohin er ging, gestand es sich aber nicht ein. Als er vor ihrem Haus stand, war es Mitternacht. Was sollte er tun? Gegenüber ihrem Fenster setzte er sich auf eine gekippte Öltonne. Lange saß er regungslos da und lauschte auf die Geräusche, die vom Fluß kamen. Einige Meter entfernt lag eine tote Möwe. War sie auf dem Wasser gestorben und angespült worden, überlegte er, oder an Land verendet? So bewegungslos saß Yurgrave, daß die Ratten,

die sich über die Möwe hermachten, ihn nicht gleich bemerkten. Eines der Tiere war krank. Es fiepte und zuckte mit den Vorderläufen, fiel bald auf die Seite und hechelte mit den Flanken. Die anderen ließen von der Möwe ab und stürzten sich auf die kranke Ratte. Sie quiekte, versuchte sich zu wehren, aber in wenigen Minuten hatten ihre Artgenossen sie getötet. Ein dunkler Laut kam aus Yurgraves Mund. Die Ratten bemerkten ihn, erstarrten und verschwanden blitzschnell in der Finsternis. Nur die beiden Kadaver blieben zurück. Er sah zum Fenster hoch. Hinter dem Haus erhob sich die nächtliche Silhouette von Manhattan. Das Manhattan, in dem sie ihr neues Leben lebte. Der stinkende Moloch, in dem sie beschlossen hatte, sich zu suhlen. Ein Denkzettel für Manhattan, dachte Yurgrave und betrachtete die tote Ratte. Einen Spaß wollte er sich gönnen, der Manhattan das Fürchten lehrte. Und ihr zuallererst. Denn sie haßte Ratten. Man wird mir die Sache übelnehmen, dachte er, aber der Spaß war es wert. Die Idee breitete sich langsam in ihm aus wie ein Nebel. Nachdenklich stand er auf, und beugte sich über die Ratte, die bei lebendigem Leib aufgefressen worden war. Kichernd vor Vergnügen machte er sich auf den Heimweg.

Zeisel

Zeisel, dachte Smiley im Heizungskeller. Wann wird er daraufkommen, daß er Zeisel braucht? Er wird sich doch hoffentlich an Zeisel erinnern! Smiley sprang von der Matratze hoch, huschte zum Orangenkistenregal und griff nach einem halbverrotteten Schokoladenriegel. Er hatte ihn gefunden. War noch eßbar, auch wenn die Oberfläche schon grau schimmerte. Smiley schnüffelte daran.
Wenn er bloß Zeisel nicht vergessen hat, dachte er. Um Himmels willen! Er biß von dem Riegel ab. Gar nicht schlecht, der stumpfe Geschmack, den Schokolade mit

den Monaten bekam. Mümmelnd lief er zu den Metalltürchen in der Mauer, die der Schornsteinfeger einmal im Jahr benutzte. Hier hatte Smiley *MAGIE* versteckt. Behutsam zog er das Buch hervor, blies den Ruß vom Einband und schlug es an der markierten Stelle auf. Da stand alles über Zeisel. Woher er kam, wer ihn mitgebracht hatte, wann er verschollen war. Bloß sein derzeitiger Aufenthaltsort wurde in dem Buch nicht erwähnt.
Smiley konnte nichts anderes tun als warten. Und das gehörte für Smiley zum Schwersten. Nichts Besseres fiel ihm ein, als sich eine der Sammelmappen vorzunehmen. Er betrachtete die festgeklebten Zweige und Nadeln und murmelte die Namen der Bäume. »*Calocedrus deccurens*, die Rauchzypresse.« Der Frühling war dem Sommer gewichen. Die Knospen hatten sich geöffnet, waren pralle Blüten geworden. Die Mädchen hatten Pullis und Jacken abgelegt. Wann immer Smiley seinen Keller verließ, sprangen ihm Brüste, Schenkel und Pobacken entgegen. Jedes Auf und Ab der Busen, jedes Wackelwackel der Hintern war wie ein Trompetensignal für ihn, laut und respektlos. Er ertrug das nicht, verkroch sich im Dunkeln und wartete auf den Tag, an dem der Größte westlich Grönlands sich endlich an Zeisel erinnern würde.

Henrietta beobachtete, wie ein heller Streifen sich über dem Meer auszubreiten begann. Sie war aufgestanden und ins Bad geschlichen, nachdem Yurgrave von seiner nächtlichen Wanderung zurückgekehrt war. Sie konnte nicht schlafen.
Er wird mir nicht helfen, dachte sie. Die Wochen vergehen, er gewinnt sein Selbstvertrauen zurück, nicht mehr lange, und er wird seiner Wege gehen. Und ich? Ich kehre zu den Delphinen zurück, ohne ihre Sprache zu verstehen. So war es immer gewesen. Immer hatte sie Hoffnungen auf andere geworfen, große Anstrengungen unternommen. Die Menschen hatten sich von ihr angezogen gefühlt, eine Zeitlang mit ihr verbracht, und wenn sie alles an ihr entdeckt hatten, zogen sie weiter. ›Du bist

nicht zu greifen‹, sagten sie beim Abschied, ›dein Leben ist Weltflucht und Spinnerei.‹ Henrietta verstand nicht, was sie meinten. Mit Delphinen zu leben war greifbar, so greifbar wie ein Haus oder eine Familie. Darum kehrte sie jedesmal zu den Delphinen zurück, wenn Menschen sie enttäuscht hatten. Zu dem dunklen Felsen in Form eines Fisches, rundum das Meer. In der Ferne dunkle Wälder. Eine Stimme singt ein zärtliches Lied, eine Jungfrau, die sich allen öffnet und doch allen widersteht. ›Ich muß aufs Klo‹, sagte eine Stimme. Es klopfte. Henrietta war auf dem kleinen Hocker eingeschlafen. Sie schreckte hoch. Ihr Arm ruhte auf dem Fensterbrett. Draußen schien die Sonne.

»Das Frühstück ist fertig«, rief Yurgrave. »Wollen Sie Tee oder Kakao?«

Henrietta sprang auf, kurz wurde ihr schwindelig. Sie wusch sich das Gesicht mit kaltem Wasser und öffnete.

»Wie lange sind Sie schon auf?« fragte sie. Er sah gut aus, verjüngt, voll Energie.

»Ich habe gar nicht geschlafen«, sagte er und drängte an ihr vorbei. Er hatte Frühstück gemacht, zum ersten Mal. Henrietta setzte sich an den gedeckten Tisch.

»Sie haben lange genug das Kindermädchen für mich gespielt«, kam er wenig später zur Sache. »Schluß damit. Ich lade Sie ein, heute nachmittag mit mir an den See zu kommen. Sagen wir um drei?« Henrietta bestrich ein Hörnchen mit Honig und nickte.

Smiley kam über die große Wiese gelaufen. Er trug ein gelbes flatterndes Sommerhemd und schielte nach den Mädchen im Gras. Yurgrave und Henrietta mieteten an der Anlegestelle ein Boot. Sie setzte sich ins Heck. Smiley zögerte. Auf dem Wasser fühlte er sich nicht in seinem Element. Yurgrave gab ihm einen Stoß, daß Smiley polternd auf die Planken fiel.

»Vorwärts«, sagte Pius und sprang hinterher. Sie aßen Brezeln und schleckten Eiscreme, Erdbeersoda und Vanille. Pius ruderte. Ein leichter Wind bewegte das Wasser.

»Unweit von Prag lebte ein Eremit«, begann Yurgrave, als sie die Mitte des Sees erreicht hatten. Er ließ die Ruder sinken. Henrietta warf den Rest der Brezel ins Wasser. Eine Möwe stürzte sich darauf.

»Er bewohnte das Innere eines Gebirges und hatte drei Steine in seiner Obhut. Reisel, Meisel und Zeisel.« Yurgrave lehnte sich zurück und blinzelte in die Wolken.

»Seit Zeiten, auf die zurückzublicken ihm nicht mehr gelang, saß der Eremit im Berg und bewachte die Steine. Er war darüber alt geworden. Die Einsamkeit bedrückte ihn. Er betete um eine Gefährtin. Aber kaum jemand verirrte sich in jenes Bergmassiv. Den Leuten war die Gegend unheimlich. Eines Tages verunglückte eine junge Witwe mit ihrem Bruder in den Bergen. Der Eremit fand sie, nahm die beiden mit in seine Behausung, und pflegte sie gesund. Es gelang ihm, die Liebe der Frau zu gewinnen. Ihr Name war Margot. Sie schickte den Bruder zurück zu den Menschen und blieb bei dem Einsiedler. Einige Zeit lebten sie miteinander. Er zeigte Margot die drei Steine, erzählte von deren Bedeutung und Wert. Nachdem Monate verstrichen waren, verlangte sie von ihm eine Probe seiner Zuneigung. Er sollte auf das große Feld hinausgehen und die Rüben zählen, die dort wuchsen. Glücklich, ihr seine Liebe beweisen zu können, brach der Eremit auf. Er begann zu zählen. Der Acker war groß, und er irrte sich. Darum begann er von neuem und noch einmal, aber jedesmal meinte er, sich wieder verzählt zu haben. In der Zwischenzeit kam der vermeintliche Bruder Margots zurück, der in Wirklichkeit ihr Geliebter war. Gemeinsam stahlen sie die Steine und machten sich auf und davon. Als der Eremit glaubte, die richtige Zahl herausgefunden zu haben, kehrte er heim, entdeckte Diebstahl und Flucht und sah die beiden zu Pferd entschwinden. In seinem Zorn warf er ihnen einen Felsbrocken hinterher, verfehlte sie aber. Auf der Straße nach Prag fielen Margot und ihr Geliebter Wegelagerern in die Hände. Der Mann wehrte sich, tötete und verstümmelte einige der Räuber, aber es half nichts. Er und Margot wurden überwältigt und zu

Tode gefoltert. Man pfählte ihre Körper und ließ sie an der Sonne verdorren. Die Wegelagerer verkauften die Steine einem jüdischen Händler, der 1901 nach Amerika reiste. Hier verliert sich die Spur von Meisel und Reisel.«
Yurgrave sah über das Wasser. Ein kräftiger Wind war aufgekommen, Wolken hatten die Sonne verdeckt. Es wurde kühl.
»Und Zeisel?« Smiley hatte sich so weit vorgebeugt, als wollte er Yurgraves Worte von dessen Lippen pflücken.
»Zeisel kam nach New York, und er hat die Stadt nicht wieder verlassen«, antwortete Pius und stand auf.
»Was geschah mit dem Eremiten?« fragte Henrietta. Sie hatte während der Erzählung ihre Perle, das Geschenk Smileys, zwischen die Lippen genommen und rollte sie mit der Zunge an den Zähnen entlang.
»Lange Zeit war er krank«, antwortete Pius. »Der Gedanke, seine Lebensaufgabe nicht erfüllt zu haben, brachte ihn fast um. Als die Krise vorüber war, packte er seine Sachen und verließ das Gebirge. Er wollte eine neue Aufgabe finden.«
Yurgrave beobachtete den Himmel. Harmlos waren einige Wolken vom Atlantik gekommen, hatten sich über Manhattan versammelt, waren grau und gewaltig geworden. Jetzt brach das Unwetter mit einer Heftigkeit los, daß Smiley von der ersten Bö gegen die Planken geworfen wurde. Er blieb kichernd liegen und beobachtete Yurgrave, der mit ausgebreiteten Armen dastand. Der Sturm riß an seinen Ärmeln, sie flatterten wie Fahnen.
»Wenn es einen Wunsch gibt, im Himmel oder auf Erden«, schrie er, »zu Land oder auf dem Wasser, in der Tiefe einer Seele oder als Flammenschrift an der Wand, dann wird er mit Zeisels Hilfe in Erfüllung gehen!«
Der Himmel antwortete. Wie fette Kröten klatschten die ersten Tropfen aufs Wasser. Der Sturm peitschte den See so gewaltsam, daß der Kahn schwankte wie auf offenem Meer.
»Wo ist Zeisel?« krächzte Smiley gegen das Getöse an. Ein Schwall Wasser warf ihn zu Boden. Yurgrave nahm ein

Zeitungsblatt aus der Tasche, das zwischen seinen Fingern zu tanzen begann wie ein verrücktgewordener Falter.
»Können wir Zeisel beschaffen?« rief Henrietta gegen den Sturm.
»Das werden wir!« Yurgraves Finger deutete auf eine Fotografie, auf der man Howard Lowfield erkannte, wie er einen Scheck überreichte. Henrietta versuchte den Untertitel zu lesen: *›Die großzügige Schenkung Howard Lowfields ...‹*
»Nicht das, nein, da!« Yurgrave tippte auf einen Gegenstand im Hintergrund des Bildes. Eine Art Stab oder Lanze, die im Boden stak. Seine Spitze zierte ein roter Stein.
Jetzt brachen die Wolken entzwei. Wie ein Schleier aus Peitschen rauschte der Regen nieder. Henrietta hielt sich an Yurgraves Schulter fest und beugte sich über den Fetzen Papier. Bevor sie etwas fragen konnte, riß der Sturm Yurgrave das Bild aus der Hand. Es verschwand in der gelbgrauen Regenwand. Henrietta taumelte und wäre über Bord gegangen, hätte Pius nicht im letzten Moment zugepackt.
»Zeisel?« rief sie.
»Zeisel!« Yurgrave nickte.
Zeisel. Smiley kicherte und dachte an die Frau in Pepita. Der Regen fiel mit voller Wucht.
»Es ist der Lowfield-Stab!« schrie Yurgrave. »Das Wahrzeichen der Familie. Anfang des Jahrhunderts wurden die Lowfields über Nacht zu einer der reichsten Familien New Yorks. Niemand konnte erklären, wie.« Pius lachte. »Zeisel!« rief er. »In drei Wochen gibt Lowfield einen Empfang für hohe kirchliche Würdenträger, da wird er den Stab präsentieren. Und wir werden bereit sein!«
Plötzlich nahm Henrietta Yurgraves Kopf, drückte ihren Mund auf seinen und übergab ihm mit den Lippen die Perle.
»Zeisel«, sagte sie und setzte sich wieder ins Heck. Pius stand da, die Perle zwischen seinen Zähnen, und senkte die Arme. Sofort ließ der Sturm nach. Der Regen wurde

schwächer. Nach Minuten kam die Sonne zum Vorschein. Smiley rappelte sich auf und sah, wie die Wolken über ihnen auseinanderstieben, als hätte der Mund eines Riesen sie angeblasen. Der leergefegte Himmel verwandelte den See in einen tiefblauen Spiegel. Yurgrave nahm die Ruder und steuerte das Boot zur Anlegestelle zurück. Es krachte gegen den Steg, die drei sprangen an Land. Das Gezeter des Bootsverleihers überhörend, machten sie sich auf den Heimweg.

Inmitten einer unendlichen Eisfläche, unter dem verhangenen Himmel Grönlands, wischte sich der Meister die Augen am Ärmel der Felljacke ab. Seit annähernd fünfzig Jahren hatte seine Geschichte niemand mehr erzählt.
»Margot«, murmelte er. »Ach, sie war schon etwas ganz Besonderes.« Er stand auf und vertrat sich die Beine.
»Nicht sentimental werden«, knurrte er, ging zu den Harpunen und begann die Spitzen zu prüfen.

Drei Uhr früh. Die goldene Pendeluhr, Gewissen der Jahre.
Kaum noch Menschen auf dem Platz. Ein Taxi, dann ein Streifenwagen. Er fuhr langsam, suchend Richtung Norden.

1921

Die Treppe

Nudeln, Weißbrot, Schokolade. Ich hätte ganz schön zugenommen, hast du gesagt, dir würde das gefallen, aber bei den letzten Aufnahmen hätte man es schon im Gesicht gesehen. Hamster, hast du gesagt und gelacht, und daß ich wohl ein Wiener Schicksal nehmen würde. Ab Fünfundzwanzig wachsen die Wiener Frauen nur noch in die Breite, Sulzwaden und Pferdearsch, hast du gesagt.
Konnte man so beginnen? Vielleicht. Undine schaute zum Autofenster hinaus, seit vier Tagen Regen, zu warm für Anfang Dezember. Er hatte es gesehen, all die Wochen, und wie immer nichts gesehen. Die Freßsucht während der letzten Drehtage, die Übelkeit beim Abschlußfest, sie hatte sich dauernd übergeben müssen. – Die Austern, hast du gesagt. Weil die Spannung nachläßt, habe ich gesagt. – Jede Einstellung war auf Zelluloid gebannt, lief durch die Walzen im Kopierwerk, wurde zerschnitten, die Streifen hingen wie nasse Unterhosen auf der Leine, wo er sie abnahm und zusammenklebte. Szene für Szene, Akt für Akt, der ganze Film, die Geschichte entstand. Zwei Monate für den Rohschnitt, zwei weitere für den Feinschnitt, die RUGA warf ihre Maschinerie für die Präsentation der *Rache Markittas* an.
Die Nudeln, der Kartoffelsalat, vier Croissants zum Frühstück, Cremeschnitten, Haselnußwaffeln, Schaumrollen, du hast mir jede Konditorei von New York gezeigt. ›Meine Dicke‹, hast du gesagt und ich hatte schon Luft geholt, es dir zu erzählen, ›werd mir bloß nicht schwanger, jetzt wo deine große Zukunft beginnt‹, und ich habe es wieder runtergeschluckt. Deine Augen sehen Wahrheiten

nur, wenn sie auf Zelluloid vorgeführt werden. Nudeln mit Pastrami und Sahne – konnte man so beginnen?
Das *Franklin Coupè* brachte Sigmund und Undine nicht wie sonst zur 86. Straße, die RUGA hatte für Glawatsch und seine Hauptdarstellerin einen *Duesenberg* gemietet. Er brachte es bequem auf 120 Stundenkilometer. Nicht an diesem Abend. Da rollte er gemächlich vor das Portal des Prunkbaus von ›Schwartz & Gross‹, er war erst vor wenigen Wochen fertiggestellt worden. Kräftige Ornamente, mittelalterliche Giebelfiguren, der germanische Racheengel mit Bihänder, ein Spukschloß nach dem Geschmack der Park Avenue. Die Fassade wurde durch riesige Scheinwerfer von der gegenüberliegenden Straßenseite angestrahlt, die Polizei hielt die Schaulustigen zurück. Der rote Teppich war erst im letzten Moment geliefert worden, zwei Farbige in blaurot livrierter Uniform stellten noch eilig Messingständer entlang des Teppichrandes auf und hängten die goldenen Kordeln ein, als bereits die ersten Wagen eintrafen.
Der *Duesenberg* hatte Glawatsch und Undine am Sheridan Square abgeholt und fuhr mit ihnen von Downtown nach Uptown. Sie sprachen nicht viel, Undine sah durch die Häuserfluchten Richtung Central Park, der Regen spritzte kleine Perlen an ihr Seitenfenster.
Sie holte tief Luft, ›Nudeln und Pastrami hast du gedacht‹ – nein, so konnte man nicht beginnen. Sie ließ die Luft wieder ausströmen. Er nahm ihre Hand und hielt sie bis zum Eintreffen vor dem Kino fest.
Glawatsch starrte in den Rückspiegel des Fahrers, sah sein eigenes müdes Gesicht.
Wenn wir über die ersten zwanzig Minuten kommen, könnten wir's schaffen. Nach zwanzig Minuten geht es los. Wenn die Doppelgängerin auftaucht. Zwanzig Minuten. Bei den Voraufführungen – laue Reaktionen – hab' ich noch mal fünf Minuten rausgeschnitten, dann war's besser. Bei einer Vorführung in Pittsburgh Gelächter, Getrampel, nachher Applaus. Ich hab' schon gedacht, jetzt funktioniert's! Bis ich die leeren Schnapsflaschen am

Boden gesehen habe – betrunken waren sie, darum das Getrampel, Mist. Noch mal umgeschnitten, und jetzt ist es mir egal, pfff, soll sie doch alle der Teufel holen. Wenn der Film baden geht, kann sich die Firma in den Hudson stürzen. Aber dieses eine Mal noch, diesmal geht's noch gut. Herrgott noch mal, zwanzig Erfolge hab' ich auf dem Buckel, warum soll's diesmal nicht gehen? Es wird gehen, und dann, dann mach' ich Pause. Fahr' mit Undine nach Venedig. Oder nach Wien. Muß ich auch, die Hände sind dauernd kalt, der Schweiß jede Nacht, der Schmerz im Bein, das muß alles auskuriert werden. Ich lauf' schon zu lange damit herum. Wird alles überholt, gleich danach, gleich nach heute abend.
Als die Wagentür geöffnet wurde, riß ihm ein Windstoß die Haare in die Höhe. Schlechtes Zeichen. Regen im Dezember; vorsichtig, könnte eisig sein. Jede Bewegung ein Foto. Undine heraushelfen, richtig pummelig ist sie geworden. Vorsicht Pfütze, schon passiert. Gelächter der Glotzer. Reporter, ein paar kurze Sätze – neuer Standard im Historienfilm, neue Künstlerin entdeckt, vom Fjord in den Big Apple, das schreibt er bestimmt. Jetzt Undine – Herausforderung, viel aus ihrer schwedischen Vergangenheit in die Rolle eingebracht, brav auswendig gelernt. So jetzt ist's genug, leichter Druck am Arm, sie pariert, bestens. Roter Teppich, durchgeweicht, hätte doch die Überschuhe anziehen sollen, das gibt Wasserränder, meine besten Schuh'. – Die Treppe. Da stehen sie alle aufgefädelt, rausgeputzt, auf jedem Gesicht das Seifensiedergrinsen. Was hängt sich die Dicke so an meinen Arm? Müd' ist sie halt, so wie ich. Rauf' rauf, gleich haben wir's geschafft.
Das Stufensteigen fiel ihr schwer. Die Schuhe waren zu eng geworden, die Beine aufgeschwemmt, das lange weiße Kleid verdeckte es. Immer das lange weiße Kleid, auf jedem Foto, auf dem Filmplakat, wann immer sie in die Öffentlichkeit ging. Lächeln und Grüßen. Das Spalier der Menschen entlang nach oben, die meisten kannte sie. Applaus. Im Auto hätte ich es sagen müssen, nicht jetzt, der Augenblick ist verpaßt. Nachher, ja, es wird sich nach-

her ein besserer Moment finden. Wenn er seinen Erfolg genießt, zwei drei Biere getrunken hat, dann sage ich es ihm; genauso wie es war. Aber zuerst die Premiere. Das ist unser Abend. Alles andere später.

Pius Yurgrave stand am oberen Ende der Treppe unter den Premierenbesuchern. Fünf Monate und vier Tage waren vergangen. Er mußte sie sehen. Jeden Tag der ersten Zeit hatte er darauf gewartet, daß die Polizei an seine Tür klopfen würde. Dann verstand er, Undine verschwieg den Vorfall. Zuerst beruhigte ihn das, später machte es ihn verrückt. Er wollte mit jemandem darüber sprechen. Mit ihr. Sie unterband jeden Versuch. Auch der Meister in Grönland schwieg. Pius zog sich zurück. Er arbeitete an seinen Studien, ging kaum noch unter Menschen. Nachts saß er im Erker, hörte Bach, *Die Kunst der Fuge*, Motette, trank gotischen Tee. Tagsüber schloß er die Läden und saß über alten Büchern, bis die Dämmerung wieder über Astor Place sank. In dieser Zeit entfernte er sich von der realen Undine und glorifizierte ihr Bild. Er öffnete jenes besondere Fenster. Nebel drang herein. Pius betrachtete Undine im Glas, das von der fahlen Herbstsonne beschienen wurde.
Yurgrave begann zu fasten. Zwanzig Tage nichts anderes als Tee. Er ruhte viel, und bald kam die vertraute Helligkeit über ihn. Je klarer und reiner es in ihm wurde, desto strahlender stand Undine vor ihm. Manchmal lag er ganze Tage auf dem Canapé und verbrachte die Zeit mit ihr. Dann wieder schritt er im bodenlangen Mantel von einem Ende des Raumes zum andern, starrte ins Dunkel und sah nur sie. Er sprach mit ihr. Entschuldigungen zuerst, gestammelte Eingeständnisse. Er jammerte, lag zu ihren Füßen und bat um Bestrafung. Nach vielen Tagen verzieh sie ihm und kam näher. Sie setzten sich im Dämmerlicht auf den Boden und erzählten einander Begebenheiten aus ihrem Leben. War Undine verschwunden, fiel Yurgrave wieder in hoffnungslose Dunkelheit zurück.
Nach Wochen, in denen er niemanden gesehen, die Post nicht geöffnet hatte, läutete das Telepfon. Er nahm ab.

»Ich kann einfach nicht böse mit Ihnen sein«, sagte eine teigige Stimme auf tschechisch.
»Eva. Gut, Sie zu hören.«
»Sagen Sie mir, daß Sie sehr krank waren, sonst kann ich niemals verzeihen, daß Sie nicht auf meiner Hochzeit erschienen sind. Es war das größte Ereignis in Newport, seit der Landung der *Mayflower.*«
»Ich war krank«, sagte er ruhig.
»Doch nichts Ernstes?« kroch ihr mitleidiger Ton durch die Leitung.
»Ernst genug.« Er hatte keine Lust, sich ihre Geschichten anzuhören. Aber Evas Stimme war nach Monaten selbstquälerischer Innenschau wohltuend konkret. Nachdem sie ihm verziehen hatte, erzählte sie von ihrer Hochzeit. Wie Eva und Howard Lowfield unter dem Jubel von achthundert Gästen vorgefahren waren. Dem Bankett wohnte die gesamte New Yorker Prominenz samt Gouverneur und Bürgermeister bei. Um Mitternacht gaben Mitglieder der Royal Shakespeare Company die Balkonszene aus Romeo und Julia zum besten. Danach wurde ein Feuerwerk abgebrannt, das noch zehn Meilen vor der Küste gesehen werden konnte. Die Flitterwochen verbrachten sie auf Howards Dreimaster in der Südsee. Eva war im dritten Monat schwanger, die Verwandtschaft aufgeregt, die Schwiegermutter selig. Eva tirillierte die Beschreibung ihres Glücks durchs Telefon. Mit ihr kehrte die Außenwelt zu Pius zurück. Er gratulierte höflich, sie verabschiedeten sich. Er legte den langen schwarzen Mantel ab, öffnete die Fenster und drückte die Läden auf. Der dumpfe Geruch des Novembernebels brach herein. Er machte Licht in der ganzen Wohnung und legte eine Schallplatte auf. Mozart – *Ein musikalischer Scherz.* Während der erste Satz erklang, ging er durch die Räume, riß Undines Fotografien von der Wand und verbrannte sie im Kamin. Nach Monaten gönnte er sich das erste Glas Portwein. Es benebelte sofort seinen Sinn. Er mußte etwas essen. Er holte den graubraunen Tweedanzug aus dem Schrank und kleidete sich an. Der *Delage* war

monatelang nicht gefahren worden und startete doch gleich beim ersten Versuch. Yurgrave fuhr nach Gramercy Park, traf dort Bekannte, sie luden ihn zum Essen ein.

Schritt für Schritt. Undine lächelte und grüßte ins Spalier der Premierengäste. Die Gelegenheit ist verpaßt, dachte sie verdrossen. Dann wandte sie sich Glawatsch zu. Grau sah er aus. Wenn er lächelte, ohne daß ihm danach zumute war, wurde es das Grinsen eines Kobolds. Er wischte sich den Schweiß von der Stirn und plauderte angestrengt mit den Freundlichtuern. Sie würden seinen Untergang genauso beklatschen wie seinen Triumph. Undine mochte nicht an den Film denken.
Der Spielplatz in Brooklyn. Mütter mit lärmenden Kindern. Sie hatte diesen Ort aufgesucht, um sich vorzustellen, wie es sein würde. Die Sandkiste, die vielen Kinderwagen. Ein Plausch mit anderen Müttern. Ein kleiner Junge war von der Kletterstange gefallen und schrie, grell und endlos. Man würde wissen wollen, wer der Vater war, hatte sie überlegt, und sich die Sache mit den Stricknadeln erklären lassen. Als sie mit den hölzernen Spießen im Badezimmer stand, mußte sie lachen. Was für eine unmögliche Idee.
Schritt für Schritt. Sie stieg die letzten Stufen hoch, raffte mit der Linken das Kleid, die Rechte immer noch bei Sigmund eingehängt. Sie erkannte den Mann mit den grünen Augen sofort. Sein Blick folgte ihr. Undine erreichte den obersten Absatz. Sigmund ließ ihren Arm los, trat einen Schritt zurück, und schob sie an den Treppenrand. Er reckte cäsarenhaft den Daumen nach oben und rief den Applaudierenden zu
»Ladies and Gentlemen – Prinzessin Markitta!«
Die gewundene Treppe war wie ein Schlund. Undine fühlte, wie sie nach unten gezogen wurde. Sie suchte den Mann mit den grünen Augen. Er war verschwunden. Sie wollte schlafen. Eine Frau in ihrer Nähe schrie. Undine ließ sich fallen. Sie spürte eine Hand an ihrer Schulter. Es war nicht Sigmunds Hand. Undine beugte sich vor, um

der Hand zu entkommen. Ihr Fuß kippte über den Absatz, glitt aus dem Schuh. Der polterte die Treppe hinab. Die Hand packte sie unter der Achsel und hob sie behutsam hoch. Schwerelos glitt Undines entblößter Fuß wieder auf den sicheren Absatz zurück. Für einen Augenblick mußte sie an einen schwebenden Tanz denken. Als sie auf festem Grund stand, drehte sie sich um. Hinter ihr war niemand. Glawatsch sprang hinzu und packte sie am Ellbogen.
»Ist dir schlecht?« fragte er. Wie Stecknadelköpfchen schimmerten die Schweißperlen auf seiner Stirn. Undine schüttelte den Kopf und drückte beruhigend seinen Arm. Von unten wurde der Schuh gebracht. Sigmund hakte sie unter, ein schwarzer Junge öffnete die Schwingtür zum Kinosaal. Hinter ihnen strömten die anderen nach.
Yurgrave lehnte in der Nische zum Vorführraum. Ihr Haar, die Schulter, der Geruch ihrer Haut. Fünf Monate und vier Tage waren vergangen. Nichts hatte sich geändert. Er dachte an den kleinen entblößten Fuß. Der Blick, als sie sich nach ihm umgewandt hatte. Nackter Fuß, Achsel, Haar, fünf Monate. Ich bin noch geschwächt vom Fasten, dachte er, richtete sich auf, strich die Mähne aus der Stirn und folgte dem Premierenpublikum in den Saal.

Was Charlie sah

Charlie stand, ein Bein übers andere geschlagen, an die Tür gelehnt, die Arme auf der Brust verschränkt. Er war in Gedanken bei der Geburt seines jüngsten Brüderchens. Sam oder Samantha – in drei Wochen würden sie es wissen. Die Familie wollte umziehen, ihre Wohnung wurde zu klein. Vielleicht konnten sie sich sogar ein Apartment in Harlem leisten. Mama arbeitete in der Wäscherei am Columbus Circle, seine beiden Brüder in einer Textilfabrik Downtown. Charlie hatte den glänzendsten Job. Er war stolz, Türsteher des nobelsten Kinopalastes der Upper

Eastside zu sein. Er rückte das rotblaue Käppchen zurecht und strich zärtlich über den feinen Stoff seiner Livree.
Die Tür traf Charlie voll ins Kreuz. Er wurde nach vorne katapultiert, stolperte gegen die Balustrade, und hätte er sich nicht an der Metallbrüstung gefangen, er wäre in die Tiefe gestürzt. Ein einzelner Herr, dann ein Herr und eine Dame und gleich darauf Dutzende Menschen kamen aus dem Saal. Der Vordermann zischte etwas, das für Charlie wie ›Mist‹ klang und rannte die Treppe hinunter. Die Gesichter der Nachkommenden spiegelten Langeweile, Hohn, Unverständnis, Enttäuschung. Sie waren in Eile. Charlie beobachtete, wie sie den Garderobenfrauen ihre blechernen Marken hinhielten, Mäntel und Hüte in Empfang nahmen und das Theater verließen. Draußen regnete es stärker. Die Herren stülpten die Hüte auf, plazierten ihre Damen unter dem Vordach, liefen auf die Straße und winkten Taxis heran, deren Chauffeure nicht so früh mit dem Ansturm gerechnet hatten. Die Fahrzeuge schossen aus den angrenzenden Seitengassen, und knäuelten hupend vor dem Kino, wie Möwen, die um ein Stück Brot kämpften.
Charlie hatte die Schwingtüren aufgezogen und verankert. Immer mehr Menschen strebten aus dem Saal, wurden vor den Ausgängen aneinandergequetscht. Sie passierten die schmale Balustrade und liefen die Treppe hinunter. Der Chefschließer hatte ihm eingeschärft, die Türen nicht zu früh zu öffnen. Erst käme Applaus und Jubel, es würden Reden gehalten werden, dann sollte die Nationalhymne erklingen. Das war das Zeichen, die Schwingtüren zu bedienen. Auch wenn die Gedanken an das Brüderchen ihn abgelenkt hatten, Charlie war sicher, keine einzige Rede gehört zu haben. Auch die Hymne nicht und vor allem keinen Applaus.
Charlie warf einen Blick in den Saal. Jetzt kamen nur noch vereinzelte Herrschaften. Zwei unterhielten sich über den viel zu warmen Winter. Ein Ehepaar suchte die Sitze nach einer Schnupftabaksdose ab. Ein Herr mit dichtem schwarzen Haar kam auf Charlie zu.

»Fünfzehnhundertdreiundvierzig«, murmelte er.
»Haben Sie Ihre Garderobenmarke verloren?« fragte Charlie. »Eine Etage tiefer, Sir, dort wird man Ihnen weiterhelfen.« Er nahm Haltung an und legte die Hände auf den Rücken. Der Herr musterte ihn erstaunt.
»Danke, ich bin ohne Mantel«, sagte er und lächelte, als hätte er ein Geheimnis verraten. »Kennen Sie Jan Aspers?«
»Tut mir leid, Sir, nein«, sagte Charlie nach kurzer Überlegung. Er bemerkte die ungewöhnlich grünen Augen des anderen.
»Jan Aspers hat es geschafft«, sagte er, »1543.«
Damit ging der Herr die Treppe hinunter.
Charlie wandte sich in den Saal, niemand war mehr da. Eben wollte er dem Chefschließer Bescheid geben, daß man mit dem Aufräumen beginnen konnte, da trat aus der kleinen Tapetentür neben der Leinwand ein Paar. Der Mann hielt den Knauf der Tür fest, als ob er sich einen Fluchtweg offenlassen wollte. Er raunte der Frau etwas zu. Gemeinsam liefen sie los, wie zwei Menschen, die sich entschlossen haben, trotz strömenden Regens auf die Straße zu gehen. Sie kamen direkt auf Charlie zu. Die Frau trug ein langes weißes Kleid. Steine glitzerten darauf. In der Mitte des Ganges blieb der Mann plötzlich stehen, drehte sich nach rechts und knallte mit dem Rücken gegen die Wand. Einen Augenblick lehnte er sich an, dann wuchtete er vorwärts und kippte über die äußerste Lehne der Stuhlreihe. Er hielt sich fest, Charlie hörte einen quiekenden Laut. Nach kurzem richtete er sich wieder auf und versuchte ein paar Schritte. Er krümmte sich, winselte und torkelte von links nach rechts. Ein heftiger Atemzug straffte seinen Körper. Die Hände schabten an der Brust, als wollte er etwas abkratzen. Der jaulende Ton ging über in einen langen Schrei, wie Charlie noch keinen gehört hatte. Die Hände des Herrn sanken auf Höhe der Hüften, als hielte er ein unsichtbares Tablett. Das Gesicht war grau und eingefallen. Im Licht der Kandelaber schien es nur noch aus einem weit aufgerissenen Mund zu be-

stehen. Der Schrei endete im selben Augenblick, als Charlie hinlaufen wollte, um zu helfen. So unvermittelt hörte der Laut auf, als hätte jemand eine Tür zugeschlagen. Der Körper des Mannes sackte in sich zusammen. Er schlug mit der Schläfe gegen eine Armlehne und lag gekrümmt auf dem rotblauen Ornament des Teppichs. Mit ausgestreckten Armen lief die Frau in Weiß zu ihm hin. Während sie neben dem Regungslosen in die Knie ging, rannte Charlie aus dem Saal und über die Treppe nach unten. Er riß die Trillerpfeife aus der Brusttasche und lief auf die Fahrbahn. Ein Taxi streifte ihn an der Schulter. Charlie taumelte, fiel aber nicht. In kurzen Stößen begann er zu pfeifen. Der Fahrer streckte schimpfend den Kopf aus dem Fenster. Charlie sagte nur ein einziges Wort: Krankenwagen.

Die Ambulanz, die zur selben Zeit mit einer um Luft ringenden Frau Richtung Norden fuhr, wurde von dem hupenden Taxi gestoppt und zum Kino dirigiert. Im Saal hatte ein Kollege von Charlie damit begonnen, Abfälle zwischen den Reihen aufzusammeln. Er ging gebückt und stopfte, was er fand, in den Leinensack. Als er aufblickte, sah er einen schwarzen Klumpen am Boden liegen, über dem eine Frau kniete. Charlies Kollege beobachtete, wie die Frau mit der Faust auf den Klumpen einschlug. Jetzt erkannte der Junge, daß es ein Mann war. Er ließ seinen Müllsack fallen und sah zu, wie die Frau ihr Ohr auf die Brust des Mannes preßte. Sekundenlang verharrte sie so, dann schob sie ihr weißes Kleid hoch und hockte sich rittlings über den Regungslosen. Mit beiden Handballen stützte sie sich auf seine Brust. Sie holte tief Luft und umschloß mit ihrem Mund die Nase des Mannes. Sein Bauch hob sich. Wieder preßte sie das Ohr an sein Herz und lauschte.

»Was hat er'n?« fragte der Junge.

Der Sanitäter betrat das Foyer. Charlie zeigte ihm den Weg nach oben. Als sie den Saal betraten, schlug die Frau in Weiß wie verrückt auf die Brust des Liegenden ein.

Die Dämmerung fand die alte Frau schlafend im Lehnstuhl.
Kleine violettschwarz gefiederte Vögel saßen auf den Zweigen des Baumes vor ihrem Fenster.

1991

Dr. Menoza

Hors d'Oeuvres für zehn. Kleine geröstete Toastscheiben mit grüner Paste und Tomatenklumpen, Käsehappen, Krabbenhäufchen. Der Delikatessenladen macht das Geschäft seines Lebens durch mich. Stilles und prickelndes Mineralwasser steht in dekadent kleinen Flaschen auf dem ovalen Tisch bereit. Kaffee und Tee dampfen über blauen Flämmchen. Ich falte die letzte Serviette, stelle die Tischkarte am Kopfende zurecht und warte. Die Kreuzritter müßten jeden Moment kommen. Nahe dem Fenster lasse ich mich auf einen Stuhl fallen und glotze in den Himmel. Begonnen hat es mit einer Bemerkung von Fred, überlege ich.

Vor ein paar Tagen habe ich mich auf den Weg gemacht, um Undine vom Mount Sinai Hospital abzuholen. Ich fahre mit dem Lift in die Lobby, durchquere den düsteren holzgetäfelten Raum, wo Fred, der Doorkeeper, das Kommen und Gehen registriert.
»Na, Fred, alles in Ordnung?« frage ich und habe den geschwungenen Türgriff schon in der Hand, um auf die Straße zu treten.
»Hmm«, kommt es hinter dem Schreibtisch hervor. Ich drehe mich um.
»Probleme, Fred?«
»Twinky geht's nicht gut«, antwortet er und sieht aus verhangenen Augen zu mir hoch.
»Ihr Hund?« frage ich.
»Meine Tochter.«
»Was fehlt ihr?«

Er schüttelt den Kopf, als wollte er das Unglück nicht beim Namen nennen.
»Was Ernstes?«
»Hirnhautentzündung sagt der Doktor. Sie ist erst zwei.«
Gehirnhautentzündung ist schlimm, denke ich. Aber in New York gibt es die besten Spezialisten, die größten Krankenhäuser, die neuesten Mittel. In Rumänien hätte Fred sich Sorgen machen müssen oder in Somalia, aber nicht in Manhattan.
»In den nächsten Tagen sitzt hier eine Vertretung«, sagt er. »Ich werde im Krankenhaus sein.«
»Tut mir leid, Fred.«
Kurz habe ich den Impuls, hinzugehen und seinen Arm zu drücken. Ich lasse es, nicke bloß und murmle ›Gute Besserung‹. Fred hebt die Hand. Ich verlasse das Haus. Langsam trotte ich die Fifth Avenue hoch, suche den Schatten der überhängenden Bäume. Selbst hier ist es drückend heiß. Schweiß sammelt sich zwischen den Speckringen an meinen Hüften. Ich verfalle in einen gleichmäßig schleppenden Gang, wie man ihn bei Tropenurlauben einlegt. Während ich mich dem Krankenhaus nähere, beginnt in meinem Kopf ein kleiner Junge zu spuken. Der kleine behinderte Junge in seinem muffigen abgedunkelten Zimmer.
Ich habe noch nie mit Kindern zu tun gehabt. Sie sind mir zu laut und unberechenbar. Sie wollen die ganze Aufmerksamkeit der Welt für sich. An meine Schulkollegen muß ich denken. Fast alle sind verheiratet. Manchmal sehe ich einen von ihnen auf der Straße. Sein schütteres Haar ist zur Glatze gereift. Eine adrette Frau geht neben ihm, und ein kleiner Mensch hält seine Hand fest. Dieser Mensch will essen, trinken, aufs Klo, rechts, links, unten, oben alles erklärt haben. Er saugt die Welt an wie ein Staubsauger. Wie würde ich damit umgehen, überlege ich.
Das *Mount Sinai* kommt in Sicht. Ich bin froh, daß kein kleiner Mensch sich an meine Hand hängt. Außer viel-

leicht zu Weihnachten, oder manchmal, wenn die Sonne untergeht. Von der Drehtür lasse ich mich ins Innere des Krankenhauses katapultieren. Ich glotze auf die geschlossene Lifttür und bombardiere den Druckknopf mit meinem Finger. Als ich aus dem Fahrstuhl steige, bin ich einfach noch nicht soweit, Undine zu sehen. Ich will erst meine Gedanken sortieren. Kein einziger Stuhl steht auf dem endlosen Flur. Also gehe ich in den erstbesten Raum, dessen Tür offensteht. Mehrere Liegen sind da, eine davon zum Fenster gedreht. Ich setzte mich. Die Klimaanlage tut wohl. Vornübergebeugt denke ich nach. Der Schweiß rinnt meine Nase hinunter. Ein Tropfen an der Spitze wird größer und schwerer, bis er auf meinen Oberschenkel klatscht.

»In Grönland müßte man sein.«

Dr. Menoza dreht sich in der Liege um. Er trägt grüne Operationskleidung und ruht sich aus. Ich bin in den Aufenthaltsraum der Ärzte geraten.

»Entschuldigung.« Ich stehe auf.

»In ein paar Minuten muß ich zu einer Rißquetschwunde. Sie stören hier niemand«, sagt er und deutet mit seiner behaarten Hand, daß ich mich wieder setzen soll.

»Rißquetsch?« ist alles, was mir als Antwort einfällt.

»Schwere Körperverletzung. Der Krankenwagen wird gleich hier sein.«

»Gibt es viele Todesfälle?« frage ich.

»Nicht bei uns. Messerstechereien, Prügeleien meistens. Was im Park so passiert. An manchen Tagen bin ich bloß am Zusammenflicken.«

»Dr. Menoza, wenn ein Kind von drei Jahren nicht laufen kann, weil seine Beine irgendwie komisch sind, wenn es nicht spricht und Gegenstände mit den Augen nicht lange fixieren kann, was für eine Diagnose würden Sie stellen?«

»Kindermedizin ist nicht mein Fach«, sagt er und richtet sich auf. »Sind die Behinderungen nach der Geburt aufgetreten?«

»Nein, er war schon immer so.«

»Ist es Ihr Kind?«
»Nein.«
»Welches Interesse haben Sie daran?«
Ich lasse noch einen Tropfen auf die Hose fallen. Dann erzähle ich ihm alles. Ich bin froh, mich jemandem anvertrauen zu können. Alle Leute, die ich mag, sind in die Geschichte verwickelt, Dr. Menoza nicht. Er strählt seinen dunklen Haarschopf, während ich spreche. Von der Geheimnistuerei erzähle ich, die um das Kind gemacht wird, von dem gespenstischen Zimmer und dem sonderbaren Verhalten des Professors. Ich verschweige nicht, unter welchen Umständen ich das beobachtet habe. Menoza schmunzelt. Mit dem Sprung unter den Holunderstrauch endet meine Geschichte. Er bindet sich die Operationsjacke zu.
»Bei uns geht der Schutz der Familie über alles«, beginnt er nach einer Weile. »Aber das scheint keine normale Familie zu sein.« Er sieht mir in die Augen, ich nicke.
»Es gibt viele Spinner in New York.«
Ich will protestieren, er kommt mir zuvor.
»Ein schwieriger Fall. Sie können Ihre Freunde nicht gut beim Jugendamt anzeigen. Andererseits dürfen Sie eine Kindesmißhandlung nicht für sich behalten.«
»Na ja, Mißhandlung ist vielleicht etwas hart gesagt ...«
»Man kann bei Verwachsungen heute schon sehr viel tun«, unterbricht er mich. »Wenn die Eltern dem Jungen diese Möglichkeit vorenthalten, ist das Kindesmißhandlung.«
Er steht auf und schüttelt meine Hand.
»Undine wird sich freuen, Sie zu sehen«, sagt er und geht. Im selben Moment wird sein Name ausgerufen. Man erwartet ihn auf OP acht.

Kindesmißhandlung. Ich drehe und wende das Wort in meinem Kopf und starre immer noch den wolkenlosen Himmel an. Darunter flimmert der sommerliche Park. Meine Hand spielt mit dem Namenskärtchen. *Victor Spoliansky* habe ich in eleganter Schrägschrift daraufgemalt. Es klingelt. Die Kreuzritter sind da. Bevor ich öffne, husche ich in die Küche und prüfe, ob der Champagner schon kalt ist. Wenn alles gutgeht, werden wir ein paar Flaschen köpfen.

Gryhsl und Sabina sind die ersten. Sie trägt ein hautenges bodenlanges Kleid, dessen Farbe ich noch nie gesehen habe. Es ist ein Blau, das in Gewitternächten unmittelbar nach dem Blitz am Himmel erscheint.

»Pünktlich auf die Minute.«

»Säät ist noch nicht da?« Sabinas Brauen werden zu staunenden Kurven.

»Ach, der kommt auch?« rutscht es mir heraus. Wozu könnte der abgeschabte Zwerg bei unserem Gespräch von Nutzen sein? Heute geht es hart auf hart. Die Fakten liegen auf dem Tisch, *Das Zeitalter des Delphins* geht in die entscheidende Phase.

Gryhsl hat saubere Fingernägel, betonstarke Brillantine hält den Flammenwald auf seinem Kopf in Form. Der braune Anzug hat bessere Tage gesehen, aber die Krawatte ist vom Feinsten.

»Schicke Krawatte«, sage ich. Wir sind auf der Schwelle zum Wohnzimmer.

»Hat mir Professor Cron geliehen«, sagt er und streicht mit schorfigen Fingern über das Muster. Heftiges Klingeln.

»Wir verkaufen das Auto!« keift Bewa, als ich öffne.

»Wir verkaufen es nicht«, antwortet Victor Spoliansky.

»Ein Auto in Manhattan ist so überflüssig wie polnische Blattläuse!« Bewas Stimme erreicht den kritischen Bereich.

»Seit dreißig Jahren hab' ich mich in keine U-Bahn mehr gequetscht«, kontert Victor. »Ich werd' im Greisenalter nicht damit anfangen.«

»Dann nimm a Taxi!« giftet sie.

»Ich setz' mich nicht zu einem stinkenden Pakistani auf'n Rücksitz. Wir haben doch einen erstklassigen Parkplatz gefunden.«

»Nachdem wir dreizehnmal um den Block gekurvt sind wie zwei Hamster im Laufrad!« Bewa wendet sich mir

zu. »Kein vernünftiger Mensch hat a Auto in Manhattan!«
Ich werde den Teufel tun, Schiedsrichter zu spielen und bitte die beiden herein.
»Alles ist bereit.«
Bewa weht im scharlachroten Kostüm an mir vorbei wie eine Kardinälin. Victor legt mir den Arm um die Schulter und nimmt mich freundschaftlich in den Schwitzkasten.
»Es kommen noch drei Finanzberater von mir«, sagt er und schleift mich in Richtung Küche.
»Finanzberater?«
»Sie haben nichts zu entscheiden.« Er läßt mich los. »Aber durch sie krieg' ich Rückendeckung von der Bank. Was gibt's zu trinken?« Er öffnet den Kühlschrank.
»Den Champagner dachte ich für später, aber wenn Sie …«
»Bloß nicht. Räum alles weg, wo Alkohol drin ist, inklusive Hustensaft.« Er senkt die Stimme. »Ich möcht' das alte Luder wenigstens einmal nüchtern heimbringen.«
»Das hab' ich gehört!« kräht Bewa aus dem Wohnzimmer. Sie entdeckt die Hausbar.
»Finger weg!« ruft Victor und galoppiert los, um ihr die Bourbonflasche zu entwinden. Bewa ist schneller. Als er sie erreicht, klickern schon die Eiswürfel in die bernsteinfarbene Flüssigkeit.
»Nur zum Warmwerden«, kichert sie und flüchtet auf die Terrasse.
»Du kommst in die Trinkerheilanstalt!« blafft Victor ihr nach, schüttelt den Kopf und geht zum Tisch. Die Namenskärtchen sind ihm egal. Er pflanzt sich auf Gryhsls Platz und öffnet den obersten Knopf seines Hemdes.
»Fangen wir an«, seufzt er. Bewas Alleingang hat seiner Laune einen Dämpfer versetzt.
»Kaffee? Tee?« frage ich in die Runde.
»Hast du Tomatensaft?« fragt Gryhsl und setzt sich ans Kopfende, wo mein Platz sein sollte.

»Tomatensaft kommt sofort«, sage ich und mache mich auf die Suche nach dem Büchsenöffner.
»Ich möchte auf Säät warten«, sagt Sabina in ihrem priesterlichen Ton.
Spoliansky prustet wie ein Flußpferd. »Dilettanten«, knurrt er und läßt sich gegen die Lehne fallen. Die Stimmung sinkt bedrohlich. Sabina tritt zu Bewa ins Freie. Sie begrüßen sich wie alte Schulkolleginnen und beginnen das Wolkenkratzerratespiel.
»Das ist das *Essex House.*«
»Nein, es ist das *Plaza Building.*«
»Das *Plaza Building* ist dort hinten, neben der *Carnegie Hall.*«
Gryhsl und Spoliansky sitzen einander gegenüber wie zwei Duellanten im Mitternachtswestern.
»Vier Millionen ist nicht drin«, knurrt Victor und dreht den Diamantring an seinem Mittelfinger.
»Darunter geht's aber nicht mehr«, antwortet Gryhsl. Das Knistern, das von seinen Handflächen ausgeht, beunruhigt mich.
»Nimmst du Worcestersauce zum Saft?« rufe ich von der Küche aus.
»Viel Tabasco«, sagt er. Als ich ihm die rotbraune Flüssigkeit bringe, springt bereits ein dünner Elektrodenbogen zwischen seinen Daumen hin und her.
»Bei vier Millionen kriegen die Burschen von der Bank das chronische Kopfschütteln«, sagt Victor und läßt Gryhsl nicht aus den Augen.
»Wir sollten auf Ink warten«, werfe ich ein. »Der hat alle Zahlen schwarz auf weiß.«
»Geben Sie mir einen Kaffee«, knurrt Victor, »ohne alles.«
Es klingelt. Ich stehe mit der Kaffeekanne da.
»Ich gehe.« Gryhsl läßt drei Männer herein, die einer Frettchenzucht entlaufen sein müssen. Jeder von ihnen hat einen fliehenden Kopf und vorstehende Zähne. Sie huschen vom Flur ins Wohnzimmer, stellen ihre Aktenkoffer ab und stürzen auf Spoliansky zu, der sich zwischen

den Nagetieren ausnimmt wie ein wohlgenährter Bär. Ihre gehetzten Blicke und Bewegungen signalisieren, daß sie wichtigste Termine verpassen, während sie unserer Sitzung beiwohnen. Nach kurzer Begrüßung, zu der auch Sabina von der Terrasse kommt, schnippen die Frettchen die Kronen von den Perrierflaschen, schlabbern Perlwasser und setzen sich mit Wichtigtuermiene auf die von mir eilig dazugeschobenen Stühle.

»Wird doch eine größere Pokerrunde«, versuche ich die Stimmung zu lockern. Es klingelt, die Frettchen sehen auf die Uhr. Gryhsl läßt Ink herein, der sich fürs Zuspätkommen entschuldigt und die teuer wirkenden Mappen aus Riffelkarton an die Anwesenden verteilt. Er und ich haben sie eigenhändig gebastelt. *Das Zeitalter des Delphins* steht in dezenter Schrift vorne drauf.

»Gehn wir's an«, sagt Spoliansky. »Bewa, kommst du?«

Die Kardinälin verläßt die Terrasse, schrammt wie zufällig an der Hausbar entlang und steuert mit aufgefülltem Glas dem Sitzungstisch zu.

»Säät wird jeden Moment hier sein«, beharrt Sabina und legt die Hände demonstrativ auf die geschlossene Mappe.

»Es sind doch alle da«, deutet Victor in die Runde. »Hat Ihr Freund keine Uhr?«

»Er muß aufgehalten worden sein.«

Zwischen Sabina und Spoliansky brennt so etwas wie eine Warnleuchte. Die Bombe kann jeden Moment hochgehen.

»Gibt's was zu essen?«quäkt Säät und wieselt auf das Buffet zu. Wie ist er hereingekommen? Und wie sieht er aus? Nicht der abgewrackte Kinofreak packt sich Canapés auf den Teller, sondern ein Grandseigneur der alten Schule. Sein Anzug ist historisch, aber maßgeschneidert. Die Schuhe müssen handgemacht sein. Das wirre Haar hat er zurückgekämmt. Eine rubinrote Nadel ziert seine helle Krawatte.

»Säät, wie schön«, seufzt Sabina erleichtert und öffnet graziös ihre Mappe.

»Nicht schlecht, das Zeug«, kichert Säät und hopst auf den letzten freien Stuhl.
»Ich möchte Sie nochmals herzlich willkommen heißen«, betätige ich mich als Hausherr. »Endlich sind alle Kreuzritter an einem Tisch versammelt.«
Mein Schwulst zieht nicht. Den Kreuzrittern liegen die Kalkulationszahlen vor, und die schaffen eine tiefe Kluft zwischen Spolianskys Fraktion und uns. Die Frettchen schnüffeln an den Papieren, als wären sie in Knoblauch mariniert.
»Ich schlage vor, mit den technischen Kosten zu beginnen«, eröffnet Ink die Diskussion. Keiner von den Anwesenden weiß, daß Undine drüben in meinem Schlafzimmer sitzt und übt.

Eine Stunde später fülle ich die Getränke auf, leere die Aschenbecher, vergewissere mich, daß Bewa nicht beduselt vom Stuhl fällt, und gehe hinaus.
Es gibt eine Tonband-Kassette, darauf ist die Stimme Sabinas zu hören. Sie sagt nichts Wesentliches, bloß, daß der Holunderstrauch bald den Baumaschinen zum Opfer fallen wird. Ich habe die Aufnahme vor drei Tagen gemacht. Ein kleines Mikrofon war an der Innenseite meiner Jacke befestigt. Ich öffne die Schlafzimmertür.
»Dass iss soooo schaaahde ... soooh schaahde mit dem Hoohlunderrstrraauch«, sagt Undine und schaltet den Recorder ab. Das hat sich genau angehört wie Sabina. Ihre langen Vokale, die weichen Konsonanten, das Zischeln, wenn die Zunge den Gaumen berührt. Undine spult zurück, hört den Satz noch einmal und wiederholt ihn. Ich kann Original und Kopie nicht unterscheiden.
»Bist du soweit?« frage ich. Sie nickt.
Ich husche noch einmal zum Sitzungszimmer und lausche an der Tür.
»Wieso muß a Delphin jeden Tag vom Tierarzt untersucht werden?!« höre ich Spoliansky poltern.
»Das sind die Bestimmungen im Falle eines Arbeitseinsatzes von Säugetieren«, sagt Ink.

»Und wenn wir einfach sagen, es macht ihnen Spaß?« lallt Bewa. »Sie arbeiten doch gar nicht wirklich.«
»Könnte man ihnen nicht vorbeugende Medikamente geben?« fragt eins der Frettchen.
»Das ist Tierquälerei«, ruft Sabina.
»In diesem Punkt können wir eben nichts einsparen«, beendet Gryhsl die Diskussion. »Kommen wir zu den Tierpflegern.«
Auf Zehenspitzen kehre ich zu Undine zurück.
»Laß uns anfangen. Das dauert noch Stunden da drin.«
»Aaahhleees klaaahhr.«
Ich hebe ab, wähle Sabinas Nummer und gebe Undine den Hörer.
Jemand geht dran.
»Ja?«
»Pooongoohh?« haucht Undine.
»Perdita?« sagt die Stimme am anderen Ende. Es ist Professor Cron. »Seid ihr schon fertig? Ist was schiefgelaufen?«
Undine sieht mich an, ich gebe ihr ein Zeichen, weiterzumachen.
»Pooongooh, ich halt's nicht aauus duuuh, haaalt's nicht aus, mein Pongo, bin einfach rausgegaaahngen.«
»Perdita, Perdita, was sagt Spoliansky zu den vier Millionen?«
»Läuuft aaahlles gut, maaain Pooongooh, Spooohlianskyii ist in Geberlauuuune, aaber Ponnggooo muß Perdita jetzt beeeißen, ganz leicht, daa daaah uuhhntenn, weißt duuh, weißt du's schoohn, woooh?«
Cron ist verwirrt. Wie kann Sabina mitten in der Konferenz an Bisse und Küsse denken? Aber sein Fleisch ist schwach. Mit voller Wucht schnappt er nach unserem Haken.
»Wann willst du, daß Pongo beißt? Wo? Wo soll Pongo dich beißen?« seufzt er.
»Komm heeehr, komm aaaiinfach heehr, ist niicht waaiht, nimm ein Taaahxxi, ich saaahg dir, wooooohh.«
»Und der Junge? Kann ich Hooper allein lassen?«

»Schläääähft er?«
»Nein, er spielt mit den Stoffmäusen.«
»Nuuhr eine haaahlbe Stuuunde, mein Poongoooh!«
»Also schön, sag mir die Adresse.«
Cron kritzelt aufgeregt.
Wir verlassen die Wohnung. Aggressive Töne schallen aus dem Sitzungsraum. Undine und ich besteigen den Lift. Dr. Menoza wartet unten im Taxi. Der Fahrer starrt die Fünfzigdollarnote an, die ich ihm in die Hand drücke. Dann steigt er aufs Gas und rast die Park Avenue Richtung Downtown. Im Zickzack überholt er rechts, links, sogar über den Gehweg. Er schießt in die Bowery, weicht einem Stau über die Lafayette Street aus, und nach sechzehn Minuten stehen wir vor Sabinas Haus in Tribeca. Ich brauche zwanzig Sekunden, um auf Menozas Schultern zu steigen und von dort aufs Sims. Er stöhnt unter meinem Gewicht. Ich schiebe das Fenster hoch, rolle ins Zimmer, eine Minute später lasse ich Undine und Menoza in die Wohnung. Er zieht Chirurgenhandschuhe an.
»Fingerabdrücke«, sagt er.
Vorsichtig öffne ich die Tür zu Hoopers Zimmer. Er sitzt da, umringt von Stoffmäusen, und spielt. Jetzt blickt er auf und erkennt mich wieder. Das gibt mir einen Stich. Der kleine Mensch, der nicht laufen und sprechen kann, begrüßt mich mit fröhlichem ›Skirr‹.
Wieder ist der Raum abgedunkelt. *Die apokalyptischen Reiter*, die Totenmasken, der Katafalk – Menoza sieht sich fassungslos um. Undine steht draußen Schmiere. Das Verlies des Kleinen braucht sie nicht zu sehen.

Eine halbe Stunde dauert die Untersuchung schon. Ich werde nervös. Menoza beschäftigt sich mit Hoopers Beinen. Er biegt und knetet an den Knochen herum, dreht die Oberschenkel in den Gelenken, hebt und senkt die Knie, macht sich Notizen. Ich kann kaum hinsehen. Es erinnert mich an den Beinbruch beim Schifahren, als mein Schenkel sich schlapp in alle Richtungen klappen ließ. Hooper weint nicht, aber er sieht Menoza ängstlich an,

und japst in kurzen Atemstößen. Menoza nimmt sich die zusammengewachsenen Zehen vor. Hooper ist neugierig, und kommentiert die Untersuchung in skirrenden Variationen. Menoza nimmt ihn auf den Schoß, hält einen Bleistift vor sein Gesicht. Mal höher, mal tiefer. Die ganze Zeit spricht er beruhigende spanische Sätze. Hooper bemüht sich, dem Bleistift zu folgen, aber der Blick rutscht weg. Die Augen verdrehen sich nach oben, das Weiße kommt zum Vorschein. Sein Kopf fällt vornüber oder zur Seite. Er knurrt. Es macht ihn wütend, daß er es nicht schafft. Schließlich wird er müde und sackt in Menozas Armen weg. Der schüttelt ihn sanft. Einen Test muß Hooper noch über sich ergehen lassen. Menoza setzt ihn mit dem Rücken zu uns auf den Tisch und schnipst mit den Fingern hinter seinen Ohren. Keine Reaktion.
»Hooper!« schreit er plötzlich so laut, daß Undine draußen ein Glas fallen läßt. Der Kleine dreht sich um, strahlt Menoza an, und ich begreife. Hooper ist taub.
»Skiiir?« fragt er und will wieder auf den Arm genommen werden.
»Ich bin fertig«, sagt Menoza.
Ich hebe Hooper hoch, er schmiegt sich an und lacht. Der Geruch von Vanille erreicht mich. Wieder fühle ich diesen Stich. Als ich ihn ins Gitterbett lege, beginnt er zu weinen. Die kleinen Hände fassen in mein Haar. Er will nicht, daß ich gehe. Ich gebe ihm seine Stoffmäuse, die interessieren ihn gar nicht. Menoza nimmt ihn, brummt spanisch, Hooper schreit wie am Spieß. Ich hopse wie ein Geißlein mit ihm ums Gitterbett, mache lustige Geräusche und Grimassen. Keine Chance. Er will nicht allein sein. Mit Hooper auf dem Arm laufe ich ins Wohnzimmer und schließe das Fenster, bevor die Nachbarn aufmerksam werden.
»Mach was«, sage ich zu Undine.
Sie legt ihn an ihre Brust und beginnt zu singen. Eine langsame Melodie. Das Wort *Sjöjungfru* kommt oft darin vor. Die Wirkung ist verblüffend. Hooper grinst, legt den Kopf zur Seite und ist eingeschlafen. Undine bringt ihn zu Bett. Ich schnippe die Glassplitter unters Sofa. Endlich

verlassen wir die Wohnung. Versteckt hinter einem Zeitungskiosk warten wir, bis ein Taxi vor dem Haus hält und den nachdenklichen Professor Cron absetzt. Langsam geht er die Stufen hoch, bleibt gedankenverloren stehen. Perdita scheint nicht gekommen zu sein, denke ich. Wie könnte sie auch, wir haben ihm die Adresse eines chinesischen Massagesalons gegeben.
»Pongo versteht die Welt nicht mehr«, flüstere ich und stoße Undine mit dem Ellbogen an. Sie kichert.

Ich trete ins Zimmer. Gryhsl nagt an der Unterlippe und häutet systematisch seine Stirn ab. Sabina steht mit erhobenen Schalenhänden im Raum. In dem blauen Kleid erinnert sie an eine Wahrsagerin vom Jahrmarkt.
»Sie sind ein unkünstlerischer Bürokrat, von dem ich mein Projekt nicht entweihen lasse!« sagt sie bebend und bewegt die Hände wie Teleskopschüsseln.
»Ahaa, jetzt isses schon Ihr Projekt?«
Spoliansky hat den schweren Birnbaumstuhl, auf dem er saß, wie eine Keule erhoben. »Ich wollt' ein Filmprojekt unterstützen, keine religiöse Sekte!« fletscht er. Speichel tropft zu Boden.
Sabina wendet ihre übliche Technik an. Sie straft ihn mit Nichtbeachtung und wendet sich zu Gryhsl.
»Dieser Mann wird unseren Film nicht in die Finger kriegen. Und wenn ich das Geld erbetteln müßte!«
»Erbetteln ist auch das einzige, was Sie noch tun können!« bellt Victor, läßt den Stuhl fallen, wuchtet seinen Bauch über den Tisch und stützt sich auf die Platte. Schweißringe verzieren sein Hemd von den Achseln bis zum Nabel. Er sieht, daß Bewa nicht imstande ist, den Raum von selbst zu verlassen, wirft ihre Arme über seinen Rücken, und schultert die scharlachrote Schnapsleiche wie einen Zementsack. Die Frettchen huschen zur Tür und warten darauf, in Spolianskys Schlepptau zu verschwinden. Ink sitzt über die Kalkulation gebeugt und wühlt in den Haaren. Gryhsl steht zitternd am Buffet und merkt nicht, daß die Blitze aus seinen Handflächen die

Papierservietten in Brand gesetzt haben. Ich kippe den Wasserkrug auf die Flammen und trete Victor in den Weg. Bewas kolossaler Hintern strahlt mich an.
»Mr. Spoliansky, wollen Sie die Arbeit von Monaten hinwerfen, nur weil es in Detailfragen noch keine Einigung gibt?« sage ich und weiß, wie schwach das klingt.
»Gehnse mir aus'm Weg.«
Er marschiert mit Bewa als Rammbock weiter, stößt mit ihren Pobacken die Tür auf und schwenkt Richtung Ausgang.
»Kummens runter vom hohen Roß, mei Lieber. Wegen a paar hunderttausend Dollar machen Sie so a Baheel?«
Säät Uuhurans hat das gesagt. Er sitzt entspannt im geblümten Lehnstuhl und läßt eine Medaille an blauem Bändchen hin- und herschwingen.
»Wissen S', Spoliansky, wer in Warschau jahrelang Klienten beschissen hat, sollt' a bißl kürzer treten. Was wollense geben? Zwa Millionen? Scheen, ma wird doch da sehn, woher der Rest von dem Geld kummt. Deswegen brauchen S' doch nicht den wilden Oger zu spielen.«
Säät grinst herausfordernd und zwirbelt die Haare an seinen Ohren. Victor ist sprachlos. Er starrt Säät an und fabriziert ein Geräusch wie das Stürzen eines Baumes. Dann wirbelt er herum, daß Bewas Kopf gegen die Garderobe baunzt. Die beiden schrammen bei der Tür hinaus, gefolgt von den zischelnden Frettchen.
Stille. Es gibt keinen Film, keine Botschaft. Undine wird keine Hauptrolle spielen und Gryhsl nicht Regie führen. Alle machen Gesichter wie bei einer Novemberdepression. Nur Säät betrachtet lächelnd seine Medaille, als ob dort die Antwort stünde.
»Poldi, könnt'st du mir hundert Dollar leihen?« fragt er.
»Wofür?«
Er blickt nicht auf, scheint im Kopf eine Art von Rechnung anzustellen. »Hundert mal sieben sind siebenhundert«, murmelt er, »und das mal sieben macht viertausendneunhundert, mal sieben …«

Während ich die Brieftasche zücke und Säät einen Hundertdollarschein gebe, beginnt der Kreuzritterorden zu zerfallen. Sabina sprüht Verachtung wie Parfum und verläßt die Wohnung. Gryhsl ist ein heruntergebranntes Herdfeuer. Grau schlurft er hinter seiner Angebeteten her. Außer Säät hat die teuren Hors d'Oeuvres noch keiner angerührt. Ich türme Ink und mir zwei Teller davon auf. Er setzt sich an den sonnenbeschienenen Rand der Terrasse. Undine kommt herein. Das Fiasko scheint sie nicht zu berühren. Sie gleitet neben Säät zu Boden, lehnt sich an sein Knie und summt die Melodie von vorhin.

»Sjöjungfru«, murmelt Säät, streichelt ihr Haar und rechnet weiter. »Zweihundertvierzigtausendeinhundert mal sieben macht ...«

Tiefe

Dr. Menoza hat mir aufgezählt, was man für Hooper tun kann. Wunderbare Möglichkeiten. Ich verstehe nur die Hälfte, aber was ich heraushöre, ist, es muß bald etwas geschehen.

Ich rufe Sabina an. Sie hebt ab.

»Hallo, hier Poldi.«

Sie legt auf.

Ich spreche auf ihr Band. Dreimal, fünfmal, kein Rückruf. Ich fahre nach Tribeca, klingle, sie kommt in den Flur, schaut durch den Spion, geht wortlos ins Zimmer zurück. Ich schreibe *SPRICH MIT MIR!* auf eine Papptafel, halte sie zu ihrem Fenster hoch. Krachend saust die Jalousie herunter. Mein Ehrgeiz ist geweckt. Keine Burg ist uneinnehmbar.

Sabina kann sich Zahlen schlecht merken. Darum hat sie den Code für ihren Telefon-Piepser auf das Ding draufgeschrieben. 366. Es ist nicht fein, anderer Leute Anrufbeantworter abzuhören. Aber um Feinheiten geht es jetzt nicht mehr. Drei Stunden warte ich an einem regneri-

schen Sommertag, bis Sabina endlich ihre Wohnung verläßt. Kaum ist sie um die Ecke, rufe ich bei ihr an.
Wir sehen einander nicht und Sie hören nur meine Stimme, sagt die Maschine. *Dennoch bin ich offen für Ihre Botschaft.*
Auf meinem Piepser drücke ich 3 – 6 – 6. Ein hoher Ton, das Band spult zurück. Gryhsls Stimme als erstes.
Wir haben … was ist denn los? Hab' ich was falsch gemacht, daß wir gar nicht mehr sprechen? Ich hm, ich bin doch nicht schuld … laß uns reden. Ich bin den ganzen Tag zu Hause. Ruf mich zurück, ja? Äh … und … du fehlst mir.
Dann Sabinas Zahnarzt, Mundhygiene und Durchchecken, Termin geht o. k.
Wieder Gryhsl.
Ich hab' da eine Idee für die Szene, wo der Delphin und Henrietta … Warum meldest du dich nicht? Bist du böse? Ich geh' jetzt kurz was einkaufen. Bis später, ja?
Ein Buchhändler teilt mit, daß Sabinas Bestellung angekommen ist. Dann höre ich meine eigene Stimme, hektisch und mit dem unverkennbaren S-Fehler. Und wieder Gryhsl.
Haha, eben ist mir echt was Verrücktes passiert! Äh, laß uns doch einen Kaffee trinken, dann erzähl' ich's dir … Ich bin jetzt wieder zu Hause …
Verliebtsein ist ein Scheißzustand, denke ich und will auflegen. Außer dem Besuch beim Zahnarzt scheint es keinen Termin zu geben, wo ich Sabina abpassen könnte. Da höre ich die Stimme von Professor Cron. Obwohl er flüstert, erkenne ich ihn sofort. Zwischen den Sätzen macht er lange Pausen.
Sie sind aus dem Wasser gekommen, und wieder ins Wasser gegangen. Sie warten auf ihn. Er steigt als erster hinab, die anderen folgen ihm. Morgen, göttliche Neith, um vier Uhr am langen Bootssteg.
Meine Wangen sind heiß, ich umkrampfe den Telefonhörer. Langsam hänge ich ihn in die Halterung zurück. Es gibt wahrscheinlich hundert lange Bootsstege in Manhattan und Umgebung. Aber mein Bauch sagt mir, es ist Coney Island. Es muß der *Boardwalk* von Coney Island sein.

Früher Nachmittag. Ich lungere bei den Hot-dog-Buden herum, schlendere zwischen Spielhallen und Firlefanzläden umher. Ich habe keine Ahnung, was ich sagen werde, wenn Sabina wirklich auftaucht. Mir wird etwas einfallen. Um vier warte ich an der Reling. Zwei Mütter wippen ihre Säuglinge in den Kinderwagen und beklagen sich über die Hitze. Ein sonnenölglänzender Typ in knallengen Shorts gibt seinem Chiwawa Befehle, die das Hündchen wedelnd mißachtet. Ein Rollstuhlfahrer ohne Beine hievt sich und sein Gefährt mit der Kraft der Arme auf den *Boardwalk* hoch. Ein Mann will ihm helfen. Der Beinlose winkt ab. Möwen keifen um die Reste eines MilkyWay-Riegels, den ein grünhaariges Mädchen wegwirft. Auch der Chiwawa schnuppert daran. Ein Kerl mit Pappbecher haut jeden Neuzugang auf dem Pier um Kleingeld an. In zwanzig Minuten hat er zehn Dollar eingenommen. Um halb fünf gehe ich an die Spitze des Steges hinaus. Vielleicht hat Cron dort eine Botschaft hinterlegt. Ich warte, bis die Kinder mit den Skateboards verschwinden, und taste das Deck unter den Planken ab. Keine Botschaft. Ein mächtiger Tanker weit draußen. Ich kann mich gegen den Gedanken nicht wehren, daß Cron doch einen anderen Ort gemeint haben könnte. Um sechs gehe ich etwas essen. Nach dem zweiten Cheeseburger habe ich meine Fassung wieder, stoße auf, der Geruch von Zwiebel und Ketchup macht sich breit. Ich stapfe zum Strand und lege mich auf den Rücken. Die Sonne ist schon verschwunden.

Vier Uhr am langen Bootssteg.

Als ich erwache, ist es Mitternacht. Ich springe auf. Kein Mensch zu sehen. Der stumpfe Geschmack nach ungeputzten Zähnen und Zwiebelresten gibt mir ein Gefühl des Ausgesetztseins. Ich schüttle die Benommenheit ab und beginne zu laufen. Immer den Strand entlang, kilometerweit.

»New York liegt am Meer«, sage ich laut.

Vor Brighton Beach drehe ich um. Als ich den *Boardwalk* wieder erreiche, ist es kurz nach zwei. Der Marsch hat

mich müde gemacht. Am besten, ich nehme ein Taxi und fahre heim.
Um vier Uhr am langen Bootssteg.
Menschenleer ist Coney Island um diese Zeit. Das Kommen und Gehen des Meeres ist das einzige Geräusch. Könnte Cron vier Uhr morgens gemeint haben? Ich klettere unter den Steg, setze mich neben einem Pfeiler in den Sand und warte. Die Flut hat sich entleert, überall liegt Strandgut. Ein schwarzblauer Plastiklappen. Mit den Zehen ziehe ich ihn heran. Es ist ein Fisch zum Aufblasen. Ein grinsender Wal. Wird undicht sein, denke ich und blase trotzdem in das Mundstück. Das Plastiklächeln wird breiter, der Wal bläht sich und wächst. Ich stecke den Pfropfen drauf. Mein grinsender Wal hält die Form. Ich schiebe ihn mir als Stütze ins Kreuz. Die Zeit kommt nicht voran, bis vier ist es noch weit.
Weiche Schritte über mir. Im Erwachen zucke ich zusammen. Ein schmaler blauer Streifen am Horizont. Rundum ist noch alles grau. Der Sand ist durchgeweicht. Die Flut frißt den Fleck, auf dem ich sitze. Etwas wird über den Steg geschleift. Ich wage mich unter den Planken hervor. Es ist ein Schlauchboot. Zwei Silhouetten schleppen es Richtung Meer. Sie erreichen die Spitze des *Boardwalk* und lassen das Ding zu Wasser. Einer von ihnen klettert hinein. Die zweite Gestalt folgt nicht gleich, sondern reicht der ersten etwas nach unten. Ein Bündel, ein Korb? Weiter kann ich nicht gehen, meine Schuhe sind schon naß. Das Bündel ist nicht leicht, die beiden haben Mühe, es ins Boot zu schaffen. Ich sehe auf die Uhr, kurz nach vier.
›Skiiirrff!‹
Hooper schreit. Die zweite Gestalt steigt auf die Leiter. Lange Haare erkenne ich. Es ist Sabina. Jetzt sind alle drei im Boot. Sie setzt sich, Hooper ist wieder still. Ruderschläge.
Ich war nie ein guter Schwimmer. Mich öffentlich auszuziehen, liegt mir nicht. Ich mag es nicht sehen, wie fette Wülste über meine Badehose hängen und bei jedem

Schritt der Speck zittert, als hätte er ein Eigenleben. Darum gehe ich nur selten schwimmen. Jetzt muß es sein. Ich greife den Wal, der schlaff zu werden beginnt. Hektisch blase ich ihn auf und versuche gleichzeitig, die Schuhe auszuziehen. Hose, Socken, Hemd. Ich setze den ersten Fuß ins Wasser. Es ist zu kalt, ich kann da nicht hineingehen. Das Boot entfernt sich vom Pier.
Wir haben Juni. Sei ein Mann, denke ich. Jetzt oder nie. Drei planschende Schritte, ein Sprung. Schrecksekunde, untergetaucht. Gewöhnungssache, denke ich, packe den Wal und beginne zu paddeln. Der blaue Streifen am Horizont ist breiter geworden. Mein Plastikfreund trägt mich zügig voran. Paddeln, Strampeln, sonst werden die Beine zu Eis.
Das Boot ist plötzlich ganz nahe. Sie haben zu rudern aufgehört. Das gelbe Ding schaukelt vor mir auf den Wellen. Ich lasse mich bewegungslos treiben und halte den lachenden Wal als Schutzschild vor mich. Ein Blick zurück, schon hundert Meter bis zum Ufer. Sabina sitzt Cron gegenüber. Gemeinsam halten sie Hooper in die Höhe. Der Kleine ist nackt und weint. Cron nimmt eine Flasche und begießt ihn mit Öl. Hooper schreit wie am Spieß. Cron hebt etwas Weißes auf und schleudert es in die Luft. Sind das Blütenblätter? Er wirft und wirft, bis das Wasser rund ums Boot weiß von Blüten ist. Cron bückt sich. Er hat einen Stein in der Hand und streift damit langsam über den Körper des Jungen. Der Professor beginnt zu singen. Es ist die hohe weinerliche Melodie, die ich damals am Gitterbett hörte. Sabina stimmt ein, hebt die Arme, macht ihre Schalenbewegungen. Der Gesang wird wilder und rhythmischer. Immer noch strampelt der nackte Junge zwischen den beiden.
Zuerst denke ich, das Boot schlingert bloß. Aber so ist es nicht. Ein Strudel kreist darunter, es beginnt sich zu drehen. Cron beugt sich singend mit Hooper über den Rand und legt ihn auf die kreisenden Wellen. Der Kleine verstummt. Die Hand des Professors hält Hoopers Kopf über Wasser. Ein Ruck, das Boot bäumt sich auf. Cron stöhnt

und faßt an seine Kehle. Er hat das Kind fallen gelassen. Sabina schreit. Nur eine Sekunde, dann ist Hooper versunken. Ein Fuß, dann nichts mehr. Weiße Blüten. Ich schwimme los, tauche, reiße die Augen auf. Brennen. Graugrüne Schwaden, nichts zu sehen. Luftblase dort, ein Klumpen. Er sinkt schnell. Das Blut dröhnt im Kopf, keine Luft mehr, ich würge. Immer noch tiefer. Jetzt kommst du nicht mehr hoch, denke ich und schließe die Augen. Ich werde ihn kriegen. Weil es nicht sein darf. Weil er da unten nicht bleiben soll.
Ich habe ihn. Sein Bein in meiner Hand. Blitz von irgendwoher. Ich strample. Es wird dunkel in mir. Schwarz würgt es, ich öffne die Augen. Ein verwackelter Spiegel, die Oberfläche. Ich durchstoße den Himmel. Hoopers Kopf über Wasser. Kein Lebenszeichen.
Schreien, Sabina schwimmt in der Nähe. »Ich hab' ihn!« rufe ich. Sie erschrickt.
Dort treibt das Boot. Mein Wal torkelt daneben auf den Wellen. Ich hebe Hooper hinein. Wie eine Kröte hieve ich mich über den Rand und plumpse auf Cron drauf. Er ist bewußtlos und röchelt. Ich drehe Hooper auf den Bauch, das Gesicht ist grau und schlaff. An der Hüfte hebe ich ihn hoch, Wasser kommt aus seinem Mund. Kein Lebenszeichen. Der rote Stein liegt neben Cron. Ein diamantener Punkt leuchtet in seinem Innern. Ich lege Hooper auf den Rücken und nehme den Stein mit beiden Händen, umschließe ihn so fest ich kann. Ich starre auf Hooper.
Sein Bauch hebt sich. Etwas drückt von innen, bläst. Ein Schwall Wasser kommt mir entgegen. Der Körper wird hochgeschleudert, fällt wieder zurück. Hooper schreit. Ich lasse den Stein fallen und nehme ihn in die Arme. Sabina erreicht den Bootsrand. Ich zeige ihr den brüllenden Jungen. Noch im Wasser beginnt sie zu weinen.
Das Boot liegt am Strand, der Plastikwal daneben. Er hat schon eine Menge Luft verloren. Cron ist noch immer bewußtlos. Ich lasse mich in den Sand fallen. Sabina hält das Kind an der Brust, Hooper ist eingeschlafen. Ich betrachte den roten Stein, kantig ist er und leuchtet. Warm fühlt er

sich an. Ich will einen Krankenwagen rufen. Sabina bittet mich, es nicht zu tun. Ich telefoniere mit Dr. Menoza und kehre zu Sabina zurück. Wir sprechen kein Wort. Der Strand ist immer noch menschenleer.
Menoza weckt mich. Johlende Kinder rundum. Eins schießt mir seinen Ball an den Kopf. Hooper ist wach und guter Laune. Er krabbelt zum Schlauchboot. Der Professor ist verschwunden.

1922

Die Brücke

Die Schwester hatte den Brief wochenlang in ihrem Spind verwahrt. Jeden Tag überlegte sie, ob der Patient schon bereit war, ihn entgegenzunehmen. Sie verschob es immer wieder. Heute wurde er entlassen. Als sie in sein Zimmer kam, stand er in Straßenkleidung vor dem Spiegel und betrachtete sich. Sein Koffer war gepackt. Den Brief in der Hand ging die Schwester auf ihn zu.

»So, Mr. Glawatsch, jetzt können Sie wieder Ihre Freiheit genießen.« Er sah sie nur an. »Alles Gute, und besuchen Sie uns einmal.«

Sie umarmte ihn und ließ den Brief in die Tasche seines Mantels gleiten. Wenn er ihn las, wollte sie nicht dabeisein. Sie gab ihm einen Kuß auf die Wange. Seine Augen veränderten den Ausdruck nicht. Er verließ das Zimmer.

»Die Papiere habe ich«, sagte die Pflegerin, die das Krankenhaus ihm besorgt hatte, nickte der anderen zu und folgte Glawatsch zum Fahrstuhl.

Während sie auf das leere Bett starrte, dachte die Schwester an die Nacht, in der er eingeliefert worden war. Zwei Tage ohne Bewußtsein. Als er erwachte, konnte er nicht mehr sprechen. Sonst kaum Beeinträchtigungen. Er hatte keine Gesichtslähmung, keinen verkrümmten Arm mit eingekrallten Fingern, er hörte gut und verstand das meiste. Zu Beginn wollte er sich noch verständlich machen, doch mehr als ein gutturales Knurren brachte er nicht zustande. Nach einigen demütigenden Versuchen gab er auf und zog sich in sich selbst zurück. Die Schwester beobachtete, wie Glawatsch mit der hageren Pflegerin in den

Lift stieg. Manchmal übernehmen andere Gehirnteile später Funktionen der zerstörten Gebiete, dachte sie und rückte ihre Haube vor dem Spiegel zurecht. Sie erinnerte sich an die schöne Frau, die ihn anfangs besucht hatte. Eine Schauspielerin. Man konnte sie damals im Kino sehen. Täglich hat sie ein paar Stunden an seinem Bett gesessen, erzählte oder las ihm aus der Zeitung vor. Daß sie schwanger war, konnte auch der weite Pelzmantel nicht verdecken, dachte die Schwester und nahm Glawatschs Krankenblatt aus der Halterung am Fußende des Bettes.
»Ich verreise«, hatte die Schauspielerin eines Morgens zur Schwester gesagt und ihr den Brief hingehalten.
»Warum übergeben Sie ihn nicht selbst?«
»Er soll ihn erst lesen, wenn es ihm besser geht.«
Von da an ist sie nicht mehr gekommen, dachte die Schwester, ging aus dem Zimmer und widmete sich ihren anderen Patienten.

Der Lift erreichte die Empfangshalle. Durch die Glastüren konnte er schon das Taxi sehen, das mit geöffnetem Kofferraum bereitstand. Er wollte nicht einsteigen. Er wollte mit der fremden Frau nicht in seine leere Wohnung fahren. Glawatsch ließ einen urigen Laut ertönen und deutete zwischen seine Beine.
»Ausgerechnet«, sagte die Pflegerin. »Gehen Sie dort in den Waschraum. Ich warte beim Taxi auf Sie. Aber beeilen Sie sich.«
Ihr Ton und die vorwurfsvoll hochgezogenen Brauen zerstreuten Glawatschs letzte Skrupel. Das Labyrinth der Korridore nahm ihn auf. Er schlüpfte durch einen Nebenausgang und stand auf der Straße. Die Pflegerin sah ihn nicht wieder. Den Koffer stellte er in eine Nische der Fassade. Es war nichts darin, was er brauchte. Seinen Abendanzug trug er, in braunes Packpapier gewickelt, unter dem Arm. Wenn er lange genug in nördliche und dann in westliche Richtung ging, kam er zu dem Ort, den er suchte.

Die Allee öffnete sich in den großen Park hinein. Er folgte den Platanen. Kahl waren sie. Glawatsch betrachtete ihre Wintersilhouette. Als Kind in Wien hatte er alle Bäume gekannt, samt der lateinischen Namen. Breitgewölbtes Zweiggeflecht, erinnerte er sich, hängende Fruchtköpfe, die Rinde schuppenförmig abblätternd. Eine vierköpfige Familie kam ihm entgegen. Der Vater herrisch voraus, die Mutter mit den Kleinen an der Hand hinterher.
»George wird schon warten«, sagte der Vater, klopfte ungeduldig an seine Manteltasche und seufzte. Die Jungs schlitterten hinter der Mutter her. Über einem welligen, sich im Nebel verlierenden Wiesenstück blieb Glawatsch stehen. Er erkannte Weihrauchzedern mit ihren abgeflachten Zweigen und Goldlärchen ohne Nadeln. Der Schnee war festgefroren, seine Schuhe knirschten. Schon lag er auf dem Hintern. Er rappelte sich hoch, kniend sah er den winterfest eingepackten Springbrunnen der *Bathesda Fountain* durch die Bäume schimmern. Weiter Richtung Norden. Hainbuchen zu seiner Linken. Sehr frostbeständig, dachte er. Ähnlich dem Ahorn, aber schwerer zu bearbeiten. Er beobachtete die Kinder auf dem Teich, trippelte selbst zum Ufer, und glitschte über die zugefrorene Wasserfläche. Hängeulmen am Ufer und Kastanien. Dort eine Erlengruppe. Er dachte an die Medaille. Sie lag in einem braunen lederbezogenen Etui, das mit blauem Samt ausgeschlagen war. Auf dem Regal in seinem Büro hatte niemand sie je bemerkt. Aber kein Tag war vergangen, an dem er selbst sie nicht in der Hand gehabt hatte. Das alte Wiener Gedicht ging ihm durch den Kopf –

War net Wien, wann net durt,
wo ka Gfrett is, ans wurdt.
Denn das Gfrett ohne Grund
gibt uns Kern, halt uns gsund.

Sassafrasbäume jetzt, ein ganzer Wald. Vorbei am *Delacroix Theatre* stapfte er den West Drive hoch und trat Ecke 91. Straße aus dem Park. Blackjack-Eichen, noch ziemlich klein. Konnten höchstens zwanzig Jahre alt sein. Er mied Gegenden, wo keine Bäume waren. Amsterdam Avenue, Platanen und Ulmen, *Columbia University* mit ihrem Birkenhain. Immer weiter nördlich ging er, vorbei an vor sich hin gammelnden Mietskasernen, wo Schwarze, Juden und Griechen lebten. Vor einem Magnolienbaum blieb er stehen und strich über einen der Äste. Dann änderte er die Richtung und lief nach Westen. Trotzdem es noch früh am Nachmittag war, begann das Licht schon zu schwinden.

War net Wien, ging net gschwind
wieder amal der Wind,
daß der Staub wia net gscheit
umanandreißt die Leut.

Der Direktor des Gymnasiums hatte ihm die Medaille überreicht. *Sigmund Glawatsch, 2. Klasse, für außergewöhnliche Vortragskunst* stand auf der Rückseite. Sein Vater hatte keine Zeit gehabt, zu kommen, aber die Mutti saß in der ersten Reihe. Selbstsicher hatte Sigmund das Podest des Physiksaals bestiegen, im dunkelblauen Samtjackett, kurzen Hosen und Kniestrümpfen.
»Altwiener Volksweise, einem unbekannten Poeten zugeschrieben«, begann er. Er war im Stimmbruch. Da er Angst hatte, seine Stimme könnte nicht tragen, sprach er besonders laut. Sie lachten. Zuerst hinter vorgehaltener Hand, später, als er sich warmgekräht hatte, platzten sie lauthals heraus. Sigmund unterstützte die Gestaltung mit Gesten und Sprüngen, bis alle vor Vergnügen johlten.

Denn das Gfrett ohne Grund
gibt uns Kern, halt uns gsund!

Er gewann den zweiten Preis. Stolz zeigte er der Mutti die Medaille *›Für außergewöhnliche Vortragskunst‹*.
Sigmund überquerte den Broadway und erreichte den Hudson River. Der träge Fluß wurde vom Wind gezaust. Hohe Wellen mit Schaumkronen. Die Weiden am Ufer bogen sich bis zum Boden. Haselnußsträucher und eine

Eibe, an der sich Efeu festgekrallt hatte. Er konnte die Anlegestelle sehen und dahinter die Baustelle. Ein gewaltiger Betonsockel ragte in die Höhe.
Sigmund schlich auf die Fähre, ohne zu bezahlen. Der Sturm riß an den Stahltauen. Der Bootsmann hatte anderes zu tun, als die Karten zu kontrollieren. Das Schiff legte ab. Vom Fluß aus konnte man besser erkennen, wie weit der Bau fortgeschritten war. Einen Kilometer Wasser sollte die Brücke überspannen. An der Reling stehend, die Hände in den Manteltaschen vergraben, erinnerte Glawatsch sich daran, was Undine ihm am Krankenbett vorgelesen hatte.
»In die Granit-Pylone werden vier Reihen von Stahlsäulen eingepaßt. Ein dünnes Fahrbahnband soll den gesamten Verkehr tragen. Die *George-Washington-Bridge* wird den Norden Manhattans endlich mit dem Festland verbinden.«
Sie hatte aufgeblickt und ihn angesehen, unsicher, ob er verstand, was sie las. Er hatte alles verstanden und alles gesehen. Ihre Ratlosigkeit seinem Zustand gegenüber. Ihre Bemühung, die Sprache nicht auf den Film zu bringen. Sie erzählte von den fünfzig Zentimetern Neuschnee, die New York lahmgelegt hatten, vom Streik der Textilarbeiter am Union Square, beschrieb eine goldene Statuette, die sie für ihre Wohnung erworben hatte. Aber kein Wort über *Die Rache Markittas*. Und auch von der Schwangerschaft sprach sie niemals.
Sigmund sah die Pfeiler auf der gegenüberliegenden Flußseite aus dem Nebel ragen. In der Ferne trieben Eisschollen, Möwen machten darauf Zwischenstation. Als die Fähre noch hundert Meter vom Jersey-Ufer entfernt war, konnte er die Baumaschinen erkennen. Raupenfahrzeuge und Teerkocher. Die Trasse verlief vom Brückenpfeiler aus schon mindestens zwei Meilen ins Landesinnere und schnitt die Filmstudios mittendurch. Die *Columbia Pictures, Delta* und *Miramar* waren längst nach Hollywood abgewandert. Nur die *RUGA-Film* war geblieben bis zum Schluß. *Die Rache Markittas* hatte die Firma

ruiniert. Niemand hatte Glawatsch diese Meldung vorgelesen, aber er borgte sich die *New York Times* von dem halbseitig Gelähmten im Nebenzimmer. Der RUGA-Chef hatte Konkurs angemeldet und sich im Haus seiner Geliebten eine Kugel ins Auge geschossen.

Sigmund stolperte von der Fähre, umkreiste einen Erdwall und betrat die Baustelle. Niemand hielt ihn auf. Caterpillars und Bagger röhrten. Erst jetzt sah er das Ausmaß der Zerstörung. Die Glasdächer und Stahlkonstruktionen der Studios wurden sorgfältig abgebaut. Gegen die Büro-Baracken gingen die Bulldozer vor. Ein schwarzroter Kran mit Eisenkugel zerwühlte die kleine Wiese, auf der Glawatsch seine Lakritze gekaut hatte. Die Metallketten drehten sich im nackten Lehm. Die Kugel pendelte bedrohlich vor einem der Häuschen. Der Stahlarm stieg in die Höhe, die Kugel schwang aus und knallte dumpf in die Baracke. Mörtel zerstieb, Holz splitterte, das Haus war zur Höhle geworden. Glawatsch sah leere Regale und ein in der Luft hängendes Waschbecken. Viermal schlug die Kugel zu, dann setzte der Bulldozer das Werk fort. Ein Pappelefant stand zusammengesackt neben der Verandatreppe eines Südstaatenpalastes. Sie führte ins Nirgendwo. Eine Wildwestkutsche mit zwei Rädern. Römische Säulen, ihre Leinenverkleidung flatterte im Wind. Glawatsch entdeckte das Turmfenster, durch das Prinz Almsjö sich Zutritt verschafft hatte. Es verfaulte im Schnee. Ein Kronleuchter aus Markittas Burg. Eine Kiste mit der Aufschrift: Blechhelme, 100 Stück.

Glawatschs Büro stand noch. Er glitschte durch den Lehm, wich der kreisenden Kugel aus und erreichte das Häuschen. Die Tür war versperrt. Er gab ihr einen kräftigen Tritt.

»Hey!« rief der Bauaufseher aus einiger Entfernung. Glawatsch hörte ihn nicht.

Das dünne Holz gab nach, er stand im Büro. Sie hatten alles mitgenommen. Seinen Schreibtisch, das Sofa, auf dem er täglich Mittagsschlaf gehalten hatte, die Fotografien, die Drehbücher, die Preise und Trophäen. Auch die

Tennisausrüstung war verschwunden. Nur in der Ecke lag ein Haufen Papier, die obersten Blätter bewegte der Wind. Der Bauaufseher drückte seinen Helm in die Stirn, und marschierte auf die Baracke zu. Sigmund ging auf die Knie, wühlte in alten Requisitenlisten, Dekorationsplänen und Rechnungen.

»Was machen Sie da? Wie sind Sie reingekommen?«

Glawatsch sah das Etui, bevor der Bauaufseher ihn erreichte.

»Können Sie nicht antworten?«

Nein, er konnte nicht. Seine Finger umschlossen das rötlich schimmernde Leder. Der Mann griff ihn bei der Schulter und zog ihn hoch.

»Hier gibt's nichts zu klauen.«

Sigmund sah ihn aus fragenden Augen an. Vorsichtig ließ er das Etui in die Manteltasche gleiten.

»Das Gelände ist für die Öffentlichkeit gesperrt.«

Der Aufseher brachte Glawatsch zur Tür. Die Kugel schwang in gefährlicher Nähe vorbei. Ein Caterpillar brüllte.

»Bernardo!« rief der Mann mit dem Helm. Ein bulliger Italiener trabte an. Er kannte das Problem. Viele Filmbegeisterte holten sich Souvenirs aus den Studios. Eine Frau war dabei um ein Haar erschlagen worden. Der Italiener nickte dem Aufseher zu und hakte Glawatsch unter.

»Andiamo.«

Sigmund hielt die Schachtel in der Tasche umklammert und drehte sich noch einmal um. Die Kugel knallte in sein Büro. Durch das Loch in der Wand sah er die Papiere hochfliegen. Das schmiedeeiserne Studiotor lag am Rande der kotigen Straße, halb vom Schnee verdeckt.

»Vai vai!« Der Bullige wies mit dem Finger auf die Fähre, ließ Glawatsch stehen und ging an seine Arbeit zurück. Sigmund holte das Kästchen aus der Tasche, klappte es auf und betrachtete die Medaille.

Denn das Gfrett ohne Grund
gibt uns Kern, halt uns gsund.

Er bewegte die Lippen ein wenig, schloß den Deckel und ließ das Etui in die Tasche gleiten. Da spürte er Papier. Er zog den Brief hervor und erkannte die Schrift. Er las ihn nur einmal. Versonnen schaute er zum Ufer. Die Fähre war umgekehrt, hatte Manhattan fast wieder erreicht. Glawatsch wandte sich in die andere Richtung. Den Brief ließ er aus der Hand gleiten. Der Wind begann damit zu spielen. Sigmund klemmte das Anzugbündel unter die Achsel und ging Richtung Westen. Bald tauchten wieder Bäume auf. Cotoniaster, Weißahorn. Nur wenige Eichen, der Boden war zu feucht. Er durchquerte New Jersey zu Fuß, Rotbuchen, Pfingstbirken, erreichte die Grenze von Pennsylvania, machte halt und steckte einen schönen Zapfen der Wicoca-Lärche ein. Dann setzte er seinen Weg nach Westen fort.

1953

Kurz davor

»Hast du Lust, einen Spaziergang zu machen?«
Henrietta wollte die Teller abräumen, Yurgrave kam ihr zuvor. Er legte Messer und Gabel in die Spüle und wischte mit der Serviette die Reste von Henriettas Lasagne in den Müll. Von der grünen Apfelcreme war etwas übriggeblieben. Sorgfältig spannte er Plastikfolie über die Schale und stellte sie in den Kühlschrank.
»Spazieren? Gerne, ich platze.« Er kam zurück und wischte mit einem feuchten Lappen über die Tischplatte.
»Die Béchamel war wirklich selbstgemacht?«
»Natürlich.« Sie amüsierte sich über seine ungläubig hochgezogenen Brauen.
»Wann hast du das vorbereitet?«
»Während du im Schlafzimmer warst.«
Sie wußte, daß er ihr schmeichelte und bedankte sich mit einem Lächeln.
»Kann ich die Plastikwanne wiederhaben?« fragte sie.
»Ja, ich bin fertig.«
»Was machst du eigentlich da drin? Und warum darf ich nicht zusehen?«
»Nur eine kleine Übung. Ich prüfe, ob ich mein Handwerk noch beherrsche.«
»Riecht unangenehm, deine Übung.«
»Malvenkraut und Kieselwasser«, sagte er und holte seine Jacke von der Garderobe.
»Wenn du's mir nicht sagen willst, werde ich dich auch nicht fragen.«
»Es ist nicht halb so geheimnisvoll, wie du denkst.« Er strich sich die Haare aus der Stirn und ging zur Tür.

Henrietta mochte die Veränderungen, die Yurgrave an sich vollzogen hatte. Er lief nicht mehr in Unterhosen vor ihr durch die Wohnung und kratzte sich nur noch selten am Hintern. Er rasierte sich täglich und fragte höflich, ob er das Bad benutzen durfte, wenn Henrietta zu Hause war. Eines Tages war er unangekündigt zum Friseur gegangen und um zehn Jahre verjüngt wiedergekommen.
Er hielt ihr die Tür auf, sie verließen das Apartment. Durch die helle Julinacht schlenderten sie Richtung Coney Island. Henrietta war gespannt, wann er draufkommen würde, wohin sie gingen. Er überholte, fiel wieder zurück, deutete kleine Tanzschritte an und summte eine Melodie.
»Heute werden wir es erfahren«, sagte er plötzlich und sah zum Himmel hoch, als spräche er zu den Sternen.
»Du weißt du es?«
»Nein. Aber heute werden wir es erfahren.«
Sie nickte und ging voraus. Vor dem Nachthimmel zeichnete sich die dunkle Silhouette der Zuschauertribüne ab.
»Sie warten schon«, sagte er. Gemeinsam betraten sie das Delphinarium. Henrietta zog sich um. Yurgrave setzte sich währenddessen an den Rand des Trampolins. Im grünen Badeanzug kam sie wieder, öffnete die Schleuse und ließ die Delphine ins Becken. Dann stieg sie ins Wasser. Der Jacobitadelphin war der erste. Er begrüßte Henrietta mit einem Schubs gegen die Schulter. Die Tümmler folgten, Henry war der letzte. Er tauchte unter ihr weg und sprang.
Henrietta kannte jeden Laut, den sie machten. Das Zwitschern der beiden Weibchen war leise und verhalten. Die Bullen klapperten mit den Kiefern, weil sie auf Futter hofften. Henry ließ sein spöttisches Lachen hören, die andern quiekten frech. Der Jacobita machte fröhliche Raspel- und Schleifgeräusche, während Henrietta sich von ihm quer durch das Bassin schleppen ließ. Im Chor ließen die sechs ein anschwellendes Grollen hören, gefolgt von hektischen Klickgeräuschen, wie das Splittern von Baum-

stämmen. Henrietta schwamm an den Beckenrand und schwang sich neben Yurgrave hoch.
»Was sagen sie?«
Hinter ihr überschlug Henry sich in der Luft und ließ sein Kullern erklingen.
»Was hat er gesagt?«
Yurgrave zog Jacke und Hemd aus und ging ins Wasser. Er ließ sich bis auf den Grund des Beckens sinken, legte sich flach auf den Rücken und betrachtete die Delphine. Luftblasen stiegen auf, die Tümmler wurden unruhig. Dann tauchten sie und umringten Yurgrave. Pius hob den Kopf. Er sang einen tiefen Ton und hielt ihn ungewöhnlich lange aus. Plötzlich ließ Henry denselben Ton hören. Nach und nach setzten die übrigen ein. Sie verstummten wieder. Yurgrave probierte einen anderen Ton. Im Chor kam die Antwort der Delphine. Sieben Töne gab Yurgrave vor, siebenmal sangen sie mit ihm. Yurgrave klatschte in die Hände. Die sechs schwammen auf ihn zu und knufften mit ihren Schnauzen gegen seine Brust und Beine. Er stieß sich vom Beckengrund ab und tauchte an die Oberfläche. Zehn Minuten war er unter Wasser gewesen, aber sein Atem ging ruhig und gleichmäßig. Er setzte sich neben Henrietta an den Rand des Bassins.
»Du kannst es lernen«, sagte er und strich sich die Haare aus dem Gesicht. »Es ist Musik.« Sie nickte. »Ja, Musik. Du wirst sie lernen.«
Henrietta zitterte. Stumm schwammen die Delphine wieder ihre Bahnen. Von Zeit zu Zeit schoß einer an die Oberfläche. Das Licht der mondhellen Nacht brach sich in der Wasserfontäne. Lange saß Henrietta schweigend neben Yurgrave. Als er zu frösteln begann, brachte sie ihm ein Handtuch. Auf dem Heimweg legte sie den Arm um seine Hüfte.

Mitte Juli. Es war der Tag. Sie wußten nicht, wie sie die Stunden bis zu dem Ereignis herumkriegen sollten. Gleich nach Sonnenaufgang setzte Henrietta sich ans Badezimmerfenster und schaute aufs Meer. Beim Frühstück

sprachen sie wenig. Vormittags wurden beide von solcher Unrast befallen, daß sie beschlossen, nach Manhattan zu fahren, um bei *Macy's* Garderobe für Yurgrave zu kaufen.
»Kann ich die Plastikwanne noch einmal haben?« fragte er.
Durch den Spalt der Schlafzimmertür beobachtete sie, wie er eine Flüssigkeit in die Wanne goß, in der Henrietta sonst Getreidekörner aufquellen ließ. Er pflückte einige Blätter des Krautes, das an der Zimmerdecke hing, und zerbröselte sie in der Flüssigkeit. Minutenlang rührte er in dem Gemisch. Schließlich ging er zum Nachttisch und nahm eine Zehndollarnote aus seiner Brieftasche. Er zwirbelte die oberen Ecken des Scheines mit den Fingerspitzen und legte die Note in die Wanne.
»Bist du soweit?« rief er und drehte sich um. Henrietta konnte gerade noch hinter die Tür springen.
»Wie lange brauchst du noch?« sagte sie und tat, als überprüfte sie die einzelnen Punkte auf ihrem Einkaufszettel.
»Sieben Minuten.« Er wusch sich die Hände in der Küche.
»Genau sieben?« fragte sie, ohne aufzublicken.
»Ganz genau sieben.« Er streifte ihren Nacken mit der Hand. »Malvenkraut und Kieselwasser«, sagte er und verschwand im Schlafzimmer.
»Ich gönne dir dein kleines Geheimnis«, antwortete sie so unbeteiligt wie möglich und hängte ihre Handtasche über die Schulter. Als er wiederkam, verstaute er ein Bündel Geldscheine in seinem Portemonnaie. Sie waren noch feucht.

Boxershorts in Grün und Blau suchte Henrietta aus, kurzärmelige Hemden mit bunten Mustern. Einen grauen und einen dunkelgrünen Anzug mit schmalen Schultern, hochgeschnittenen Revers und Bundfaltenhosen. Dazu strichdünne Krawatten, alle in Grün. Er probierte Hüte. Henrietta bestand auf einen mit schmaler Krempe und hohem Schweißband. Als Krönung setzte sie eine schwarze Sonnenbrille auf Yurgraves Nase.

Sie fuhren zu einer Schneiderei auf der Westside, mußten dort einige Zeit warten, dann bekam Pius einen großen Karton ausgehändigt. Darin war das Gewand. Er bezahlte, sie zogen weiter.
Er hatte Lust, in ein *Deli's* auf der 52. Straße zu gehen und lud Henrietta ein. Grelles Neonlicht, viel Chrom und Kunstleder. Er bestellte Tripledecker-Sandwiches mit Pastrami, Huhn und Roastbeef zwischen Salatblättern. Henrietta staunte, wieviel er verdrücken konnte. Sie selbst dippte Selleriestangen in Joghurt. Danach gab es Milk-Shakes. Er wählte Bananengeschmack, Henrietta Waldmeister. Sie überredete ihn, ein Bagel mit Cherry-Cream zu probieren. Er aß gleich drei.
Sie spazierten die Fifth Avenue hoch. Die Mittagsschwüle hatte sich verzogen, der Park lag bereits im Schatten. Weiter nördlich bogen sie in eine Seitenstraße ein.
»Nur wenn sie gezwungen werden, tauchen Delphine tiefer als zwanzig Meter«, erzählte Henrietta gerade, als sie bemerkte, daß Pius stehengeblieben war. Er blickte hoch. Sie standen vor einem verwahrlosten Gebäude mit überladener Fassade. Wie ein Spukschloß sah es aus. Irritiert betrachtete Henrietta die Teufelsfratzen und Engel, die auf sie niedergrinsten. In dem Haus befand sich ein Kino – *Gentlemen Prefer Blondes* wurde gerade gezeigt.
»Was hast du?« fragte sie. Pius fuhr sich mit der Hand über die Stirn und murmelte etwas. Henrietta bemerkte die Inschrift über dem Portal. Die goldenen Lettern waren grünstichig und vom Staub der Straße verdreckt. *To The Memory Of Sigmund Glawatsch.*
»Wer ist das?«
Er antwortete nicht gleich. Seine Hand umfaßte den Türgriff aus erblindetem Messing, als müßte er sich festhalten. »Nichts, niemand. Keine Ahnung.«
Unsicher, als suche er etwas, betrat Pius das Foyer. Henrietta fand im Inneren alles noch düsterer und heruntergekommener. Am Fuß der Treppe, die in elegantem Schwung nach oben führte, blieb er stehen. Der Teppich auf den Stufen war abgetreten und zerschlissen. Von den

Wänden blätterte die Goldtapete ab. Während er langsam hochstieg, strich seine Hand über das samtbezogene Geländer. Oben angelangt, drehte er sich um, als wüßte er nicht, weswegen er dort stünde. Sein Fuß schabte an der Zierleiste des Treppenabsatzes. Aus dem Kinosaal war Gesang zu hören, Frauenstimmen. Yurgrave drehte sich um und riß die Schwingtür auf. Ein grobschlächtiger Mann trat ihm entgegen.

»Die Vorstellung läuft schon.«

Pius starrte ihn an.

»Kann ich Ihre Karte sehen?«

»Karte?«

»Ohne Karte können Sie nicht rein.«

»Alles in Ordnung?« rief Henrietta von unten.

Pius ging einen Schritt zurück. In der Nische zum Vorführraum sah er das Plakat. Als könnte er den Blick nie wieder davon lösen, ließ er sich mit der Schulter gegen die Wand sinken und betrachtete es. Henrietta kam hoch, besänftigte den Dicken mit einer Geste und stellte sich hinter Yurgrave. Auf dem vergilbten Bild sah sie eine Frau in weißem Kleid, die ein Schwert erhoben hielt.

»Kennst du den Film?«

»Markitta«, murmelte er. Mißtrauisch war der Dicke näher gekommen.

»Wollen Sie jetzt eine Karte oder nicht?«

»Werden hier Filme von Sigmund Glawatsch gespielt?« fragte Yurgrave in plötzlicher Euphorie.

»Glawatsch?« Der andere rieb sich die Nase. »Wer will so was noch sehen?« Er ließ den Blick zwischen dem Fremden und dem Plakat hin und her wandern.

»Pius, es wird spät.« Henrietta legte die Hand auf seine Schulter. Unverwandt starrte er auf die Frau in Weiß.

»Zeisel!« sagte sie und riß ihn herum.

Er schüttelte sich, als hätte sie einen Eimer Wasser über ihn gekippt, und holte tief Luft.

»Ja, Zeisel.«

Yurgrave packte den Karton fester und wandte sich zur Treppe. Der Dicke beobachtete, wie die beiden einge-

hängt im unteren Foyer verschwanden. Die kleine Tür zum Heizungskeller, die sich leise schloß, bemerkte der Hausmeister nicht.
Draußen dämmerte es schon. Sie hatten keine Zeit mehr, mit der U-Bahn zu fahren. Pius pfiff ein Taxi heran. Während der Wagen sich durch den frühabendlichen Verkehr kämpfte, öffnete Yurgrave den Karton, den er den ganzen Nachmittag durch die Stadt geschleppt hatte. Er ließ Henrietta den festen glänzenden Stoff fühlen. Sogar im dämmrigen Inneren des Taxis konnten sie das Rot der Kardinalsrobe leuchten sehen.

Der Hausmeister betrat den Heizungskeller, um seinem Untermieter zu erzählen, was ihm begegnet war. Er fand Smiley beim Bügeln.
»Fleißig, fleißig«, sagte der Dicke und ließ sich auf den einzigen Stuhl fallen, der hier unten stand.
Smiley bügelte das Hemd seit einer Stunde. Er hätte es in kürzerer Zeit schaffen können, aber Bügeln war sein liebstes Ritual. Er breitete die Hemdbrust auf das klapprige Bügelbrett, das ihm der Sperrmüll beschert hatte. Der Thermostat des Bügeleisens war kaputt, also prüfte er die Temperatur mit dem Finger. Dann begann er den plissierten Stoff vorsichtig entlangzugleiten. Ein wenig Dampf stieg auf.
»Sieht nach 'nem teuren Hemd aus«, begann der Hausmeister das Gespräch. »Hab' ich noch nie an dir gesehen. Bißchen antiquarisch, stimmt's?«
Smiley nickte, ließ sich aber bei der Arbeit nicht stören.
»Sonst sieht man dich immer in dem ollen speckigen Sakko und den ausgebeulten Hosen. Is' wohl ein besonderer Anlaß heute?«
Der Brustpanzer der Ritterrüstung, dachte Smiley und hörte nicht hin, als der Hausmeister von dem Mann im Kino zu erzählen begann. Die gestärkte Hemdbrust war das letzte Symbol des Ritters, das sich in die moderne Zeit gerettet hatte. Heute gab es bloß noch schlaffe Hemden, dachte Smiley. Das war aus Ehre und Ritterlichkeit ge-

worden. Der Ärmel schien ihm der schwierigste Teil der Prozedur zu sein. Der Stoff mußte so aufgelegt werden, daß von der Achsel zur Schulter eine glatte Fläche entstand. Niemand bemerkte das nachher. Der Ärmel blieb für alle unsichtbar. Aber Smiley selbst konnte es spüren und das zählte. Der Ärmel besaß das Geheimnis der Sorgfalt, dachte er. Die Manschette dagegen war einfach. Dreimal bügelte er darüber, fertig.

»Dachte, er kann eben mal so ins Kino reinspazieren«, plusterte der Hausmeister sich auf. »Aber ich steh' ja immer in der Ecke, du weißt schon, wo ich alles überblicke. Da kommt keiner an mir vorbei.«

Zuletzt der Rücken. Sorgfältig fuhr Smiley über den Stoff, bis eine vollkommen glatte Fläche vor ihm lag. Er hielt das Hemd gegen das Licht und war zufrieden.

»Das ist ja ein Prachtding!« staunte der Hausmeister. Smiley drängte an ihm vorbei, um den Anzug zu holen. Trotz der Jahre sah der Smoking tadellos aus. Breite glänzende Revers, wie sie heute völlig aus der Mode waren. Die Kanten zwar ein wenig abgestoßen, doch man bemerkte es kaum.

»Mit gepolsterten Schultern kann sogar einer wie du nach was aussehen«, witzelte der Hausmeister. »Und dann ist der Kerl vor dem alten Plakat stehengeblieben, als hätte ihn der Schlag getroffen.«

Smiley sah den Dicken ernst an. Seine Züge spannten sich, er öffnete den Mund.

»Raaa-hhha ... Mmmmakkk ... marrrk ...« Weiter kam er nicht.

»Jaja, *Die Rache Markittas*«, nickte der andere. »Die hatte's ihm angetan.«

Smiley deutete auf seinen Bademantel. Er wollte sich nun umziehen.

»Dann werd' ich mal.« Der Hausmeister wuchtete sich vom Stuhl hoch und schlurfte die Eisentreppe hinauf.

»Laß dich aufgetakelt noch mal anschauen, bevor du gehst.«

Die Tür krachte ins Schloß. Smiley zog den Bademantel

aus, stieg in die frisch gewaschene andere Unterhose und hob das Hemd feierlich hoch. Er genoß das Gefühl, hineinzuschlüpfen, solange es noch warm war. Der feine Stoff glitt über seinen Rücken, die Hände krochen wohlig durch die glattgebügelten Ärmel. Smiley öffnete die kleine Schachtel, worin er die Knöpfe, schwarze Onyxe, gefaßt in Silber, aufbewahrte. Er schob die Steckvorrichtung durch die Hemdbrust und ließ sie innen auseinanderschnappen. Ächzend mühte er sich, den Kragen zu fixieren. Durch vier Löcher mußte er die Spange quetschen. Immer wieder klappte das steife Ding schnalzend hoch. Buster Keaton, dachte Smiley und seufzte erleichtert, als der Kragen endlich festsaß. Er schob die Manschettenknöpfe ein, klappte die Querhalter um. Weiß umrahmte der Stoff seine dichtbehaarte Hand.
Das Binden der Schleife. Er legte sie um den Hals und bückte sich zu der Spiegelscherbe. Rechts über links, durchziehen, linkes Ende falten, anlegen, rechtes Ende darüber, linkes Ende durchholen, auf gleiche Länge ziehen, voilà, die Schleife. Er stellte sich in größtmöglichem Abstand zur Scherbe. Gott, sind diese Beine krumm, dachte er. Die Socken, die er trug, hatten die Farben undefinierbargrün, trübblau und verwaschenrot. Darüber begannen seine behaarten Säbel. Rasch befestigte er die Hosenträger, stieg in die Hosen, schloß die Knöpfe und schlüpfte in die Schuhe. Er sah nach unten. Das Hosenbein ruhte elegant auf den glänzenden Kappen, eine zärtliche Berührung von Stoff und Leder. Smiley steckte ein frischgebügeltes Taschentuch ein und sein letztes Geld – 4 Dollar 60 Cents.
Den Rest Brillantine kratzte er aus der Dose und massierte ihn ein. Seinem Kamm fehlte die Hälfte der Zinken. Mit den übriggebliebenen kämmte er das graue Haar nach hinten. Er verharrte einen Moment vor der Spiegelruine, faßte kurzentschlossen die Schere und schnitt ein überlanges Haarbüschel an den Ohren ab. Er trat vor die beiden Fotografien. Die Frau in Weiß und die Frau in Pepita. Mühsam formten seine Lippen ein Wort.

»Mei-nnne Liebsssste«, flüsterte er, »aaach, meine Lieeebste.«
Im Konfitüreglas stak eine Rose, er schnitt sie auf die richtige Länge und steckte sie ans Revers. Das Jackett bürstete er sorgfältig, bevor er es anzog. Er trat vor die Scherbe. Kleiner fand er sich, gebeugter, aber ein Ritter war er trotzdem. Ein Ritter, der für eine Dame in den Kampf zog. Vor den beiden Bildern machte er eine galante Capriole, schnappte sich das rotlederne Etui mit der Medaille vom Regal und steckte es in die Tasche.

War net Wien, wann net durt,
wo ka Gfrett is, ans wurdt.
Denn das Gfrett ohne Grund
gibt uns Kern, halt uns gsund.

Smiley verließ den Keller. Dem Hausmeister, der den Gehweg fegte, blieb der Mund offen stehen, als der kleine Mann aus dem Kino trat. Der Dicke glotzte ihm nach, bis er in der Subway-Station verschwunden war. Als der Hausmeister sich umwandte, ließ die Abendsonne die Schrift über dem Portal aufblitzen – *To The Memory Of Sigmund Glawatsch.*
In der U-Bahn wurde Smiley zum ersten Mal in seinem Pennerleben selbst angebettelt. Er grinste, und verschenkte die 60 Cents. Er fuhr Richtung Madison Avenue, wo im Lowfield Building der Empfang zu Ehren des Kardinals gerade begonnen hatte.

Heftiges Klingeln. Sie blickte sich um.
Der Sommerwind bewegte den nachtblauen Vorhang. Das Licht der Laterne drang in zwei schmalen Streifen herein. Sie ging nicht ans Fenster. Stille.

1991

Tapeten

Sabina übernachtet bei mir. Was für ein besonderer Gunstbeweis.
»Wo kann ich den Jadeduftstein hinlegen?«
»Äh, ja, wo willst du ihn denn hinlegen?«
»Dort, wo sich die Essenz am besten verbreitet.«
»Die Essenz, aha … äh, in der Küche ist das wahrscheinlich nicht so günstig. Also wie wär's im Schlafzimmer?«
»Ich lege ihn immer ins Bad.«
»Klar, im Bad finde ich ihn gut.«
»Es sollen keine Umstände sein.«
»Umstände, wenn ein Jadeduftstein in meinem Bad liegt?«
Und so kommt der Jadeduftstein in die marmorgeflieste Nische über dem Bidet. Riecht nicht sehr angenehm. Genaugenommen müffelt er wie faulige Zwiebel, aber das muß bei einem Jadeduftstein wohl so sein.
»Spürst du die Ruhe, die von ihm ausgeht?« fragt mich Sabina, als sie schon in ihren mitternachtsblauen Pyjama geschlüpft ist.
»O ja, das ist eine echte Ruhe, das riecht man sofort.«
»Es ist nicht sosehr der Geruch, als vielmehr die Präsenz der Gleichheit. Die kosmische Ursache innen und außen.«
Sie pflückt die Zahnseide aus ihrem sternenverzierten Kulturbeutel und spult den Faden ab.
»Ich verstehe, was du meinst«, nicke ich und lasse sie allein. Auf Zehenspitzen gehe ich zum Gästezimmer und sehe nach, was Hooper macht.

»Skirf«, meint er und winkt mir. Wir haben ihm ein Nachtlager im Schmutzwäschekorb bereitet. Flauschig zwischen Damast und Seide gebettet, spielt er mit dem Fabergé-Ei meiner Gastgeber. Es ist ein Original, aber anderes Spielzeug ließ sich in der Wohnung nicht finden. Seine kleinen Hände werden das stabile Meisterwerk der Goldschmiedekunst wohl kaum kaputtkriegen.
»Skiiirr!« ruft er und wirft das Ei nach mir. Ich hechte in die Zimmerecke und fange es wenige Zentimeter über dem Boden ab.
»Solltest du nicht langsam schlafen?« versuche ich ihn zu motivieren.
»Skirr skirr!« patscht er in die Hände und will das Ei wiederhaben.
»Das wird nichts, Kleiner«, sage ich, aber er skirrt in den höchsten Tönen. Ich laufe in die Küche, greife mir das Tee-Ei aus der Schublade, renne zurück und biete es Hooper als Ersatz an. Befriedet spielt er mit der silbernen Kugel, läßt sie auf- und zuschnappen und skirrt dabei. Mit der Zeit wird sein Kopf schwer, die Hände können das massive Ding nicht mehr halten. Es gleitet aus dem Wäschekorb, Hooper ist eingeschlafen.
»Nur für diese Nacht.« Sabina ist hinter mich getreten und macht eine Geste priesterlicher Bescheidenheit.
»Von mir aus so lange du willst.« Ich stehe von Hoopers Lager auf. »Du siehst doch, wieviel Platz hier ist. Die Leute, denen das Apartment gehört, kommen erst zurück, wenn der Sommer vorbei ist.«
»Wir brechen gleich morgen früh auf«, beharrt sie und gleitet ins Bett. Es ist ein Anblick der besonderen Art, wie Sabinas langes schwarzes Haar über die schneeweißen Kissen fließt. Der Schein der Bernsteinlampe läßt ihre Wangen glühen. Im Ausschnitt des Pyjamas erspähe ich die Rundungen ihrer Brüste.
»Was möchtest du zum Frühstück?«
»Tee und eine Schale Reis.«
»Reis … zum Frühstück?«

»Ungeschälten, wenn du hast.«
»Ich werde nachsehen. Und Hooper?«
»Er bekommt etwas Brei von dem Reis. Mit Honig.«
»Gute Nacht, Sabina.«
»Gute Nacht, Poldi. Danke.«
Als hätte ich den Ritterschlag erhalten, schließe ich sanft die Tür. Ich mampfe ein Leberwurstbrot und drei Scheiben von der ungarischen Salami und nehme mir eine Portion grünen Pudding mit ins Bett. Den Glibber löffelnd, dämmere ich langsam weg.
Beim ersten Sonnenstrahl bin ich auf der Straße und laufe zu dem Bioladen auf der *Lexington*, den ich sonst nie betrete. Tofu und Getreidebällchen haben eine abschreckende Wirkung auf mich.
»Haben Sie ungeschälten Reis?«
Der koreanische Inhaber lächelt herablassend.
»Bevorzugen Sie ...« Und dann zählt er zwanzig Sorten auf, mit den unaussprechlichsten Namen, die mir alle nichts sagen.
»*Sim Yu Lan* könnte ich natürlich für Sie bestellen. Das dauert allerdings zwei Wochen.«
»Zwei Wochen kann ich nicht warten. Welchen Reis würden Sie zum Frühstück essen?«
»Zum Frühstück? Da ist die Wahl leicht.«
Er deutet auf einen geflochtenen Korb zu meinen Füßen. Der Name des Reises erinnert mich an eine unglücklich verliebte siamesische Prinzessin.
»Ja, mhm, schön, den nehm' ich.«
Eine halbe Stunde später ist das Wasser so weit verköchelt, daß ich Sabina zum Frühstück rufe. Ich bändige rasch meine Morgenhaare und putze mir die Salamireste vom Vorabend aus den Zähnen. Als ich in die Küche zurückkomme, pappt der siamesische Prinzessinnenreis unwiderrufbar am Boden des Topfes fest. So ein unbeschreiblicher Fehlschlag. Da hätte ich Sabina einmal beweisen können, daß mir fernöstliche Lebensweise nicht fremd ist, und ich lasse den kostbaren Reis anbrennen.

»Wie spät ist es?«
Sabina steht hinter mir. Sie trägt ein blütenweißes Herrenhemd und sieht so taufrisch aus wie ich noch niemanden am frühen Morgen erlebt habe.
»Kurz nach acht. Du, Sabina, ich muß dir gestehen ...«
»Ach, du kennst die *Mifune*-Methode?« ruft sie überrascht und hebt den Deckel von der verkochten Pampe, mit dem ich das Malheur schnell unsichtbar machen wollte.
»Die *Mifune* ... wieso?«
»Mifune sagt: *Reis, der brennt, tötet die Geister des Ostens.*« Liebevoll stochert sie in der angekohlten Grütze. »Deshalb soll man den Morgenreis immer ein wenig anbrennen lassen.«
»Wenn Mifune das sagt ...« Ich bin erleichtert.
Während sie den Brei für Hooper bereitet, beende ich meine Morgentoilette. Der Jadeduftstein riecht ziemlich streng.

Apokalyptische Reiter, Lamamützchen an der Wand, abgebrannte Räucherstäbe, Düsternis, schlechte Luft. Zu dritt stehen wir in der Tür zu Hoopers Kinderzimmer. Gryhsl hat uns vor Sabinas Haus erwartet.
Unsicher wie eine Blinde tappt sie in den Raum, bleibt zwischen Gitterbett und Seidenvorhang stehen und sieht sich um. Dann stürzt sie zum Fenster und reißt die Jalousien hoch. Die staubigen Scheiben lassen den hereinbrechenden Sonnenschein fahl und aschig werden. Bei Licht besehen ist Hoopers Zimmer noch bestürzender. Reste abgebrannter Kerzen übersäen den Boden. Überall stapeln sich esoterische oder sonstwie heilige Schriften. Jeder Schritt, den Sabina macht, wirbelt Aschefontänen hoch. Die Apokalyptischen Reiter stürmen mit bleckenden toten Fratzen auf den Betrachter zu, als hätten sie Hoopers Zimmer zu ihrem Hauptquartier erkoren. Sabina taumelt zum Fenster, zerrt daran, aber die Riegel sind festgerostet. Plötzlich wird sie von heftigen Krämpfen geschüttelt und übergibt sich. Gryhsl ist bei ihr und stützt sie. Sabina kotzt

hemmungslos, bis der gesamte Mifune-Reis auf dem Teppichboden schwimmt.
»Hier könnte einiges gemacht werden«, sage ich aufmunternd nach einer Weile. Sabina liegt kraftlos auf Hoopers schwarzem Katafalk.
»Gemacht?« fragt Gryhsl und schlägt den Beschützerton an. Er wartet auf Sabinas Befehle.
»Na ja, bißchen Farbe, ein paar lustige Tapeten, und weg mit dem Papierkram.«
»Das ist kein Kram«, kontert er. »Wie kommst du dazu ...«
»Elefanten«, haucht sie.
»Was meinst du?« Gryhsl beugt sich liebevoll zu ihr.
»Elefantentapeten.« Sie sieht mich aus wäßrigen Augen an. »Wäre das nicht schön?«
»Klar, Elefanten sind immer gut«, antworte ich.
»Oder Delphine«, mischt Gryhsl sich ein. »Wie wär's mit einer Delphintapete? Lustige springende ...«
»Nein!« Sabina ist wieder auf den Beinen. »In diese Wohnung kommen mir keine Delphine mehr!« Krachend schlägt sie auf den Rand des Gitterbettes. Gryhsl tritt unwillkürlich einen Schritt zurück.
»Keine? Schön, wenn dir Elefanten lieber sind«, gibt er klein bei.
»Und der ganze Schund verschwindet!« Mit einem Ratsch reißt sie das Poster von der Wand, daß die Apokalyptischen nur so staunen. Eine Sekunde später liegen sie zusammengeknüllt im Staub. Das Lamamützchen segelt hinterher. Sabina ist nicht mehr zu halten. Sie rast in die Küche, holt einen Müllsack und beginnt Bücher, Broschüren, Flugblätter, *Apokalyptische Reiter* und Mützchen hineinzustopfen. Die bestickten Spielmäuse folgen, die Vase für die Räucherstäbe, die Kerzenstummel. In Minuten ist der Sack voll. Sabina kann ihn kaum noch heben.
»Hier«, sagt sie und hält Gryhsl den oberen Zipfel hin. »In den Müll damit.«
Er zögert. Als ihre Brauen sich in warnende Balken verwandeln, schultert er den esoterischen Sperrmüll und

trabt aus der Wohnung. Kurz darauf hören wir das Zeug in die Tonne poltern.
»Womit fangen wir an?« Sabina dreht sich zu mir, als wäre ich der eben engagierte Innenarchitekt.
»Mit Besen und Schaufel, würde ich sagen.«
»Mit Besen und Schaufel«, nickt sie und klopft mir anerkennend auf den Oberarm. Sie hat ihre gesunde Herablassung wieder.
»Aber zuerst hilfst du mir, dieses Ding zu zerschmettern.« Ich folge ihrem Blick, sie meint das Gitterbett.
»Gute Idee.« Ich verpasse dem Klappergestell einen saftigen Tritt, daß die Scharniere krachen. Gryhsl packt mich von hinten.
»Bist du verrückt?!« gröhlt er und zerrt mich zurück.
»Laß!« ertönt die Stimme der Priesterin.
»Auf ein neues!«
Ich laufe an und lasse mich mit dem geballten Potential meiner neunzig Kilo auf das Bett plumpsen. Es kracht zusammen wie das Mobiliar einer Westernschlägerei.
»Yippieee!« schreie ich und sehe Sabina zum ersten Mal seit langem lachen.
»Yippie«, sagt sie zart und hilft mir aufzustehen.
»Kommt, wir wollen die Elefantentapeten aussuchen.« Sie küßt mich und Gryhsl in rascher Folge auf die Wange und weht aus dem Zimmer.

Schockschock

»Wer ist der Vater? Was hält er von den Behinderungen des Kindes?« fragt Dr. Menoza und schenkt Sabina von dem Vierundsechziger *Merlot* nach, 30 Dollar die Flasche. Der Anlaß schien es mir wert zu sein.
»Unsere gemeinsame Vergangenheit bedeutet mir viel«, ist ihre ausweichende Antwort.
Menoza hat sich in Schale geworfen. Vor einer Woche, als ich ihm Sabina vorstellte, ließ er vor Begeisterung das Ste-

thoskop fallen und kippte eine Blumenvase über sämtliche Krankenblätter, die auf seinem Schreibtisch lagen. Wie hypnotisiert starrte er auf Sabinas Wangenknochen, ihr Haar, die endlosen Beine.
Heute hat er sich besser im Griff. Das türkise Sakko und die gelbe Krawatte sind vielleicht nicht unbedingt das, was Eindruck auf Sabina macht, aber sie scheint ihm ihr Wohlwollen zu schenken und beantwortet seine Fragen bereitwillig. Es geht um Hoopers Behinderungen. Beide wissen das. Aber noch hat keiner die Sprache darauf gebracht.
Ich komme mir wie eine Anstandsdame vor, serviere Häppchen, sorge für Rotweinnachschub und leere den Aschenbecher. Menoza raucht süßliche Zigarillos. Er hat sich Sabinas Einverständnis geholt. Sie mag den Geruch, sagt sie. Die späte Stunde verwandelt die ärztliche Konsultation in ein Candle-light-Dinner.
»Oswald war ein brillanter Schüler und interessierte sich schon früh für Altertumsforschung«, fährt sie fort und blickt Menoza tief in die Augen. »Sein Studium hat er in Rekordzeit beendet. Er schrieb eine aufsehenerregende Dissertation über den Delphinmythos.«
Die Erkenntnis, daß Professor Oswald Cron Hoopers Vater ist, trifft mich nicht unvorbereitet. Trotzdem lasse ich die Schale mit Pistazien fallen, daß die gerösteten Kerne in alle Richtungen kullern.
»Laß, ich mach's später«, murmle ich, als Sabina sich danach bückt.
»Oswald hat seinen Vater nie gekannt«, sagt Sabina ernst. »Auch die Mutter ist eines Tages verschwunden gewesen. Sie hinterließ genügend Geld, daß er im Internat aufwachsen konnte. Oswald muß ein trauriges stilles Kind gewesen sein.«
»Wollten Sie beide das Kind?« fragt Menoza voll Anteilnahme.
Ich muß bei dieser Szene an eine Krankenhausserie denken. Die beiden spielen ihre Rollen brillant. Sabina nippt an dem langstieligen Glas, Menoza drängt sie kuhäugig, weiterzusprechen.

»Ich war seine Schülerin, da stellte die Schwangerschaft ein gewisses Risiko dar. Für ihn in erster Linie.«
Menoza nickt. »Jaja, ist nicht einfach so eine Beziehung«, läßt er sein Cello des verständnisvollen Freundes erklingen. »Wo ist der Professor jetzt?«
»Er unternimmt eine Reise ins Hindukuschgebirge«, sagt Sabina nach kurzem Überlegen. »Eine innere Reinigung. Der Vorfall mit Hooper ... die Sache im Boot war eine große Erschütterung für ihn.« Sie sieht Menoza an. »Wenn es ein Kind der Liebe geben konnte, dann bei Oswald und mir. Ich habe mein Studium abgebrochen, und wir gingen auf Reisen. Kurz vor der Geburt kehrten wir zurück. Hooper sollte in New York auf die Welt kommen.«
»Sie wußten, daß es ein Junge würde?«
»Nein. Auch ein Mädchen hätten wir Hooper genannt.«
»Ungewöhnlich.«
»Keineswegs. Hooper P. Clifford war der Autor der bedeutendsten Untersuchung über menschenähnliches Verhalten von Delphinen. Dieses Buch ist die Bibel für Oswald. Dem Verfasser zu Ehren sollte unser Kind Hooper heißen.«
»War es eine schwierige Geburt?«
Ich poliere Rotweingläser und bewundere, wie behutsam Menoza auf den Punkt kommt.
»Gar nicht. Die Wehen dauerten kaum eine Stunde. Er kam ganz friedlich und liebevoll zu uns in die Welt. Und darum wußten wir auch, daß seine Besonderheiten kein Makel sind, sondern Hoopers ganz besondere Bestimmung.«
Jetzt ist Menozas Augenblick gekommen. Lautlos stelle ich das Glas ab.
»Lassen Sie uns über diese ... besonderen Behinderungen sprechen«, sagt er zart. »Wir nennen solche Fehlbildungen *Syndactylie*. Es kommt dabei zur Verschmelzung der Knochenanlagen. An Händen oder Füßen ist eine Spaltbildung festzustellen, und zwar zwischen den mittleren Metakarpal- oder Metatarsalknochen. Die Weichteile sind natürlich auch entsprechend in Mitleidenschaft gezogen.«

Sabina beginnt mit der Serviette zu spielen und schaut zum Terrassenfenster hinaus. Auch wenn Menoza klar ist, daß sie das nicht hören möchte, macht er unverdrossen weiter.

»Wir können froh sein, daß bei Hooper nicht der Extremfall auftritt – die *Sirenenbildung*. Dann wären die unteren Extremitäten völlig verwachsen und das Becken schwer mißgebildet. In Hoopers Fall könnte einiges getan werden, wenn es bald geschieht. Je fester die Knochen werden, desto weniger Chancen bestehen.«

»Wenn man Ihnen zuhört, denkt man an Krankenhaus, Äther und Skalpell«, zischt Sabina unvermittelt. »Für Oswald und mich ist Hooper ein außergewöhnliches Wesen, und nicht etwas, das man zurechtschneidet, wie es der Norm entspricht.«

Noch nie habe ich sie solche Töne anschlagen hören. Aber Menoza gibt nicht auf.

»Wir sollten als erstes Röntgenaufnahmen machen, und danach Schritt für Schritt besprechen.« Er nimmt einen Schluck Rotwein. Sabina schweigt.

»Was ist, wenn Sie mir einfach vertrauen?« raunt der Doktor und umschließt mit seiner behaarten Hand Sabinas Ellbogen. Sie unternimmt nichts, die Berührung abzuschütteln.

Die Lifttür geht auf.

»Fertig!«

Freudestrahlend steht Gryhsl in der erleuchteten Öffnung. Er ist über und über mit weißer Pampe beschmiert. Auch im feurigen Haar kleben Spritzer.

»Elefanten, wo man hinschaut«, ruft er, macht einen Schritt auf uns zu und bemerkt, daß hier gerade eine ganz andere Platte läuft. Ruckartig wie bei einem Puter bleibt sein Blick auf Menozas Hand hängen, die über Sabinas Unterarm streicht.

»Grüne und blaue und … rote Elefanten ….« Der Schorf an Gryhsls Hals beginnt zu glimmen. Unwillkürlich ballen sich seine Fäuste.

»Das ist der Arzt, von dem ich dir erzählt habe«, sagt Sabina und schüttelt Menozas Gekraule mit rascher Geste ab.
»Ahhhchgrrrghh«, ist alles, was Gryhsl zur Begrüßung herausbringt. Sabina erkennt die Warnsignale.
»Nein wirklich, du bist mit dem ganzen Zimmer fertiggeworden? In so kurzer Zeit?«
»Jach«, schnaubt er und verknotet die Hände hinter seinem Rücken.
»Wir tapezieren nämlich gerade das Kinderzimmer«, informiert Sabina Menoza mit einem Lächeln.
»Das ist eine gute Idee.« Er steht auf und hält Gryhsl die Hand hin. »Guten Abend, mein Name ist Menoza.«
Die winzigen Funken, die hinter Gryhsls Rücken zu Boden fallen, bemerkt Menoza nicht.
»Willst du was trinken?!« rufe ich mit gellender Stimme und versuche zwischen die beiden zu springen. Es ist zu spät. Gryhsl streckt die vollgekleisterte Rechte aus und packt Menozas Hand.
»Sie sind also der Regisssssssss ...«
Er beendet den Satz nicht. Mühelos wie eine Ballerina hebt Menoza sich auf die Zehenspitzen und fletscht die Zähne. Das türkise Sakko beginnt zu flattern, als hätte der Wind sich darin verfangen. Die Knöchel seiner Grußhand werden weiß. Hektische Sprenkelungen ziehen wie Sturmwolken über seine Wangen. Unerhörte pustende Laute gibt er von sich. Gryhsl steht seelenruhig da und widmet sich dem Handschlag voll Genuß. Jetzt beginnen die Absätze von Menozas Schuhen rhythmisch aufs Parkett zu tappern, als wollte er einen Stepkurs besuchen.
»Hör sofort auf!« befiehlt Sabina. Gryhsl tut, als verstünde er nicht. Ich öffne vorsorglich eine Flasche Perrier. Nach dem Elektroschock wird Menoza viel Flüssigkeit brauchen. Keiner von uns bemerkt, daß die Lifttür zum zweiten Mal aufgeht.
»Kommen wir ungelegen?«
Säät und Undine betreten das Apartment. Gemeinsam schleppen sie ein Ungetüm von Koffer über die Schwelle.

»Säät, sag ihm, er soll aufhören!« Sabina zeigt auf Menoza, dessen Ohren in faszinierendem Violett zu schillern beginnen.
»Macht den Tisch frei«, ruft Säät. Unvermittelt läßt Gryhsl Menozas Hand los. Der Doktor klappt zusammen wie ein Taschenmesser. Sabina ist über ihm, verarztet ihn mit weichmundigen Entschuldigungen und streicht sein stromlinienförmig abstehendes Haar glatt. Menoza hechelt, hustet und ringt nach Luft. Ich stehe mit dem Wasser bereit und sehe zu, wie Säät mit Gryhsls Hilfe den Schrankkoffer auf die Tischplatte aus poliertem Kirschholz schrammt. Es ist ein Ding, wie man es in früheren Tagen auf Schiffsreisen mitgenommen hat. Undine ist in die Betrachtung des grünen Perrierfläschchens versunken.
»Man möcht' nicht glauben, was Papier für ein Gewicht hat«, kichert Säät. Er wirkt verwahrlost, hat die Hausschlappen vergessen auszuziehen, und das Bräunliche auf seinem Hemd muß Tomatensauce sein. Einen kleinen alten Schlüssel fingert er hervor und läßt die Riegel des Koffers hochklappen.
Ich ringe um Luft. Meine Muskeln spannen sich wie vor einem Sprung vom Zehnmeterturm. Eine Gänsehaut rast über meine Beine.
»Wieviel ist es?« frage ich. Die Stimme funktioniert nicht, rutscht nach oben weg.
»Na ja, was uns halt fehlt«, sagt Säät, schenkt ein Glas Rotwein ein und setzt sich in den geblümten Lehnstuhl. »Zwei Millionen einhunderttausend und noch ein bißl was.« Er nippt an dem Merlot und leckt sich die Lippen.
»Ich hab' was zurückgelegt für den berühmten Regentag«, sagt Säät. »Aber in meinem Alter hat's nicht viel Sinn, auf den zu warten, hähä.«
Er weist auf den randvoll mit Hundertdollarnoten gefüllten Koffer.
Wenn Leute in Filmen vor einem Koffer mit Geld stehen, werfen sie das Zeug meistens hoch, wühlen darin und beginnen hemmungslos zu lachen. Nicht so im wirklichen

Leben. Es wird ganz still in der Wohnung. Gryhsls Kinnlade ist so weit heruntergeklappt, daß sie fast auf seiner Brust liegt. Sabina hat vergessen, ihre Hand aus Menozas Haaren zu nehmen, und der Doktor stiert aus blutunterlaufenen Augen auf die Bescherung. Nur Undine ist abwesend wie immer.
»Was ist denn«, sagt Säät. »Ruft's Spoliansky an und sagt's ihm, es kann losgehen. Ich werd' ja nicht jünger. Und die Premiere von diesem Film will ich noch erleben.«
»Zwei Millionen Erspartes?« Menoza ist der erste, der die Sprache wiederfindet. Seine normale Hautfarbe kehrt zurück.
»Ich leb' halt bescheiden«, grinst Säät.
Nicht einmal Gryhsl, dem man sonst vieles erzählen kann, glaubt ihm diese Geschichte. Wenn er zwei Millionen hat, warum wohnt er dann in einer ausgebrannten Ruine? Wieso hat er das Geld nicht früher erwähnt? Warum bringt er es im Koffer mit und nicht als handlichen Scheck?
»Hast du was zu essen da?« fragt Säät. »Ich hab' heute noch nichts im Magen.«
Wie in Trance gehe ich zum Kühlschrank und bringe ihm einen Teller mit Hühnersalat. Er stellt ihn auf seine Knie und beginnt zu futtern. Jetzt kann ich mich nicht mehr halten. Ich stürze zum Koffer, packe das Geld mit beiden Händen und werfe es in die Luft. Einzeln und in Bündeln segeln die Scheine auf mich herab. Bocksbeinig springe ich unter der Gelddusche umher, jauchze, brülle und singe eine Passage aus *Rheingold*. Zufrieden sitzt Säät im Lehnstuhl und kaut.

Nacht. Alle sind gegangen. Das Geld ist bei mir geblieben. Die noblen Besitzer meines Apartments haben natürlich einen Safe. Die eine Hälfte der grünen Scheine stopfe ich in den Tresor, der Rest wird in der Waschmaschine versteckt. Ich lümmle auf dem Boden vor dem leeren Schrankkoffer und süffle den Rest *Merlot* aus der Flasche. Die Zeit geht vorbei wie ein Wanderer ohne Eile. Ich

wälze mich von einer Seite zur anderen, und je mehr ich nachdenke, desto weniger verstehe ich.
Ein zartes Geräusch läßt mich hochschrecken. Kaum hat man zwei Millionen im Haus, denkt man sofort an Einbrecher. Undine kommt von der Terrasse herein. In all dem Wirrwarr um den Geldsegen habe ich sie völlig vergessen.
»Der Park ist jetzt schwarz«, sagt sie.
»Nicht mehr grün?«
»Nur ein bißchen.« Sie lächelt traurig.
»Morgen wieder.«
»Morgen?« Langsam geht sie zum Koffer und blickt hinein. Sie bückt sich und hebt etwas auf.
»Haben wir ein Scheinchen vergessen?«
»Nein«, sagt sie und betrachtet einen Fetzen Papier.
»Was ist das?«
Ich stelle die Flasche ab und trete neben sie.
Ein Zeitungsausschnitt. So alt und abgegriffen, daß man kaum noch erkennt, was darauf abgebildet ist.
»Hat Säät den vergessen?« frage ich und bücke mich, ob noch mehr Schnipsel im Innenfutter versteckt sind.
»Sig-mund Gla-watsch«, liest Undine langsam und mit einiger Mühe.
»Was hast du gesagt?«
»Sigmund Glawatsch.«
Ich schnelle hoch und führe sie samt Zeitungsausschnitt zum Eßtisch. Die Leuchte darüber erhellt den graubraunen Schnipsel. Eine Fotografie ist zu erkennen. Ich lese den Untertitel: *›Sigmund Glawatsch tanzt am Sheridan Square – Polizeistrafe‹*
Das Bild zeigt einen Mann, der auf dem Dach eines Autos steht. Nein, nicht steht, vielmehr hopst. Rundum sind die Fenster erleuchtet, menschliche Silhouetten. Der hopsende Mann zeigt nach oben. Ich laufe ins Arbeitszimmer meiner Gastgeber und hole eine Lupe. Die verblaßte Fotografie zerfällt in Bildpunkte, als ich das Glas darüber halte. Dennoch sieht man, daß der Mann auf dem Autodach zu einem der Fenster hochweist. Dort steht jemand.

Sehr verschwommen. Keine Chance, zu erkennen, wer es sein könnte. Aber daß es eine Frau ist, sehe ich zweifelsfrei. *Sigmund Glawatsch tanzt auf dem Sheridan Square.*
»Komm!« sage ich, stecke den Schnipsel ein, nehme Undine bei der Hand und ziehe sie zum Fahrstuhl. Wenige Minuten später sitzen wir im Taxi auf dem Weg zum Sheridan Square.
Wir schieben uns durch die Touristenströme. Kitsch- und Souvenirbuden wuchern Greenwich Village langsam zu. Dicht an dicht reihen sich Geschäfte für Kameras, Video und Zubehör. Trotz mitternächtlicher Stunde haben alle noch auf. Im Vorübereilen rufen mir Puertoricaner und Thais Angebote zu, deren Preise so unverschämt niedrig sind, daß ich mich frage, von welchem Hafencontainer die Kameras wohl geklaut sein mögen.
Ich mag Ebereschen. Mir gefallen die schmalen Blätter und das langgezogene Geriffel der Rinde; es ist ein eleganter Baum. Das kleine Bäumchen auf dem Zeitungsbild könnte eine Eberesche sein, denke ich. Und dort, vor dem Haus Nr. 10 ragt ein mächtiger alter Baum in die Höhe. Seine Zweige erreichen das Fenster im obersten Stock, scheinen fast hineinzuragen. Der Sommerwind bewegt einen nachtblauen Vorhang. Kein Schild an der Haustür verrät, wer hier wohnt. Bloß sechs namenlose Knöpfe aus Messing finde ich, deren Anonymität dem Haus etwas Nobles verleiht. Ich beobachte Undine. Weckt der Platz, das Haus, der Baum irgendwelche Erinnerungen bei ihr? Scheu lächelt sie mich an, unser Ausflug macht ihr Spaß.
»Ist es der?« frage ich und tippe mit dem Finger auf einen der Knöpfe. Sie schüttelt den Kopf.
»Oder der?« Undine zuckt die Schultern. Ohne lange zu überlegen, drücke ich drauf. Kein Summton ist zu hören. Ich probiere es noch einmal, sehe nach oben. Nichts rührt sich.
»Leksak«, sagt Undine plötzlich. »Leksak!« Sie zeigt auf die andere Straßenseite.
Zwischen den neonblinkenden Läden kauert ein unscheinbares Geschäft, wehrt sich verbissen gegen die

schreienden Verkaufsmethoden rundum. *Rödkal-Toys* steht in feiner Schrift über dem Eingang. Ich halte den Zeitungsschnipsel ins Licht. Auf dem Bild ist der gleiche Laden zu sehen.

»Gröndoglagen.« Undine zieht mich an der Hand. Wir überqueren den Platz und eilen auf die Auslage zu. Sie zeigt auf einen bunten Hampelmann, der im Fenster hängt. Schnatternde Japaner drängen an uns vorbei.

»Warst du hier schon einmal?«

»Leksak.«

Ohne auf mich zu warten, geht sie hinein und nimmt eine Puppe vom Regal.

»Seien Sie bitte vorsichtig, das ist ein kostbares Stück«, sagt der Verkäufer und kommt hinter dem Tresen hervor. Er wirft den Japanern, die sich um Plastikminiaturen des Empire State Buildings drängen, einen abschätzigen Blick zu und tritt hinter Undine. Sie spielt mit den beweglichen Augenlidern der Puppe.

»Docka«, sagt sie zärtlich. Das Gesicht des Verkäufers hellt sich auf.

»Tycke fröken om henne?«

»Gröna byxor.« Sie zeigt auf die Strampelhöschen der Puppe.

»Fröken kan fa byxorna i ljusbla eller rosa ocksa. Är fröken pa semester i New York?«

»Wie lange existiert dieses Geschäft schon?« unterbreche ich den schwedischen Plausch. Der Verkäufer ist um die Fünfzig. Graue Löckchen umwölken eine makellose Glatze.

»*Rödkal-Toys* ist der älteste Spielwarenfachhandel im südlichen Manhattan«, sagt er stolz. »Mein Großvater hat das Geschäft 1916 gegründet. Seitdem war es immer in Familienbesitz.«

»Haben Sie *Godzilla*?« drängt eine bebrillte Japanerin sich dazwischen.

»Jaja«, antwortet er unwirsch. »Ganz hinten unten. Dort. Nein, dort.«

Sie verschwindet zwischen den Regalen.

»Dann ist das also Ihre Auslage hier auf dem Foto«, sage ich und zeige ihm den Zeitungsausschnitt.
»Oh, wie wunderbar, wo haben Sie das her?« Er betrachtet das Bild. Undine wiegt die Puppe und beginnt leise zu singen. Das Lied, in dem so oft das Wort *Sjöjungfru* vorkommt.
»Ich habe Ihre Freundin gefragt, ob sie auf Urlaub hier ist.« Der Schwede betrachtet Undine.
»Auf Urlaub? Nein. Wir sind … sie ist …«
»Naaaaiin!« Weiß wie die Wand wird er plötzlich, schnappt nach Luft und rudert mit den Armen. Die Japaner unterbrechen ihr Geschnatter.
»Was ist los?« frage ich.
»Underverk!« hechelt er, macht auf dem Absatz kehrt und läuft durch den Perlenvorhang in einen Raum hinter dem Laden.
»Was hat er gesagt?« will ich von Undine wissen.
»Underverk«, antwortet sie freundlich und singt weiter.
»Godzilla?«
Die Japanbrille sieht zu mir hoch und hält mir ein Plastikungetüm entgegen.
»Klar ist das *Godzilla*, sieht man doch.«
Als sie nicht gleich versteht, drehe ich das Monster um. *Made in Taiwan* steht auf der Unterseite. Sie feixt und läuft lachend zu den anderen zurück. Der Enkel kommt wieder.
»Hier.«
Feierlich legt er eine vergilbte Filmzeitschrift auf den Ladentisch.
Die Rache Markittas. Da ist sie wieder. Undine im weißen Kleid, das Schwert zum Kampfe erhoben.
»Das … das ist doch nicht möglich«, sagt er und zeigt auf Undine, die der Puppe sanft übers Haar streicht.
»Haben Sie die hier gekannt?« Ich tippe mit dem Finger auf das Magazin.
»Sie scherzen wohl. Das Heft stammt aus dem Jahr 1922. Mein Großvater hat sie gekannt.«
»Erzählen Sie.«

»Opa war mit ihr befreundet. Sie hat gegenüber gewohnt.«

Er zeigt zum Schaufenster hinaus. Ich lehne mich über den Tresen.

»Dort drüben, im Haus Nummer zehn.« Er starrt Undine an. »Det begripa jag inte!«

»Gröna byxor.« Sie lächelt.

»Was wissen Sie noch?«

»Nur was Opa mir erzählt hat. Miß Nielsson wohnte hier bis zu ihrer Abreise.«

»Warum ist sie abgereist?«

»Wegen dem Kind natürlich.«

»Ein Kind?! Was für ein Kind?«

»Ein Mädchen, soviel ich weiß.«

Undine blickt von der Puppe auf und sieht uns fröhlich an. Der Enkel überlegt.

»Sie hatte das Kind und dann fuhr sie weg. Oder nein.« Sein Finger tippt auf das Titelbild des Magazins. »Da war zuerst der Film. Und dann fuhr sie weg und später war das Kind da. Und dann, noch später, war es wieder weg ... und sie auch.«

Ich fürchte, er hat keine Ahnung.

»Sie hat New York also verlassen?«

»Ja. Noch in den zwanziger Jahren.«

Ich trete ans Fenster. Nummer Zehn gegenüber wird von der Straßenlaterne beleuchtet. Der Schatten der Eberesche fällt auf die Fassade. Eine schmale Gestalt im obersten Stock schließt gerade die Fensterläden. Einen nach dem anderen.

»Aber jetzt müssen Sie mir erklären ...«, sagt der Enkel, nimmt das Magazin und hält Markittas Bild neben Undines Gesicht.

»Wir kaufen drei *Godzilla* und eine Statue der Freiheit«, zwitschert die Japanerin und kramt ihre Kreditkarte hervor. Während der Schwede zur Kasse tritt, ziehe ich Undine zur Tür hinaus.

»Moment! – stanna! – Warten Sie!« ruft er. Der Strom der Touristen nimmt uns auf und entführt uns seinen Blicken.

Wir überqueren die Straße und sehen hoch. Der letzte Fensterflügel schließt sich. Für einen Moment denke ich, wie schön es wäre, mit Undine jetzt in dieser Wohnung zu sein. Wir stünden an jenem Fenster, ich striche sanft über ihr Haar, und während der Platz sich langsam entvölkert, könnte sie mir alles erzählen. – Hirngespinste. Es war ein langer verrückter Tag.

»Ich bringe dich nach Hause«, sage ich.

»Nein.«

Sie dreht sich weg und will gehen. Das ist ihre übliche Methode, einfach zu verschwinden. Jedesmal in solchen Situationen, wenn ich mich umwende und ein Taxi heranpfeife, ist Undine gegangen. Nie sagt sie ›Laß uns noch was trinken gehen‹ oder ›Wollen wir diesen Film zusammen sehen?‹. Nie ruft sie an, erkundigt sich, wie es mir geht, oder ergreift sonstwie die Initiative. Heute kommt sie so einfach nicht davon.

Sie ist schon ein paar Schritte in Richtung Subway gelaufen, ich hole sie ein, fasse sie an den Schultern und drehe sie herum.

»Ich bin Leopold, Poldi«, sage ich laut, als würde ich zu einem begriffsstutzigen Touristen sprechen.

»Wir kennen uns jetzt schon viele Wochen. Du trittst in einer Show als *Standup Comedian* auf, falls du dich daran nicht erinnerst. Dort haben wir uns kennengelernt. Du tanzt gerne und trägst dabei grüne Duschvorhänge. Überhaupt hast du eine Vorliebe für Grün. Wenn du schwedische Stummfilme siehst, beginnst du grün zu leuchten und steigst wie ein Ballon zur Decke empor! Ich weiß nicht, was das zu bedeuten hat, aber ich bin Leopold, Poldi, und seit unserer ersten Begegnung bin ich in dich verliebt. Du faszinierst mich, du beschäftigst mich in meinen Träumen, und nicht alle davon sind anständig. Ich weiß nicht, was ich tun soll, um zu dir zu gelangen, um dich wirklich zu erreichen, und deshalb labere ich hier um Mitternacht gegenüber einem schwedischen Spielwarengeschäft auf dich ein. Das ist nicht meine Vorstellung von dem, was ich gerne tun würde. Denn am liebsten würde ich dich einfach küssen.«

Bei den letzten Sätzen schüttle ich Undine wie einen Kaugummiautomat, der keine Kugeln ausspuckt, obwohl man das Geld schon eingeworfen hat. Sie sieht mich sehr verwundert an. Ich könnte mich ohrfeigen, so die Beherrschung verloren zu haben. Sie steckt die Hand in die Tasche ihrer Jacke und zieht ein schmales Notizheft hervor. Einige Zeit blättert sie darin.

»Ja. Ja, das stimmt alles«, sagt sie und blickt konzentriert hoch. »Ich habe diese Dinge notiert. Ich weiß, daß ich in einem Club auftrete, und daß es jemanden gibt, der Leopold heißt. Er hat mich im Krankenhaus besucht. Auch das steht hier. Bloß die Sache mit dem Verliebtsein wußte ich noch nicht. Ich will sie mir notieren.«

Sie zieht einen Bleistiftstummel hervor. Ich nehme ihr Gesicht in beide Hände und gebe ihr einen langen Kuß.

»Damit du es nicht notieren mußt«, sage ich.

»Danke.« Sie lächelt. »Aber ich will es mir trotzdem aufschreiben.«

Kuß von Leopold erhalten, schreibt sie mit ungelenker Schrift.

1921

Das Geschäft mit Charlie

Yurgrave lehnte in der Nische zum Vorführraum. Rund um ihn drängte das Premierenpublikum in den Saal.
Ihr Haar, dachte er, der zierliche entblößte Fuß, die Linie ihres Halses. Er schloß die Augen. Der Geruch ihrer Haut ließ ihn nicht los. Er richtete sich auf, strich die Mähne aus der Stirn und folgte den anderen. Niemand kontrollierte seine Karte, er hatte gar keine. Der pompöse Saal war bis auf den letzten Platz besetzt. Die Herren schwitzen in ihren Fräcken, die Damen, geputzt wie Paradiesvögel, hielten Ausschau, ob keine andere Frau das gleiche Modellkleid trug. Yurgrave stand im Seitengang und konzentrierte sich auf eine magere Brünette in der dritten Reihe. Der Schluckauf begann bei ihr nach wenigen Sekunden. Erst vereinzelt, dann immer häufiger wurde sie von heftigen Stößen geschüttelt. Ihr Mann, ein Kleiner mit gelichtetem Haar, klopfte ihr auf den Rücken und versuchte sie zu beruhigen. Es half nichts. Die Kolik wurde so stark, daß die Brünette, bedauernde Blicke werfend, ihren Platz verließ und sich, gefolgt vom Gatten, aus der Sitzreihe zwängte. Er brachte sie zum Saalausgang. Hicksend ermunterte sie ihn, doch zu bleiben, es sei ja ein wichtiger Abend für ihn. Der Dünnhaarige küßte sie dankbar und kehrte zur dritten Reihe zurück. Yurgrave saß auf dem Platz seiner Frau.
»Entschuldigung, Sie müssen sich in der Nummer geirrt haben«, zischte der Ehemann, nachdem er sich zum zweiten Mal durchgequetscht hatte.
»Manaaahz Tsui Pentateus«, antwortete Yurgrave und blickte ihn ruhig an. Der Dünnhaarige nickte und klappte seinen Sitz nieder.

»Darf ich mich zu Ihnen setzen?« flüsterte er und fuhr sich dreimal über die Nasenwurzel.
»Gerne.« Yurgrave wandte sich der Leinwand zu. Lüster und Kandelaber hatten sich verdunkelt, der Film begann. *Markitta* allein im düsteren Schloß, trauernd. Der tote König, ihr Vater, aufgebahrt in der Halle. Sie schlich durch Säle und Korridore. Eine Träne am Spinnrad, ein Seufzer am Fenster der Kemenate. Die Pflichten einer Prinzessin warteten auf sie. Die Trauer noch in den Augen berief sie den Staatsrat ein und gab bekannt, daß sie ihres Vaters Regentschaft in seinem Geiste fortsetzen wollte. Die Herren Bräcke und Almsjö waren dagegen.
Yurgrave interessierte sich nicht sonderlich für die Geschichte. Er hatte nur Augen für Undine. Wie gut konnte er sich in die beiden Kontrahenten hineinversetzen. Diese Prinzessin war eine Frau, um die es sich zu kämpfen lohnte. Er verfolgte, wie Bräcke Markitta entführte. Im Geist galoppierte er mit dem Dicken über das Hochmoor, auf dem Sattelknauf die bewußtlose Königstochter. Pius kletterte mit Bräcke die Treppe hoch, da krachte Almsjö durch das Turmzimmerfenster. Sie fochten. Bräcke war zu schwerfällig, um den lächelnden Almsjö zu besiegen. Brummschädelig lag er neben seinem Morgenstern. Almsjö zerrte einen schwarzen Sack ins Bild und öffnete ihn.
Eine Hitze jagte durch Yurgraves Magen, wie nach dem übermäßigen Genuß von türkischem Mokka. Seine Nackenhaare stellten sich auf. Zwei Rinnsale aus Schweiß liefen die Innenseite seiner Oberarme hinab. Eine Doppelgängerin! Eine zweite Undine, Undine zweimal. Zwei Männer, zwei Undinen, verdoppelt, zweifach, gespiegelt, nein, – *ein* Wesen, *zwei* Körper! Pius zog die Luft mit scharfem Geräusch durch die Zähne. Der Dünnhaarige drehte sich zu ihm.
»Glawatsch hatte die Idee, als er Miß Nielsson vor einem Spiegel stehen sah.«
»Was?« zischte Pius. Er hatte keine Lust, den Blick von der Leinwand zu wenden.

»Ein geteilter Spiegel, verstehen Sie? Er sah sie doppelt.«
»Wer?«
»Glawatsch. Wir haben die Sache noch in derselben Nacht ausgearbeitet.«
Was will der Kerl, dachte Pius und beobachtete fasziniert, wie die beiden identischen Frauen einander auf der Leinwand gegenüberstanden. Pius spürte, wie das Gesicht des anderen ihn anstrahlte.
»Ich bin der Drehbuchautor«, sagte er.
»Pst«, machte die Dame hinter ihnen. Der Dünnhaarige mußte noch etwas loswerden.
»Miß Nielsson auf der Lowfield-Party einfach so stehenzulassen war typisch für Sigmund, hihi!« Er lachte hinter vorgehaltener Hand.
»Wo war das?« fragte Yurgrave laut, ohne sich um den Unmut der anderen zu kümmern.
»Auf dem Filmball. Der Abend, an dem Lowfield und die Soerensen sich verlobt haben.«
»Wollen Sie uns nicht Ihre Kindheit erzählen!« Giftig streckte die Dame ihren Kopf nach vorn und blitzte die beiden an. Der Dünnhaarige legte den Finger an den Mund und schwieg.
Während Pius der doppelten Undine mit den Augen folgte, erinnerte er sich an das Fest. Das Erwachen des Löwen. Der schwebende Walzer, die Spiegel, der kleine Mann mit den Säbelbeinen. Und *Zeisel*. An jenem Abend war Pius dem roten Stein zum Greifen nahe gewesen. Er hatte ihn verschmäht, weil nichts anderes ihn interessiert hatte als Undine.
Die Idee erwachte langsam, wie ein Kind aus tiefem Schlummer. In seine Gedanken versunken, hörte Yurgrave weder das Getuschel, noch die höhnischen Zwischenrufe im Kino. All die Anzeichen des Mißerfolges kümmerten ihn nicht. Dem dünnhaarigen Mann an seiner Seite schenkte er ein dankbares Lächeln. Er hatte ihn auf einen wunderbaren Einfall gebracht.

Einige Tage später ließ Yurgrave sich mit dem Kinopalast in der 86. Straße verbinden. Der Geschäftsführer hob ab.
»Ich bin Filmkritiker und werde über *Die Rache Markittas* schreiben. Wann beginnt die heutige Abendvorstellung?«
»Der Film läuft nicht mehr.«
»Er hatte doch erst vor fünf Tagen Premiere.«
»Haben Sie die Kritiken nicht gelesen?«
»Ich schreibe Kritiken, ich lese sie nicht.«
»Niemand wollte den Film sehen.«
»Wirklich?« Pius war ehrlich erstaunt. »Aber die Hauptdarstellerin soll hervorragend sein.«
»Schön möglich. Trotzdem war's ein Reinfall.«
»Ein Mißerfolg, meinen Sie?«
»Der Flop des Jahres. Wir spielen heute *Der lächelnde Leutnant.* Wollen Sie vielleicht darüber schreiben?«
Yurgrave überlegte einen Augenblick.
»Wieviel nehmen Sie pro Abend ein?« fragte er.
»500 Leute, 10 Cent pro Karte, also im Schnitt ...«
»Fünfzig Dollar?«
»Könnte stimmen.«
»Ich biete Ihnen hundert, wenn Sie mir *Die Rache Markittas* in einer Sondervorstellung zeigen.«
»Für Sie ganz allein?«
»Ist das ein Problem?«
»Geben Sie mir zwei Tage Zeit.«

Pius saß in der Mitte des leeren Saales. Er konnte nicht begreifen, warum der Film kein Erfolg war. Undines Tanz im Schlangenkostüm versetzte ihn auch beim zweiten Mal in solche Verzückung, daß er den schmalen Lichtstreifen nicht gleich bemerkte, der von draußen hereinfiel. Es knarrte. Yurgrave drehte sich um und sah einen Schatten in der Spaltbreit geöffneten Tür. Ein Junge in Uniform.
»Was willst du?«
»Tschuldigung, Sir. Der Film ist nur dreimal gelaufen, da hab' ich bißchen zusehen wollen. Kommt nicht wieder vor.«

»Komm herein, es sind noch Plätze frei«, lächelte Yurgrave und deutete auf die gähnende Leere.
»Warum wollen Sie den Film ganz allein sehen, Sir?«
»Ich mag es gern ruhig im Kino. Wie heißt du?«
»Charlie, Sir.«
»Setz dich, Charlie. Wir wollen etwas besprechen.«
»Wollen Sie nicht den Film gucken, Sir?«
»Ich kenne ihn schon. Charlie, was wünschst du dir am allermeisten?«
»Ich, Sir? Warum wollen Sie das wissen?«
»Weil ich jemand bin, der Wünsche erfüllen kann.«
»Tjaaaa, meine Familie und ich würden gern umziehen. Nach Harlem.«
»Und warum tut ihr's nicht?«
»Harlem ist teuer, Sir.«
»Warum wollt ihr nach Harlem?«
»Weil Mama bald ein Brüderchen auf die Welt bringt, und dann ist unsere Wohnung zu klein. Harlem ist schön, Sir.«
»Ich mache dir einen Vorschlag, Charlie.«
Am nächsten Tag stellte der Filmvorführer fest, daß die Kopie von *Die Rache Markittas* verschwunden war. Er meldete die Sache dem Geschäftsführer, der bloß die Schultern zuckte. Noch im selben Monat bezog Charlies Familie ein geräumiges Apartment auf der Jefferson Street im südlichen Harlem.

Schwarzbär

Pius schloß die Fensterläden und begann mit den Vorbereitungen. Das Ritual war zuletzt im Jahre 1543 von Jan Aspers, dem niederländischen Alchimisten vollzogen worden, der, achtzigjährig, an den Folgen starb. Im darauffolgenden Jahr kam es zu jenem berüchtigten Kriminalfall, in dem die Gebrüder Klings, die einander glichen wie zwei Hagebutten, das Hafenviertel von Rotterdam terrorisierten. Die Sache wurde nie schlüssig aufgeklärt. Yurgrave kannte die Rotterdamer Geschichte. Der Meister hatte vor einer Wiederholung gewarnt. Trotzdem stellte Pius eine große runde Wanne in die Mitte des *schwarzen Raumes*, darauf bedacht, daß sie zu allen Wänden den gleichen Abstand hatte. Er ging in die Küche und begann, die Nährflüssigkeit anzurühren. In einem Eimer vermengte er Maismehl, Honig und Wasser. Als die Lösung sich zähflüssig zu drehen begann, machte Yurgrave sich fertig, um nach Newport zu fahren. Er wählte den nußbraunen Anzug, eine jagdgrüne Krawatte, dazu feste Bisonlederschuhe. Den Eimer mit dem süßen Brei stellte er im *schwarzen Raum* bereit. Er griff sich das Paket, in dem die Filmspulen waren, verließ die Wohnung und stieg in seinen Wagen.

Ohne Eile fuhr Pius Richtung Norden. Er durchquerte Bridgeport und New Haven, aß in Providence zu Mittag, und es dämmerte schon, als er in die Auffahrt der Lowfields einbog. Obwohl die Bäume der Allee kahl waren, konnte er das Haus wegen des dichten Nebels noch nicht sehen.

»Mr. Yurgrave, meine Frau hat mir viel von Ihnen erzählt.«

Howard Lowfield stellte die Langlaufskier an die Wand der Vorhalle, wo eilfertige Hände sie sofort wieder entfernten. Er zog den Anorak aus und kam in den Wintergarten. Yurgrave war froh, die sportliche Garderobe gewählt zu haben, Lowfield liebte das Natürliche. Sein Händedruck erinnerte Pius an arabische Foltermethoden. Eine Teetasse wurde gebracht, Eva schenkte ein. Der Hausherr ließ sich in den Ohrensessel nieder. Könige auf alten Stichen sehen so aus, dachte Yurgrave. Ansatzlos begann Lowfield von seinem Skiausflug zu erzählen.

»Habe mich verirrt, kann man sich das vorstellen. Komme über den langen gewundenen Hang hinter *Attleboro*. Glitt so dahin, Ellbogen streiften die Bäume, dachte mir nichts Gutes, und da hörte der Weg auch schon auf. Dunkle Schatten sprenkelten den Schnee, war fehlgegangen. Tja, was tun. Skier abschnallen, zwischen Gelbbirken zu Fuß weiter. Blendendes Licht der untergehenden Sonne. Sah plötzlich eine riesige Fährte im Schnee. So lang wie mein Skistiefel, aber breiter. Fußabdruck eines Schwarzbären. Konnte die Krallen identifizieren. War also nicht allein.«

Eva führte in gespieltem Schrecken die Hand an den Mund. Howard war zwei Meter groß. Hätte er tatsächlich mit einem Bären gerungen, wäre es wahrscheinlich übel für den Bären ausgegangen.

Auch Yurgrave machte ein bedenkliches Gesicht. »Schwarzbären in Rhode Island?«

»Aber ja, Sir. Stöbern nach Abfällen. Bettelbären werden sie genannt. Graben Abfallöcher auf. Beim Anblick von Menschen können sie zum Räuber werden. Menschen verbinden sie mit dem Geschmack von Essen, haha.«

Mit der rötlich behaarten Hand schob Lowfield ein Gurkensandwich in den Mund, kaute mit starkem mimischen Ausdruck und spülte Tee nach. Erstaunlich, daß die zarte Tasse in seiner Pranke nicht zerbricht, dachte Yurgrave.

»Machte also kehrt. Benutzte die Spur, die ich hinterlassen hatte. Spürte keine Angst. Ein alter Spruch bei uns sagt: *Es gibt nichts in den Wäldern, was einem Leid zufügt, es sei denn ein anderer Mensch.*«

Pius nickte sinnend. Wie konnte er den Mann dazu bringen, ihm das Haus zu zeigen? Irgendwo stand der Silberstab und an seiner Spitze *Zeisel.* Er brauchte nur wenige Sekunden, eine kurze Berührung. Aber Lowfield erzählte, aß, trank; Gurkenschnittchen, Sardellenbutter, Rosinenbrötchen, Tee.

»Menschenwerk ist von kurzer Dauer, Mr. Yurgrave. Denkmäler verfallen, Häuser stürzen ein, aber der Wald in seiner wuchtigen Erhabenheit wird immer bleiben. Hatte mich heute für die Skier entschieden und gegen die Schneeschuhe. Gebogenes Holz und Netz aus ungegerbtem Leder. Ziehen viele Wanderer an, man sinkt nicht ein.

Komme mir aber damit vor, als hätte ich Tennisschläger unter die Füße geschnallt, haha.«
Eva fand, daß Pius müde aussah. Irgend etwas schien ihn zu beunruhigen. Sein Blick irrte rastlos umher. Sie mußte Howard nun wirklich bremsen, sonst erzählte er noch die Geschichte jeder einzelnen Tanne in Rhode Island.
»Haben Sie Lust, sich ein wenig umzusehen, Pius?« fragte sie in den Sekunden, als Howard an seinem zwölften Gurkenschnittchen kaute.
»Aber nur, wenn der Hausherr damit einverstanden ist«, antwortete Yurgrave, der sah, daß eine dunkle Falte zwischen Howards Brauen aufgetaucht war. Er hätte gerne weitererzählt.
»Schön, Führung. Macht der Schloßherr selbst, kostet Sie aber einen Nickel, haha.«
Lowfield wuchs aus dem Sessel empor. Pius, der auch aufstand, wirkte neben ihm wie ein Knabe.
»Lassen Sie Ihr Paket doch hier«, sagte Eva.
Die Schachtel mit den Filmspulen stand neben Yurgraves Fauteuil. Er hatte erzählt, es sei eine seltene Pflanzenart darin, die er bei der Kälte nicht im Auto lassen wollte.
»Ach nein, hier steht es nur im Weg«, sagte Pius und nahm das Paket unter den Arm. Gemeinsam gingen die Männer durch die Halle in den Haupttrakt des Hauses.
»Sie bleiben doch zum Essen?« rief Eva ihnen nach.
»Ich fürchte, nein. Der Weg ist weit, und ich möchte nicht zu spät zurück sein.«
Eine endlose Folge von Salons, Korridoren, Zimmern, und Wirtschaftsräumen durchwanderte Yurgrave, bewunderte Bilder und Möbel, immer begleitet von Howards kehliger Stimme mit dem neuenglischen Akzent. Jagdgegenstände, alte Uhren, historisches Silber, gerahmte Fotografien auf eichenen Bordüren, Mädchen mit Kinderschürzen und entrücktem Blick, viktorianische Matronen, Seemänner. Lowfield erklärte umständlich weitverzweigte Verwandtschaftsverhältnisse. Vor einem Fenster mit Blick auf die Hügelkette verfiel er wieder in Naturbetrachtungen.

»Im Winter ist der Wald nicht von dieser Welt. Ohne geringstes Zeichen menschlichen Lebens. Nur das Aneinanderreiben von Bäumen, die Laute von Wind und Vögeln. Tiefer Schnee, erhöht sich ab November Schicht für Schicht. Beginnt erst im April zu tauen. Noch im Mai kann man überall im Wald große helle Flecken entdecken. Wirken aus der Entfernung rein und weich wie Sahne.«

Erschöpfung befiel Pius. Das Haus schien endlos. Aber noch hatten sie keinen Raum betreten, der ein Aufenthaltsort für *Zeisel* hätte sein können. Plötzlich blieb Lowfield stehen.

»Sind Sie gläubig, Mr. Yurgrave?«

»Was meinen Sie damit?« Erstaunt schaute er hoch.

»Meine Frau hat mir erzählt, womit Sie Ihren Unterhalt verdienen. Finde ich ungewöhnlich, doch solange es zum Wohle der Menschen ist, habe ich nichts dagegen. Aber woran glauben Sie selbst? Haben Sie wirklich eine Ahnung von … der Welt da drüben?«

Pius spürte, wie wichtig dem Gastgeber diese Frage war.

»Es gibt viele Dinge, an die man glauben kann«, antwortete er vorsichtig.

»Genau das ist das Dilemma. Woran kann man heute glauben? Ich selbst gehöre der Episkopalkirche an, wissen Sie, und auch Eva ist übergetreten. Bin der festen Überzeugung, daß man alles Nötige hat, wenn man in der Episkopalkirche ist. Wenngleich ich finde, daß der Papst ein wunderbarer Mann ist, nicht wahr?«

»O ja, zweifellos.«

»Wie sind Sie erzogen worden, Mr. Yurgrave?«

»Ich stamme aus einer christlichen Prager Beamtenfamilie. Bei uns hing ein Kruzifix über dem Tisch und das Bild der Kreuzabnahme über dem Schlafzimmerbett meiner Eltern.«

»Ich will Ihnen etwas zeigen.«

Lowfield öffnete die Tür zu einem schmalen Korridor. Er führte ein paar Stufen nach unten in die Hauskapelle. Weißes Gemäuer, einige Darstellungen der Leiden Christi.

Nur Bilder, keine Skulpturen. Ein kleiner, in bläulichen Farben gehaltener Altar, im Zentrum ein Kruzifix. Yurgrave schlug ein Kreuz. Erst als er sich umdrehte, bemerkte er den zweiten Altar an der Stirnseite des Raumes. Ein hübsches heidnisches Gegenüber, dachte er und spürte, wie seine Schulterblätter sich anspannten. Er hatte Mühe, Freude und Nervosität zu verbergen. Lowfield beobachtete ihn genau.

»Und was haben wir hier?« sagte Pius leichthin, während sein Herzschlag sich verdoppelte.

»Dies ist unser Stab, Mr. Yurgrave. Meine Familie hat ihn seit vielen Jahren in ihrem Besitz. Charles Trevor Lowfield ließ ihn 1704 von einem venezianischen Silberschmied anfertigen, der vor der Pest nach Amerika geflohen war. Seitdem hat er das Schicksal der Lowfields immer begleitet.«

Yurgrave nickte interessiert, streifte den Stein aber bloß mit einem kurzen Blick.

»Herrlich, diese Pietà«, sagte er und zeigte auf ein Bild, das unweit davon in einer Nische hing. »Eine wunderbare Reproduktion. Cranach, der Ältere, nicht wahr?«

»Es ist das Original, Mr. Yurgrave«, antwortete Lowfield voll Stolz. »Die Reproduktion hängt im Museum, und es ist von Cranach, dem Jüngeren. Um auf den Stab zurückzukommen. Er ist aus Silber. Sehen Sie die getriebenen *Rinaldi-Blüten*? Daran erkennt man den venezianischen Einfluß. Der Stein ...«

»Ich habe über die Silberschmiede Venedigs ein interessantes Buch gelesen«, fiel Yurgrave ihm ins Wort. »Wußten Sie, daß die Schule des Vincenzo Sistriolo sich bis nach Norwegen verbreitete? Im 18. Jahrhundert war seine Technik die am häufigsten benutzte in Europa.«

Während er sprach, öffnete Yurgrave, von Lowfield unbemerkt, den Deckel des Kartons. Er stand gelassen da, ein Bein auf der Stufe zum Altar, und lächelte.

»Über die Beschaffenheit des Steins sind sich die Mineralogen immer noch nicht ganz sicher«, fuhr Lowfield ein wenig ungehalten fort.

»Ach ja, der Stein. Hübsches Stück«, sagte Pius. Seine Hand glitt in die Schachtel und befühlte die Filmspulen.
»Die einen ordnen ihn der Kategorie der *Feurigen Hyazinthe* zu, andere meinen, es sei ein *Orangefarbener Zirkon*. In jedem Fall ist er sehr selten.«
Falsch, alles falsch, dachte Yurgrave. *Diamantener Krokoit* ist es. Monoklin, langgestreckter prismatischer Kristall, Längsstreifung in Drusen. Kam in verschiedenen Braun- und Orangetönen vor. Dieser hier war rot und härter als ein Diamant. Yurgrave umfaßte die Spulen in der Schachtel fester.
»Darf man ihn anfassen?« fragte er nebenbei.
»Wozu?« Lowfield machte einen Schritt in Richtung des Stabes. »Ich meine, natürlich kann man ihn anfassen, aber was versprechen Sie sich davon?«
Pius zitterte. Ein heftiger Schmerz stand ihm bevor.
»Ich möchte feststellen, ob er ein warmes oder kühles Gefühl hinterläßt.«
»Da muß ich Sie enttäuschen. Auch wenn er rot leuchtet, ist er doch ein Stück unbelebter Materie.«
»Natürlich, Sie haben recht. Wirklich eine interessante Form.« Damit tippte Pius spielerisch auf den Stein.
Es war ein eigenartiges Gefühl, wie Pius noch nie eines verspürt hatte. Als ob ein Trichter an seiner linken Hand angesetzt würde. Er fühlte sich von innen nach außen gestülpt und gleichsam weggeschluckt. Für einen Moment schien er spindeldünn zu werden, wie jemand in einem Spiegelkabinett. Dann gab *Zeisel* tausendfach zurück, was er genommen hatte. Die Kraft strömte durch Yurgraves Körper, mündete über die rechte Hand in den Karton und drang in die Filmspulen ein. Äußerlich schien Pius in die Breite gepumpt zu werden, etwas blies ihn auf wie einen Ochsenfrosch. Die Manschette an seinem Arm flatterte, als kröchen Millionen Kakerlaken durch das Hemd. All das dauerte nur einen Augenblick. Schon war er wieder zu völliger Normalität zurückgekehrt. Pius schwankte, taumelte eine Stufe tiefer, würgte, hustete und bedeckte

die Augen mit der Hand. Er wollte Zeit gewinnen, um eine plausible Erklärung zu geben.
»Die Kolik!« flüsterte er. »Mein Gott, sie wird doch nicht wieder beginnen!«
»Kolik?«
»Verfolgt mich seit einem Jahr. Keine Ahnung, warum sie in diesem Moment ausgebrochen ist.«
Lowfield schlug vor, die Kapelle zu verlassen. Bereitwillig ließ Pius sich von ihm die Stufen hochführen.
»Bitte verstehen Sie meinen Entschluß«, sagte er kurz darauf zu Eva. »Unvorsichtigerweise bin ich ohne meine Medikamente losgefahren.«
»Soll ich Ihnen etwas von unserem Hausarzt bringen lassen?« schlug sie mitfühlend vor. »Ich halte es für keine gute Idee, in Ihrem Zustand Auto zu fahren.«
»Es geht schon wieder«, beharrte Yurgrave und verabschiedete sich, so knapp es die Höflichkeit erlaubte. Er lief zum Wagen, stellte den Karton auf den Beifahrersitz und brauste in die Nacht. Daß der Winter in diesem Jahr so mild ausfiel, war ein Segen. Schneeverwehungen und verschneite Landstraßen hätten seinen Plan zunichte gemacht. Er nahm die Route über Wakefield, Westerly, New London. Bei Stamford erreichte er die Küstenlinie. Alle paar Minuten schaute er auf die Uhr. Nach dreieinhalb Stunden erreichte er Yonkers, durchquerte Harlem, den Central Park, und erreichte Astor Place knapp vier Stunden nach der Berührung mit Zeisel. Er sprang aus dem Wagen, riß die Schachtel an sich, nahm drei Stufen auf einmal und stürzte in die Wohnung. Eilig brachte er den Karton in den *schwarzen Raum* und goß die Nährlösung in die Wanne. Dann verschloß er die Tür von innen. Kein Lichtstrahl durfte auf den Inhalt der Schachtel fallen. Behutsam hob er die Spulen, eine nach der andern, heraus. Sie waren noch warm. Nebeneinander ließ Pius sie in den Schleim gleiten. Eine Luftblase stieg in der Dunkelheit auf. Er ließ sich erschöpft zu Boden sinken und schlief sofort ein.

Geburt

Maismehl, Honig und Wasser, Wärme, Finsternis. Nach zwanzig Tagen hörte er die ersten Geräusche. Er öffnete die Tür einen Spaltbreit und lauschte. Anschwellendes Schaben. Jetzt wieder nichts; dann das Geräusch von neuem. Etwas schien sich über den Rand der Wanne zu mühen. Es scheuerte, klatschte zurück in die Flüssigkeit, schlang und wand sich, wühlte windend in dem Brei. Es tauchte auf, aber kein Laut einer Kehle war zu hören. Stumm, mundlos und blind, nur ein Wollen, sank es wieder zurück. Pius schloß die Tür. Er setzte sich in den Lehnstuhl. Stille und die eisige Nachtluft umgaben ihn.
Einige Tage später weckten ihn schlagende Geräusche in der Dämmerung. Diesmal schlüpfte er zwischen die Vorhänge, schloß hinter sich ab, und trat ins Dunkel. Es war aus der Wanne gesprungen. Der Leib zappelte am Boden, bäumte sich hoch, schlug mit flachem Ende den Grund. Ein saugendes quappendes Röcheln hörte Pius. Er wußte nicht, was zu tun war. Durfte er eingreifen? Mußte er es sich selbst überlassen? Er lief hin, packte, umfaßte es mit den Armen, warm war es, pochend, zog es hoch und warf es in die Wanne zurück. Die Brühe schwappte heraus, übergoß ihn von der Schulter bis zum Bauch. Ein saugender Schmerz durchjagte ihn. Er sprang zurück und lief hinaus. Hemd und Hose waren grün, der Fleck breitete sich aus. Auf dem Weg ins Bad riß er die Kleider vom Leib, schreiend, es fühlte sich an, als hingen riesige Saugnäpfe an ihm. Er stellte das Wasser an und war im Begriff, den Brei abzuwaschen. Im letzten Moment erreichte ihn die Stimme aus Grönland. Langsam zog er die Hand vor dem rinnenden Strahl zurück und wandte den Kopf zum Medikamentenschrank. Dort stand eine Flasche mit reinem Alkohol. Er öffnete sie. Nackt stand er vor dem Spiegel und rieb das Grün von der Haut. Es brannte, hinterließ rote Flecken, aber das Saugen ließ allmählich nach. Die Kleider warf er in den Kamin. Grün fraßen die Flammen an den Resten.

Drei Tage lang hörte er nichts. Am vierten ahnte er, was ihn erwarten würde. Alles geschah nun in logischer Folge.
Es hatte die Wanne endgültig verlassen, kratzte auf und nieder, wischte flappend an den Wänden entlang, fand aber keinen Ausweg. Pius stand zwischen den Vorhängen. Im Flug streifte es die Flüssigkeit im Bottich. Er sprang zurück, kein Spritzer erreichte ihn. Beim nächsten Mal wälzte es sich in der hinteren Ecke, schnaufte, klumpige Bewegungen brachten es vorwärts. Es muß unglaublich schwer geworden sein, dachte er. Wieder einige Tage später kauerte es lautlos hinter der Wanne. Pius wagte sich näher, da sprang es plötzlich von einem Ende des Raumes zum andern. Sein Atem streifte Yurgrave, heiß und ätzend.
Am sechzigsten Tag war die Zeit reif. Kurz vor Sonnenuntergang verschloß Pius alle Türen und Fenster der Wohnung. Er zog sich nackt aus, schob den Vorhang beiseite und zwängte sich in den *schwarzen Raum*. Hinten an der Wand stand es. Als Yurgrave näher trat, bewegte seine Schulter den Vorhang. Ein Lichtstreifen sprang in den Raum. Jetzt sah er es zum ersten Mal. Vollkommen weiß war die Gestalt. Regungslos, mit geschlossenen Lidern stand sie da. Pius setzte Fuß vor Fuß. Als er nur noch einen Schritt entfernt war, öffneten sich langsam die Augen. *Blau*. Doch nur für einen Moment. Dann erreichte Yurgraves *Grün* das Wesen, und überschwemmte das Blau. Er ging den letzten Schritt und berührte es. Ihre Glieder begannen sich zu bewegen. Draußen stand die Sonne hinter der Blutbuche. Ein Abglanz der Blätter zitterte im Fensterglas. Das Licht tänzelte durch den Raum, erreichte Pius und das Geschöpf, das in seinen Armen langsam erwachte.

1953

Der Kardinal

Unauffällig streckte Eva den Arm zur Anrichte aus. Schon fühlten ihre dicken Finger die samtige Oberfläche des Konfekts. Keinen Augenblick länger konnte sie dastehen, ohne die Champagnerpraline in den Mund zu stecken.

»Seine Eminenz, Kardinal Frantisek Témesvar«, rief der Zeremonienmeister quer durch den Empfangssalon. Howard faßte Evas Arm, die Praline plumpste in die Schale zurück.

»Eminenz, es ist mir eine große Ehre«, sagte Howard und verbeugte sich. »Darf ich Ihnen meine Frau vorstellen?«

»Eminenz«, hauchte Eva, ging schwerfällig vor dem Mann in Rot in die Knie und küßte den Ring an seiner Hand. Auch wenn sie der Episkopalkirche beigetreten war, die Kostüme der Katholiken fand Eva immer noch viel schicker.

Wie fett sie geworden ist, dachte Pius. Sie muß ihr Gewicht verdreifacht haben. Irgendwo in der Mitte der Fettmasse lag das kleine verschlagene Gesicht, das den Männern einmal den Verstand geraubt hatte. Vor dreißig Jahren. Er sah Eva unbekümmert in die Augen, sie erkannte ihn nicht. Howard hatte sich gut gehalten. Der alte Waldläufer, dachte Pius. Die roten Haare waren ergraut, ein Fuchs im Winter.

»Ich darf Ihnen die besten Grüße Seiner Heiligkeit übermitteln«, sagte Yurgrave und half Eva aus ihrer unbequemen Stellung hoch. Howard bedankte sich. Pius schritt an den Gastgebern vorbei in den Saal und begrüßte protestantische, episkopale und presbyterianische Geistliche.

Zum zweiten Mal schlängelten Evas Finger sich in Richtung der süßen Begierde. Diesmal gelang es. Sie hatte die Praline in der Hand.
»Der Dichter Luis Pereiriantes, nebst Gattin Hildegard!«
Ein kleiner Mann mit Säbelbeinen näherte sich am Arm einer jungen Frau in aufregend grünem Abendkleid. Das rotbraune Haar war hochgesteckt, eine Perlenkette schimmerte an ihrem Hals.
»Wir freuen uns, Mr. Pereiriantes. – Gnädige Frau ...«, sagte Howard und küßte Henriettas Hand. »Hatten Sie eine angenehme Reise?«
Smiley fletschte die Zähne.
»Mmmghhghgjkjklththjgk«, gurgelte er grimmig und verbeugte sich. Er schüttelte erst Howard, dann Eva die Hand. Als er sie zurückzog, klebte Schokolade daran.
»Mein Mann spricht leider kein Englisch«, sagte Henrietta. »Aber er freut sich, an diesem feierlichen Abend in Ihrem Haus sein zu dürfen. Ich möchte Ihnen in unser beider Namen für die Einladung danken.«
»Willkommen im Lowfieldhaus«, sagte Eva und betrachtete Henriettas Wespentaille voll Neid. Wie kommt der Krüppel zu so einer schönen Frau, dachte sie und sah dem ungleichen Paar hinterher. Die Praline brannte in ihrer Hand wie ein Stück Kohle.
Aufgequollene Kellerassel, tschechische, dachte Smiley und wandte sich nach Eva um. Dreißig Jahre! Er schüttelte grinsend den Kopf. Im Vorübergehen zwinkerte er Yurgrave zu, der amerikanischen Geistlichen gerade die Schönheit der Mandelblüte in den vatikanischen Gärten beschrieb.
Die Dicke hat schon wieder genascht, dachte Lowfield. Er faßte Evas Arme von hinten und versuchte, ihr die Praline zu entwinden. Zu spät, ihre Kiefer mahlten bereits. Na egal, dachte Howard, viel fetter konnte sie kaum noch werden. Lächelnd wandte er sich dem nächsten Gast zu.
»Monsignore Robinson aus Wisconsin!«

Er hat nichts gemerkt, der senile Affe, dachte Eva und angelte sich die nächste Praline. Diesmal kaute sie nicht, sondern zerquetschte die Kugel zwischen Gaumen und Zunge, ließ die schleimige Masse jeden Winkel ihres Mundes erfüllen. Dabei schnaufte sie durch die Nase, ihre Lippen schlappten genüßlich aufeinander. Wie lange mußte sie das hier noch durchstehen? Sie brauchte langsam etwas Anständiges zu essen. Graziös streckte sie dem Monsignore die Hand entgegen.

Applaus. Howard legte das vierte Blatt seiner Rede beiseite.

»Die episkopale Gemeinde New Yorks ist in den letzten Jahren in einem Maß angewachsen, daß der Bau des neuen Gotteshauses unumgänglich wurde. Heute haben wir den Grundstein gelegt. Ich möchte all jene besonders herzlich begrüßen, ohne deren Unterstützung unsere Kirche niemals Wirklichkeit geworden wäre. Verehrter Senator ...«

Während Howard die lange Liste der Ehrengäste verlas, fiel ihm der weiße Briefumschlag ein, der vor drei Monaten auf seinem Frühstückstablett gelegen hatte. Der Sekretär sortierte die Post jeden Morgen vor. Im Augenblick, als Howard in seinen ungebutterten Toast beißen wollte, war ihm das Emblem mit den gekreuzten Schlüsseln und der dreifachen Tiara aufgefallen. Korrespondenz mit dem Vatikan war nichts Neues für Howard, dessen Stiftungen über die ganze Welt verteilt waren. Nach Evas dritter Fehlgeburt hatte er die Hoffnung auf eigene Kinder aufgegeben und seine Liebe dem Wohle der Allgemeinheit geschenkt. Tropeninstitute, Kinderspitäler, Krebsforschungszentren trugen den Namen *Lowfield*. Die katholische Kirche gehörte zu den vielen Nutznießern von Howards Philanthropie. Dennoch – als er jenen Brief geöffnet und überflogen hatte, konnte er einen herzhaften Aufschrei nicht unterdrücken. Schwungvoll schob er das Tablett beiseite, sprang aus dem Bett und lief im blauen Pyjama die Treppe zu Evas Schlafzimmer hoch.

Auch wenn ihre Ehe in manchen Bereichen erkaltet war, einige Dinge gab es, die er nur mit ihr teilen wollte. Er riß die Tür auf und sah gerade noch, wie sie die Schale mit den Sahnebaisers unter der Decke verschwinden ließ.
»Wunderbare Neuigkeit!« rief er und tat, als hätte er nichts bemerkt. »Der Nuntius hat geschrieben. Wollen ihn weihen! Was sagst du?«
Er versuchte, gelassen und knorrig zu wirken, aber Eva spürte, daß Howard innerlich glühte.
»Was – wen wollen sie weihen?«
Sie tunkte einen Finger in das Baiser, das unter dem Plumeau zu zerfließen begann. Was für ein wunderbares Gefühl.
»Den Stab«, sagte er. »Unseren Stab. Sie schicken einen Kardinal aus Rom.«
Howard näherte sich der Empore, die Evas Barockbett trug. Wie eine aufgebahrte Matrone lag sie inmitten unzähliger Seidenkissen.
»Er wird die Weihe vollziehen.« Howard wedelte mit dem Brief. »War doch richtig, das Ding zur Papstaudienz mitzunehmen. Was sagst du?«
Die Reise nach Rom. Süßigkeiten und kleine runde Männer fielen Eva ein. Eine wunderbare Zeit war das gewesen.
»Freut mich, Wuppelchen«, nickte sie gönnerhaft. Sie hatte das rasende Gelüst, den sahnebeschmierten Finger abzulecken.
»Und wann will er kommen, dein Kardinal?«
»Zur Grundsteinlegung. In drei Wochen.« Howard sah in den Brief. »Kardinal *Témesvar* – vielleicht ein Landsmann von dir.«
»*Témesvar* ist rumänisch, nicht tschechisch«, antwortete Eva und wühlte im Baiser. »Ich zieh' mich an und komm' gleich zu dir runter.«
Den vatikanischen Brief liebevoll betrachtend zog Howard sich zurück. Kaum war er draußen, schob Eva sich die Kuchenteile mit beiden Händen in den Mund. Sie

kaute, schluckte, grunzte vor Vergnügen und überlegte. Bei dem Geld, daß Howard den Schwarzröcken gespendet hat, dachte sie, würden die auch sein schmutziges Taschentuch weihen. Sie klingelte. Das Zimmermädchen kam und zog die schweren Vorhänge beiseite. Der Regen prasselte auf die französischen Türen, die auf die Terrasse führten. Fein, dachte Eva, dann brauch' ich heute gar nicht aufzustehen.

Der Brotkorb stand in Evas Nähe. Drei Scheiben hatte sie schon gegessen, zwei weitere lagen unter der Serviette auf ihrem Knie. Ihr Blick wanderte zum Kardinal. Ein fescher Mann, fand sie und ließ die Zunge mit den Weißbrotklumpen spielen. Ob er den geistlichen Kittel schon immer getragen hat? Was für ein mächtiger Schädel, was für herrlich grüne Augen. Sie trank ihr Glas mit süßem *Mint Julep* leer und winkte dem Kellner, ihr ein neues zu bringen. Wenn Howard nur endlich aufhören würde zu labern, schickte sie ein Stoßgebet zum Himmel. Nach seiner Rede kam die Weihezeremonie, und erst wenn das überstanden war, würde sie ihre Zähne endlich in die mit Koriandersirup glasierten Riesengarnelen schlagen können, die Austern ausschlürfen und das zarte Spanferkelfleisch zwischen Zunge und Gaumen zergehen lassen. Eva seufzte und schob mißmutig ein weiteres Stück Weißbrot in den Mund.

»Und so möchte ich Seine Eminenz nun bitten, die Weihe zu vollziehen.«

Applaus. Lowfield stand erwartungsvoll am Ende der Tafel. Alle Augen richteten sich auf den Kardinal.

Pius fühlte Henriettas Schenkel an seinem. Warm und fest hielt sie seinem Druck stand und bewegte ihr Bein sachte auf und ab. Es war das erste Mal, daß sie sich so berührten. Die flüchtigen Umarmungen beim Zubettgehen zählten nicht. Und der Kuß, jener Kuß im Boot, lag Monate zurück. Oft hatte er daran gedacht. An den stürzenden Regen, ihre Lippen mit der Perle, die zarte Berührung ihrer Zungen. Er legte die Hand in die Beuge ihrer Hüfte und spürte die Wärme der Haut durch den Handschuh hindurch. Alles schwieg. Jetzt erst wurde ihm klar, daß er sein Stichwort verpaßt hatte. Jedes Augenpaar im Saal war auf ihn gerichtet. Man erwartete die Rede Seiner Eminenz. Würdevoll stand Pius auf, arrangierte das Kreuz auf seiner Brust, blickte in die Runde und begann zu sprechen.

»Sehr verehrter Gastgeber, Herr Senator, Herr Bischof, Monsignores, meine Damen und Herren. Ein Mann wie Howard Lowfield hat im Himmel längst einen Ehrenplatz für sich reserviert. Doch auch auf Erden soll seiner gedacht werden.«

Pius machte eine kurze Pause und sah zu Henrietta. Lächelnd blickte sie zu ihm hoch.

Wie großartig er seine Rolle spielte, dachte sie. Wie souverän, wie ruhig. Sie selbst konnte ihr Zittern kaum verbergen. Mit gewinnender Stimme zählte Pius die Wohltaten des Hausherrn auf. Alles hing an seinen Lippen. Henrietta fühlte sich plötzlich an die Minuten erinnert, als ihre sechs Delphine im Halbkreis um Pius gestanden waren wie Musiker vor dem Dirigenten. Sie hatten für ihn gesungen, auf seinen Befehl. Henrietta wandte den Kopf. Dort, in jener mit grüner Seide ausgeschlagenen Nische, stand der Silberstab. An seiner Spitze glühte *Zeisel*. Henrietta schlüpfte aus dem Schuh und streichelte mit ihrem entblößten Fuß Pius' Wade. Er stockte kurz, räusperte sich und fuhr fort.

Auf der anderen Seite der Tafel saß Smiley und schnüffelte. Aus Richtung der Nische kam ein merkwürdig scharfer Duft. Smileys Nase hatte sich in den Jahren der Wanderschaft außergewöhnlich verfeinert. Er kannte diesen Geruch, hatte ihn bei verschiedenen Anlässen in der Vergangenheit wahrgenommen. Aber noch wußte er nicht, woran ihn die penetrante Schärfe erinnerte. Er rückte den Stuhl so weit nach hinten als möglich und sog geräuschvoll die Luft ein. Die Dame neben ihm sah ihn irritiert an. Dann wandte sie sich wieder dem Kardinal zu.

»Howard Lowfield, ein Leben im Dienste der Allgemeinheit!« beendete Yurgrave seine Ansprache. Spontaner herzlicher Applaus setzte ein. Howard war tief bewegt, kam um den Tisch herum und bedankte sich bei Seiner Eminenz. Pius nahm den kleinen Koffer, erwiderte den Druck von Henriettas Fuß, und wandte sich dem Silberstab zu. Am Fuße der Nische öffnete er den Koffer und hielt das Fläschchen mit Leitungswasser hoch, das er am Morgen abgefüllt hatte.

»Dieses Wasser wurde vom Heiligen Vater persönlich geweiht«, sagte er und zeigte es in die Runde. Die meisten Gäste waren aufgestanden und warfen einander bedeutungsvolle Blicke zu. Pius goß den Inhalt in eine Schale, nahm den goldenen Klöppel und betrat die erste Stufe. Da hörte er das Knurren.

Bluthunde! durchfuhr es Smiley. Hinter der Seide lagen Bluthunde auf der Lauer. Bei dem Gestank mußten es riesige Köter sein, dachte er. Zwei Stück mindestens. Voll Panik stieß er Henrietta unter dem Tisch an und machte ›wuff‹. Sie verstand nicht, was er meinte.

Warum geht er die Stufen hoch, dachte Lowfield mit wachsender Unruhe. Der Stab war von unten bequem zu erreichen. Was versprach der Kardinal sich davon, auf das Piedestal zu steigen? Die Hunde ließen niemanden näher heran als …

»Eminenz, einen Moment bitte!« rief Howard mit erhobener Stimme. Er hatte es nicht für nötig gehalten, die beiden Wächter des Familienstabes abzuziehen. Sie blieben friedlich, außer jemand versuchte, den Stab aus der Halterung zu nehmen.

Yurgrave verharrte kurz. Was war geschehen? Hatte er sich verraten, einen Fehler im Zeremoniell gemacht? Lowfield schien alarmiert zu sein. Er kam näher. Pius' Blick fiel auf Smiley. Er winkte und machte komische Laute. Der Kardinal tauchte den Klöppel ins Wasser.

»Ja, so hat der Herr zu mir gesprochen«, rief er feierlich. *»Nimm diesen Becher voll Zornwein aus meiner Hand und gib ihn allen Völkern zu trinken.«*

Er betrat die nächste Stufe, hob den Klöppel.

»Eminenz, nein, warten Sie!« schrie Lowfield.
»Trinken sollen sie«, betete Yurgrave unbeirrt, *»taumeln und torkeln vor dem Schwert, das ich unter sie schicke!«*
Er war oben. Lowfield erreichte den unteren Absatz. Selbst die Worte Jeremias hielten ihn nicht auf. Also gut, dachte Pius, wenn es nicht anders ging …
»Eminenz, nein!«
Yurgrave ergriff den Stab, riß ihn aus der Verankerung und wollte springen. Ein grünes Gespenst schoß fletschend auf ihn zu. Zwei Köter waren es, erkannte Pius im selben Moment. Den Vorhang mit sich reißend, fielen sie ihn wütend an. Er taumelte und stürzte rücklings vom Podest, die Hunde mit sich reißend. Das Weihwasser schwappte aus und ergoß sich rundum. Alle Gäste schrien – ein Abgesandter des Heiligen Stuhls von Metzgerhunden angefallen!
»Bill! Lupus, aus! Aus ihr beiden! Aus!«
Howard griff zu, aber die Hunde gehorchten nicht mehr. Jahrelang hatten sie bloß Strohpuppen mit winzigen Happen Fleisch daran zerfetzt. Jetzt gab es endlich was Anständiges zu beißen. Sie packten Yurgrave, wo sie ihn fassen konnten. Bein, Arme, Schulter, Hals. Er trat nach ihnen, die Kardinalsrobe schützte ihn. Den Stab hatte er nicht fallen gelassen, fest hielt er ihn umklammert und schlug damit um sich. Blutunterlaufene Augen starrten ihn an, das Knurren und Fletschen war dicht über ihm. Er stieß *Zeisel* gegen die Stirn des einen Hundes. Ein grüner Blitz flammte auf, Lupus floh winselnd in die Ecke. Bill machte weiter. Er vergrub sich in die Schulter des Kardinals, endlich schmeckte er Blut. Yurgrave schrie. Henrietta kam um den Tisch gelaufen. Pius sah sie, kämpfte eine Hand frei und gab dem Silberstab einen Stoß. Der glitschte übers Parkett, Henrietta stoppte ihn mit dem Fuß. Bill riß ein Stück Fleisch aus der Schulter Seiner Eminenz. Lowfield zog dem Hund eins mit dem Weihwasserklöppel über. Endlich brach Bill zusammen. Alles drängte sich um den Kardinal. Den Stab hatte man völlig vergessen. Langsam, den Blick nicht vom Tumult wen-

dend, zogen Smiley und Henrietta sich zur Tür zurück. Pius sah es und schrie um so schmerzlicher.
Nur Eva stand abseits. Wo hatte sie diesen Schrei schon einmal gehört, überlegte sie. Es war sehr lange her, aber sie wollte sich erinnern. Nachdenklich schob sie ein Stück Camembert in den Mund. Im Hintergrund schloß sich leise die Tür. Henrietta und Smiley waren verschwunden.
Wie schlimm war die Wunde Seiner Eminenz, wollten alle wissen. Schlimm. Man konnte den nackten Knochen sehen.
»Mein Arzt ist im Haus«, sagte Howard bedrückt. »Er wird in wenigen Augenblicken bei Ihnen sein, Eminenz.«
Pius ließ sich aufhelfen, fünfzig Hände stützten ihn. Howard dirigierte die Gruppe in den angrenzenden Salon.

Smiley und Henrietta liefen durch ein Gewirr von Korridoren. Überall schwirrten Lowfields Angestellte umher. Plötzlich standen sie in einer Teeküche. Niemand war zu sehen. Sie suchten einen Ausweg. Smiley deutete auf den Lastenaufzug. Sie zwängten sich in die winzige Kabine. Den Stab keilten sie diagonal ein. Smileys Kopf steckte zwischen Henriettas Füßen. Sie spürte *Zeisel* gegen ihre Wirbelsäule drücken. Mit dem Bein betätigte sie den Schalter, knackend setzte der Fahrstuhl sich in Bewegung. Das zulässige Höchstgewicht war weit überschritten.
»Wie soll er uns in dem riesigen Gebäude bloß finden?« dachte Smiley, die Wange gegen Henriettas Wade gepreßt.
»Er findet uns«, sagte sie, als hätte sie seine Gedanken gelesen.
Ein Ruck, die Kabine hielt. Sie stießen die Klappe auf und spähten nach draußen. Alles war dunkel und still. Vor ihnen lag ein großer Raum. Das Licht durch die Fenster genügte, um ein monströses Himmelbett zu erkennen. Smiley ließ sich aus dem Verschlag plumpsen. Henrietta hatte in dem engen Kleid Mühe, die Beine durchzuzwängen. Sie riß es bis zur Hüfte auf und folgte ihm. Große Glastüren führten auf eine Terrasse. Smiley wollte

sie öffnen, da fiel er über einen großen runden Gegenstand. Es war eine Schale, randvoll mit Bonbons und Konfekt. Smiley griff sich eine Handvoll, entriegelte die Tür und ging hinaus. Sein Hemd war aufgesprungen, die weißen Enden des Kragens standen wie Flügel neben den Ohren ab. Henrietta folgte ihm.
»Märchenhaft«, sagte sie und vergaß für einen Augenblick, in welcher Lage sie sich befanden. Vor ihnen, in der Tiefe, erstreckte sich das funkelnde Band der Madison Avenue Richtung Süden. Sie hatten einen endlosen Blick über Manhattan. Milchigweiß schimmerte darüber der Mond. Kitschkulisse, dachte Smiley und schob ein Stück Sahnekaramel in den Mund.

Man legte den Kardinal auf das Sofa und erwartete die Ankunft des Arztes. Seine Eminenz hatte die Augen geschlossen. Wegen der Schmerzen, nahmen sie an.
Grün, dachte Pius, Grün, Grün, Grün! Er versuchte Henrietta zu sehen, ihr Kleid, ihre Augen, irgend etwas an ihr, das grün war. Sie müßte mir helfen, dachte er und kämpfte dagegen an, daß sein Geist sich verwirrte. Grün, Grün, Grün! Er hatte viel Blut verloren und ihm war übel. Der Monsignore, der zu seinen Häupten betete, lenkte ihn ab mit seinem Gebrabbel. Neben Pius kniete eine Ordensschwester und bemühte sich, die Blutung mit *Kleenex* zu stillen.
»Es geht bis auf den Knochen«, raunte sie dem Monsignore zu. Der gab seinem Paternoster noch mehr Inbrunst.
»Er ist doch nur ohnmächtig?« fragte Howard und trat besorgt näher. In den Augen der Mutter Oberin suchte er beruhigende Nachricht.
»Wo bleibt der Arzt?« fragte sie streng. Bevor Howard antworten konnte, war ein Sekretär hinter ihn getreten und raunte ihm etwas ins Ohr.
»Was?! Verschwunden? Wer sollte denn …?!«
Die Ruhe des Waldläufers war dahin. Howard riß sein Hemd auf und schnappte nach Luft.

»Wo ist mein Stab?!« brüllte er fassungslos und so gewalttätig, daß sogar Pius in seinem Delirium es mitbekam.
»Niemand verläßt das Gebäude!« fletschte der Hausherr. Seine Untergebenen liefen in alle Richtungen. Er sprang auf einen Stuhl und überblickte die Runde der Gäste, die in kleinen Gruppen beisammenstanden und das fatale Ereignis diskutierten. Unmöglich für Howard zu erkennen, ob einer oder mehrere von ihnen fehlten. Eva betrat den Salon. Nachdenklich stemmte sie die Hand in die Hüfte. Verschwommene Erinnerungen begannen, sich in ihrem Kopf zusammenzufügen.
»Das Gebäude hermetisch abriegeln!« gellte Howards Stimme hinter den Sekretären her. »Polizei verständigen! Nein, geben Sie mir den Bürgermeister!«
Fahrige Finger wählten die Nummer des Rathauses. Howard sprang vom Stuhl.
»Weißt du's schon?!« rief er Eva zu.
»Was?« Sie rührte sich nicht von der Stelle.
»Der Stab ist verschwunden!«
So verzweifelt war der Ausdruck in seinem Gesicht, daß Eva lächeln mußte. Der dumme Stab mit dem häßlichen roten Klunker drauf, dachte sie. Wem würde der schon abgehen?
»O Gott!« hauchte sie dennoch in gespieltem Schrecken und führte die Hände vor den Mund. Der Kardinal stöhnte.
»Seine Eminenz kommt zu sich«, rief die Oberin. »Wo bleibt der Arzt?!«
Grün, grün, grün, dachte Pius.

Auf der mondabgewandten Seite der Terrasse saßen sie versteckt und konnten nichts tun, als zu warten. Smiley betrachtete *Zeisel*. Sieht wie ein Spielzeug aus, dachte er, völlig harmlos. Wo liegt seine Macht? Bis jetzt hat er uns bloß die Hunde auf den Hals gehetzt.
»Er ist wunderschön.« Henrietta streckte die Hand danach aus. Smiley begann mühsam an einem Wort zu würgen.

»Brekk-chkennn«, brachte er hervor.
»Brechen?«
Er nickte.
»Was willst du brechen?«
Smileys Finger tippten auf den Stein.
»Du willst ihn losbrechen?«
Nicken.
»Aber wir haben kein Werkzeug.«
Smiley hielt die Medaille hoch, die an seinem Hals baumelte wie ein Ordensband. Er nahm sie ab und drückte das Metall gewaltsam gegen die Silberspangen, die *Zeisel* in der Verankerung hielten. Sie gaben kaum nach, aber Smiley ließ nicht locker.
»Sei vorsichtig.«
Er schüttelte unwillig den Kopf. *Härter als Diamant*, erinnerte er sich an Yurgraves Worte. Graue Strähnen hingen Smiley ins Gesicht. Er hatte die Zunge zwischen die Zähne geklemmt, schob und bohrte, und langsam begann der Stein sich zu lockern. Im Augenblick, als der letzte Haken nachgab, überzog ein grünlicher Lichtmantel den Stein und drang ins Innere ein. Ein diamantener Punkt bildete sich in der Mitte und hörte nicht auf, zu glühen. Stolz wollte Smiley Henrietta sein Werk präsentieren, da quiekte er und warf *Zeisel* in die Höhe. Glühend heiß war er ihm plötzlich erschienen. Henrietta fing ihn auf. In ihren Händen fühlte er sich angenehm kühl an. Sie hielt *Zeisel* gegen den Mond. Das Licht brach sich darin. Der Funken im Innern des Steines glomm hell und rein.

Der Mond! durchfuhr es Yurgrave. Sie sieht den Mond! Im Freien ist sie, oben, sehr weit oben. Dächer unter ihr, über ihr der Mond. Die Ordensschwester kniete in stillem Gebet neben ihm. Plötzlich fühlte die alte Frau seinen Blick auf sich ruhen. Sie hob den Kopf und sah Pius in die Augen. Das *Grün* drang tief in sie ein. Grün dachte sie und sog es auf wie Weihrauch. Grün, Grün, Grün.
»Kommen Sie, Eminenz, wir müssen gehen«, sagte

sie und faßte den Arm des Kardinals. Niemand hatte es bemerkt. Die meisten Gäste scharten sich um Lowfield, der Anweisungen ins Telefon bellte.
»Sperren, alles sperren!« rief er, »Straßensperren, Panzersperren, wenn's sein muß!«
Pius kam hoch, schlagartig wurde ihm schwarz vor Augen. Er drohte zurückzusacken. Die Oberin schob ihren Arm unter seine Achsel und stützte ihn. Sie gingen los. Schritt für Schritt. Die Tür war nicht mehr weit.
»Ehrwürdige Mutter, wo führen Sie Seine Eminenz denn hin?« fragte Howard. Schlapp hing der Hörer in seiner Hand.
»Zu Gott«, sagte sie und ging unverdrossen weiter.
»Zu Gott? – Wo ist Gott?«
»Oben natürlich.«
Damit ließ sie die Gesellschaft stehen und geleitete Pius hinaus. Sofort begannen sie zu laufen, erreichten den Speisesalon, umkreisten die Tafel und schlüpften durch die kleine Tür.
»Man kann ihn doch nicht so ...«, stammelte Howard in die Runde seiner konsternierten Gäste, da meldete sich der Bürgermeister am anderen Ende.
»Mr. Wagner? Guten Abend, Euer Ehren«, sagte Howard und verbeugte sich leicht. »Wie lange würde es dauern, einen ganzen Stadtteil abzusperren? – Mhm – aha, Nationalgarde, soso. Tja, ginge das denn?«
»Pius!« Evas Stimme überschlug sich. Mit der Hand klatschte sie an die schweißnasse Stirn. Endlich lösten die zusammenfließenden Partikel in ihrem Kopf die Erkenntnis aus – *Pius Yurgrave.* Sie rannte zu Howard, wartete nicht ab, bis er das Gespräch mit dem Bürgermeister beendet hatte, und schrie auf ihn ein. In ihrer Aufregung sprach sie tschechisch. Er verstand kein Wort. Sie packte seine Hand und zog ihn in Richtung Speisesalon. Der Senator, die Monsignores und alle übrigen Gäste beobachteten fassungslos, wie der Hausherr nebst Gattin aus dem Salon stürmten und nicht wieder auftauchten.

»Dort!« kreischte Eva und änderte die Richtung. Als sie die Stelle erreicht hatten, sah Howard sie fragend an.
»Ja und?«
»Blut.«
Ihre teigigen Wangen leuchteten wie Bernsteinlampen. Sie zeigte auf den Boden. Eine feine Blutspur lief über das Parkett und verlor sich am andern Ende des Raumes.
»Komm schon!« keuchte Eva und zerrte Howard weiter. Eines hatte er in den dreißig Jahren ihrer Ehe gelernt: wenn es um niedere Instinkte ging, konnte er sich bombenfest auf Eva verlassen.
»Laß die Hunde raus!« rief sie im Laufen.
»Ich habe Anweisung gegeben, sie zu betäuben.«
»Idiot!« keifte sie und zog ihn weiter, die Blutspur immer im Auge.

Dunkler Korridor, oberste Etage. Es konnte nicht mehr weit sein. Er fühlte seine Beine nicht mehr. Keine Füße, dachte er, taumelte und knickte ein. Die Oberin lief neben ihm her wie ein treuer Hund. Jetzt blieb sie stehen. Pius lehnte sich an die Wand und glitt zu Boden. Langsam wurde alles weiß. Kein Blut mehr, dachte er verzweifelt. Weiß, weiß! Nur der Mantel ist rot. Gespenster, dachte er. Der Korridor rund um ihn begann zu kippen. Noch nicht, betete er. Heute nacht muß ich …
Die Ratte kam aus dem Loch neben der Dachbodentür und lief durch den dunklen Gang. Sie stutzte, als sie den Mann in Rot und die Frau in Schwarz bemerkte, die dort auf dem Boden saßen. Durch das Weiß hindurch betrachtete Pius die Ratte. Wie häßlich sie war. Sie zuckte mit der winzigen Schnauze, die Barthaare zitterten. Verschlagen wie ein Dieb, dachte Pius und beobachtete, wie die Ratte, den langen unbehaarten Schwanz hinter sich herschlängelnd, an einem Mauervorsprung verschwand.
»Ratten!« durchbrach Pius das Weiß in seinem Kopf. Heute nacht – Ratten! Jetzt!

»Ratten«, murmelte er und wandte den Kopf zur Oberin.
»Grün«, antwortete sie und half ihm auf. Gemeinsam torkelten sie weiter.

Smiley hing über dem Terrassenrand. Es mußte noch einen anderen Weg nach unten geben, dachte er. Er wollte nicht dasitzen und warten wie Henrietta. Sie glotzte in den Mond, hielt Zeisel gegen den Nachthimmel und vertraute darauf, daß Yurgrave schon kommen würde. Smiley krallte sich an der eisernen Kante fest, suchte mit dem Fuß Halt am Gesimse und sah nach unten.
Rote und blaue Lichter waberten bis an den Horizont. Sirenen kreischten. Ein Flugzeug kreiste über dem Haus. Der ganze Block rund um das Lowfield-Building schien abgeriegelt zu sein. Smiley verlor das Gleichgewicht. Sein Fuß schabte am Mauerwerk, die Finger glitschten übers Metall. Im letzten Moment hielt er sich an einer Fuchsienstaude fest. Er schnappte nach Luft. Zitternd wälzte er sich über die Brüstung zurück auf die Terrasse, ließ sich zu Boden gleiten und blieb eingerollt liegen. Die Zehen in seinen Schuhen kratzten hektisch weiter, als suchten sie immer noch sicheren Grund. Jetzt sind wir übel dran, dachte er, mhm, übel, jaja, was denn sonst. Yurgrave kommt nicht, nie, nein. Aber die andern. Sind gleich da. Vorbei, vorbei, aus. Er rappelte sich auf und kroch zu Henrietta.
»Der diamantene Punkt im Innern, siehst du ihn?« fragte sie und hielt Smiley den Stein hin. Der grabschte danach.
»Zzzei-sssell«, krächzte Smiley so abfällig er konnte. Er nahm den Stein in beide Hände. Was für ein Reinfall, dachte er. Das Ding bringt nichts als Unglück.

Laufend betrachtete Yurgrave seine Hände. Im fahlen Deckenlicht waren sie schneeweiß. Ratten. Er keuchte. Eine Stadt bevölkert von Ratten. Blonde Frau im weißen Kleid. Ein Schwert blitzte. Ratten. Ewige Jugend. Millionen Ratten huschten durch Manhattan. Pius kicherte.

Sein Fuß verhedderte sich im Saum der Kardinalsrobe, er stürzte. Liebe ohne Barriere der Zeit. Die Frau in Weiß. Das Bild im Fenster. Göttin. Gefangen. Ratten. Die Oberin war über ihm, schweigend. Er nahm sie in die Arme und küßte sie. *Grün*, hauchte die Nonne und sank lächelnd in Schlaf. Weiß. Ratten. Pius wälzte sich zur Seite, stützte die Hände auf den Boden und kam langsam hoch. Vor ihm war die Tür. Ratten.

Evas Atem ging köchelnd. Noch nie war sie so gerannt. Der graue Fuchs neben ihr lief mühelos, er konnte immer noch weiter. Als Howard sah, daß Eva nicht Schritt hielt, ging er vor ihr in die Knie. Sie schlang die Arme um seinen Hals, er hievte sie hoch. Huckepack ging es weiter. Sie ächzte, ihre Brüste wurden gegen seinen Rücken gequetscht, die Schuhe fielen von den Füßen.

Smiley wich zurück. Hinter seinem Rücken hielt er den Stein umklammert. Yurgraves Gesicht war weiß und leer, die Lippen grau. Der Kardinalsmantel blutgetränkt. Nicht kriegen, dachte Smiley und tastete mit dem Fuß hinter sich. Henrietta hockte auf dem Boden und starrte den Bleichen an. Der Wind riß an Smileys Haar. Der aufgesprungene Kragen schlug ihm ins Gesicht. Ein Schritt, noch einer. Smiley knurrte, wütend und ängstlich zugleich. Yurgrave kam näher. Äußerstes Ende, kein Halt. Die Augen des Bleichen. Ritter, dachte Smiley. Kämpfe für deine Dame. Nicht kriegen. Blick nach unten. Meer, rot, blau. Die Fuchsien sind verblüht, dachte Smiley. Yurgrave packte seinen Arm und zog die Hand nach vorne. Smiley wand sich, zuckte und ruckte. Nicht kriegen! Da bäumte Yurgrave sich auf. Klauen schossen hervor, ein Feuer. Smiley schrie, sah zu Henrietta und ließ Zeisel fallen. Grüner Schweiß am Hals des Bleichen. Er bückte sich nicht. Zeisel kam zu ihm. Glitt in die Höhe. Lag in seiner Hand. Er trat an die Brüstung und hielt den Stein über die Stadt. »Ratten«, sagte der Bleiche.

»Lassen Sie ihn nicht fallen!« schrie Howard aus dem Innern des Zimmers. Der Mann im wehend roten Mantel hielt Zeisel über dem Abgrund. Als Howard hinstürzen wollte, fühlte er plötzlich ein Ziehen im Rücken. Alles schob sich zusammen. Die Schultern drängten hoch. Eng lagen die Arme am Körper. Er entblößte die Zähne und quiekte. Grau, dachte Howard. Grau, Grau, Grau. Eva stieg über die Mutter Oberin, betrat ihr eigenes Schlafzimmer, da begann sie mit fliegenden Nüstern zu schnuppern. Blitzschnell drehte sie sich im Kreis, fiepte in kurzen Stößen, und ging auf die Knie. Gemeinsam mit Howard kroch sie über den Boden, wetzte die zuckende Nase übers Parkett, quiekte und bleckte. Die kleinen grauen Pfoten tappten aufgeregt von links nach rechts. Zitternd beobachteten die beiden Henrietta, die aufstand und sich dem Bleichen näherte.

Henrietta sah die Ratten. Yurgrave sandte das Bild über Manhattan. Es schwappte über den Rand der Terrasse, breitete sich aus, floß über die ganze Stadt. Warum Ratten? dachte sie. Bei allen Bildern seiner Seele, warum öffnete er nur die dunklen Gewölbe und sandte die Ratten in die Nacht? Pius hielt den Stein bewegungslos. Henrietta spürte das Dunkel, sah die Pestilenz. Sie wollte sich den Ratten entgegenstellen, aber es genügte nicht, zu widerstehen, etwas Stärkeres mußte sie finden. Nein, nicht stärker, dachte sie, leichter. Etwas, das sich mühelos und strahlend über die Ratten erhob, spielerisch wie Musik.

Hinter ihr krochen die Gastgeber quiekend über den Boden, mickrig und grau kratzten sie mit den Pfoten. Henrietta näherte sich Yurgrave. Er wandte den Kopf. Unaufhaltsam quollen die Ratten über die Brüstung in die Nacht. Sie erkannte, daß er zu stark war. Gegen ihn konnte sie es nicht erreichen, sie mußte es mit ihm tun. Henrietta legte ihre Hände um die von Pius. Der Stein im Inneren brannte. Sie stellte sich auf die Zehenspitzen und näherte ihr Gesicht dem seinen.

»Blau«, sagte sie und küßte ihn auf den Mund.

Im Schlafzimmer meinte Howard mit einem Mal Musik zu hören. Die dicke Ratte neben ihm hielt im Lauf inne, schnupperte mit gesträubten Barthaaren und erhob sich mühelos auf die Hinterbeine. Ungläubig quiekend drehte sie sich im Kreis. ›Blau‹, hörte Howard sich selbst sagen. Plötzlich ging ein Gedicht ihm durch den Kopf, an das er ewig nicht mehr gedacht hatte. Ein Gedicht über den Frühling. Es zog ihn in die Höhe, weiter, leichter und fröhlicher. Einfach Blau.

Pius schien es, als ob die Ratten mitten im Lauf innehielten. Sie hoben den Kopf und witterten aufmerksam in die Runde. Das Bild der blonden Frau, das so viele Jahre seine Seele besetzt hielt, begann in diesem Moment zu zerfließen. Sie, deren Schicksal ewige Jugend war, sie, die ihm das Leben verdankte, die er Ewigkeiten in sich getragen, neu geschaffen hatte, ohne die er gemeint hatte, nicht sein zu können – Pius hatte nicht mehr die Kraft, sie zu halten, und so ließ er sie gehen.

Der Kuß schien die Ratten zu beleben, aber als Pius genauer hinsah, waren es gar keine Ratten mehr. Schmetterlinge stiegen an ihrer Stelle auf. Die schönsten unterschiedlichsten bunten und wohlgelaunten Schmetterlinge erfüllten sein Herz. Der lange Weg, den er gegangen war, um die Ratten zu entfesseln, endete inmitten von Schmetterlingen. Er wehrte sich nicht länger und gab sich dem Schmetterlingskuß freudig hin.

Im selben Moment flog Smiley neben ihnen an der Brüstung vorbei. Seine Flügel waren rotgolden, er benützte sie ohne Mühe. Nachdem er die Küssenden einen Moment betrachtet hatte, schwang er sich in die Nacht, drehte eine Runde, und kehrte zurück. Nah flog er an Pius und Henrietta heran, streckte die Hand aus und riß Zeisel blitzschnell an sich. Flatternd hielt er den roten Stein und grinste auf die beiden hinunter.

»Nichts für ungut«, rief er und stellte erstaunt fest, daß er mit einem Mal wieder sprechen konnte. Er lachte aus vollem Hals und betrachtete Zeisel, dessen Leuchten nach Osten wies. Smiley folgte dem Stein. Er flog über das

Chaos, das in den Straßen tobte, wechselte über dem *Chrysler Building* die Richtung und wandte sich nördlich. Dort lag sein Zuhause, das große dunkle Kino in der sechsundachtzigsten Straße.

Pius und Henrietta küßten einander immer noch, als die Gastgeber über ihren Köpfen erschienen. Eva fühlte sich so leicht wie in den Zeiten ihrer Jugend. Damals in den Moldau-Auen, dachte sie. Der junge Leutnant, die erste Nacht, so rank und voll Reinheit. Sie flog los, um ihren Leutnant von damals zu suchen. Howard sehnte sich nach den endlosen Wäldern von Maine. Dort wollte er sein, zwischen alten Tannen segeln und sich einem Elch auf die Schulter setzen. Es war ein weiter Weg nach Maine. Aber wenn er jetzt gleich losflog, konnte er im Morgengrauen da sein. Er winkte Eva mit moosgrünen Flügeln zu. Sie flatterte in lila Chiffon, das im Mondlicht durchsichtig schillerte.

Hinter den Küssenden tauchte die Mutter Oberin auf. Sie drehte eine Runde vor dem Bild des Heilands über Evas Bett, dann flog sie nach Osten. Schneeweiß waren ihre Flügel, und singend pries sie den Herrn.

Die Episode ging in die Geschichte ein als *Die Schmetterlingsnacht von Manhattan.* Später wurde der Vorfall vielfach abgestritten und verharmlost. Es gab Stimmen, die die ganze Sache als gigantischen Karnevalsumzug hinstellten, bei dem sich zu Ehren von Präsident Eisenhower alle New Yorker Schmetterlingsflügel umgehängt hatten. Eisenhower wurde von seiner Frau ›My Ugly Butterfly‹ genannt. Andere meinten, der Ausdruck *Butterfly Parade* sei auf das sprunghafte Ansteigen der Homosexualität in New York zurückzuführen. Eine dritte Theorie leitete den Vorfall auf ein Musical zurück, das damals am Broadway lief: *Catch my Butterfly.* Ein albernes Rührstück, für das Cole Porter die Musik nicht hatte schreiben wollen, weshalb sein arbeitsloser Schwager Peter den Auftrag bekam.

Tatsache ist, daß in der Nacht vom 23. zum 24. Juli 1953 kein Mensch auf den Straßen Manhattans zu sehen war, der nicht die prächtigsten Schmetterlingsflügel trug. Die New Yorker genossen das Vergnügen bis in die frühen Morgenstunden. Als die Sonne aufging, waren die Flügel verschwunden. Man machte sich nichts daraus. Eine Nacht lang fliegen zu können, hatte Spaß gemacht, nichts dauerte ewig.

Nur eine Gruppe von Wall-Street-Brokern wollte den seltenen Genuß noch verlängern. Ihr Versuch, nach Sonnenaufgang vom Dach des *AT&T-Buildings* zu fliegen, endete mit einer Katastrophe.

Sie öffnete den Schrank und wählte das weiße Kleid. Sommerlich leicht fiel es bis zu den Knöcheln.
Die zarte goldene Kette paßt am besten dazu, überlegte sie.

1922

Der Teufel auf der Fifth Avenue

Nielsson stand auf den Koffern, die der Zollbeamte mit Kreidekreuzen freigab. Undine nahm ihr Gepäck, das Kind auf den Arm, und verließ das Hafengebäude. Sie bestieg ein Taxi und ließ sich zum Sheridan Square bringen. Ihre Tochter schlief während der ganzen Fahrt. Henrietta war ein stilles Kind. Undine hatte sie nach ihrer Mutter benannt. Zu Hause angekommen, drehte Undine die Heizung auf und öffnete trotz der Kälte die Fenster. Nach drei Monaten war die Luft abgestanden. Das Kind wickelte sie solange in eine Decke. Dort unten war die Spielwarenhandlung. Gerade holte ihr Freund, der Schwede, einen Hampelmann aus dem Fenster. Manche Dinge ändern sich nie, dachte Undine. Die Eberesche trug winzige Knospen, der Frühling war nicht mehr weit. Es war noch Tee in der Büchse. Undine setzte Wasser auf, schloß die Fenster und sank in den Lehnstuhl. Das Stampfen und Rollen, das sie jeden Tag auf der Seereise begleitet hatte, ließ noch nicht nach.

Ankommen, ankommen, es gab nichts, was sofort zu tun war. Vom Lehnstuhl aus betrachtete sie Henrietta. Morgen würde sie ein Bettchen für sie besorgen.

Schweden war die richtige Entscheidung gewesen. Sie hätte in ihrem Zustand nicht bei dem schweigenden Sigmund bleiben können, der sich jeden Tag tiefer in sich selbst verlor. Sie hätte nicht in der Stadt bleiben können, wo der Mann mit den grünen Augen saß. Das Haus am Fjord von Söderhamm mit den Natursteinmauern und den wilden Rosenhecken hatte sie aufgenommen. Der Stiefvater war gestorben, die Mutter sah kleiner aus als beim letzten Mal, fast weiß, sonst hatte sich nichts verändert. Undine erzählte kaum etwas über ihre Zeit in New York. Warum? Damit das Ungeborene in ihrem Bauch es nicht hörte. Die Mutter verstand. Undine sagte nur, daß sie eine aufregende Zeit hinter sich hätte, und ihr Kind durch die Wälder am Fjord tragen wollte.

Boote weit draußen, Föhren, die bis dicht ans Wasser reichten. Undine folgte sandigen Wegen, auf denen die Wurzeln der Bäume wie Schlangen krochen. Der Sand mischte sich mit braunen Föhrennadeln, Ameisen liefen kreuz und quer. Ein kleines Motorboot hatte die Mutter vom Nachbarn geliehen, um den Arzt zu holen, wenn es soweit sein würde. Undine saß in dem Boot, als die Wehen begannen. Sie fuhr oft zu dem Felsen im Meer hinaus, der die Form eines großen Fisches hatte, dort ging sie auf und ab und sang dem Kind das Lied von der *Sjöjungfru* vor. Auf der Rückfahrt kamen die Wehen, die Mutter stand am Ufer. Henriettas Erscheinen auf der Welt war still und friedlich gewesen.

Sie betrachtete das rötliche Haar des Mädchens, das Grübchen am Kinn, die winzigen Hände. Das Wasser kochte, Undine bereitete Tee. Im Nebenzimmer schlief das Kind.

Einige Tage später wußte sie, was mit Glawatsch passiert war. Die RUGA gab es nicht mehr, er selbst war verschwunden. Viele glaubten an Selbstmord. Der Fluß war nach seiner Leiche abgesucht worden, ohne Erfolg. Undine stellte sich vor, daß Sigmund vom Erdboden verschluckt worden war. Er hatte aufgestampft und war versunken. Vielleicht wuchs an jener Stelle ein Feuerdornstrauch, dachte sie.

Mit dem Filmen war es vorbei. Das Geld reichte noch einige Zeit, danach würde sich etwas finden. New York, das Kind, sie selbst, das war die Gegenwart. Je einfacher sie dachte, desto besser. Keine großen Pläne, keine verworrenen Erklärungen. Undine, Henrietta, New York. Sie kaufte ein Gitterbett. Spielzeug brauchte sie nicht zu besorgen. Der Schwede war glücklich, die kleine Henrietta

beschenken zu dürfen. Undine ließ ihm die Freude. Und der Vater? Den Gedanken, er könnte erfahren, daß etwas Lebendiges aus jener Nacht hervorgegangen war, ertrug Undine nicht. Sie würde es ihm nicht sagen.
Der Frühling kam. Im dunkelgrünen Kinderwagen, Luxusmodell *Beauty Child*, das sich sonst nur Damen der Upper Eastside leisten konnten, fuhr Undine ihre Tochter durch New York. Washington Square Park, Walker Park, St. Catherine's Park, Bryant Park, East River Park und Central Park, das größte Mütter- und Kinderparadies von allen. Hunderte Kinderwagen zirkulierten auf den Wegen und Rasenflächen, Mütter ließen die Kleinen im Springbrunnen planschen, auf Bäume klettern, auf Sheep Meadow erste Baseball-Versuche machen.
Was sie sich nie vorstellen hatte können, bereitete ihr jetzt Freude – eine Mutter unter Müttern zu sein, in einer Welt, die nur aus Müttern und Kindern bestand. Sie schob den Wagen, sprach mit Henrietta, die plapperte freundlich, sie machten Rast auf einer Bank. Undine schaukelte den Wagen, hob Henrietta heraus, prüfte, ob sie sich naßgemacht hatte, wechselte Windeln, gab ihr ein Fläschchen. Andere Mütter setzten sich dazu. Die Gespräche kreisten um Mütter und Kinder. Sie ließ die Tage an sich vorübergleiten. Manchmal ging sie mit einer der Frauen auf einen Kaffee, man fuhr mit derselben Subway, und wenn sie in der Dämmerung heimkam, war sie so erschöpft, als hätte sie einen schweren Arbeitstag hinter sich.
An jenem Tag Mitte Mai war sie wieder viele Stunden im Park gewesen, hatte Henrietta an einem Eis schlecken lassen, die Kleine verzog den Mund, das Kalte mochte sie nicht. Ein paar Wolken zogen auf. Undine bekam Hunger, sie hatte keine Lust, im Park zu essen. Bis Henrietta ihr nächstes Fläschchen kriegte, war noch genügend Zeit, also schob sie den Wagen in Richtung Subway-Station. Sie wollte ins Village zurück, einkaufen und in Ruhe kochen. Auf dem parkseitigen Gehweg wandte sie sich Richtung Norden. Die Wolken rissen auf, plötzlich lag die andere Straßenseite im hellen Sonnenschein. Die Auslage

eines eleganten Modesalons reflektierte das Licht. Undine war geblendet. Als sie sich an das Bild des gleißenden Glases gewöhnt hatte, nahm sie eine Gestalt wahr, die dort aus dem Eingang trat. Es war eine Frau mit hellblondem Haar. Undine hatte ihr Haar seit der Abreise nach Schweden nicht mehr blondiert, sondern geschnitten, als das Brünett auszuwachsen begann. Die Frau auf der anderen Straßenseite trug ein graues Kostüm. Pepita, dachte Undine. Die andere drehte sich im Kreis und schien jemanden zu rufen. Undine schob den Wagen mit Henrietta in den Schatten, ließ die Szene gegenüber nicht aus den Augen. Hinter der Blonden trat ein Herr aus dem Salon. Er hielt eine Hutschachtel und Kartons auf dem Arm. Die Frau in Pepita machte tänzelnde Schritte und stellte sich in Positur. Der Herr lachte, ging die wenigen Stufen zu ihr hinunter und küßte sie. Sie erwiderte seinen Kuß so heftig, daß die Kartons rutschten und zu Boden fielen. Beide lachten. Ein Angestellter des Modesalons eilte herbei und half dem Herrn beim Aufsammeln. Sie überlegten offenbar, wohin sie ihren Bummel fortsetzen sollten. Der Herr zeigte auf den Park. Rasch trat Undine in den Schatten zurück. Die blonde Frau drehte sich um und blickte in Undines Richtung. Jede Einzelheit konnte Undine erkennen. Ihr Haar, die Augen, das Grübchen über dem Kinn, die zarte Nase, den Hals, die Ohren, die Hände, und die Art wie sie ein Bein vor das andere stellte. Undine stand sich selbst gegenüber. Sie hörte das Lachen von der anderen Straßenseite. Es war ihr eigenes Lachen. Sie hörte die Stimme jener Frau, das langgezogene ›ooo‹, die harten Konsonanten. All das gehörte ihr. Dort drüben stand jemand, der ihre Person gestohlen hatte. Aber Undine wußte es besser. Nicht die blonde Frau hatte den Diebstahl begangen. Der Mann neben ihr war es gewesen. Er mit den pechschwarzen Haaren, er mit den giftgrünen Augen dort hatte es getan. Der Teufel kannte die Frauen, dachte Undine. Hatte er nicht oben auf jener Treppe gestanden, an dem Abend, als alles in die Brüche ging? Wenn er wollte, konnte ein Film mißglücken, ein Mann

zusammenbrechen und seine Sprache verlieren. Er konnte auch ein Kind zeugen. Er hatte eines gezeugt. Ein Mädchen mit rötlichen Haaren und grünen Augen. Ein Kind, das nie schrie, nie weinte und sich nicht wie andere Kinder benahm. Undine starrte auf den Wagen. Henrietta krähte fröhlich und spielte mit ihren Händen. Der Mann küßte die Frau in Pepita und sagte ihr Zärtlichkeiten. Sie wollte nicht in den Park. Er nahm sie bei der Hand und zog sie die Fifth Avenue entlang. Fröhlich und sichtbar verliebt lief sie auf hohen Absätzen neben ihm her. Das blonde Haar wippte auf den Schultern.
Als Undine zu schreien begann, konnten die beiden sie nicht mehr hören. Sie sank auf die niedrige Mauer, die den Park eingrenzte, und wehrte jede Hilfe der Passanten ab. Henrietta im Kinderwagen erschrak über die gellenden Schreie ihrer Mutter. Einen Augenblick lang zögerte sie, dann verzog sie den Mund zur Schnute und begann zu weinen. Undine starrte sie an.
Noch in derselben Woche sprach sie beim Jugendamt vor. Zwei Monate später gab sie ihre Tochter frei zur Adoption. Mr. und Mrs. Cron, ein ältliches Paar aus Queens, wartete seit Jahren auf ein Kind. Bevor der Sommer vorbei war, holten die beiden, adrett angezogen und mit feierlicher Miene, die kleine Henrietta ab. Undine erfuhr nie, wer die Zieheltern waren. Viele Jahre später erkundigte sie sich danach. Die Auskunft wurde ihr verweigert.

1953

Feuerdorn

Das Buch lag aufgeschlagen vor Smiley auf dem purpurroten Sitz. Er konzentrierte sich so sehr, daß Bäche von Schweiß die Innenseite seiner Arme hinunterliefen. Bis auf einen schwachen Schimmer, der durch die ovale Oberlichte der Kuppel fiel, war es vollkommen dunkel im Kino. Smiley las die Passage ein letztes Mal. Das Bild der blonden Frau in Pepita ruhte an seinem Herzen. Er spürte die scharfen Kanten der Fotografie unter dem Hemd. Im Innern der linken Hand hielt er Zeisel.

»Manaahz Tsuii Pentateus«, sagte er leise, als wollte er erst einen Probeversuch machen. Kreisend wie ein Wirbelsturm brach etwas in seinen Körper ein. Die Knochen knackten, und alle Säfte schossen zusammen wie Treibgut am Rande eines Wasserfalls. Der Orkan bemächtigte sich seines Lebenslichtes, packte und riß die Flamme mit sich, daß sie hell strahlte wie der Schweif eines Kometen. An der Spitze des Lichts schoß der Sturm nach Süden und suchte die blonde Frau.

»Magnet! Magnet!« stammelte er. Seine Lippen flatterten aufeinander wie Seidenpapier. Der tiefe Ton, der alles erfüllte, war das Tosen wilder Tiere hinter einer stürzenden Wand aus Wasser. In seiner Hand kochte Zeisel wie Magma.

Die blonde Frau lag wach. Sie haßte den Schlaf, weil er sie in etwas hinabzog, das grün war. Unweigerlich kam es jede Nacht zu ihr, wenn sie in Schlaf fiel. Ein unterseeisches Reich, eine wäßrige Welt, die Erinnerung fraß. Jeden Morgen, wenn sie aufwachte, wußte sie nichts von

dem, was gestern gewesen war. Sie war ein Eintags-Mensch, jeder Tag war ihr erster. Wie lange schon? Sie konnte es nicht sagen. Der mit den grünen Augen hätte es gewußt, aber er war nicht mehr bei ihr.
Seit einiger Zeit hörte die blonde Frau den Ton, tief und anschwellend, wie Feuer, das sich durch Stein fraß. Der Ton kam näher, sie mußte gehen. Sie stand auf, warf einen Regenmantel über, und verließ die Wohnung.
Sie war nicht sicher, ob sie das Schauspiel, das sich ihr bot, schon einmal gesehen hatte. Voll Neugier blickte sie hoch. Überall schwangen sich fröhliche Menschen durch die Lüfte. Sie hatten Spaß am Fliegen, sangen, lachten und grüßten einander in luftigen Höhen. Der Nachthimmel war ein Gewirr von irrlichternden Kreaturen, die ihre Leichtigkeit kaum fassen konnten.
Blau, dachte die junge Frau und lief die 2nd Avenue hoch. Der Ton wurde lauter, fraß sich greller voran. Plötzlich fiel ihr auf, daß sie die einzige war, die keine Flügel hatte. Anders als alle andern, dachte sie und überquerte auf ihren zwei Beinen die Lexington, dann die Park Avenue und lief die Madison hoch. Schon durchbrach der Ton im Stein die äußerste Schicht, ließ sie atemlos zu dem gläsernen Portal stürzen, hinter dem etwas sie schreiend erwartete. Auf den letzten Metern riß sie den Mantel von den Schultern und betrat das Kino. *Gentlemen Prefer Blondes* las sie über der Tür.

Pius Yurgrave liebte Henrietta in Evas Himmelbett. Seit Stunden umkreisten sie sich mit Küssen, tauschten Liebkosungen gegen Bisse, loderten, fraßen, hoben und entzückten einander. Dann standen sie auf, schlüpften in ihre Kleider und verließen das Lowfield Building. Niemand hielt sie auf. Hell erleuchtet, doch menschenleer lag das Gebäude da. Alle waren ausgeflogen. Eng aneinandergeschmiegt liefen sie die Park Avenue hoch. Über ihnen tollten die Schmetterlinge. Kühne Flieger segelten um Wolkenkratzer, ließen sich im Sturzflug zur Erde fallen, schlüpften unter Eisenbahnbrücken durch, und

schwangen kurz vor dem Boden ab. Die meisten schwärmten einzeln durch den Nachthimmel, nur Vorsichtige flogen in Gruppen. Ordnungsbewußt machten sie über roten Ampeln halt, um den Querverkehr vorüberzulassen. Glückliche Spanner hingen vor Fenstern in luftiger Höhe. Fette Brummer, so schwer, daß sie sich nur einen knappen Meter in die Luft schrauben konnten, baunzten gegen Abfallkörbe und Lichtmasten. Man hatte Jukeboxes auf die Straßen gerollt, Sinatra und Buddy Holly schallten durch die Nacht. In den Lüften wurde getanzt. Pius hatte den Kardinalsmantel geöffnet, Schweiß glänzte auf seiner Brust. Henrietta umfaßte seinen Rücken, er streichelte ihren entblößten Schenkel. Die Schuhe hatte sie auf den Treppen fallen gelassen, sprang barfuß übers Pflaster. An der 76th bogen sie nach links, blieben stehen und küßten sich. Er bog ihren Oberkörper nach hinten, seine Zunge glitt ihr Schlüsselbein entlang und tauchte in ihren Busen ein. Als er die Augen wieder öffnete, eilte die blonde Frau an ihm vorüber. Henrietta nahm sein Kinn in den Mund und biß zärtlich zu.
Jetzt hörte Pius den Ton. Ohne im Küssen nachzulassen, setzte er sich auf die Spur der Blonden. Der Ton wurde lauter, greller, näherte sich der Oberfläche. Die Frau überquerte Lexington und Park Avenue. Jetzt begann sie zu rennen. Yurgrave hielt Schritt. Als Henrietta nicht mehr mitkam, hob er sie hoch und trug sie auf seinen Armen die Madison Avenue entlang. Sie lachte und schrie, sah zu den irrlichternden Schmetterlingen hoch, die über ihnen Kapriolen schlugen. Sie preßte ihren Mund auf seinen, ihre Haare flogen im Nachtwind. Das grüne Kleid schleifte in Fetzen hinter ihr her, verschmolz mit dem Kardinalsmantel zur grünroten Schleppe. Pius spürte, wie das Feuer Schicht um Schicht die Erde durchfraß. Schon erreichte der wütende Ton die Blonde, die zum Portal jenes Hauses stürzte, über dem ein Engel sein Schwert drohend schwang.
»Hier waren wir schon einmal«, rief Henrietta und lachte, als Pius mit ihr um die eigene Achse wirbelte. Der Ton

schloß sie ein, umhüllte, packte, trieb sie voran. Straße, Bäume, Häuser begannen sich zu drehen. Yurgrave kannte den Ton. Dinge und Menschen zog er von jedem Punkt der Erde heran. Aber nur Eingeweihten war es gestattet, ihn zu beschwören, denn inmitten des Tones saß der Feuerdorn. Yurgrave blickte hoch, Teufelsfratzen grinsten ihn an. Er trug Henrietta über die Schwelle. Die Blonde stürzte vor ihm die Treppe hoch, Pius sah sie oben verschwinden. Der Ton war ein wütender Schrei, ein Orkan tobte unter der Erde. Milliarden feuriger Blüten begannen zu tanzen.

Smiley fühlte sich nur noch als Schaum. Willenlos klebte er im roten Sessel. Es war dunkel im Saal, so dunkel, daß er den Stein in seiner Hand kaum sah. In der Finsternis brüllte die Erde. Die Schwingtür glitt auf. Durch das Brennen der Töne hindurch durchschnitt ein zärtlicher Laut Smileys Gemüt. Die blonde Frau stand nur da, sie strahlte aus der Dunkelheit. Die Gewalten zogen sie näher. Über die Sitze hinweg wollte sie schnellen, um mit ihm zu verschmelzen. Da barst die Erde. Der Feuerdorn hätte das Kino zum Einsturz gebracht, wäre Yurgrave nicht im Saal erschienen. Er trug Henrietta auf seinen Armen. Sie zuckte und fieberte, spürte den Atem des Dorns wie ein ätzendes Gift. Er setzte sie ab und drängte sie dicht an die Wand.

»Geh keinen Schritt weiter, was auch geschieht.«

Er küßte sie ein letztes Mal. Bilder leuchteten in ihm. Kirschen sah er und eine Medaille, die vor ihm pendelte. Er erkannte sich selbst, wollüstig stand er im Boot. Regen prasselte auf Henrietta, sie hielt eine Perle zwischen den Lippen.

Pius ließ sie los und warf sich in den Dorn. Er lief in die Mitte des Saales und riß Smiley den Stein aus der Hand. Viel war von ihm nicht mehr übrig, bloß ein gelblicher Schaum, nicht fähig, zu sprechen oder die berstende Glut abzuwehren. Pius drückte Zeisel an seine Brust wie eine lachende Feuerkunst. Schon begann er zu brennen. Nicht rasch, wie er gehofft hatte, kein Aufzischen und Verglühen, – der Feuerdorn wollte ein Opfer. Yurgrave schenkte seinen Atem dem unaufhaltsamen Rot und wurde noch einmal zum Löwen. Rot fraß sich die Mähne um seinen Kopf, das rotgoldene Haar loderte um seine Pranken, die Brust war ein flackernder Wald. Nach oben, schrie Yurgrave und begann zu steigen. Der Löwe erhob sich als Feuersturm. Er stand inmitten des Saales, erleuchtete flackernd die Kuppel. Das Feuer griff um sich, umleckte die alten Seidenvorhänge und abblätternden Tapeten. Im Nu kicherten Flammen überall durch den Saal. Gebälk und Verzierungen boten dem Feuer sich dar. Bordüren wehten brennend vom Rang. Der leuchtende Löwe gab dem Brand neue Nahrung, lodernd dehnte die Kuppel sich aus, in ihrer Mitte der brüllende Sonnenball.

Der Feuerdorn nahm das Opfer an. Pius fiel zu Boden wie ein schwarzer fleischlicher Sack, ausgeglüht und verkohlt. Henrietta wollte zu ihm, die Flammen hinderten sie. Ein brennender Balken krachte zu Boden und entzündete die Sitzreihen. Knisternd kletterten Flammen die Säulen empor. Smiley kauerte inmitten des Brandes. Er barg das Buch an seiner Brust. Mit der Hand umkrallte er die Medaille. Dort, wo Yurgrave emporgestiegen war, lag Zeisel. Smiley kroch hin, nahm den Stein, holte aus und warf ihn weit über das Feuer. Zeisel flog durch die Flammen, rollte über den Boden und blieb unweit von Henrietta liegen. Während sie sich bückte, starrte sie auf die Stelle, wo der Löwe gestürzt war. Nur der verkohlte Kardinalsmantel lag noch da, schwarze Silhouette mit ausgebreiteten Armen.

Mit einem Mal ging die blonde Frau durch das Feuer hindurch. Die Flammen taten ihr nichts. Grün, dachte sie, das genügte. Sie beugte sich über den kleinen Mann. Er lag auf dem Boden und schützte ein Buch mit seinem Körper.

Smiley spürte eine Berührung, blickte hoch, sie faßte seine Arme und zog ihn mühelos zwischen den Sitzen hinaus in den Gang. Die Flammen leckten nach ihm, doch

sie kamen nicht näher. Mit ihrer Hilfe erreichte er die Tür und die Treppe. Er würgte und röchelte, taumelte hoch, wollte sprechen, ihr erklären. Sie starrte auf das Plakat an der Wand. Dort war sie selbst, im weißen Kleid, das Schwert drohend erhoben. Schweigend betrachtete sie das Bild, dann wandte sie sich ab und ging durch die Glastür hinaus auf die Straße. Smiley wollte sie halten, versuchte zu rufen, nur ein Keuchen entrang sich ihm. Langsam sank er neben dem Plakat zu Boden.
Henrietta raffte ihr Kleid, nach dem die Flammen schon leckten. Sie hielt die Stola vor ihren Mund gepreßt und stieß die qualmende Tür auf. Am oberen Absatz der Treppe lag Smiley und hustete. Sie winkte ihm und taumelte näher. Bevor sie ihn erreichte, hatte er das Bewußtsein verloren. Doch es schien Henrietta, als hätte sie ihn lächeln gesehen. Sie ging langsam die Treppe hinunter und betrachtete den Stein in ihrer Hand. Sie trat auf die Straße. Über ihr durchgeisterten die letzten Schmetterlinge den Himmel. Eine einzelne Frau ging die Straße entlang, nach Osten hin, wo der Fluß lag. Von dort konnte man schon den Morgen spüren.

Eine riesenhafte Kreatur erhob sich inmitten der Eiswüste. Kein Feuer erwärmte den Meister. Keine Speisen hatte er genossen, keinen Schlaf. So stand er und schaute ins bläuliche Weiß. Yurgrave tauchte als winziger Punkt am Horizont auf. Er ging langsam, und es dauerte Stunden, bis er den Meister erreichte. Er hockte sich neben ihn, wie er es früher oft getan hatte. Gemeinsam blickten sie zum Horizont, wo die Sonne bald versinken, und die Nacht sich über ihnen ausbreiten würde.

Sie hörte Schritte die Treppe hochkommen. Das Teewasser kochte. Alles ist bereit, dachte sie und ging an die Tür, um zu öffnen.

1991

Sigmund Glawatsch

Es klingelt an der Tür. Drei Uhr fünfzehn sagen die roten Leuchtziffern des Weckers. Ich grummle, rolle aus dem Bett, schwanke mit halbgeschlossenen Augen zur Tür.
»Hmmmfff?« mache ich in die Gegensprechanlage.
»Mr. Liieoouupould?« klingt die Stimme des Doorkeepers aus dem Gehäuse.
»Fred, was gibt's 'n?«
»Hier ist eine junge Dame, die zu Ihnen will.«
»Wie jung?«
»Na ja, schon ziemlich jung. Und hübsch. Und ... grün angezogen.«
»Undine?« rufe ich in das Plastikding und gehe auf die Zehenspitzen. Die Sprechanlage hängt ziemlich hoch. »Undine, bist du das?«
»Sie ... sie, sie sagt nichts, Mr. Liieoupould«, höre ich Freds verwirrte Stimme. »Sie lehnt dort an der Wand und schaut ziemlich erschöpft aus. Ein kleines Schulheft hat sie in der Hand. Was soll ich denn jetzt machen, Mr. Liiieoupould?«
»Schicken Sie sie rauf.«
Ich will hören, was passiert und presse mein Ohr an den Lautsprecher. ›Miß, hallo Miß, kommen Sie‹, sagt Fred. Das Klingelzeichen ertönt, er holt den Lift nach unten. ›Gehn Sie nur da rein. Jaja, einfach reingehen. Mr. Liieopould erwartet Sie.‹
Ich lasse den Gegensprechknopf aus, rase ins Bad, schwappe mir mit beiden Händen Wasser übers Strubbelhaar und bändige es zu einem verwackelten Scheitel. Als

ich mir Herrenparfum auf den Nacken klatsche, höre ich schon die Lifttür aufgehen. Im Laufen ziehe ich mir den Bademantel über, erreiche den Flur. Undine liegt in der Fahrstuhlkabine und zuckt am ganzen Körper. Ich stürze hin, ziehe ihren Oberkörper hoch.
»Nicht … schlafen«, haucht sie.
»Was? Was ist passiert?«
»Nicht schlafen.«
Sie sinkt zurück, ich halte sie. Die Lifttür ist im Begriff, sich zu schließen, ich ramme meinen Fuß dazwischen. Klingelnd geht sie wieder auf.
»Nicht schlafen!« murmelt Undine.
»Du kannst nicht schlafen? Wieso?« stottere ich. Lifttür zu, Fuß, peng, Lifttür auf.
»Will nicht!« schreit sie plötzlich. »Will nicht schlafen!«
»Komm, wir müssen raus hier.«
Ich rapple mich auf, ziehe den zuckenden Körper hoch, ihre Füße tappeln, sie ist kaum imstande zu gehen. Hinter uns schließt sich die Fahrstuhltür. Der Geruch des Herrenparfums umwölkt mich penetrant, vielleicht habe ich etwas zu viel erwischt.
»Laß uns an die Luft gehen«, sage ich und ziehe Undine weiter. Kurz darauf sitzen wir auf den Marmorfliesen der Terrasse. Über uns wölbt sich der Sommerhimmel, vor uns ruht der Park. Der Verkehr ist nur schwach zu hören. Ich streiche ihr zart übers Haar, sie wehrt die Berührung ab.
»Nein! Das andere«, sagt sie.
»Das andere? Was denn?«
Sie läßt sich auf die Seite sinken. Ich denke, sie hat einen neuen Anfall und will sie stützen. Wieder schüttelt sie meine Hände ab und kriecht zum Terrasseneingang zurück. Dort liegt ihre Tasche. Mit einiger Mühe zieht sie das schmale Heft hervor.
»Da. Das«, keucht sie.
Sofort bin ich bei ihr.
»Ich weiß doch nicht, was du willst«, stammle ich und beobachte, wie sie das Büchlein aufschlägt. Wie eine Blinde

tappt sie in den Seiten, blättert vor und zurück, sie sieht gar nicht hin. Plötzlich hält sie inne, ihre rechte Hand ruht auf einer bestimmten Eintragung.

»Das«, sagt sie und hält die Seite hoch. Ich schiebe ihre Hand behutsam beiseite und lese nicht ohne Mühe, was da steht.

Kuß von Leopold erhalten. Es ist die Schrift eines Kindes.

»Noch«, sagt sie und tippt auf das Heft.

Ich sehe sie verwundert, scheu, voll Hoffnung an.

»Noch, was?« frage ich.

»Noch. Nicht schlafen«, antwortet sie mit fester Stimme.

Ich nehme sie in die Arme, ihre Augen sind weit offen, starren neugierig auf mein sich näherndes Gesicht. Ich drücke meine Lippen auf ihre. Sie erwidert meinen Kuß, als hätte sie ihren Mund an den Rand einer Schale mit dem köstlichsten Getränk gesetzt. Sie trinkt meine Küsse, leckt sie wie Tautropfen, saugt die Zärtlichkeit in sich auf, als hinge ihr Leben davon ab. Nach kurzem bin ich so außer Atem, daß ich eine Pause brauche.

»Undine – du Süße, du Liebe …«, hauche ich, aber das will sie gar nicht hören.

»Noch«, sagt sie bestimmt. Ich küsse und küsse und küsse.

Als ich wirklich nicht mehr kann und erschöpft auf die Fliesen sinke, sitzt Undine über mir. Sie lächelt zufrieden.

»Jetzt schlafen«, flüstert sie. »Muß.«

Einen Augenblick lang durchschauert mich die Hoffnung, sie möchte mit mir ins Bett gehen, aber so ist es nicht gemeint. Ihre Lider werden schwer, der Kopf sackt nach unten, die ganze Frau ist in derselben Sekunde eingeschlafen.

Einige Minuten später stehe ich vor dem riesigen Doppelbett im Schlafzimmer meiner Gastgeber. Undine liegt unter einem blütenweißen Laken. Ihre blonden Locken verschmelzen im Halbdunkel mit den Falten des Kissens. Ich habe ihr die Schuhe abgestreift und den Gürtel ihres Kleides gelockert. Nachdenklich, aber auf seltsame Weise auch traurig, sinke ich auf die Bettkante und betrachte die blonde Frau, die in tiefem Schlummer liegt. Ich bin so erschlagen von den Vorgängen der letzten Stunde, daß ich am liebsten neben ihr einschlafen möchte. Aber das darf nicht sein. Ich greife mir Hose und T-Shirt und bitte Fred telefonisch, mir ein Taxi zu rufen. Ich streichle zart über den Hals der Schlafenden und verlasse die Wohnung. Kurz darauf bin ich auf dem Weg zur 86. Straße.

Ich quetsche mich durch den Bauzaun, klettere über die Schuttlandschaft und betrete die Kinoruine. Es muß fünf sein, gleich geht die Sonne auf. Die Vögel machen einen Riesenlärm.

Diesmal hat Säät nicht mit meinem Kommen gerechnet. Es dauert Minuten, bis ich das Schlurfen hinter der Schwingtür vernehme und das Knarren des Schlüssels. In bodenlangem Nachthemd steht der alte Mann vor mir. Die Haare stehen wirr zu Berge, er blinzelt verdrossen.

»Ja?« krächzt er.

»Es ist etwas passiert«, beginne ich und betrete den Saal. Die verkohlte Kuppel wirkt im Halbdunkel wie ein Nachthimmel ohne Sterne. Nach den ersten Sätzen über Undines Besuch, unterbricht er mich mit einer Handbewegung. Seine Müdigkeit ist verflogen.

»Komm«, sagt er und zieht mich den Seitengang hoch. »Aber aufpassen, daß du dir nicht die Beine brichst.«

Wir betreten die Vorführkabine. Zwei riesige Projektoren stehen da. Daneben sind leere Spulen aufgehängt. An der Rückwand ein Regal. Filmrollen in grauen Metallbehältern lagern hochgestapelt bis zur Decke.

»Was sind das für Filme?«

»Glawatsch, alles Glawatsch«, sagt er trocken. »Hab' ich gesammelt. Bin überall gewesen, auf der ganzen Welt. Jeden Preis hab' ich bezahlt. Achtundvierzig Glawatschfilme. Keiner fehlt.«

Jede der Spulen ist säuberlich beschriftet. *Die Fledermaus* lese ich, *Napoleon und Sidonie, Salome*. Säät wiegt die Rolle zärtlich in der Hand.
»*Salome*, hähä. Den hat er noch im Krieg fertiggeschnitten.«
»Welcher Krieg?«
»Der erste natürlich.«
Er stellt den Film zurück und drängt mich weiter.
»Gehn wir.«
»Gehen, wohin?«
Es gibt nur eine Tür hier, und durch die sind wir gekommen. Säät tritt an den Projektor und schaltet ihn ein. Kein Film ist eingelegt. Die Maschine knattert, die Leinwand erstrahlt, leer läuft die Auffangspule durch. Säät ist verschwunden.
»Säät?«
»Komm«, ruft er.
Ich drehe mich um. Ein Teil des Regals ist nach hinten geklappt und gibt einen schmalen Durchgang frei.
»Komm schon.«
Ich schlüpfe durch die Wand. Nach unten geht es. Die lange Treppe scheint in den Keller zu führen. Hinter mir schließt sich der Durchgang.
»Was ist das hier?« frage ich, als wir auf dem untersten Absatz angekommen sind.
»Mein … na ja, Privatbereich.«
Er dreht den Schalter. Eine einsame Glühbirne taucht den Raum in karges Licht. Es ist ein Heizungskeller. Die Kessel in der Ecke sind wohl seit Ewigkeiten nicht mehr benutzt worden. Eine Matratze liegt auf dem Boden, die Decke zurückgeschlagen. Es riecht nach – na ja, nach altem Mann eben.
»Muß mich nur schnell anziehen«, schnauft er und stellt die Hausschlappen beiseite. Er holt ein Museumsstück von Anzug aus dem hinteren Bereich des Kellers. Orangenkisten sind dort hochgestapelt. Daneben entdecke ich eine unübersehbare Zahl von Sammelmappen. Aufeinander, kreuz und quer bedecken sie gut ein Viertel des

Bodens. Eine liegt direkt vor meinen Füßen. Ich bücke mich und klappe sie auf. Ein trockenes Zweiglein ist auf die erste Seite geklebt, so alt, daß es schon fast zu Staub zerfällt.

Taxodium distichum. Zweige waagrecht,
Nadeln gestreckt, typisch zart blaßgrün.

steht säuberlich daruntergeschrieben. Als ich den Zweig berühre, zerbröckelt das Holz zwischen meinen Fingern.
»Oh, tut mir leid«, sage ich.
»Die Sumpfzypresse, hähä.«
Er schaut mir über die Schulter. Ich blättere weiter.
»Hast du die alle eingeklebt?«
»Hab' Bäume immer geliebt. Schon als Kind.«
Ich klappe die Mappe zu. Er steigt in seine Hosen. Über den Orangenkisten hängen zwei Fotografien. Die eine zeigt Undine in ihrer Paraderolle. *Markitta* mit erhobenem Schwert. Die andere – ich beuge mich nahe davor – auch das ist Undine. Auf diesem Bild trägt sie ein graues Kostüm mit Gürtel, eine weiße Bluse und hochhackige Schuhe.
»Wer hat das aufgenommen?« frage ich.
Säät sitzt auf dem wackeligen Stuhl und schlüpft ächzend in seine Schuhe.
»Die Frau in Pepita, hm, tjaja.« Er greift zum Kamm. »Ich hab' das fotografiert.«
»Wann?«
»Hm, wann … das muß in den Fünfzigern gewesen sein. Der Hausmeister hat mir seinen Apparat geliehen.«
Er nimmt eine Dose, klatscht sich öliges Zeug aufs Haar und kämmt es nach hinten.
»Netter Kerl, der Hausmeister. Ist leider ziemlich früh gestorben.«
Die Rose im Konfitürenglas schneidet Säät auf die richtige Länge und steckt sie ans Revers.
»Gehen wir«, sagt er.
Der Unterschied ist verblüffend. Ein Gentleman, ein Grandseigneur der alten Schule steht vor mir. Schwung-

voll küßt er die beiden Fotografien, wieselt zur Tür und will gerade das Licht löschen. Da sehe ich Badewanne und Mörser.
»Was ist das?«
»Na ja, hähä …« Verlegen zupft er an der Manschette. »Kieselwasser und Malvenkraut, würde ich sagen. Oder die Reste davon.«
»Kieselwasser und was?«
Er plätschert mit der Hand in der grünen Flüssigkeit auf dem Boden der Wanne.
»Du nimmst 635 Gramm Kieselerde«, sagt er, »löst sie in destilliertem Wasser auf, zerreibst die Malve im Mörser, vermischst das Ganze und legst einen Hunderter hinein. Bei Vollmond geht's besser, ist aber nicht unbedingt nötig. Am nächsten Morgen hast du sieben Hunderter und am nächsten neunundvierzig. Na ja, und immer so weiter.«
Ein Schein schwimmt darin. Er zieht ihn mit spitzen Fingern heraus und hält mir die glitschige Banknote hin.
»Da hast du deinen Hunderter zurück.«
Damit schlüpft er zur Tür hinaus. Der Luftzug bewegt das feuchte Geld in meiner Hand.
Die geschwungene Freitreppe ächzt unter unseren eiligen Schritten.
»Irgendwann wird man dieses Haus abreißen«, murmle ich.
»Das glaube ich nicht.« Säät dreht sich im Laufen um. »Der Eigentümer hat etwas dagegen.«
»Wer ist der Eigentümer?«
»Ich.« Er grinst und zwirbelt die Haare.
Wir erreichen den unteren Absatz.
»Und jetzt holen wir Undine«, sagt er. Die Sonne blinzelt hinter den Dächern der flußseitigen Häuser hervor. New York ist erwacht.

Wie zwei Ärzte beugen wir uns über die Schlafende.
»Soll ich sie wecken?« frage ich zaghaft.
»Versuch's.«
»Undine«, rufe ich zart. »Undine, hörst du mich?«

Keine Reaktion. Ich fasse sie sanft an der Schulter, nehme ihre Hand, tätschle sie. Undine erwacht nicht. Ich packe sie fester, ziehe ihren Oberkörper hoch und schüttle sie derb hin und her. Willenlos sackt ihr Kopf an meine Schulter.

»Hab' ich mir gedacht«, murmelt Säät.

»Was ist los mit ihr?« frage ich mit wachsender Panik.

»Wir müssen zum Fluß.« Säät zuckt unwillig die Schultern, als wäre das eine unwillkommene Verzögerung.

»Was sollen wir beim Fluß?«

Er schlägt die Decke zurück und zieht Undine aus dem Bett.

»Wir sollen dort gar nichts«, antwortet er. »Aber unsere Freundin wird sich bestimmt wohler fühlen.«

Mit unverhohlenem Mißtrauen beobachtet der Doorkeeper, wie sich zum x-ten Mal in dieser Nacht die Lifttür öffnet und zwei Männer eine schlafende Blondine Richtung Ausgang schleppen.

»Wären Sie so freundlich, mir noch mal ein Taxi zu rufen, Fred?« säusle ich und getraue mich kaum, ihn anzusehen.

»Sind Sie sicher, daß Sie keinen Krankenwagen brauchen?« Er kneift die Augen zusammen.

»Ein Taxi genügt.« Ich ziehe die Eingangstür auf. Undines Kopf sackt nach hinten.

»Vorwärts, vorwärts«, knurrt Säät und nickt dem Doorkeeper zu. Fred greift zum Telefon.

Das Taxi hält auf der East Avenue.

»Warten Sie hier«, sagt Säät zum Fahrer. Der nickt bloß und hat seinen Zähler im Auge. Gemeinsam ziehen Säät und ich Undine vom Rücksitz ins Freie. Wie eine lebensgroße Puppe hängt sie zwischen uns beiden.

»So geht das nicht«, schüttelt Säät den Kopf. Er bückt sich und hebt Undine mit Schwung auf seine Arme.

»Ist dir das nicht zu schwer?« versuche ich ihn aufzuhalten. Er hört nicht und läuft mit der Leblosen über die Straße. Ein schwarzer Buick hupt. Zwei junge Typen in

offenem Porsche rufen: ›Hey, Opa, überlaß uns doch die Braut!‹ Dann hat Säät die andere Seite erreicht.
»Was is'n mit der jungen Dame?« will der Taxifahrer wissen.
»Wir sind gleich wieder da. Bitte warten Sie«, sage ich.
»Ich weiß nich' ...«
Wortlos drücke ich ihm zwanzig Dollar in die Hand. Sein Protest verstummt. Gleich darauf habe ich die Fahrbahn überquert, Säät ist verschwunden. Ich drehe mich suchend im Kreis, laufe schließlich den Zaun entlang, der zum East River führt. Nach hundert Metern habe ich ihn eingeholt. So schnell seine dünnen Beine ihn tragen, schleppt er Undine zur Böschung.
»Säät! Warte!«
Während ich den schottrigen Hang hinunterlaufe, hat er schon das Ufer erreicht. Meine Leinenschuhe geben mir auf den Steinen keinen Halt. Ich taumle, rutsche, knicke um. Schließlich erreiche ich ihn. Er setzt den Fuß ins Wasser. Die Strömung erfaßt ihn, beinahe verliert er das Gleichgewicht. Undines Kopf pendelt willenlos hin und her.
»Hilf mir!« ruft er. Seine Knie beginnen zu zittern.
»Was willst du denn ...«, stammle ich und steige ins Wasser. Er schwenkt Undines Beine zu mir, ich greife danach.
»Vorsichtig jetzt«, schnauft er und bückt sich.
»Was soll ich ...?« Das Wasser ist dunkel und brackig. Undines Hand baumelt darin.
»Mach schon.«
Er sinkt auf ein Knie und zieht Undine nach. Ich tue dasselbe. Behutsam läßt er ihren Körper in die Fluten gleiten. Bevor ich es verhindern kann, hat er ihr Gesicht unter die Wasseroberfläche gedrückt. Luftblasen steigen auf.
»Du ersäufst sie ja!« schreie ich und zerre an ihrer Hand.
»Vertrau mir!«
Sein Blick ist verbissen. Wir kämpfen stumm. An den Schultern drückt er Undine unter Wasser und wehrt

gleichzeitig meine Versuche ab, sie hochzuziehen. Ich staune über seine Kraft. Lange, viel zu lange ist sie schon untergetaucht.
»Jetzt ist es gut«, seufzt Säät und läßt sich zurückfallen. Erschöpft sitzt er im seichten Wasser. Ich hebe Undines Kopf aus dem träge dahingleitenden Fluß. Sie schlägt die Augen auf und lächelt.
»Guten Morgen«, sagt sie wie nach einem erfrischenden Schlaf.
»Undine ...«, flüstere ich. Säät nickt mir zu.
»Gut«, sagt er und erhebt sich mühsam.
Undine springt aus dem Wasser und läuft vor uns die Böschung hoch, kleine Pfützen hinter sich lassend. Ich stütze Säät. Die Sache hat ihn ziemlich angestrengt.
»Das wird mir auf die Dauer ...«, keucht er. Ich lege meinen Arm unter seine Achsel, gemeinsam erreichen wir den Straßenrand.
»Nun kommt doch!« ruft Undine und ist schon auf der Mitte der Fahrbahn. »Sjöjungfru!« jauchzt sie, wackelt mit den Hüften und springt die Bordsteinkante auf und ab. Ich öffne die hintere Tür, setze mich auf den Rücksitz, sie hopst neben mich. Eine Lache bildet sich zwischen uns.
Säät steckt den Kopf durch das Beifahrerfenster. Ich verstehe die Adresse nicht, die er dem Fahrer gibt. Er steigt ein, wir reihen uns in den Verkehr. Der Wagen rollt über den Broadway südlich. Ich betrachte Undine. Sie schaut mal links aus dem Fenster, dann rechts, betrachtet das Leben und Treiben Manhattans, als sähe sie all das zum ersten Mal. Sie zeigt auf dampfende Kanalgitter, grüßt lautstark die Passanten an den Kreuzungen, die der klitschnassen Blondine lachend zuwinken. Wir kommen am Empire State Building vorbei, sie wirft sich über mich, um die Fassade besser hochblicken zu können.
»Rauf, rauf, rauf, haha!« ruft sie lachend.
Wir nähern uns Downtown, und ich erinnere mich, daß ich denselben Weg vor nicht langer Zeit gefahren bin. Schon biegen wir in die Christopher Street, noch eine

Linkskurve, und wir erreichen Sheridan Square. Dort kommt der Spielwarenladen in Sicht, der Schwede arrangiert Hampelmänner im Schaufenster. Das Taxi hält vor dem Haus Nummer Zehn.

Säät kichert, als er meine erstaunten Blicke sieht.

»Du warst schon so nahe dran«, sagt er und stößt mir in die Rippen. Er bezahlt, der Fahrer ärgert sich, auf einen Hunderter herausgeben zu müssen. Das Trinkgeld versöhnt ihn wieder.

»Wir dachten, du würdest raufkommen. Hatten schon Teewasser aufgesetzt«, grinst er und zeigt hinauf.

»Wir?« Ich folge seiner Hand. Wieder weht der nachtblaue Vorhang im Fenster des obersten Stockes.

Er sperrt auf, wir betreten das Haus. Undine läuft voraus, als würde sie den Weg kennen. Vier Stockwerke steigen wir hoch. Ich muß mich am Treppengeländer festhalten, sosehr zittern meine Knie. Mein Mund ist trocken, dauernd schlucke ich. Säät klingelt. Undine versucht durch den Spion ins Innere der Wohnung zu sehen.

Langsame Schritte, zweimal dreht sich der Riegel. Die Tür geht auf.

Es ist eine Frau in weißem Kleid. Sie hat die grauen Haare zu einem Knoten gesteckt. Das Kleid umspielt eine schmale Figur. Sommerlich leicht fällt es bis zu den Knöcheln. Sie trägt weiße Segelschuhe. Um den Hals hängt eine zarte goldene Kette. Intensive Augen sind auf mich gerichtet.

»Willkommen«, sagt sie mit kräftiger Stimme und gibt mir die Hand. Ich verbeuge mich, sprechen kann ich nicht. Sie geht voraus. Säät faßt Undine sanft am Arm und führt sie weiter. Mit einem Mal ist sie still und schüchtern geworden, traut sich kaum, das sonnendurchflutete Zimmer zu betreten. Die Erkerfenster stehen offen, der blaue Vorhang bewegt sich im Wind.

Gold ist mein erster Gedanke. Vieles hier ist aus Gold. Die Pendeluhr, der Spiegelrahmen, das Regal mit dem goldenen Nippes. Die Tischdecke, von goldenen Fäden durchwirkt. Die alte Frau bietet mir einen Stuhl an, fragt,

ob ich Tee möchte. Ich nicke und setze mich. Sie schenkt ein.
»Du auch, Sigmund?«
»Hast du Bier da?«
»Im Eis. Schaust du bitte selbst nach?«
»Und Undine?« frage ich und will meine Tasse weiterreichen. Sie steht klitschnaß in der Ecke des Zimmers und starrt eine Vase aus grünem Glas an.
»Nein«, sagt die alte Frau. »Sie trinkt keinen Tee.«
Ich nehme die Tasse entgegen. Säät ist in die Küche gegangen. Unsere Gastgeberin rafft das Sommerkleid und setzt sich in den Lehnstuhl. Jetzt bemerke ich die Eberesche. Ihre obersten Zweige winken zum Fenster herein. Es ist, als wollte sie uns belauschen.
»Ich denke, das beste wird sein, wenn wir uns einander erst vorstellen«, sagt die alte Frau lächelnd. Säät kommt zurück, weißer Schaum hängt an seiner Oberlippe. »Machst du das bitte, Sigmund?« fragt sie.
»Gern.« Er tritt zwischen sie und mich. »Meine Liebe, darf ich dir meinen Freund Leopold vorstellen? Er kommt wie ich aus Wien und hat auch im Filmgeschäft zu tun.«
Ich erhebe mich, mache eine zweite Verbeugung.
»Lieber Leopold, dies ist Undine Nielsson, eine sehr gute Freundin von mir. Sie lebt erst seit kurzem wieder in New York. Genaugenommen habe ich sie gebeten, zurückzukommen, als ich die Idee zu dem Film hatte. Die Wohnung hier hat sie nie aufgegeben.« Er wendet sich zu ihr. »1922 hast du sie gemietet, hab' ich recht?«
»Es war 1921«, antwortet sie. »Ich hatte *Kunga Khan* noch nicht abgedreht.«
»Nein, einundzwanzig hast du noch im Hotel gewohnt, dort drüben, wo jetzt der Disney-Shop ist. Der Portier wollte mich nie zu ihr lassen«, zwinkert Säät mir zu. »Eifersüchtiger Bursche.«
»Neunzehnhunderteinundzwanzig.« Energisch tippt sie mit dem Finger auf die Armlehne. »Soll ich dir den Mietvertrag zeigen?«

Er lacht und tritt ans Fenster.
»Und du bist ... Sie sind ...?«
Wie stellt man eine Frage, deren Antwort einem unmöglich erscheint? Mit eleganter Geste weist Undine Nielsson auf ihn.
»Das ist mein ältester und treuester Freund – Herr Sigmund Glawatsch.«
Er nickt. Die alte Frau nippt an ihrem Tee, er schenkt sich Bier nach, beide sagen nichts. Stille. Das Ticken der goldenen Pendeluhr ist das einzige Geräusch. Wenn es stimmt, daß Zeiten verschmelzen können, daß ein Augenblick und eine Ewigkeit dasselbe sind, dann begreife ich das hier und jetzt. Womit soll man anfangen, wenn fast ein Jahrhundert vergangen ist, seit diese Geschichte begann? Die alte Frau nimmt mir die Entscheidung ab.
»Das beste ist, wenn Sie von Pius Yurgrave erfahren«, sagt sie.
»Werde ich ihn auch kennenlernen?«
»Das glaube ich nicht. Aber bei Pius kann man nie wissen. Was meinst du, Sigmund?«
Er sieht aus dem Fenster, als ob die Antwort in den Wolken stünde. »Ja, Yurgrave überrascht einen immer wieder.«
»Ich glaube, Leopold ist an einer Sache vor allen anderen interessiert, habe ich recht?«
Erst jetzt, als die alte Undine mich ansieht, fällt mir die junge wieder ein. Sie sitzt in der Ecke und betrachtet die grüne Vase.
»Wird sie eines Tages ...?« Ich bringe den Satz nicht zu Ende.
»Nein«, sagt die alte Frau leise. »Sie wird immer so aussehen wie heute und wie sie seit jenem Dezembertag 1922 ausgesehen hat.« Sie stellt die Tasse ab, steht auf und tritt neben Glawatsch ans Fenster.
»Alles hat mit Pius Yurgrave zu tun«, sagt sie, »wirklich alles.«

Auf der Heimfahrt will ich noch nicht glauben, was sie mir erzählten. Der Morgen wurde zum heißen Mittag, als es kühler war, stieß die alte Frau die Läden auf. Vor uns lag der geschäftige Sheridan Square. Aber erst nach Einbruch der Dunkelheit habe ich die goldene Wohnung verlassen. Säät ist dortgeblieben, sie will für ihn kochen. Köttgrotta, wenn ich den Namen richtig verstanden habe. Die blonde Frau im Taxi neben mir ist still und abwesend, blickt kaum zum Fenster hinaus. Ich will die Wahrheit nicht glauben und weiß doch, daß es die Wahrheit ist. Warum sollten sie mir etwas anderes sagen als die Wahrheit? Die Geschichte eines Fehlers, einer leidenschaftlichen Verirrung. Und ausgerechnet ich soll nach siebzig Jahren Versöhnung bringen?
»Den här klänningen klär er mycket bra«, seufzt Undine und schüttelt den Kopf. Ich sehe sie an, alles krampft sich in mir zusammen. Es wird mir das Herz brechen. Als wir am Chrysler Building vorbeifahren, blicke ich hoch. Ein dünner Mond steht dort oben.

Heimkehr

Kaum liegen zwei Millionen auf dem Tisch, will plötzlich jeder mitmachen. Die Frettchen von der Bank, die Spoliansky bis zu diesem Zeitpunkt abgeraten haben, verwandeln sich in begeisterte Fans von *Das Zeitalter des Delphins* und drängen Victor, endlich mit der Produktion zu beginnen. Er überzeugt sich persönlich von der Existenz der Millionen. Ein Schauder des Entzückens läuft ihm über den Rücken, als ich vor seinen Augen den Wandtresor öffne und gleich darauf die Waschmaschine. »Das nenn' ich Geld waschen!« sagt er und schnaubt begeistert.
Eine Produktionsfirma wird gegründet, die *Gryhsl Enterprises*. Aus Steuergründen will Victor nicht im Vorstand aufscheinen. Bewa gibt eine burleske Party, weil wir dem

Ziel nun zum Greifen nahe sind. Um Mitternacht springt sie als Delphin verkleidet aus der Überraschungstorte. Alle sind hektisch und voller Vorfreude. Gryhsl stellt seinen Stab zusammen, Schauspieler werden engagiert, Drehorte angemietet. Wohnungen, Restaurants und das Delphinarium in Coney Island.
Große Spannung herrscht, wer die Rolle des *Pius Yurgrave* spielen soll. Unsere Vorstellungen gehen hier stark auseinander.
Die Entscheidung fällt Ende August.
Der Sommer hat bereits einen Knick. Sabina sitzt nachdenklich auf der Terrasse und spielt mit Hooper. Der fühlt sich wohl an der frischen Luft. In wenigen Tagen wird er zum ersten Mal operiert. Die Zehen zu trennen ist ein kleiner Eingriff, meint Dr. Menoza. Schwieriger wird es mit den Hüftgelenken. Ob Hooper eines Tages gehen lernen wird, ist noch nicht zu sagen. Inzwischen hat er Spaß daran, die Tauben zu ärgern. Die Viecher in Manhattan sind so degeneriert, daß sie ihn ganz nahe herankommen lassen und erst im letzten Moment wegfliegen. Er quietscht vor Vergnügen, plumpst auf den Hintern und schaut in die Runde: Na, wie hab' ich das gemacht?
Sabina hat noch keine Nachricht von Professor Cron, und das scheint sie nicht zu stören.
Der Lift wird nach unten geholt und kommt wieder hoch. Wir erwarten Gryhsl. Aber er ist nicht allein.
»Müßte er nicht größer sein?« höre ich eine dunkle fremde Stimme.
»Der historische Yurgrave war ein stattlicher aber nicht besonders großer Mann«, antwortet Gryhsl und kommt aus dem Fahrstuhl. Hinter ihm betritt Al Pacino meine Wohnung.
»Hey, seid ihr zu Hause?« ruft Gryhsl. »Ich will euch jemandem vorstellen!«
Ich weiß, daß meine Hand feucht und klebrig ist, als Mister Pacino sie schüttelt. Daß ich eine Winzigkeit größer bin als er, gibt mir ein besonderes Gefühl.
»Kann ich Ihnen etwas anbieten?« frage ich.

»Haben Sie Eistee?«
Sabina kommt von der Terrasse. Sie hält Hooper auf dem Arm.
»Als Kind hatte ich eine Sammlung von über hundert Delphinen«, begrüßt Pacino die beiden. »Aus Ton, aus Plastik, manche zum Aufblasen und einen ganz kleinen silbernen. Den trage ich immer noch.«
Er hebt das Kettchen am Hals hoch. Ein schmaler Delphin schimmert in seiner Hand. Hooper greift danach und zieht so fest, daß Pacino zu Sabina hintaumelt.
»Er mag Delphine auch«, sagt er lachend und guckt Sabina dabei in den Ausschnitt.
»Gib das her«, fordert sie den Kleinen auf und befreit Pacino aus dieser Lage. Wenn ich mich nicht täusche, ist er ein klein wenig rot geworden.
»Mr. Pacino, ich bin froh, daß Sie sich für unsere Geschichte interessieren.«
»Al«, sagt er und schüttelt ihre Hand.
»Danke, Al. Ich heiße Sabina.«

Die Dreharbeiten beginnen. Pacino und Undine (die junge) verstehen sich auf Anhieb. Er hilft ihr, wo er kann. An einem der ersten Tage ist die Kardinalsszene dran. Pacino im roten Gewand, sie im grünen Abendkleid, die beiden sind ein faszinierendes Paar.
In Coney Island gibt es Probleme, weil Pacino Angst vor echten Delphinen hat. Die Szene, wo Yurgrave auf dem Beckengrund mit den Delphinen singt, muß gedoubelt werden, nur die Großaufnahmen macht Al selbst.
Und dann beginnt die Entwicklung, die mir klarmacht, wie recht Säät mit seiner Befürchtung hat. Undine verändert sich. Nur unmerklich zuerst. Wenn sie im Wasser ist, lebt sie auf und hat nichts dagegen, Szenen so oft wie möglich zu spielen. Mit den Delphinen verkehrt sie, als hätte sie ihr Leben lang nichts anderes getan. Sie kommuniziert in einer unbekannten Sprache mit ihnen, gluckst und kullert, schnattert und klickt. Die Tiere amüsieren sich, als hätte sie ihnen die tollste Pointe erzählt.

Die Wahrheit zeigt sich, wenn Undine aus dem Wasser soll. Sie wird traurig, wimmert, weint und erfindet die unmöglichsten Geschichten, um länger drinbleiben zu können. Wenn all ihre Tricks versagen, steigt sie langsam aus dem Wasser. Ich muß sie stützen, sie wird minutenlang fahl, kann nicht sprechen, sich kaum bewegen. Zweimal kam der Arzt, der nichts feststellen konnte als etwas zu niedrigen Blutdruck. In diesen Minuten hat sie alles vergessen. Die Rolle, den Film, manchmal sogar mich. Sie sieht mich zwar an, aber der Blick geht durch mich hindurch ins Leere. Die Zeit drängt.
Ich stehe jetzt nachts häufig auf, mache mir in der Küche heiße Schokolade und starre aus dem Fenster. Der Mond verziert die Feuermauer gegenüber mit silbrigem Muster. Die dampfende Tasse in der Hand, gehe ich auf die Terrasse. *Grün,* denke ich. Im Park wird jetzt gerade gedealt und gekillt, tief unten leiert eine Sirene vorbei. Alles ganz normal. Ich stehe mit meiner Traurigkeit da und wünsche mir nichts als Normalität. Ich wandere ins Schlafzimmer und beuge mich über die Schlafende. Ich stelle die Tasse ab, hebe sie aus dem Bett, schüttle sie, rufe ihren Namen. Sie erwacht nicht, natürlich nicht. Sanft lege ich sie zurück und gehe in die Küche. Ich steige auf einen Stuhl und nehme die Pralinenschachtel vom Schrank. Ein Stück Marzipan ist noch darin und der rote Stein. Das Marzipan verschwindet in meinem Mund. Mit dem Stein mache ich mich auf den Weg ins Wohnzimmer. Wie ein gefärbter Lutschbonbon sieht er aus, denke ich. Oder Theaterschmuck, knallrot und unecht. Wäre da nicht der diamantene Punkt in seinem Inneren, der nie zu glimmen aufhört. Ich knipse die Leselampe an und setze mich in den Lehnstuhl. Das dicke Buch liegt aufgeschlagen über der Armlehne. Schwarze Lettern auf rotem Schutzumschlag. *MAGIE von Pius Yurgrave.* Ich lese die Seite zum unzähligen Male. Jedes Wort kann ich auswendig. Alles ganz einfach, denke ich. Ich klappe das Buch zu, lege den roten Stein in die Schachtel zurück, stelle die Tasse in die Spüle und gehe zu Bett. Undines flüchtiger Atem beglei-

tet mich in den Schlaf. Im Morgengrauen erwache ich und spüre getrocknete Tränen auf meiner Wange.

Vier Wochen vergehen. Wir drehen in Coney Island. Die Sonne steht tief hinter dem Delphinarium. Pacino diskutiert mit Gryhsl. Undine will wie immer nicht aus dem Wasser. Sie spricht mit den Delphinen, die fiepen und flitzen umher. Zwei von ihnen tauchen unter Undines Füße und schieben sie blitzschnell hoch, daß sie wie ein menschlicher Komet aus dem Wasser schießt. Lachend dreht sie sich in der Luft und fällt wieder zurück. Die Delphine schnattern Beifall. Als Undine auftaucht, beginnen ihr die Haare auszufallen. Sie selbst bemerkt es noch nicht. Aber Säät hat es im gleichen Moment gesehen wie ich.

»Jetzt, Poldi, jetzt!« ruft er und springt an den Rand des Bassins. Ich laufe hin. Undines Haare lösen sich von ihrem Kopf, gleiten auf die Schultern und breiten sich langsam im Wasser aus. So wie ich bin, springe ich hinein und schwimme zu ihr.

»Komm.« Ich fasse ihre Hand. Sie sieht mich fragend an.

»Warum?«

»Wir müssen los.«

Sie wehrt sich, will davonschwimmen, ich halte sie fest.

»Den här klänningen klär er mycket bra«, sage ich und ziehe sie sanft zum Beckenrand. Säät hält ein Handtuch bereit. Noch haben nur wenige bemerkt, was passiert ist. Mit einem Mal ist Undine ganz kraftlos. Gemeinsam führen Säät und ich sie zur Garderobe. Dort sinkt sie auf die Liege, als wollte sie nie wieder aufstehen.

»Du mußt es gleich machen«, sagt er.

»Noch ein paar Tage …«

»Jetzt.«

»Woher weißt du, daß der Zeitpunkt gekommen ist?«

»Schau sie dir an.«

»Und der Film?«

»Ist fast fertig.«

»Ich habe den Stein nicht dabei«, lüge ich.
»Doch, das hast du«, sagt er und zieht ihn aus meiner triefenden Jackentasche. »Komm. Gleich ist die Sonne versunken.«
Wir fassen Undine unter den Armen und bringen sie hinaus auf den hölzernen Steg. Ihr kahler Kopf wackelt zwischen Säät und mir hin und her.
»Gröna byxor«, murmelt sie.
Zu dritt erreichen wir die äußerste Spitze.
Säät tritt zurück und läßt uns ein paar Augenblicke allein. Ich nehme sie in meine Arme und küsse sie. Ihre Augen sind geöffnet und sehen durch mich hindurch in eine Ferne, die mir verschlossen ist.
»Ich bin soweit«, sage ich zu Säät.
Er tritt heran, hält den Stein in der Hand. Mit ernster Miene gibt er ihn Undine. Sie versteht nicht gleich, aber als ihre Finger ihn berühren, geht ein langer befreiender Atemzug durch sie hindurch.
»Hilfst du mir?« frage ich. Er schüttelt den Kopf. Ich sehe ihm nach, wie er auf seinen dürren Beinen zum Strand zurückkehrt, langsam und gebückt.
Ich führe Undine an den äußersten Rand. Sie hält den Stein in den Schalen ihrer Hände.
»Manaahz Tsuii Pentateus«, sage ich und gebe ihr einen Stoß. Gemeinsam springen wir ins Meer. Kurz bevor wir eintauchen, beginnt das Wasser zu leuchten. Bis in die Tiefe hinunter glüht es. Auch die Luft um uns ist von dem Schein erfüllt, als begänne alles zu brennen. Ein Ton breitet sich aus wie das Licht, das zum Horizont strebt. Als wir den Spiegel des Meeres durchschlagen, sehen wir uns an. Über uns die Luft, um uns die flackernden Wellen, alles leuchtet. Undine beginnt zu zerfließen. Ich kann ihre Konturen noch sehen, den träumenden Mund, die großen neugierigen Augen, das Grübchen über dem Kinn, aber gleichzeitig ist es bloß eine Spiegelung, ein Gebilde aus Schaumkronen und Wellen, die nur scheinen, als wären sie Undine. Sie selbst ist nicht mehr da. Die See rund um mich singt noch ihr Lied, zärtlich und traurig,

wie nichts, was ich jemals gehört habe. Das Lied von der *Sjöjungfru*. Danach breitet Stille sich aus. So glatt ist der Spiegel des Meeres, daß es mir möglich scheint, bis ans Ende der Welt zu sehen.

Ich schwimme ans Ufer und klettere auf den Steg. Der Stein ist noch in meiner Hand. Ich halte *Zeisel* ins Licht der sinkenden Sonne, hole weit aus und werfe ihn direkt in die Sonne hinein. Er scheint mit ihr zu verschmelzen, so lange, bis er auf dem Wasser aufschlägt und versinkt. Im Umkreis der Ringe färbt sich das Meer für Sekunden tiefgrün, dann gehen die Wellen darüber hinweg.

Ich drehe mich um. Dort hinten am Strand wird es dunkel. Ich beginne zu gehen. Ich gehe, ohne auf die Richtung zu achten oder ein Ziel zu haben. Ich weiß nicht, ob ich durch Straßen, über Plätze, durch Wälder laufe. Ich gehe, bis die Erschöpfung mich zwingt, stillzustehen, langsam zu Boden zu sinken, und ein dunkler Berg sich über mir schließt.

In der Wüste, die von einem Ende zum andern aus Eis bestand, nickte der Meister zufrieden. ›Gut‹, sagte er. Yurgrave drehte sich zu ihm um. Es war Nacht über Grönland.

Zwei Delphine

Die Koffer sind gepackt, ich warte auf das Taxi. Das Gas habe ich abgestellt, die Blumen noch einmal gegossen, Türen und Fenster verriegelt. Das Trinkgeld für den Doorkeeper liegt in einem Umschlag bereit. Ich hocke auf dem Boden und lasse den Blick über den Raum schweifen. Dort im Lehnstuhl hat Säät einen Teller mit Hühnersalat gegessen. Da ist der Fleck, wo Bewa ihren Bourbon verschüttete. Die Hautschuppen Gryhsls unter dem Sofa hat noch niemand entfernt.

Obwohl ich eingeladen bin, fliege ich schon heute, ich weiß auch nicht warum. Vielleicht weil ich Undine auf diese Art nicht wiederbegegnen möchte. Heute abend werden alle zum ersten Mal *Das Zeitalter des Delphins* sehen. Sabina hat Holundersaft-Bowle angesetzt, um das Ereignis zu feiern. Hooper wird mit seiner großen neuen Brille auf ihrem Schoß sitzen, die Verbände an den Füßen sollen in wenigen Tagen entfernt werden. Dr. Menoza wird da sein, Victor und Bewa, und ich bin sicher, daß sie sich für das Ereignis ein neues Kleid gekauft hat. Es wird ein wunderbarer Moment sein, wenn der Ehrengast am Arm von Sigmund Glawatsch das Kino betritt – Undine Nielsson. Gryhsl hat eine Rede vorbereitet. Wenn er dann auf das Mädchen namens Undine zu sprechen kommt, wird es ganz still sein in dem großen ausgebrannten Kino, und alle werden an sie denken. Wie sie gelacht hat und geschwiegen, wie sie mit den Delphinen sprach und unser aller Herz erfreute. So oder so ähnlich wird es geschehen, aber ich schwebe zu diesem Zeitpunkt über dem Atlantik. Für mich ist das ohne Bedeutung, es kann nichts von dem erfassen, was ich mit dem grünen Mädchen verbinde.

Es klingelt. Ich ziehe den Mantel an und schleppe die Koffer zum Lift. Die Fahrstuhltür öffnet sich.

»Ich wollte es nicht glauben.«

Professor Cron steht in der Kabine. Er ist in ein rotes Laken gewickelt, darunter guckt Wollunterwäsche her-

vor. Auf dem Kopf trägt er eine große Lamamütze. Eine Schneebrille verdeckt seine Augen.
»Herr Professor ...« Ich verstumme und zeige auf meine Koffer. »In zwei Stunden geht mein Flug.«
»Aber alle warten auf dich. Sie bestehen darauf, daß du dabei bist. Sabina hat Holundersaft-Bowle angesetzt. Sie sagt, die magst du besonders.«
Es klingelt zum zweiten Mal.
»Das ist das Taxi.«
»Ohne dich gäbe es *Das Zeitalter des Delphins* gar nicht«, sagt der Professor.
»Ich will Undine nicht wiedersehen.«
»Wir vermissen sie alle.«
»Nicht so wie ich.«
»Ich helfe dir beim Tragen.« Er schnappt sich den leichtesten Koffer.
»Hast du Hooper mit seiner neuen Brille schon gesehen?« Er steigt in den Lift.
»Ja.« Ich drücke auf ›L‹.
»Er mag sie, scheint es. Hat sich damit gleich vor den Spiegel gesetzt.«
Einige schweigende Sekunden stehen wir nebeneinander. Ich sehe zu Boden. Der Fahrstuhl hält.
»Guten Flug«, sagt der Doorkeeper und betrachtet neugierig den Mann im roten Laken. Ich drücke Fred den Umschlag in die Hand.
»Grüßen Sie Ihre Tochter«, sage ich.
»Alles Gute, Mister Liiieooupould.«
Das Yellow Cab steht vor der Tür.
»Frieren Sie nicht?« frage ich den Professor, während ich die Koffer in den Wagen wuchte.
»Das ist Angora.«
»Wir haben November.«
»Ich will dir etwas erzählen.«
»Ich darf meinen Flug nicht verpassen.«
»Dann begleite ich dich nach *La Guardia*.«
»Ich fliege von *JFK* ab.«
»Noch besser. Da bleibt uns mehr Zeit.«

Er setzt sich in den Wagen und zieht seine Tücher sorgfältig nach.
»*JFK*, Terminal A«, sage ich zum Fahrer, einem dunkelhäutigen Typen mit abstehenden Ohren. Bevor er losfährt, schaut er mich durch den Rückspiegel an. Er schaltet die Uhr ein und fährt los.
»Nehmen Sie bitte den Tunnel, nicht die Brücke. Ich habe es eilig.«
»Klar, klar, klar.« Er sieht in den Rückspiegel und kneift die Augen zusammen.
»Um diese Zeit ist die Brücke die reinste Falle«, wende ich mich an Cron. Er lächelt. »Was wollten Sie mir erzählen?«
»Meine Mutter hieß Henrietta«, beginnt er. »Sie hat mir das Schwimmen beigebracht, bevor ich laufen konnte. Ich erinnere mich, als ich ungefähr vier war, wurde sie immer trauriger. Tagelang saß sie vor dem kleinen Fenster im Bad, von wo man das Meer sehen konnte. Saß nur da und sagte kein Wort. Manchmal hörte ich sie durch die Tür hindurch weinen.«
Er schiebt die Schneebrille hoch.
»Monatelang kein einziges Wort, Leopold. Als hätte sie für immer die Sprache verloren.«
Der Wagen fährt die Park Avenue südlich, der Bahnhof kommt in Sicht.
Wir biegen in die 41. Straße. Es beginnt abwärts zu gehen.
»Ich war erst vier und sehr verzweifelt. Aber ich konnte ihr nicht helfen.«
Cron wartet, ob ich etwas sage. Ich betrachte seine Mütze.
»Von einem Tag auf den andern hörte dieser Zustand auf«, fährt er fort. »Unsere Arbeit in der Badewanne begann. Ich durfte ihr helfen. Sie stellte einen Mörser auf den Tisch und streute trockene Blätter hinein. ›Paß auf deine Finger auf‹, war der erste Satz, den sie nach Monaten sprach. Ich habe die Blätter zerstoßen, bis sie nur noch Pulverkörner waren. Dann goß Henrietta ein besonderes Wasser in die Wanne.«

»Kieselwasser«, rutscht es mir heraus.
»Kieselwasser«, nickt er. »Ich habe das Pulver darunter-gemischt. Es wurde …«
»Grün«, sage ich.
»Natürlich. Und dann – hundert …«
»Dollar.«
Er lacht und kratzt sich unter der Mütze.
»Als wir fertig waren, reichte mir der Geldstapel bis an die Brust. Der Mann im schwarzen Anzug kam, er war Notar. Ich fand ihn unangenehm und sah zu, wie Henrietta viele Papiere unterschrieb. Er brachte zwei große Koffer, packte das Geld hinein und nahm es mit. Ich habe ihn erst an jenem Morgen wiedergesehen.«
Das Taxi taucht unter die Erde weg und fährt in den Tunnel ein. Im Wagen wird es dämmrig. Das Laken um Crons Schultern hat jetzt die Farbe von dunklem Wein.
»An diesem Morgen war meine Mutter nicht da. Sie stand nicht an meinem Bett, um mich zu wecken. Sie hatte mir nicht Frühstück gemacht. Sie kämmte mein borstiges Haar nicht mit Wasser zurück. Der Mann im schwarzen Anzug sagte, ich müßte mitkommen. Er brachte mich in ein Internat.«
Cron hüllt sich enger in sein Tuch.
»Es war eine schwere Zeit. Aber davon will ich nicht erzählen. Was ich viel später erfuhr, war, daß meine Mutter in der Nacht ihres Verschwindens die Schleusen geöffnet hatte und alle Delphine in die Freiheit entließ. Der Mann im schwarzen Anzug hatte einen Abschiedsbrief für mich. Darum nahm die Polizei an, daß es sich um Selbstmord handelte. Nach ein paar Monaten wurde ein Totenschein ausgestellt. Zu meinem vierzehnten Geburtstag überreichte mir der Notar einen roten Stein. Das Geschenk meiner Mutter.«
Cron macht eine Pause. Er knetet den kleinen Finger seiner rechten Hand.
»Es geschah, kurz bevor ich Sabina kennenlernte«, fährt er fort. »Ich war damals schon Assistent an der *Columbia*. Eines Tages las ich in der Zeitung, daß die Delphine wieder

aufgetaucht waren. Sie ließen sich nicht einfangen, aber wenn die Schiffe nicht zu nahe herankamen, schwammen sie konstant etwa eine Meile vor der Küste. Es war, als ob sie ihrem früheren Zuhause einen Besuch abstatten wollten. Am nächsten Morgen mietete ich ein Boot und ruderte aufs Meer hinaus. Ich war schon mehr als eine Stunde unterwegs, da tauchten sie plötzlich auf. Ich erkannte Henry sofort. Vom Schnabel bis zur Heckflosse war er vollkommen weiß. Er kam herangeschwommen, schnatterte, und seine klugen Augen sahen mich an. Ein anderer Delphin hielt sich dicht in seiner Nähe. Er schwamm ständig neben Henry, darum nahm ich an, daß es ein Weibchen war. Henry stieß sie sanft ans Boot heran. Mit einem Mal hob sie den Kopf bis zu den Brustflossen über den Rand, und da erkannte ich Henrietta, meine Mutter. Sie faßte meine Hand mit dem Schnabel und hielt sie einige Sekunden lang fest. Dann schnellte sie hoch, drehte sich in der Luft und tauchte wieder ein. Gemeinsam mit Henry verschwand sie in der Tiefe. Ich ruderte langsam ans Ufer zurück.«

Wir haben den Tunnel hinter uns gelassen und fahren über den Queens Boulevard, an tristen Reihenhäusern vorbei in Richtung Flughafen.

»Und der Film?« frage ich benommen.

»Ja, der Film …« Er blickt eine Weile auf seine Hände.

»Ich lernte Sabina kennen, wir verliebten uns. Eines Tages stand ein kleiner alter Mann vor unserer Tür. ›Ich habe Ihre Mutter gut gekannt‹, sagte er zu mir.«

Cron sieht mich an und lächelt.

»Er bewohnte ein heruntergekommenes Kino auf der Upper Eastside und lud uns ein, einen Stummfilm zu sehen. Wir gingen hin. Später brachte er uns in einen Club, in dem eine junge blonde Frau auftrat.«

Ich versuche das Fenster herunterzukurbeln. Es klemmt, leer dreht der Griff sich durch.

»Halten Sie bitte einen Augenblick an«, rufe ich dem Fahrer zu. Er steigt auf die Bremse, wechselt zweimal die Spur und fährt an den rechten Fahrbahnrand. Ich springe hinaus und sauge die benzingeschwängerte Luft in mich ein. Allmählich geht es mir besser. Ich sehe auf die Stadt zurück. Die Brücken, der Fluß, die Skyline, alles ist grau und wenig einladend.

»Haben Sie den Film schon gesehen?« frage ich den Professor.

»Niemand hat ihn bis jetzt gesehen. Säät und Gryhsl machen ein großes Geheimnis daraus.«

»Werden die Spolianskys kommen?«

»Natürlich.« Cron nickt.

»Und Undine ... die wirkliche Undine?« frage ich leise.

»Säät holt sie von zu Hause ab.«

»Er wird sie die geschwungene Treppe hochführen.« Ich sehe den Professor an. »Ob sie ein weißes Kleid tragen wird?«

»Kann schon sein.«

Ich lache und spüre, daß ich lieber weinen würde.

»Kein Zeit, kein Zeit«, ruft der Fahrer und deutet auf seine Uhr.

»Wird Gryhsl eine Rede halten?«

»Möglich.«

»Er wird schrecklich nervös sein und ständig die Haut hinter seinen Ohren abziehen.«

Ich beginne zu zittern. Es ist eiskalt. Hinter mir hupen mehrere Wagen. Ich drehe mich um, gleichzeitig leuchten viele Bremslichter auf.

»Da vorne scheint was los zu sein«, sage ich. Cron sieht nicht einmal hin. Der Taxifahrer steigt aus und zeigt auf den Highway, wo der Verkehr immer zähflüssiger wird.

»Wie soll durchkommen?« jammert er. Die Kolonne stockt endgültig.

Das Hupen wird symphonisch. Vom Tunnel her drängen die Autos nach und stimmen in das Konzert ein. Rötliche Luft liegt über der Insel. Wahrscheinlich treffen jetzt gerade die ersten vor dem Kino in der 86. Straße ein. *To the Memory of Sigmund Glawatsch* steht in verwitterten Buchstaben über dem Portal. Der Saal ist schummrig erleuchtet. Die wenigen

intakten Glühbirnen illuminieren die Spinnweben, die von Lämpchen zu Lämpchen wehen. Kalter Rußgestank liegt im Raum. Das Gewölbe ist vollkommen schwarz. Die Parkettsitze sind einmal rot gewesen, jetzt bedeckt sie ein graubrauner Film aus Staub und Ruß. Aber Säät hat einige von ihnen abgestaubt. Die Familie ist vollzählig. Alle sind gekommen, die Alten, die Jungen, bis hin zum Urenkel, der mit seiner neuen Brille spielt. Der Projektor knattert, die Schrift erscheint. *Das Zeitalter des Delphins.* Es beginnt damit, wie ein alter Magier, verzweifelt und lebensüberdrüssig, aus dem Fenster gehen will.
Ich drehe mich zu dem Mann im Taxi um.
»Fahren Sie mich nach Manhattan zurück«, sage ich und steige ein. Er startet. »Sabina hat Holunder-Bowle angesetzt?« frage ich den Professor.
Er nickt und nimmt seine Mütze ab. Ein Schmetterling ist vorne draufgestickt, darüber ein grüner Stern.